Hidden Valley

ISBN : 2-86930-157-X
ISSN : 0764-7786

Titre original : *Snowbound*
© 1974, Bill Pronzini
© 1988, Editions Rivages
5-7, rue Paul-Louis Courier - 75007 Paris
10, rue Fortia - 13001 Marseille

Bill Pronzini

Hidden Valley

Traduit de l'américain
par Gérard de Chergé

Collection dirigée par
François Guérif

rivages/noir

Pour BRUNI, qui a souffert elle aussi,

Pour CLYDE TAYLOR, qui avait la foi
et quelques bonnes idées

et

Pour HENRY MORRISON, l'Agent 001

LIVRE 1

Du lundi 17 décembre
au samedi 22 décembre

*Lorsque s'ouvrent les portes de l'enfer,
c'est votre voix que vous entendez.*

Philip Wylie
Generation of Vipers

1.

Recouvert d'un soyeux manteau de neige et décoré de guirlandes argentées, de gigantesques sucres d'orge en plastique et de lampions multicolores, le petit village de montagne avait l'air à la fois enchanteur et vaguement factice, comme s'il s'agissait d'un décor de cinéma reconstitué avec soin pour le tournage d'une nouvelle version de *Noël Blanc*. En cet après-midi hivernal, le ciel plombé annonçait encore de la neige, et des rectangles de lumière ambrée luisaient gaiement dans la plupart des maisons en bois. Malgré la crise de l'énergie, les ampoules teintées qui agrémentaient Sierra Street brillaient sans discontinuer. Sur les versants escarpés de la vallée, à l'ouest, au sud et à l'est, les forêts de pins et d'épicéas, noyées d'ombre et drapées de blanc, étaient tout aussi irréelles que le village lui-même.

Une voiture aux phares allumés déboucha du long défilé bordé de hautes falaises, au nord — la Route 235-A était l'unique voie d'accès actuellement ouverte — et passa devant la pancarte en sapin portant l'inscription : HIDDEN VALLEY. 74 HABITANTS. ALTITUDE : 1 840 m. Juste avant la station-service Garvey, là où la route devenait Sierra Street, la voiture s'engagea lentement sous la voûte de décorations de Noël, laissant successivement derrière elle le Café de La Vallée, le Drugstore de Hughes, la Taverne de la Vallée et le magasin de sport des frères Tribucci. A l'extrémité de la grand-rue, trois blocs plus loin, elle tourna sur la place qui faisait face à l'Eglise Œcuménique et s'arrêta devant le petit cottage qui se trouvait derrière l'édifice : le Révérend Peter Keyes rentrait chez lui après être allé voir de la famille à Soda Grove, une ville plus importante, située à une douzaine de kilomètres au nord.

De l'autre côté de l'église, en diagonale — au-delà du village proprement dit, au-delà d'Alpine Street et de la maison de Lew Coopersmith, l'ancien shérif aujourd'hui à la retraite — s'étendait une longue prairie enneigée au milieu de laquelle un garçonnet et une fillette construisaient un bonhomme de neige, leur haleine faisant des nuages de vapeur dans l'air froid. Fidèles à la tradition, ils prirent des bouts de bois pour faire les oreilles et les bras, une carotte pour le nez et des cailloux noirs pour les yeux, pour la bouche — fendue d'un large sourire — et pour les boutons de la veste. Leur œuvre terminée, ils reculèrent de quelques pas et façonnèrent des boules de neige dont ils bombardèrent le bonhomme jusqu'à ce qu'ils aient réussi à le décapiter.

Sierra Street grimpait en pente régulière sur cent cinquante mètres encore, puis se divisait en deux routes étroites. Celle de gauche, Macklin Lake Road, serpentait dans les montagnes sur une distance de vingt-cinq kilomètres avant d'aboutir à un autre village connu sous le nom de Coldville ; d'énormes congères la rendaient impraticable durant les mois d'hiver. A cinq kilomètres du village se trouvaient, outre le lac minuscule qui donnait son nom à la route, un grand relais de chasse et de pêche — fermé à cette époque de l'année, huit jours avant Noël — qui pourvoyait aux besoins des touristes qui venaient au printemps et en été. La route de droite, que le chasse-neige municipal déblayait chaque fois qu'il neigeait abondamment, s'appelait Mule Deer Lake Road et menait à un plan d'eau plus important, à trois kilomètres au sud-ouest, dans l'angle le plus reculé de la vallée. Il y avait au bord de ce lac plusieurs chalets et résidences d'été, ainsi que trois maisons habitées à longueur d'année.

La troisième route de la vallée — Lassen Drive — partait du village même, deux blocs à l'ouest de Sierra Street, décrivait une courbe continue de deux kilomètres sur le versant est avant de se fractionner en une série de sentiers d'excursion et de chemins forestiers. La plus grande demeure de Hidden Valley se trouvait sur Lassen Drive, au tiers de la pente ; quoique nichée dans un épais massif de pins, elle bénéficiait d'une vue dégagée sur le village et sur les versants sud et ouest ; c'était un chalet rustique à un étage, avec un toit alpin et une véranda panoramique dans le style des chalets suisses. Matt Hughes, maire de Hidden Valley et propriétaire du Drugstore portant son nom, y habitait avec sa femme Rebecca.

Cinq cents mètres plus haut était sis un petit chalet en forme de A qui, lui aussi, était niché au milieu des pins, jouissant d'une vue dégagée, et appartenait à Matt Hughes. Ni les Hughes ni aucun autre habitant de Hidden Valley ne savaient grand-chose de l'homme qui avait loué le cottage à la fin de l'été précédent — un nommé Zachary Cain. Ils n'auraient su dire d'où il venait (sinon, peut-être, de San Francisco), quels étaient ses moyens d'existence ni les motifs qui l'avaient poussé à venir s'installer dans cette vallée isolée, au nord-ouest de la Sierra Nevada californienne ; il ne parlait à personne et se montrait fort ombrageux. Tout ce qu'on savait, c'était qu'il ne quittait jamais la vallée, qu'il s'aventurait au village uniquement pour acheter de la nourriture et du bourbon, et qu'il recevait pour tout courrier, une fois par mois, un chèque de trois cents dollars — établi par une banque de San Francisco — qu'il endossait au Drugstore. Vu la quantité d'alcool qu'il achetait — et, apparemment, consommait — par semaine, certains affirmaient que c'était un ermite alcoolique. D'autres pensaient que c'était

13

un excentrique riche et asocial. D'autres encore suggéraient qu'il se cachait, que c'était un fugitif, et cette hypothèse avait semé la consternation chez une petite minorité de villageois ; mais quand Lew Coopersmith, sur les instances de Frank McNeil, le propriétaire du Café de la Vallée, s'était renseigné sur Cain dans les différents bureaux du shérif du comté, il avait recueilli suffisamment d'informations pour acquérir la conviction que Cain n'était pas recherché par la police. Il n'avait pas poussé plus loin son enquête, car ç'eût été une ingérence illégale dans la vie privée d'un particulier. Les villageois avaient fini — non sans réticences — par accepter la présence de Cain parmi eux et, pour la plupart, ils n'avaient pas le moindre contact avec lui.

Et c'était exactement ce qu'il voulait.

En cet instant, comme cela lui arrivait souvent, il était assis à la table du salon, près de la fenêtre, et contemplait Hidden Valley. C'était un homme grand et massif, très brun, dont les mains aux doigts épais donnaient une impression de puissance et en même temps de douceur. Ce curieux mélange, encore perceptible dans son long visage carré, ne l'était plus dans ses yeux gris ombragés de sourcils broussailleux ; ses yeux étaient aujourd'hui hantés, vides, comme de vieilles, vieilles maisons abandonnées par leurs propriétaires. Outre sa tignasse de cheveux bruns, une épaisse toison de poils noirs couvrait ses bras, ses mains et ses doigts, lui donnant un peu l'apparence — pas désagréable — d'un ours. La ressemblance était encore accentuée par la barbe poivre et sel qu'il laissait pousser depuis cinq mois, le rite quotidien du rasage n'ayant plus aucune importance pour lui. L'aspect cireux de sa peau tendue sur les pommettes et sous les yeux le vieillissait de dix ans, mais il n'en avait en réalité que trente-quatre.

Le chalet, composé de deux pièces et d'une salle de bains, avait des murs en pin noueux et un plafond haut où s'entrecroisaient des poutres massives. Le mobilier était rudimentaire : dans le salon, une petite cheminée de pierre, un canapé aux coussins recouverts d'un tissu aux couleurs automnales, une chaise assortie, et un petit bar américain en pin, délimitant un étroit espace aménagé en cuisine équipée ; dans la chambre, un lit défait, une commode et une chaise en osier au dossier incurvé. Il n'y avait pas le moindre objet personnel, pas la moindre note d'intimité : ni photographies, ni livres, ni tableaux, ni ornements masculins d'aucune sorte. Le chalet était resté tel qu'il était lorsque Cain l'avait loué : un logement impersonnel, destiné aux touristes et aux chasseurs.

Sur la table, devant lui, il y avait une bouteille de bourbon de qualité supérieure, un verre contenant trois doigts d'alcool, un paquet de cigarettes et un cendrier débordant de mégots. Immobile, Cain ne bougeait que pour porter de temps à autre le verre à ses lèvres ou pour le remplir quand il était vide, ou encore pour allumer une autre cigarette. Dans le silence, il entendait le sifflement cinglant du vent qui assaillait le versant de la montagne, secouant la neige des branches d'arbres et s'acharnant rageusement sur les bourrelets qui protégeaient le châssis vitré. Il entendait aussi, par moments, les accents étouffés des chants de Noël que diffusaient sans relâche les haut-parleurs extérieurs du Drugstore ; l'air était si limpide que, même à une si grande distance du village, la musique montait parfois jusqu'à lui.

Comme cela s'était déjà produit au cours des deux dernières semaines, ces bribes de cantiques firent resurgir des souvenirs enfouis dans les recoins de sa mémoire...

Oh ! venez tous, fidèles joyeux et triomphants,
Oh ! venez, ve-nez à Be-e-eth-le-em...

...Angie qui chantait ces paroles d'une voix douce tout en décorant le sapin, l'année précédente, le sourire aux lèvres, sa mèche dorée en forme de point d'interrogation, lui tombant sur l'œil gauche, son visage légèrement empourpré par les grogs qu'ils avaient bus, et Lindy qui

15

la tirait par le bas de sa jupe en sautillant sur place, implorant : «Maman, maman, laisse-moi mettre l'ange tout en haut, laisse-moi mettre l'ange tout en haut !», tandis que Steve plaçait ses souliers devant la cheminée, l'air très absorbé, très appliqué, son petit bout de langue pointant entre ses dents de devant comme la langue d'un chat...

Dou-ouce nuit, Sain-ainte nuit,
Dans les cieux, l'astre luit,
Le mystère annoncé s'accomplit...

...De nouveau la voix d'Angie, mais plus douce, plus fervente : assis tous les quatre dans le salon plongé dans l'obscurité, ils regardaient les lumières clignotantes du sapin ; les enfants dormaient à moitié mais refusaient de céder au sommeil, car ils voulaient rester debout pour attendre le Père Noël : Angie se mettait alors à fredonner, transformant le cantique en berceuse, et les gosses finissaient par s'endormir ; à ce moment-là, Angie et lui les portaient dans leur chambre et les mettaient au lit avant de redescendre sur la pointe des pieds pour disposer les cadeaux devant la cheminée ; quand tout était prêt, ils montaient dans leur chambre et se couchaient, serrés l'un contre l'autre, tendrement enlacés dans la douce et sainte nuit...

Repoussant sa chaise, Cain se leva brusquement, son verre à la main, et s'écarta de la fenêtre. Debout au milieu de la pièce, vacillant, il regarda la cheminée, qui lui rappela celle de la maison des environs de San Francisco, près de Twin Peaks, cette maison dont il ne restait plus rien. Se détournant, il contourna le bar pour prendre un paquet de cigarettes neuf dans le coin-cuisine. A petits gestes convulsifs, il déchira l'enveloppe de cellophane, mit l'une des cigarettes entre ses lèvres et tâta les poches de sa chemise Pendleton. Ses allumettes étaient restées sur la table. Il retourna s'asseoir devant la fenêtre, alluma sa cigarette, vida son verre de bourbon ; puis, le regard fixe, il s'absorba de nouveau dans la contemplation de la vallée, refusant d'écouter les lointains cantiques de

Noël, concentrant toute son attention sur le panorama qui s'étendait devant lui.

Un monde blanc, un monde doux, un monde immaculé ; la neige n'avait pas son pareil pour cacher la laideur et camoufler les voyants oripeaux de l'humanité, pour créer une beauté artificielle — comme une prostituée qui se rend belle à l'aide de maquillage et d'un éclairage adéquat. Ici, dans cette idyllique petite vallée, on pouvait presque se remettre à croire en Dieu, à Noël, aux formules du genre : «Paix sur la Terre aux Hommes de Bonne Volonté» ; on pouvait presque croire que la vie avait un sens et valait la peine d'être vécue, qu'il y avait de la joie, de l'espoir et de la justice en ce monde. Mais tout cela n'était qu'illusion, tout cela n'était que mensonge. Dieu n'existait pas, la paix et la justice non plus ; il n'y avait rien en quoi croire, il ne restait absolument rien.

Cain prit la bouteille de bourbon et remplit de nouveau son verre.

SACRAMENTO

Les trois hommes passèrent à l'action à deux heures et demie, soit trente minutes exactement avant l'heure à laquelle devait normalement arriver la fourgonnette blindée.

La cible du hold-up était l'un de ces supermarchés de gros et de demi-gros où on peut acheter de tout, depuis la charcuterie jusqu'aux fournitures d'ameublement ; le magasin en question s'appelait Greenfront et se trouvait dans la banlieue nord de Sacramento. Huit semaines auparavant, à Los Angeles, un ancien employé de Greenfront avait discrètement fait savoir — là où il fallait — qu'il était disposé à vendre une documentation confidentielle concernant le supermarché. Kubion avait aussitôt sauté sur l'occasion ; c'était un planificateur, un organisateur, et il cherchait justement un coup sûr et juteux car il traversait une période creuse : or, sur le papier, ce

17

coup-là se présentait sous les meilleurs auspices. Il versa à l'ex-employé une avance de cinq cents dollars, en lui promettant deux mille dollars supplémentaires si le hold-up se concrétisait, et il examina l'affaire sous tous les angles. Il arriva ainsi à la conclusion que trois hommes étaient nécessaires pour exécuter le job. Il alla trouver Brodie, avec qui il avait déjà travaillé ; c'était un type dégourdi, fiable, doté d'une foule de talents : entre autres, c'était un as du volant — précieux en cas de fuite précipitée — et il possédait de nombreuses «relations» qui, à part un char d'assaut, pouvaient lui procurer à peu près n'importe quoi.

Brodie cherchait un job, lui aussi, et il dit à Kubion que le coup lui plaisait et qu'il était partant. Ils discutèrent du choix du troisième larron. Ils auraient bien voulu s'adjoindre Chadwick, mais celui-ci n'était pas libre, et les deux autres qu'ils contactèrent non plus ; pour finir, ils se rabattirent sur Loxner. Celui-ci était un type balèze, jovial, lent d'esprit, assez doué pour exécuter les ordres ; l'ennui, avec lui — comme avec beaucoup de malabars du métier — c'était qu'il était coriace uniquement quand tout allait bien et qu'il était du bon côté du revolver. Il avait la réputation de perdre les pédales en cas de pépin et de n'être plus bon à rien, sinon à chier dans son froc. Mais il était dans le milieu depuis longtemps et ne s'était fait choper qu'une seule fois, ce qui plaidait en sa faveur. Ils allèrent donc le voir. Il était libre, il avait faim, et l'équipe se trouva ainsi au complet.

Le lundi suivant, dans l'après-midi, les trois hommes se rendirent en voiture à Sacramento pour repérer les lieux. Cachés dans un bosquet d'arbres, à l'arrière du supermarché, ils observèrent à la jumelle la fourgonnette blindée qui, comme tous les lundis, venait chercher la recette de la semaine, et ils furent édifiés : non seulement le coup était faisable, mais c'était foutrement incompréhensible que le magasin n'ait pas été braqué depuis longtemps. Kubion élabora sur-le-champ un plan d'action, mais ce plan exigeait des investissements coûteux qui risquaient d'écorner sérieusement leur butin ; ils voulurent donc s'assurer, avant de l'adopter, qu'il n'existait pas une autre façon de procéder. Ils visitèrent le magasin plusieurs fois — individuellement ou par deux — et, camouflés dans les arbres, espionnèrent les convoyeurs de fonds trois lundis après-midi de suite, sans trouver de méthode aussi sûre et aussi simple que la première. Ils envisagèrent un moment d'attaquer directement la fourgonnette blindée, mais c'était là une formule risquée et aléatoire, d'autant que le véhicule, pendant sa tournée, circulait uniquement dans des quartiers résidentiels ou d'affaires. Et, même s'ils s'y prenaient de cette manière, ils ne récolteraient pas plus d'argent, puisque la fourgonnette, chaque fois qu'elle prenait livraison d'une recette, la déposait aussitôt à la banque.

Pour des raisons connues de ses seuls responsables, la société de transports de fonds n'envoyait pas systématiquement les mêmes convoyeurs à chaque fois. A l'inverse, ceux-ci utilisaient invariablement le même signal pour avoir accès aux bureaux : ils sonnaient quatre coups — un long, deux brefs, un long — à la porte de derrière. Ces deux faits, découverts durant la surveillance, persuadèrent finalement les trois hommes d'adopter le plan initial de Kubion. Une fois cette décision prise, ils convinrent de mettre en commun leurs maigres réserves de liquide afin d'éviter d'avoir recours à des subsides extérieurs et de perdre une part encore plus importante du gâteau. Puis ils se mirent à l'œuvre.

Brodie, qui était un bon photographe, passa deux journées devant les bureaux de la société de transports de fonds, dans le centre de Sacramento, à prendre discrètement des photos couleur des convoyeurs et des véhicules blindés qu'employait la compagnie. Une fois les clichés développés et agrandis, Kubion porta ceux des fourgonnettes à un mécanicien de San Francisco que Brodie connaissait ; après réflexion, le mécanicien déclara qu'il pouvait fabriquer — pour huit mille dollars — un faux véhicule suffisamment ressemblant pour résister à un examen superficiel. Kubion alla ensuite à Los Angeles pour montrer les photos des convoyeurs à un costumier — encore une relation de Brodie — qui, moyennant deux mille dollars, leur procura trois uniformes identiques à ceux des convoyeurs, trois trousses de maquillage de théâtre et six sacs semblables à ceux qu'utilisait la société pour transporter l'argent. Brodie s'occupa des armes, par l'intermédiaire d'un armurier de Sacramento digne de confiance ; il acheta trois Colts 38 — comme ceux que portaient les gardes — et, pour faire bonne mesure, un Smith & Wesson Modèle 39, calibre 38. Les trois lundis suivants, il prit en filature la fourgonnette qui desservait Greenfront, en changeant de voiture à chaque fois pour ne pas se faire repérer. Il apprit ainsi que la fourgonnette, avant de passer à Greenfront, allait chercher la recette du Supermarché Saddleman, à trois kilomètres de là.

Dans la documentation fournie par l'ancien employé de Greenfront figurait un plan détaillé du bureau de la comptabilité : les trois hommes l'étudièrent avec soin, à plusieurs reprises, pour ne pas être désorientés une fois qu'ils seraient à l'intérieur. La porte de derrière — celle par laquelle on faisait entrer les convoyeurs — donnait sur un escalier. En haut de cet escalier, il y avait une deuxième porte, également verrouillée, derrière laquelle se trouvait la comptabilité : une pièce comportant un minuscule local avec fenêtre — occupé par le directeur du magasin — et six bureaux pour les membres du personnel. Dans le mur de gauche, au fond, s'ouvrait une porte donnant accès au magasin proprement dit. Dans le même mur était encastré un coffre, genre chambre forte, dont seuls le directeur et le chef-comptable avaient la combinaison. Face à la porte de derrière, une épaisse cloison vitrée — commençant à un mètre du sol — donnait sur les allées, les rayons et les caisses du rez-de-chaussée. Sept employés au total, plus deux agents de sécurité armés — dont l'un descendait ouvrir aux convoyeurs. Deux autres hommes armés : les deux gardiens postés au rez-de-chaussée du magasin. Aucun système d'alarme.

Pas l'ombre d'un problème là-dedans. Le seul élément délicat, c'était la fausse fourgonnette blindée. Ils seraient obligés de la garer devant Greenfront, de la laisser bien en vue devant la porte pendant un quart d'heure — durée approximative du braquage — avant de la reprendre pour s'enfuir ; mais on ne pouvait rien y faire, et le jeu en valait largement la chandelle.

Sachant que Greenfront restait ouvert douze heures le samedi et le dimanche et que la fourgonnette blindée ne passait qu'une fois par semaine, ils avaient calculé que, ce lundi après-midi, il y aurait entre cent mille et cent vingt mille dollars dans le coffre. La recette aurait peut-être été encore plus importante le lundi suivant, veille de Noël, mais ça ne ferait pas une énorme différence ; et puis la veille de Noël, la circulation était toujours difficile — les acheteurs de dernière minute, la grosse cohue — et les patrouilles de police étaient donc plus fréquentes. En outre, d'après les renseignements fournis par l'ex-employé de Greenfront, la direction du magasin renforçait parfois la surveillance du magasin juste avant Noël. Par conséquent, le lundi qu'ils avaient choisi était le meilleur moment pour faire le coup.

Brodie trouva un garage à louer dans une zone industrielle, à quatre blocs de Greenfront : la courte distance avait l'avantage de réduire un peu le risque que représentait la fausse fourgonnette. Dûment maquillé, il alla voir l'agent immobilier et régla la caution en espèces. A titre de précaution finale, Loxner s'arrangea — grâce à ses relations dans la pègre — pour louer une «planque» dans un coin isolé de la Sierra, à un endroit appelé Hidden Valley. C'était là qu'ils comptaient procéder au partage du butin, en restant sur place encore une semaine ou deux avant de se séparer, le temps que les choses se calment.

La semaine précédente, Kubion et Brodie s'étaient rendus à Hidden Valley — en se faisant passer pour deux hommes d'affaires de San Francisco «en vacances studieuses» — et s'étaient installés dans le chalet qui leur servait de planque, ceci afin de ne pas être totalement inconnus des villageois lorsqu'ils reviendraient après le hold-up. Il était convenu que Loxner ne se montrerait pas ; officiellement, il n'y aurait au chalet que deux hommes, non trois : ainsi, les gens du coin ne risquaient pas de faire le lien entre eux et le braquage de Greenfront. Brodie et Kubion retournèrent à Sacramento le vendredi, et le mécanicien livra la fausse fourgonnette le samedi soir, tard, directement au garage. Il ne leur resta plus alors qu'à attendre le lundi après-midi...

Ils quittèrent le garage à deux heures vingt-cinq ; Brodie conduisait, Kubion était assis devant et Loxner derrière. Tous trois étaient déguisés : fausses moustaches, rouflaquettes et sourcils postiches, faux nez, tampons de coton qui grossissaient les joues et déformaient la bouche. Ils arrivèrent à Greenfront sans avoir rencontré aucune voiture de police. A cinquante mètres de l'entrée des bureaux, à l'arrière, se trouvait l'entrepôt : deux semi-remorques y étaient garés, et des débardeurs montaient et descendaient la rampe de chargement en poussant des chariots ; aucun des hommes ne prêta attention à la fourgonnette blindée qui se garait dans le parking.

Brodie descendit de voiture pour aller ouvrir le hayon et Loxner sauta à terre, les sacs vides à la main. Tandis que Kubion, debout près de l'aile arrière droite du véhicule, surveillait les environs, ils se dirigèrent vers la porte. Loxner appuya sur la sonnette — un coup long, deux brefs, un long — et ils attendirent sous le ciel plombé que l'agent de sécurité vienne leur ouvrir.

Il lui fallut deux minutes, soit vingt ou trente secondes de plus que la normale, car ils n'attendaient pas les convoyeurs avant encore une demi-heure. Le gardien ouvrit le judas et vit, à travers l'épaisse vitre de protection, la fourgonnette blindée et les trois hommes en uniforme. Tout était normal. Rassuré, il fit jouer les serrures et ouvrit la porte en disant :

— Vous êtes drôlement en avance, les gars.

— Il y a un incendie à Kingridge, juste en face de Saddleman, expliqua Brodie. Un entrepôt a pris feu. On ne peut pas passer : les rues sont bouclées et il y a des voitures de pompiers partout. Alors on nous a donné comme consigne de continuer notre tournée.

— Des incendies à la mi-décembre ! soupira le gardien en secouant la tête. Bon, tout est prêt là-haut, mais vous risquez d'attendre cinq ou dix minutes.

— Pas de problème.

Le gardien s'effaça pour laisser entrer Brodie et Loxner. A l'instant où il se tournait pour refermer la porte, Brodie lui appliqua la main gauche sur la bouche, lui rejetant la tête en arrière, et dégaina vivement son revolver, qu'il lui enfonça dans le creux des reins.

— Si tu fais un geste inconsidéré, dit-il à voix basse, si tu ouvres la bouche quand je retire ma main, je te tue aussi sec. Je ne plaisante pas.

Le garde n'opposa aucune résistance ; ses yeux écarquillés exprimaient un mélange d'effroi et d'incrédulité. Il avait une femme et trois gosses, et ce n'était pas un héros.

D'un coup d'œil vers l'entrepôt, Kubion put constater que personne, sur la rampe, ne regardait dans leur direction. Et les environs étaient déserts. Il dégaina son arme et ferma la porte, la laissant déverrouillée.

— Qui ouvre la porte, là-haut ? demanda-t-il à l'agent de sécurité. Toi, ou l'autre gardien qui est dans le bureau ?

Brodie retira sa main de la bouche de l'homme, tout en accentuant la pression du Colt. L'homme dut déglutir trois fois avant de pouvoir parler :

— C'est mon collègue, dit-il d'une voix étranglée. Je lui dis que c'est O.K. et il ouvre.

— T'as intérêt à ce que ça soit vrai, dit Kubion. Sinon, tu es un homme mort.

— C'est la vérité.

— Bon. Dès que nous serons entrés, tu fermeras ta gueule. Pas un mot, pas un geste. On prendra les choses en main.

Le gardien acquiesça nerveusement. Kubion le poussa vers l'escalier, qu'ils montèrent en file indienne. Sur le palier, le gardien dit d'une voix forte : «Ça va, Ben», et ils entendirent le grattement d'une clef dans la serrure. La lourde porte s'ouvrit et l'autre agent de sécurité apparut sur le seuil, les mains bien en vue. D'une bourrade, Kubion projeta le gardien dans la pièce, en menaçant de son arme le second vigile stupéfait, et il s'écarta pour permettre à Brodie et à Loxner d'entrer.

— Personne ne bouge ! ordonna Kubion d'un ton tranchant. Pas de panique, pas un cri, pas d'héroïsme.

— Seigneur, un hold-up ! s'exclama quelqu'un.

L'une des deux employées émit un hoquet étranglé, mais les deux gardiens restèrent immobiles, le regard rivé sur l'arme de Kubion. Brodie se posta vivement sur la gauche pour surveiller les membres du personnel ; raidis sur leurs chaises, aucun d'eux ne pipa. Loxner était sur le seuil du minuscule bureau du directeur, yeux et revolver braqués sur le gros homme au visage livide qui s'était à moitié levé de son siège.

L'espace d'un long moment, ils demeurèrent tous ainsi, pétrifiés par la peur et l'incrédulité. Kubion sourit à la pensée que l'affaire serait réglée bien avant l'expiration des quinze minutes qu'ils s'étaient données. Gestes à l'appui, il ordonna au directeur :

— Sors de là et va ouvrir le coffre. En vitesse. Pas de discussion.

Docilement, tel un automate, le gros homme sortit de son box et traversa la pièce.

C'est alors que, soudain, les choses se gâtèrent...

2.

A l'instant où Lew Coopersmith sortait de chez lui et se dirigeait vers Sierra Street, il se remit à neiger.

Il remonta sur sa nuque le col de sa veste en tartan, et accéléra le pas sous les flocons qui tombaient plus dru. La neige ne le gênait pas particulièrement mais, comme la plupart des habitants de Hidden Valley, il n'éprouvait guère de plaisir à se promener ou à conduire par ce temps, surtout quand la neige était aussi abondante que cet hiver.

Grand, mince et robuste, à l'image des pins qui couvraient les pentes de la vallée, à l'est, il avait soixante-six ans et avait l'impression d'en avoir vingt de moins ; de temps à autre, il surprenait sa femme Ellen en allant frapper à la porte de sa chambre, à l'heure du coucher, pour lui demander si une petite balade la tentait. A part les pattes-d'oie qui marquaient les coins de ses yeux verts au regard vif et les légers plis qui encadraient son nez court, il avait un visage totalement dépourvu de rides. Ses cheveux gris, coiffés d'une casquette de laine, ne montraient aucun signe de calvitie. Seules les tavelures qui parsemaient le dos de ses mains et de ses doigts trahissaient son âge.

Pendant vingt-deux ans — jusqu'à sa retraite, quatre ans auparavant — il avait assumé la fonction de shérif du comté. Le métier de policier avait représenté toute sa vie (il avait été flic de patrouille à Truckee et à Sacramento, puis shérif-adjoint pendant onze ans avant d'être finalement élu shérif) mais il avait toujours attendu avec une certaine impatience ce qu'on appelait pudiquement «les Années de Loisir». Pourtant, en définitive, la retraite s'était révélée une récompense illusoire. Peu après la fin de son dernier mandat, Ellen et lui avaient quitté le siège du comté pour s'installer à Hidden Valley — région qu'ils avaient choisie ensemble quelque temps plus tôt — et, très vite, il s'était senti désemparé, inutile. Il n'arrêtait pas de se demander comment se débrouillait le nouveau shérif — Ed Patterson, son ancien adjoint — et, périodiquement, il allait le voir au siège du comté pour bavarder de choses et d'autres : «Simple visite de courtoisie, Ed, comprends-moi bien». Quatre ans après, il continuait encore à passer de temps en temps au bureau de Patterson — comme il l'avait fait au moment où Frank McNeil et quelques autres s'étaient braqués contre Zachary Cain, l'espèce d'ours qui s'était installé dans la vallée l'été précédent.

Le problème, c'était qu'il ne savait que faire de sa grande carcasse. Quand on était représentant de la loi, on avait toujours des tas de choses à faire, des douzaines d'activités qui occupaient l'esprit, qui donnaient du piment à la vie ; par contre, à Hidden Valley, qu'est-ce qu'on pouvait bien fiche ? Lire en fumant sa pipe devant la cheminée, bricoler dans l'atelier du sous-sol, regarder la télévision, papoter à l'Auberge de la Vallée avec les gens du coin et avec les touristes saisonniers, aller de temps à autre au cinéma à Soda Grove... Telles étaient les distractions des week-ends et des soirées, vaines occupations dépourvues de sens et d'utilité. Il se sentait écarté du flot de la vie, mis au rencart. Bon sang, on n'était pas *vieux* à soixante-six ans, surtout quand on s'en sentait vingt de moins, qu'on avait l'esprit toujours aussi alerte et qu'on était habitué à l'action, aux responsabilités. Il avait pris sa retraite trop tôt, c'était indéniable, mais il ne pouvait plus revenir sur cette décision ; il lui fallait donc continuer à s'accommoder de la situation, comme il le faisait déjà depuis quatre ans.

Arrivé à l'angle de Shasta Street et de Sierra Street, Coopersmith tourna à droite et entra dans le magasin de sport des frères Tribucci. Quand la saison battait son plein, les Tribucci vendaient aux touristes en villégiature à Hidden Valley de grandes quantités d'appâts, de vêtements de plein air, de permis et d'accessoires de chasse et de pêche ; hors saison, ils faisaient surtout leurs affaires avec le matériel de sports d'hiver (sur le plan strictement local), ainsi qu'avec les produits du tabac, les journaux, les revues et les livres de poche.

Le plus jeune des deux frères, John Tribucci, était seul derrière le comptoir qui occupait le mur du fond. Agé d'environ trente-cinq ans, il avait un corps athlétique, des cheveux noirs en bataille et des yeux marron au regard chaleureux sous les paupières légèrement tombantes ; il avait également le sourire facile et une bonne dose d'énergie contagieuse. Lorsqu'il ne tenait pas le magasin, il faisait du ski ou du patin à glace, il se promenait dans les bois, raquettes aux pieds, il pêchait la truite ou — quand il en trouvait le temps — faisait de la randonnée, sac au dos, dans les hauteurs sauvages de la Sierra, côté sud : Owens Lake, Mount Baxter et John Muir Wilderness. A une époque où la robotisation, l'apathie écologique, la surpopulation des villes et des lotissements avaient commencé à se propager dans le pays comme des champignons vénéneux, Coopersmith estimait qu'un homme qui se donnait la peine de préserver son identité, qui aimait la nature dans toute sa majesté, méritait l'admiration et le respect : il accordait les deux à John Tribucci.

— Comment va Ann aujourd'hui, Johnny ? s'enquit Coopersmith après que les deux hommes se furent salués.

— Elle est plus imposante et impatiente que jamais, répondit Tribucci avec un sourire rayonnant.

Sa femme était enceinte de huit mois et demi, et c'était leur premier enfant : événement majeur dans leur vie après onze ans de stérilité.

— Combien voulez-vous parier qu'elle accouchera le jour de Noël ? reprit-il.

— Si l'enjeu est proportionnel à votre désir d'avoir un fils pour Noël, je ne marche pas. — Coopersmith lui fit un clin d'œil. — Donnez-moi une canette de Raleigh et deux paquets de cure-pipes, voulez-vous, Johnny ?

— Tout de suite.

Tribucci prit les articles sur l'étagère qui se trouvait derrière lui, les mit dans un sac en plastique et rendit à Coopersmith la monnaie de ses cinq dollars.

27

— Il se remet à neiger, à ce que je vois, dit-il. Si ça continue comme ça, nous risquons d'avoir une avalanche.

— Vous croyez ? dit Coopersmith, intéressé.

— La dernière fois que nous avons eu autant de neige, en 61, une petite avalanche a bloqué en partie la route du défilé ; les mêmes causes produisent toujours les mêmes effets. Il a fallu quatre jours aux équipes de terrassiers pour dégager le passage ; nous n'avions jamais été bloqués par la neige aussi longtemps.

— Je m'en souviens, maintenant que vous en parlez. Charmante perspective !

— C'est fâcheux, bien sûr, mais on ne peut rien faire pour empêcher une avalanche de se produire. Remarquez, si la neige s'arrête un peu, nous devrions y échapper.

— Ah, les joies de la vie à la montagne ! soupira Coopersmith en prenant son sac en plastique. Au revoir, Johnny.

— *Ciao,* dit Tribucci en riant. Bien des choses à Ellen de ma part.

— Je n'y manquerai pas.

Coopersmith sortit du magasin et remonta Sierra Street vers le nord, en traversant Modoc Street. La neige, déportée par le vent glacial qui soufflait du versant ouest, adhérait à sa veste en tartan et à son pantalon. La rue et les trottoirs étaient déserts, à part deux voitures et une camionnette de livraison garées contre les congères — hautes de soixante centimètres — que l'unique chasse-neige du village avait entassées des deux côtés de la chaussée. Par contre, en passant devant le Drugstore, il vit trois clients à l'intérieur : Webb Edwards, le seul médecin de Hidden Valley, un homme paisible, assez âgé, qui aimait à porter des cordelières, ces cravates du plus pur style western ; Sally Chilton, son infirmière à temps partiel, et Verne Mullins, un retraité d'une soixantaine d'années qui avait travaillé pendant quarante-cinq ans dans la Compagnie de Chemins de Fer Southern Pacific. Ce magasin, le plus grand du village, faisait office d'épicerie, de quincaillerie et de droguerie ; en outre, il abritait le bureau de poste de Hidden Valley. Des couronnes de houx et des rameaux de gui ornaient les doubles portes et, dans l'une des longues vitrines, trônait un énorme Père Noël en carton, juché sur un traineau tiré par deux rennes également en carton.

Entre Lassen Drive et Eldorado Street, presque en face de la station-service Garvey, les fenêtres du Café de la Vallée découpaient de scintillants rectangles qui trouaient la semi-obscurité de l'après-midi. A l'intérieur de cette zone lumineuse, les flocons de neige ressemblaient à des strass blancs. Coopersmith s'arrêta sous l'avant-toit de l'établissement, épousseta ses vêtements et tapa des pieds pour détacher la neige qui adhérait à ses semelles. Puis il poussa la porte et entra.

L'intérieur se composait d'une salle tout en longueur : des banquettes tapissées de plastique jaune et des tables recouvertes de vinyl était alignées le long du mur de gauche, tandis que le mur de droite était occupé par un long bar devant lequel étaient disposés des tabourets en plastique. Au-dessus du bar, au centre du mur, était accroché un énorme plateau rond en bois verni, scié dans le tronc d'un séquoia géant, sur lequel était gravé le menu en grosses lettres blanches. La lumière agressive des tubes au néon donnait au café un aspect froid et vaguement prétentieux.

Il n'y avait aucun client aux tables, et seulement deux au bar, assis l'un à côté de l'autre : Greg Novak, un jeune homme d'une vingtaine d'années, aux cheveux longs et aux traits délicats, qui travaillait pour Joe Garvey et s'occupait en outre du chasse-neige du village, et Walt Halliday, propriétaire de l'Auberge de la Vallée — un homme rondelet, au regard doux, portant des lunettes à monture noire qui lui donnaient un air faussement intellectuel. Derrière le bar se tenaient Frank McNeil et son fils de seize ans, Larry ; l'adolescent, que son père «réquisitionnait» pendant les vacances de Noël — et aussi pendant les grandes vacances, depuis quelques années — faisait la vaisselle dans un évier en inox immaculé, à l'autre

29

bout du comptoir, tandis que McNeil bavardait avec Novak et Halliday. Entièrement vêtu de blanc, comme un infirmier, le cafetier était un homme d'environ quarante-cinq ans, au teint rougeaud, à l'air obtus et aux cheveux roux coupés ras. Il était affligé, en sus, d'un humour gras et d'un tempérament râleur. Coopersmith ne l'appréciait guère, mais sa cuisine était bonne et son café encore meilleur que celui d'Ellen, ce qui rendait l'individu supportable à petites doses.

Les trois hommes levèrent la tête à l'entrée de Coopersmith et le saluèrent. Il leur répondit d'un geste de la main et s'installa à trois tabourets de Halliday.

— Un café, Frank, dit-il.

— Ça marche.

McNeil se tourna vers le percolateur, derrière lui, remplit une tasse qu'il posa devant Coopersmith, avec une cuillère, et rejoignit aussitôt Novak et Halliday.

— Comme je vous le disais, reprit-il, les cadeaux de Noël, je trouve ça emmerdant.

— Ce n'est pas mon avis, dit Halliday. Moi, ça me botte plutôt. Qu'est-ce que vous avez donc contre Noël, Frank ?

— Tout ça, c'est du commerce à la con et rien d'autre.

— On croirait entendre Scrooge !

— Dites, monsieur Halliday, intervint Novak, qu'avez-vous trouvé pour votre femme à Soda Grove ?

— Un radio-réveil... tu sais, un de ces appareils qui se déclenchent automatiquement le matin, comme un réveil normal, mais qui te font entendre de la musique au lieu de te vriller les tympans avec une sonnerie stridente.

— C'est un chouette cadeau.

— Ça lui plaira, je crois.

— Vous auriez mieux fait de lui donner ce que j'offre à ma bourgeoise, dit McNeil.

— Qu'est-ce que c'est ?

Sans même prendre la peine de baisser la voix, par égard pour son fils, McNeil répondit :

— Je vais vous le dire. Ça fait une quinzaine de centimètres de long et c'est garanti inusable, pourvu qu'on
en prenne bien soin. On peut s'en servir à n'importe quelle
époque de l'année et, de tous les cadeaux, c'est celui que
préfère ma bourgeoise. Et le mieux, c'est que ça ne coûte
pas un *cent* !

— Ça, c'est ce que *vous* croyez, dit Halliday en
souriant.

— Remarquez, il y a quand même un problème avec
ce genre de cadeau.

— A savoir ?

— Je ne sais fichtre pas comment je vais l'emballer !

Les trois hommes s'esclaffèrent. Coopersmith porta sa
tasse de café à ses lèvres, en se demandant ce qu'était
devenu l'esprit de Noël. Du temps de sa jeunesse, l'Avent
était une période de joie innocente et de sentiments reli-
gieux sincères. C'était comme si, en l'espace d'un demi-
siècle — pas plus — Noël était devenu une sorte de fas-
tidieux anachronisme : les gens respectaient la tradition,
mais uniquement parce que c'était ce qu'on attendait
d'eux : ils adoraient le Sauveur machinalement, de façon
superficielle — pour autant qu'ils L'adoraient — mais
ça ne les intéressait plus, ils ne semblaient plus comprendre ce qu'ils fêtaient. On faisait des plaisanteries grave-
leuses, des remarques scatologiques, et tout le monde
riait, s'accordant à penser que tout ça, c'était du commerce à la con, rien de plus, et vivement que ça se ter-
mine, qu'on ait la paix jusqu'à l'année prochaine... Il
y avait là de quoi vous rendre triste, furieux — et un peu
honteux.

Hilare, McNeil vint se poster devant Coopersmith, le
visage rouge et moite car le radiateur placé à mi-hauteur
soufflait un air trop chaud.

— Je vous sers un remontant, Lew ?

— Non merci.

McNeil se pencha par-dessus le bar, les yeux brillants,
le regard concupiscent.

— Dites donc, Lew, vous la connaissez, celle-là ?

Quand on me l'a racontée, j'étais plié en deux, et Greg et Walt aussi. C'est l'histoire d'un gosse de huit ans qui se réveille à deux heures du matin, la nuit de Noël, et qui descend au salon pour voir si le Père Noël est déjà passé. Et il est fichtrement là, le vieux bonhomme Noël ! Mais qu'est-ce qu'il fait, à votre avis... ?

Coopersmith se leva brusquement, posa une pièce sur le comptoir et sortit sans un mot dans la neige tourbillonnante.

McNeil le suivit des yeux en clignant les paupières d'un air ébahi, puis il tourna vers Novak et Halliday un visage implorant :

— Ben quoi, merde, qu'est-ce qui lui prend ?

SACRAMENTO

Quelqu'un frappa à la porte qui faisait communiquer le bureau avec l'intérieur du magasin, à l'étage au-dessous.

Le gros directeur s'immobilisa, la tête tournée vers Kubion ; la scène se figea de nouveau, la tension s'accrut encore davantage. On frappa une deuxième fois, et Kubion pensa : «Si on n'ouvre pas, le type va comprendre qu'il se passe quelque chose d'anormal». Il fit un geste à Brodie, qui était le plus près de la porte.

Le gardien qui les avait fait entrer chuchota d'une voix étranglée :

— Elle est verrouillée, et c'est moi qui ai la clef.

Brodie s'arrêta, à demi-tourné, et Kubion dit au garde :

— Alors va ouvrir, grouille-toi, mais fais gaffe où tu mets les mains. Et écarte-toi aussitôt.

Tout en traversant le bureau, le garde s'humecta nerveusement les lèvres et sortit la clef de sa poche. Brodie recula de trois pas, se plaqua contre le mur près du chambranle. On frappa une troisième fois, avec insistance, mais les coups cessèrent lorsque le garde introduisit la clef dans la serrure. Un instant plus tard, il tirait la porte vers lui, s'effaçait.

32

Dehors, une voix dit sur un ton de léger reproche :

— Tu en as mis du temps !

Le garde secoua la tête sans répondre.

Une femme pauvrement vêtue entra la première dans le bureau, l'air apeuré, cramponnée des deux mains à son sac ; derrière elle venait un agent de sécurité en uniforme, l'un des deux qui surveillaient normalement l'étage au-dessous. Il annonça :

— J'ai surpris cette bonne femme en train de chaparder au rayon des articles ménagers. Elle avait...

A la vue des armes de Kubion et de Loxner, il fronça les sourcils et s'interrompit. Le garde qui avait ouvert la porte dit stupidement : «C'est un hold-up, Ray» ; son collègue, tout aussi stupidement, porta vivement la main à l'étui de revolver qui était fixé à sa ceinture.

— Bas les pattes ! hurla Kubion.

Brodie s'écarta du mur, essayant de contourner la femme, essayant d'empêcher l'opération de capoter. Mais le garde avait déjà dégainé son arme et la brandissait. La femme se mit à crier. D'une violente bourrade, Brodie l'écarta de son chemin. Le flic tira sur Loxner, dont le bras gauche tressauta comme le bras d'un pantin désarticulé, puis il fit pivoter son arme vers Brodie.

Kubion lui tira une balle dans la gorge.

Un flot de sang jaillit de la blessure ; avec un gargouillis d'agonie, l'homme recula en titubant vers la vitre de séparation. Dans sa chute, il heurta avec le crâne et avec le canon de son revolver la cloison vitrée, sur laquelle apparurent de fines craquelures en forme de toile d'araignée. La femme pauvrement vêtue se jeta à plat ventre sur l'un des bureaux en hurlant comme une possédée. A quatre pattes, le directeur rampait vers une des autres tables, tandis que les employés s'aplatissaient par terre, les mains sur la tête, et que les deux femmes poussaient des gémissements de terreur. Les deux agents de sécurité étaient immobiles, telles des sculptures gris cendre. Les cris perçants de la femme humblement vêtue, les échos des détonations et les exclamations de surprise provenant de

33

l'étage au-dessous remplissaient la pièce d'un vacarme cauchemardesque.

Ils n'avaient plus le temps de s'occuper de l'argent, le coup était loupé ; il ne leur restait plus qu'à fuir. Brodie s'élança vers la porte de derrière et sortit sur le palier, mais Loxner resta cloué sur place, le visage perlé de luisantes gouttes de sueur ; il fixait de ses yeux vitreux la tache qui s'élargissait sur la manche de sa chemise kaki, juste au-dessus du coude. Kubion lui cria :

— Magne-toi, connard !

Loxner tourna la tête vers lui, en faisant la moue comme un gosse sur le point de pleurer ; il s'avança néanmoins, chancelant, le bras gauche plaqué contre sa poitrine. Kubion le saisit par l'épaule et le poussa dehors sans ménagement.

— Personne ne bouge d'ici ! hurla-t-il. Le premier qui montre sa gueule, on le descend !

Il sortit à reculons, claqua la porte et s'élança à la suite de Brodie et Loxner, qui dévalaient déjà l'escalier. Brodie atteignit le premier la porte du bas, l'ouvrit à la volée et les trois hommes se ruèrent dehors. Deux manutentionnaires et un chauffeur de camion se dirigeaient vers eux, venant de l'aire de chargement. Brodie fit feu sur eux sans les atteindre, mais ils se dispersèrent aussitôt en courant, affolés. Loxner, qui avait toujours son revolver à la main, essaya d'ouvrir la portière avant droite de la fourgonnette blindée ; d'un méchant coup de coude, Kubion l'écarta, ouvrit la portière arrière et projeta Loxner sur la banquette tandis que Brodie contournait précipitamment le véhicule pour s'installer au volant. Il y avait maintenant une demi-douzaine d'hommes aux alentours, mais ils restèrent sagement à distance et n'essayèrent pas d'intervenir.

La fausse fourgonnette blindée démarra du premier coup. Brodie relâcha l'embrayage, et les pneus mordirent les pavés en crissant. Il contourna le bâtiment par l'angle le plus éloigné, effectuant un dérapage contrôlé, et traversa le parking à quatre-vingts à l'heure sans relâcher sa pression sur l'accélérateur. Il atteignit la sortie la plus proche à l'instant où une Ford neuve, venant de la rue, s'engageait dans le parking. Brodie donna un violent coup de volant à droite, faisant chasser l'arrière de la fourgonnette qui heurta de plein fouet l'aile avant gauche de la Ford ; la voiture, projetée hors du passage, fit un demi-tour sur elle-même avant de s'immobiliser. Cramponné au volant, Brodie redressa et manœuvra en douceur pour engager le lourd véhicule dans la rue ; une Volkswagen, qui débouchait à ce moment-là, fit une embardée pour éviter la collision. La fourgonnette blindée s'éloigna à vive allure et, dans un hurlement de pneus, tourna à gauche au premier carrefour, tandis que Kubion, ramassé sur son siège, répétait avec sauvagerie, en une sorte de litanie :

— Fils de pute, fils de pute, fils de pute...

3.

Matt Hughes adressa au révérend Peter Keyes son sourire plein de charme juvénile et lui tendit son courrier à travers le guichet du bureau de poste.

— Il y avait beaucoup de monde à l'église hier, révérend, dit-il. Vous avez eu une bonne idée de déplacer l'office pour le mettre à midi.

— J'ose espérer que l'augmentation du nombre des fidèles était moins due au changement d'horaire qu'au fait que nous sommes en période de Noël.

Petit homme rond au visage bienveillant, le révérend Mr Keyes évoquait — la barbe en moins — un Père Noël modèle réduit, et cet aspect physique était le reflet exact de sa nature profonde et de ses penchants spirituels.

Hughes le considérait affectueusement comme l'antithèse du légendaire pasteur de montagne vouant les pécheurs à la damnation éternelle et aux tourments de l'enfer.

— En tout cas, reprit Mr Keyes, c'était assurément Noël encourageant. On peut toujours espérer que l'assistance sera encore plus nombreuse dimanche prochain, mais c'est sans doute trop demander d'avoir cent pour cent des paroissiens valides.

— Peut-être pas, révérend. Je ne manquerai pas de rappeler leur devoir aux braves gens de la vallée que je rencontrerai dans le courant de la semaine.

— Merci, Matthew, dit le pasteur avec gravité.

Il était le seul habitant de Hidden Valley à appeler Hughes par son prénom et non par son diminutif.

— A présent, je vous quitte ; j'ai plusieurs courses à faire. Je vous reverrai demain.

Après le départ du révérend Mr Keyes, Hughes poussa la barrière qui clôturait le bureau de poste et contourna le long comptoir parallèle au mur du fond. Il n'y avait personne dans le magasin à part son unique employée à plein temps, Maude Fredericks, une femme aux cheveux blancs et à l'allure maternelle, occupée à empiler des boîtes de conserve dans le rayon épicerie qui occupait le tiers du vaste local. A droite du comptoir, il y avait un poêle ventru, à l'ancienne mode, équipé d'une vitre en mica à travers laquelle brillait une chaude lueur rougeâtre. Hughes se dit qu'il avait eu une fameuse idée de faire installer ce poêle, trois ans auparavant : cela conférait au Drugstore une atmosphère rustique qui attirait aussi bien les autochtones que les touristes — et les chants de Noël ajoutaient à l'environnement une chaleur qui, pour être d'un autre ordre, n'en était pas moins agréable.

Avec un sourire satisfait, Hughes alla se poster devant le Père Noël en carton qui décorait l'une des vitrines. Dehors, les flocons tourbillonnaient et dansaient au gré des rafales de vent, comme les fragments mobiles d'un kaléidoscope monochrome. Les hivers en montagne l'avaient toujours fasciné : les gros flocons de neige aux formes compliquées, les arbres qui ployaient sous leur lourd manteau blanc, certains d'entre eux agrémentés de stalactites en forme de rouflaquettes qui leur donnaient l'air de robustes vieillards luttant contre le vent hivernal ; les capricieuses virevoltes de la neige qui vous donnaient envie de rire, comme si vous regardiez des petits chatons faire des cabrioles... Quand il était enfant, il restait assis pendant des heures, le nez collé à la fenêtre de sa chambre, absorbé dans la contemplation de cette splendeur immaculée ; et lorsque sa mère, entrant dans la pièce, lui demandait ce qu'il trouvait de si passionnant à ce spectacle, il lui faisait toujours la même réponse, c'était une sorte de jeu entre eux : «La magie de la neige, m'man. La magie de la neige...»

Âgé aujourd'hui de trente-deux ans, il avait gardé l'enthousiasme de ce petit garçon perpétuellement émerveillé. La moustache blonde qu'il arborait depuis deux ans conférait à son visage une certaine maturité, de même que les rides verticales qui partaient de son nez grec pour encercler en partie sa grande bouche mobile ; mais ses yeux bleus au regard brillant, son corps mince et sa façon d'agiter les mains en parlant l'apparentaient davantage à un adolescent candide et exubérant.

Il était pourtant, sans conteste, le citoyen le plus riche et le plus respecté de Hidden Valley. Non seulement il était propriétaire du Drugstore — qu'il avait hérité d'un oncle dix ans auparavant — et occupait la fonction de maire pour la deuxième fois consécutive, mais il possédait mille acres de terres en montagne qu'il louait à prix d'or à un club de chasse privé, il avait un portefeuille de valeurs sûres et un compte en banque à cinq chiffres. Il était marié à une femme que tout le monde s'accordait à trouver à la fois intelligente et fort séduisante, ce qui était une forme de richesse tout aussi substantielle. S'il avait été un homme ambitieux, il aurait pu quitter Hidden Valley pour s'installer dans une région moins isolée, il aurait pu se lancer avec succès dans le monde de la haute finance, voire même dans la politique. Mais il n'était pas ambitieux et tirait une vive satisfaction de sa position de notable au sein de la vallée. Pour consolider cette position, il offrait un crédit illimité aux clients réguliers, proposait des «services bancaires» — encaissement de chèques personnels ou d'affaires, octroi de prêts en cas d'urgence — et versait régulièrement de l'argent à l'Eglise Œcuménique et à diverses associations philanthropiques. Il avait parfois l'impression d'être le jeune et généreux monarque d'un tout petit royaume, très majestueux et très agréable.

Derrière lui, dans son bureau privé, la sonnerie étouffée du téléphone retentit. Sans se détourner de la fenêtre, il lança :

— Voulez-vous répondre, Maude, s'il vous plaît ?

— J'y vais, Matt.

Il entendit des pas ébranler le plancher et, au bout de quelques instants, la sonnerie s'interrompit. Les haut-parleurs se mirent à diffuser «Mon Beau Sapin». Pardessus la musique, la voix de Maude annonça :

— C'est votre femme.

Hughes soupira.

— Bon, merci.

Il traversa le magasin et passa derrière le comptoir. Son bureau, petit et bien rangé, était niché au fond, à droite, dans le coin adjacent à la réserve. Le mobilier comprenait deux grands classeurs, un bureau en chêne recouvert d'une plaque de verre et un vieux coffre de la Wells-Fargo peint en noir, qui était fixé au plancher et au mur et dans lequel Hughes entreposait ses liquidités. Il entra, ferma la porte derrière lui, s'appuya au bord de la table et prit le combiné.

— Oui, Rebecca ?

— Je voulais seulement te dire que nous n'avons plus de café, lui dit sa femme. Pourrais-tu en rapporter une livre ce soir en rentrant ?

— Il vaudrait mieux que tu t'en occupes toi-même, chérie. Je ne rentrerai pas directement à la maison après la fermeture.

Bref silence, puis Rebecca dit :

— Ah ?

— Je dois aller à Coldville. Je comptais t'appeler un peu plus tard pour te prévenir.

— Pourquoi dois-tu aller à Coldville ?

— Neal Walker a téléphoné pour me demander de venir. Il a un problème administratif dont il voudrait discuter avec moi.

— De maire à maire, c'est cela ?

— Oui.

— Je vois. Et les épouses ne sont pas conviées ?

— Tu t'ennuierais, chérie, tu le sais bien.

— Sans doute, oui.

— Je rentrerai probablement tard. Couche-toi sans m'attendre.

— Bien, dit-elle en raccrochant.

Hughes reposa le combiné sur sa fourche, émit de nouveau un soupir et contourna son bureau pour s'asseoir dans son fauteuil en cuir. Il joignit les doigts sous son menton et resta ainsi plusieurs minutes, perdu dans ses pensées. Brusquement, il se redressa, décrocha le téléphone et appela un numéro à Soda Grove.

Une voix féminine, jeune et douce, répondit :

— Ici *Grange Electric,* bonjour.

— Allô, Peggy ? Tu peux parler ?

— Oui. Qu'y a-t-il ? Un problème ?

— Non, pas du tout. J'avais juste envie de t'entendre.

— Tu vas me voir dans trois heures.

— Je ne risque pas de l'oublier. Je ne pense qu'à ça depuis ce matin.

— Et en quoi consistent tes pensées, au juste ? demanda-t-elle avec un petit gloussement.

— Tu le sais très bien.

— Oui, mais dis-le moi quand même.

— Je te le dirai quand nous nous verrons. Je te le *montrerai.*

— Oh ! pour ça, je te fais confiance.

Hughes se passa la langue sur les lèvres ; sa respiration était laborieuse, saccadée.

— Tu sais quoi ? dit-il. Cette conversation m'excite. Je n'aurais jamais pensé qu'un homme puisse avoir une érection rien qu'en parlant avec une femme au téléphone.

La nommée Peggy se remit à rire :

— Garde-la bien, ton érection, d'accord ? Je vous verrai, toi et elle, à six heures ou un peu plus tard.

— A six heures, dit Hughes.

Lorsqu'elle eut raccroché, il reposa à son tour le récepteur, presque à contrecœur. Sortant un mouchoir de la poche de son pantalon de laine grise, il essuya la fine pellicule de sueur qui s'était formée sur son front ; puis il se leva et retourna dans le magasin.

Relayée par les haut-parleurs, la Chorale du Tabernacle Mormon chantait l'amour, la foi et l'esprit de Noël.

SACRAMENTO

Quand ils furent à deux blocs de Greenfront et qu'il eut la certitude que personne ne les poursuivait, Brodie ralentit et se limita à la vitesse maximum autorisée. Le temps était un facteur précieux, mais ils risquaient de ne pas en avoir l'usage s'ils attiraient l'attention sur eux avant d'avoir ramené la fourgonnette au garage de location.

Les deux extrémités de la ruelle où se trouvait le garage donnaient sur des rues parallèles, encombrées de poids lourds et de camionnettes. Après s'être assuré qu'il n'y avait aucune voiture de police en vue, Brodie tourna dans la plus proche des deux rues et, au bout d'un bloc et demi, vit apparaître sur sa gauche l'entrée de la ruelle. Kubion, qui surveillait la rue de son regard fixe, sans ciller, dit :

— Ça a l'air O.K., personne ne fait attention...

Brodie acquiesça et s'engagea dans l'étroit passage qui s'ouvrait entre deux hauts murs d'entrepôt.

A mi-bloc, la ruelle s'élargissait sur la droite, formant une sorte de petit parking qui faisait face à un bâtiment en briques battu par les intempéries. Celui-ci avait été édifié dans l'espace séparant les murs de derrière de deux entrepôts. Sur une moitié de la façade, une pancarte annonçait : SOLENOIDES BENSON, REPRESENTANT. L'autre moitié abritait le garage.

Ils avaient laissé les portes ouvertes, et les environs étaient déserts ; Brodie entra dans le garage sans ralentir. Kubion descendit de la fourgonnette avant même qu'elle soit complètement arrêtée, ferma les doubles portes en bois et les barricada à l'aide d'une planche glissée dans les anneaux métalliques. Après quoi, il entreprit d'enlever son uniforme de gardien, sa fausse moustache, les rouflaquettes et le nez bulbeux qui constituaient son déguisement. Brodie et Loxner en firent autant ; Loxner se servait d'une seule main, et son bras gauche — strié de filets de sang — pendait mollement à son côté. Il avait toujours les yeux vitreux, voilés par la douleur, et il évitait de regarder Kubion et Brodie.

Leurs vêtements civils étaient enfermés dans un coffre, au fond du garage, avec les valises dans lesquelles ils auraient dû normalement transporter l'argent. Kubion déverrouilla le coffre et sortit l'une des valises. Ils mirent dedans les postiches — car ils ne voulaient pas que les flics découvrent qu'ils s'étaient déguisés pour le hold-up — et le calibre 38 que Kubion avait glissé dans sa ceinture, sous sa veste ; quant aux uniformes, ils les abandonnèrent sur le sol maculé de flaques d'huile, car ils savaient que la police ne pourrait pas en retrouver l'origine.

Après avoir rapidement enfilé un jean, une chemise et un pardessus d'hiver, Brodie et Kubion empochèrent les New Police Colts. Loxner, lui, ôta son maillot de corps et le déchira avec les dents, taillant ainsi des bandelettes avec lesquelles il pansa son bras blessé. Il eut du mal à s'habiller, mais ni Kubion ni Brodie ne lui vinrent en aide. Kubion prit la valise, les deux hommes s'éloignèrent de la fourgonnette — ils avaient pris soin, dès qu'on la leur avait livrée, de porter des gants afin de n'y laisser aucune empreinte — et se dirigèrent vers les doubles portes.

Loxner, qui enfilait péniblement son pardessus, les rejoignit à l'instant où Brodie, ayant ôté la barre, entrouvrait l'un des panneaux. Les environs étaient toujours déserts. Main droite dans la poche, prêts à dégainer leurs armes, Kubion et Brodie sortirent en tête et se postèrent à un endroit d'où ils pouvaient observer la ruelle des deux côtés. Personne. On entendait, au loin, le hurlement d'une sirène, mais le bruit s'éloignait.

A peine plus de six minutes s'étaient écoulées depuis leur arrivée au garage.

Ils prirent à droite et continuèrent tout droit jusqu'à la première rue transversale. La voiture de Kubion était là où il l'avait garée le matin même, à trente mètres de l'entrée de la ruelle. Kubion déverrouilla les portières et posa la valise derrière, par terre ; puis il prit dans le coffre une couverture pliée en deux, qu'il tendit à Loxner.

— Allonge-toi sur la banquette arrière et planque-toi là-dessous, dit-il. Les flics guetteront une voiture avec trois hommes dedans, pas avec deux.

— D'accord, dit Loxner en évitant toujours le regard de son complice.

Il s'étendit sur le siège et ramena la couverture sur lui, en tenant son bras blessé comme une femme berçant son bébé. Brodie s'installa au volant. Assis à côté de lui, Kubion sortit de la boîte à gants une carte routière de la Californie et un plan de Sacramento, qu'il déplia sur ses genoux.

Si le coup s'était déroulé comme prévu, ils auraient pris l'Interstate Highway 80 jusqu'à Truckee et auraient bifurqué, au nord, sur la State Highway 89 — le chemin le plus court pour aller à Hidden Valley. Mais, en bons professionnels, ils avaient également mis au point un parcours plus détourné pour réduire le danger des contrôles ponctuels effectués par la police routière. Non loin de l'endroit où ils étaient, il y avait une bretelle d'accès à l'Interstate 80, qu'ils pouvaient encore prendre sans risque ; vingt-cinq minutes seulement s'étaient écoulées depuis le braquage avorté, et il faudrait plus de temps que ça aux flics pour mettre sur pied des barrages efficaces. Dès qu'ils auraient atteint l'embranchement de Roseville, à treize kilomètres de là, ils couperaient au nord par la State 65 ; à Marysville, ils prendraient la State 20 jusqu'à Grass Valley, puis la State 49 qui leur ferait traverser Downieville, Whitewater et, enfin, Soda Grove. Avec ce trajet, deux fois plus long que l'autre, ils mettraient au moins quatre heures pour arriver à Hidden Valley, mais ils seraient ainsi à l'écart de la zone de surveillance et à l'abri des recherches de la police.

Il fallut sept minutes à Brodie pour sortir du quartier des entrepôts — en faisant un large détour pour éviter Greenfront — et pour atteindre le croisement en trèfle à partir duquel l'Interstate 80 bifurquait vers l'est. Ils ne virent aucune voiture de police jusqu'à la sortie de l'échangeur, où ils croisèrent une voiture de patrouille qui quittait l'autoroute par le même trèfle et qui fonçait vers l'ouest, sirène hurlante et gyrophare allumé. Une fois l'alerte passée, Kubion, qui avait sorti son pistolet en le dissimulant sous les pans de son pardessus, remit l'arme dans sa poche. Il alluma une cigarette et tira sur le filtre avec des bruits de succion, inhalant la fumée dans ses poumons.

Brodie accéléra pour dépasser un camion qui roulait à faible allure.

— Jusqu'à présent, tout va bien, dit-il pour rompre le silence tendu.

— On n'est pas encore sortis de l'auberge, marmonna Kubion.

— Tu crois que je ne le sais pas ?

— Ne va pas si vite, bon Dieu !

— Du calme, Earl. Tu n'as pas à me dire comment conduire.

A l'arrière, la voix de Loxner gémit :

— Il n'y aurait pas quelque chose pour mon bras dans la boîte à gants ? Ça me fait un mal de chien et ça n'arrête pas de saigner.

— Non, répondit Kubion.

— La balle est ressortie, mais merde, ce que ça fait mal !

— Ouais.

— C'est la première fois que je suis blessé, reprit Loxner, sur la défensive. C'est pour ça que j'ai peut-être été un peu lent à réagir, sur le moment. Quand on se fait tirer dessus comme ça, il y a de quoi chier dans son froc.

— Ouais, ouais, la ferme.

— Putain de garde, grogna Loxner. Putain de flic. Et il se tut.

Brodie maintint l'aiguille du compteur sur cent à l'heure.

— Ça nous fait au bas mot cent mille dollars dans le cul. Et par-dessus le marché, on en est pour plus de dix mille dollars de notre poche. Qu'est-ce qu'on va bien pouvoir foutre pour se renflouer ?

— On va exécuter un nouveau coup, dit Kubion.

— D'accord, mais où ?

— Laisse-moi faire. Je trouverai bien quelque chose. Je trouverai quelque chose, fais-moi confiance.

4.

A quatre heures de l'après-midi, le ciel plombé commença à s'obscurcir, le jour déclina rapidement derrière un épais rideau de flocons, transformant en silhouettes fantomatiques les pins et les épicéas qui couvraient les versants pentus de Hidden Valley. Dans la neige tourbillonnante, les lumières du village — les lampions multicolores décorant Sierra Street — formaient de nébuleuses auréoles qui manquaient singulièrement de chaleur et de gaieté dans l'obscurité précoce. Et le vent cinglant chantait, amer et solitaire, comme un être perdu dans l'immensité et résigné à son destin.

Rebecca Hughes, qui écoutait le vent dans la grande maison vide de Lassen Drive, pensa : «Je suis comme lui, amère et solitaire, perdue et résignée. Faible chandelle en faction devant la fenêtre, attendant le retour de l'enfant prodigue. Hélas ! pauvre Rebecca...»

Elle chercha à tâtons ses cigarettes sur la table basse, dans le noir. A la lueur de son briquet, l'immense sapin de Noël d'un mètre quatre-vingts qui trônait à l'autre bout du salon avait l'air triste, abandonné, avec ses boules multicolores aux reflets sombres et ses guirlandes argentées, semblables à des vers opalescents suspendus aux branches noirâtres. Dans la pièce envahie d'ombres, ce symbole de joie était totalement dépourvu de gaieté. Les meubles, eux aussi, paraissaient déplacés, inutiles, comme s'ils étaient exposés dans un musée : elle avait choisi elle-même ce mobilier (du «Pennsylvania Dutch» (1) avec garnitures en cuivre) quand elle avait épousé Matt, sept ans auparavant, et elle l'avait aimé à l'époque, car il représentait alors le bonheur, un foyer. Mais aujourd'hui, ce décor n'avait plus de sens, pas plus que le sapin de Noël — pas plus, peut-être, que la vie elle-même.

En tournant légèrement la tête pour allumer sa cigarette, Rebecca vit son reflet dans la fenêtre striée de givre qui se trouvait derrière le divan. Elle suspendit son geste pour contempler son image dans la lumière vacillante. Il avait été joli, naguère, ce visage : plein de vivacité, avec de l'humour dans les yeux gris et un soupçon de passion dans la ligne harmonieuse de la bouche. Mais en cet instant, avec les cheveux châtains ramassés sur la nuque en un chignon serré, ce visage était sévère, las, marqué de rides profondes ; en cet instant, Rebecca était une femme de vingt-huit ans qui en paraissait quarante.

_____

(1) Style d'ameublement hérité des Allemands qui, au XVIIIème siècle, émigrèrent d'Europe — principalement du Wurtemberg et du Palatinat — pour se fixer en Pennsylvanie.

Elle détourna son regard de la vitre et éteignit son briquet d'un geste sec, plongeant de nouveau la pièce dans une lourde obscurité. «Je me demande qui est l'élue, cette fois-ci ?» pensa-t-elle. «Non pas que ça ait de l'importance, mais il est difficile de ne pas se poser la question. Ce n'est sans doute pas une habitante de la vallée ; Matt a toujours pris grand soin de préserver l'édifiante image dont il jouit ici. Elle est jeune, évidemment. Et elle a de gros seins, évidemment. Il a toujours apprécié les gros seins ; les miens n'ont jamais semblé lui convenir. Seigneur, quelle ironie si c'était là le motif de son infidélité ! Excuse-moi, Rebecca, mais tes nichons sont beaucoup trop petits, il va donc falloir que je me trouve une maîtresse, ou deux, ou vingt ; tu *comprends*, n'est-ce pas ? Mais oui, chéri, bien sûr que je comprends ; je ne peux pas te demander de me rester fidèle alors que j'ai de si petits nénés ; la seule chose que je regrette, c'est qu'ils ne se soient pas développés davantage, afin que nous puissions former un couple parfaitement heureux».

Qu'est-ce que ça y changeait, en fait, qu'il la trompe pour telle ou telle raison ? Il la trompait, c'était tout. Et elle le trouvait pathétique, comme un enfant qui commet une bêtise en croyant que personne ne s'en aperçoit ; oui, il était comme un enfant : gentil, bon cœur, pieux, jouant avec le feu sans très bien percevoir l'immoralité du jeu auquel il se livrait, sans très bien se rendre compte de sa propre hypocrisie. Quand elle avait découvert sa liaison avec la serveuse de Soda Grove, six ans auparavant, elle lui avait annoncé tout de go qu'elle savait ; il s'était alors effondré, en larmes, la tête contre sa poitrine, en gémissant : «Je ne sais pas pourquoi j'ai fait ça, Becky, c'est arrivé malgré moi. Je le regrette, pardonne-moi, je t'aime...» Elle lui avait pardonné et, quatre mois plus tard, il avait recommencé ; il n'avait pas cessé depuis lors.

Sa dernière liaison en date durait depuis environ un mois. Elle avait commencé comme toutes les autres — par un pitoyable prétexte pour justifier le fait qu'il ne ren-

46

trerait pas à la maison le soir — et elle avait évolué comme toutes les autres : deux, trois, quatre fois par semaine, Matt rentrait à minuit passé, le corps imprégné d'une odeur de parfum, les vêtements parsemés de cheveux longs (blonds, en l'occurrence), et il s'effondrait sur le lit, épuisé. Depuis le début de cette nouvelle aventure, il n'avait pas touché Rebecca ; durant ces périodes-là, jamais il ne la touchait, jamais il ne la désirait : elle n'avait droit à rien, sous quelque forme que ce fût. Cela durerait ainsi encore un moment, encore quelques semaines. Puis il se lasserait de sa nouvelle conquête — ou elle se lasserait de lui — et le cycle recommencerait : il s'excuserait de l'avoir autant négligée, il lui accorderait quelques nuits rien moins qu'ardentes (Rebecca, *elle,* avait toujours été passionnée ; il fallait donc chercher ailleurs la raison de cet interminable défilé de maîtresses), il lui offrirait des cadeaux coûteux, il se montrerait plein de prévenance — et, juste au moment où elle commencerait à croire qu'elle avait retrouvé un mari, il lui téléphonerait pour la prévenir qu'il rentrerait tard ce soir-là...

Après l'épisode de la serveuse de Soda Grove, elle n'avait pas pris la peine de l'attaquer à nouveau sur ce sujet. Il lui aurait dit la même chose que la première fois, aurait imploré son pardon, se serait répandu en serments d'amour. Le plus terrible, c'était qu'il l'aimait *vraiment,* à sa manière incompréhensible, et qu'il ne voulait pas la perdre. Par conséquent, il ne la quitterait jamais pour l'une de ces filles avec lesquelles il couchait. Rebecca se disait souvent qu'une telle solution aurait considérablement simplifié les choses, car la décision ne lui aurait pas incombé à elle. Mais c'était là un vain espoir, et elle était tout bonnement incapable de prendre elle-même l'initiative de la séparation : Rebecca la Petite Orpheline, qui n'avait aucun endroit où aller, aucun talent particulier, qui avait un peu peur du vaste monde qui s'étendait au-delà de ces montagnes où elle était née et avait été élevée ; Rebecca qui persistait à croire à l'amour-qui-conquiert-tout, aux dénouements heureux et autres contes de fées. Aussi, à chaque fois, pardonnait-elle tacitement à Matt et restait-elle avec lui — à souffrir en silence, à jouer la comédie. A s'étioler.

Elle eut soudain très froid, comme si le vent avait réussi à s'infiltrer dans la maison douillettement chauffée ; elle portait un corsage à manches courtes et avait la chair de poule sur les bras. Elle se leva, écrasa sa cigarette sur la table basse en céramique émaillée et, sortant de la pièce obscure, se dirigea vers l'escalier du hall principal. La chambre qu'elle partageait avec Matt se trouvait sur le devant de la maison, juste au-dessus du salon. Cette pièce aussi lui parut froide et lugubre, ce soir-là — et le large lit à colonnes était une sorte de symbole de sa mélancolie.

Elle n'alluma pas. Elle y voyait assez bien dans le noir : traverser la vie en aveugle ou circuler en aveugle dans une maison familière, c'était relativement facile une fois qu'on avait l'habitude. Elle alla chercher dans le placard de plain-pied un gros pull en laine qu'elle enfila. Puis elle resta là, debout, les bras croisés sur sa poitrine, recroquevillée sur elle-même. «Et maintenant, que faire ?» pensa-t-elle. «Redescendre au salon pour fumer près de la fenêtre ? Regarder la télévision ? Ecouter de la musique douce ? De la musique bruyante ? Commencer un autre livre ? Et si je prenais un bain chaud — ou plutôt, vu les circonstances, une douche froide ?».

Elle aurait bien voulu savoir sublimer. C'était bien ce que faisaient les femmes modernes, n'est-ce pas ? Elles sublimaient leurs frustrations, elles cultivaient des hobbies, s'inscrivaient à des comités, militaient au M.L.F., jouaient au bridge, s'adonnaient à la peinture, écrivaient des romans, prenaient un emploi, étudiaient l'astrologie ou les religions orientales, des choses de ce genre. Tout ça, c'était parfait pour les femmes modernes, mais qu'étaient censées faire les femmes démodées, les représentantes du «sexe faible» comme Rebecca Hughes ? Elle n'était pas collectionneuse, elle détestait les jeux de cartes, elle n'avait aucun talent artistique d'aucune sorte, et les seuls emplois qu'on pouvait trouver dans la région

48

étaient totalement inintéressants et n'offraient pas le moindre dérivatif. Il n'y avait pas de comités ni de clubs à Hidden Valley ; pour en trouver, il fallait aller à Soda Grove. De toute façon, elle n'était pas très sociable et, par-dessus le marché, elle avait peur de conduire quand il y avait de la neige et du verglas. Elle ne s'intéressait ni à l'astrologie, ni aux religions d'Extrême-Orient, ni à aucun des autres sujets qui passionnaient la Femme Avertie. Elle n'était pas pour autant indifférente ni dénuée de goûts personnels : férue de littérature, elle lisait énormément, s'estimait bien informée, avait ses opinions à elle et croyait à certaines causes. Elle faisait partie de plusieurs bibliothèques tournantes et utilisait régulièrement les services du bibliobus qui passait deux fois par mois ; elle lisait à en avoir mal aux yeux, jusqu'à ce que son cerveau refuse d'enregistrer les mots et les phrases. D'un côté, elle lisait trop ; de l'autre, pas assez. Jamais assez.

La vérité, c'était qu'elle ne savait pas sublimer ; elle n'était pas moderne — et elle n'était assurément pas «libérée». Deux ans plus tôt, pour se prouver qu'elle était émancipée, elle avait décidé de se venger de Matt par la méthode la plus appropriée : en faisant exactement la même chose que lui. Pourquoi pas ? s'était-elle dit. Pourquoi ne pourrait-elle pas, elle aussi, trouver l'âme sœur et assouvir ses désirs dans le lit d'un autre ?

Elle avait donc téléphoné à Rae Johnson, une ancienne camarade de classe qui travaillait à Reno, dans un casino, et qui se flattait de n'avoir aucun tabou. Rae lui avait dit : «Bien sûr, viens donc», et Rebecca avait annoncé à Matt qu'elle s'absentait quelques jours pour une visite. Il lui avait dit que c'était une excellente idée, qu'elle en avait bien besoin ; en fait, il était ravi à l'idée d'être débarrassé d'elle car il était à l'époque en pleine aventure galante. Elle avait pris à Soda Grove le car à destination de Reno, où Rae lui avait fait faire la tournée des clubs et l'avait présentée à plusieurs amis masculins, sentant bien — sans que le sujet eût été abordé — que

Rebecca était venue dans l'intention de se dévergonder.

Lorsqu'on lui avait présenté le nommé Doug — elle ne se rappelait plus son nom de famille — Rebecca l'avait trouvé séduisant. C'était un homme d'esprit, charmeur, intelligent, de contact facile ; aussi avait-elle accepté sans se faire prier son invitation à monter chez lui prendre un verre. Elle avait beaucoup bu ce soir-là — chose qui lui arrivait rarement car elle était sujette à des gueules de bois violentes et prolongées — et, énivrée par l'alcool, les vives lumières et la brillante conversation, libérée de toutes ses inhibitions, elle avait soudain éprouvé le besoin désespéré d'être aimée : à l'époque, elle était restée long-temps sans faire l'amour, comme c'était le cas en ce moment. Ils s'étaient assis l'un à côté de l'autre sur le divan, dégustant des gin-fizz à la vodka, et il l'avait embrassée, lui fouillant la bouche avec sa langue, il lui avait caressé la poitrine... et, d'un seul coup, l'euphorie, l'excitation, la passion l'avaient quittée, la laissant complètement dégrisée. Elle avait interrompu le baiser et il l'avait regardée en souriant, lui proposant de passer dans la chambre ; à la vue de sa braguette gonflée par le pénis à demi dressé — elle était incapable d'en déta-cher les yeux — un tourbillon de frayeur l'avait saisie et elle n'avait pas pu aller jusqu'au bout, elle n'avait pas pu. Honteuse, les joues enflammées, elle l'avait repoussé, avait reboutonné son corsage, défroissé sa jupe et enfilé son manteau, en évitant son regard ; il n'avait pas pro-testé, apparemment guère troublé par cette défaite, mais elle avait eu le sentiment humiliant qu'il se moquait d'elle en son for intérieur.

Elle avait quitté Reno le lendemain matin, sans rien expliquer à Rae — celle-ci, en la voyant, avait tout de suite compris la nature du problème — et elle était retour-née à Hidden Valley, pleine de résignation. Il n'y avait pas eu d'autres escapades...

Rebecca sortit de la chambre, descendit l'escalier et erra sans but dans le hall avant d'entrer dans la cuisine aux tons chaudron qui se trouvait à l'arrière de la maison.

Là non plus, elle n'alluma pas. Elle fourragea dans l'un des placards en pin, au-dessus de l'égouttoir, cherchant du café, puis elle se souvint qu'elle avait terminé le paquet dans l'après-midi. C'était même pour cela qu'elle avait appelé Matt, grands dieux ! A défaut de café, pourquoi pas une bonne tasse de thé bien chaud ? Oui, excellente idée. Elle détestait le goût de ce breuvage, mais ça n'avait rigoureusement aucune importance.

Elle remplit une bouilloire, la mit sur le feu et retourna devant l'évier, attendant dans l'obscurité que l'eau soit chaude. Le regard fixé sur la fenêtre, au-dessus de l'évier, elle se prit à contempler le halo lumineux qui filtrait du chalet, cinq cents mètres plus haut, et qui luisait faiblement dans les ténèbres neigeuses, entre les pins fantomatiques. «Zachary Cain, l'ermite taciturne», pensa-t-elle. «Il ne parle à personne, quitte rarement le chalet. A en croire Matt, il achète cinq ou six bouteilles de whisky par semaine, ce qui veut dire qu'il reste enfermé là-haut à boire seul. Je me demande pourquoi. Je me demande qui c'est».

Lorsque l'eau se mit enfin à bouillir, Rebecca se prépara une tasse de thé qu'elle sucra généreusement et l'emporta au salon. Tout en s'installant sur le divan, elle continua de s'interroger sur le nommé Zachary Cain, curieuse de savoir qui était cet homme, pourquoi il buvait tant, quelle raison l'avait poussé à venir s'enterrer dans un endroit comme Hidden Valley. Elle se demandait également — même si cela n'avait pas, ne pouvait pas vraiment avoir d'importance — si, lui aussi, il se sentait seul.

5.

Allongé sur son lit, dans la chambre enténébrée, Cain, aux trois-quarts soûl, éprouvait un poignant sentiment de solitude qui, pour la première fois, n'avait rien à voir avec Angie, Lindy et Steve.

La journée avait été mauvaise, remplie de pénibles souvenirs familiaux qui avaient encore aiguisé son désespoir. Mais, avec la tombée de la nuit, d'autres souvenirs étaient venus le torturer. Inexplicablement, il s'était mis à penser à des choses qui, depuis six mois, étaient enfermées à double tour dans un recoin de son esprit.

Il y avait d'abord son travail, ce métier qu'il avait abandonné. Il avait été architecte — un bon professionnel, plein d'ardeur à la tâche — et il se rappelait avec quelle facilité on s'oubliait soi-même dans les mathématiques, les plans, l'activité créatrice, il se rappelait l'effet que ça faisait de voir l'un de ses projets se matérialiser, devenir une construction en bois, en verre et en pierre, un ouvrage qu'on avait conçu tout seul.

Il y avait les amis avec lesquels il avait rompu de son plein gré, peu après l'accident, en quittant San Francisco sans prévenir : Don Collins, son meilleur ami, qui travaillait dans le même cabinet d'architectes que lui ; Bert Rhymer, avec qui il avait fait ses études à l'université de Stanford ; Barry Kells, Fred Gaines, Walt Yamaguchi... Toutes les confidences qu'ils avaient échangées, les passions qu'ils avaient partagées, les fous rires qu'ils avaient eus en commun.

Il y avait les plaisirs simples, les moments de détente, toutes les petites occupations qui remplissaient la vie d'un homme : se promener dans San Francisco par une douce soirée de printemps ou d'été, quand La Ville était un diamant à mille facettes brillant de tous ses feux ; boire de la bière bien fraîche et pêcher paresseusement la perche sous les saules et les peupliers qui bordaient les canaux du Delta de San Joaquin ; faire de la voile sur la Baie, les après-midi où il y avait du soleil et du vent, s'aventurer sous le Golden Gate Bridge et sur le Pacifique, au-delà de Land's End, afin de voir San Francisco telle que la voyaient les marins ; lire des romans, regarder des vieux films à la télévision, écouter les immortelles mélodies créées autrefois par Bix, Kid Ory, Stachmo, W.C. Handy... tous ceux-là, oui, et une douzaine d'autres encore.

Les souvenirs l'avaient envahi malgré lui, et il n'avait pas réussi à boire suffisamment d'alcool pour les chasser, les enfermer de nouveau dans un recoin de son cerveau. Alors était né le sentiment de solitude ; or, comme il n'en voulait pas, comme il ne pouvait s'en accommoder, il était furieux contre lui-même, mal à l'aise, au bord du désespoir. La normalité de sa vie passée était morte et enterrée — lui aussi était mort, à l'intérieur, là où ça comptait — et, même à Noël, même si les miracles étaient possibles et si ça valait le coup d'essayer, on ne pouvait ressusciter les morts. Mais le sentiment de solitude persistait, donnant lieu à un paradoxe absurde : un homme brisé qui éprouve le besoin et le désir d'être seul, et qui souffre de solitude.

Cain était allongé sur son lit, immobile, le visage tourné vers la porte fermée, vaguement conscient du rai de lumière qui filtrait sous le panneau, conscient d'avoir oublié d'éteindre les lampes quand il avait quitté le salon, quelques minutes plus tôt. «Rien à foutre», se dit-il. «Au diable les lampes !». Il bougea la tête d'un quart de tour et fixa son regard sur la porte du placard, en face de lui. Le Savage 30,06 — chargé — était enfermé à l'intérieur, appuyé contre le mur, tel qu'il l'avait rangé lors de son arrivée à Hidden Valley. Pas plus ce soir-là que les soirées précédentes, il ne put se lever pour aller chercher l'arme. Il n'avait pas le cran de se tuer, c'était un fait ; il s'en était rendu compte trois jours après l'accident, le soir où il avait quitté sa chambre d'hôtel, dans le centre de San Francisco, pour aller en voiture à Oyster Point :

il avait sorti le fusil du coffre, l'avait chargé, s'était enfoncé le canon dans la bouche, l'index raidi sur la détente, et il était resté trente minutes dans cette position, le corps inondé de sueur, essayant en vain de tirer. S'il faisait de nouvelles tentatives, elles seraient tout aussi infructueuses — mais cela ne l'empêchait pas d'y penser, de penser à cet unique coup de fusil qui mettrait un terme à sa souffrance et lui procurerait l'oubli que, par sa négligence, il avait lui-même infligé à Angie, à Lindy, à Steve...

— Bon Dieu ! dit-il à haute voix.

D'un geste mou, il prit la bouteille de bourbon et le verre vide qui étaient posés sur la table de nuit. Il remplit le verre à moitié, le vida en deux gorgées convulsives, s'étouffa, sentit la brûlure de l'alcool dans son estomac.

Seul. Seul !

Il se leva du lit, frissonnant, passa dans la salle de bains, s'agenouilla devant la cuvette des W.C. et vomit une demi-douzaine de fois, douloureusement. Quand il ne lui resta plus rien à évacuer, il se remit debout et se rinça la bouche au robinet du lavabo, aspergeant d'eau glacée son visage et son cou. Puis il retourna se coucher à plat ventre sur le lit, bras et jambes écartées, en respirant bruyamment.

Angie et les gosses... perdus, perdus !

Mais pas l'architecture, ni San Francisco, ni Don Collins, ni Bert Rhymer... Ni *moi*.

Seul.

Non !

Seul, seul, seul...

6.

Dans le living-room de la maison de son frère, à Eldorado Street, John Tribucci s'adonnait avec sa femme Ann au bon vieux jeu consistant, pour des parents en puissance, à choisir le prénom du futur bébé.

— Je persiste à penser que, si c'est un garçon, il faudrait l'appeler John Junior, dit Ann.

Elle était inconfortablement assise sur le divan, imposante, une main posée sur son ventre rebondi ; au-dessus de l'élastique marquant la taille haute de sa robe de grossesse, sa poitrine paraissait avoir doublé de volume. En temps normal, Ann était une femme mince aux longues jambes, dont les pommettes hautes, le teint olivâtre et les soyeux cheveux noirs séparés par une raie au milieu étaient autant de signes révélateurs de son hérédité peaurouge : en effet, son arrière-grand-mère avait été une Miwoc de pure race. Enceinte ou non, Ann était — aux yeux de Tribucci — la femme la plus belle et la plus sensuelle du monde.

— Un Johnny dans la maison, ça suffit amplement, dit-il. D'autre part, je refuse de devenir prématurément John Tribucci *Senior*.

— Dans ce cas, dit Ann en riant, il nous reste le prénom de ton père.

— Mario ? Pas question.

— J'aime bien Andrew.

— Ça donnera Ann et Andy, comme les jumeaux de la bande dessinée.

— Joseph, c'est joli aussi.

— Joey Tribucci ? On dirait le nom d'un bootlegger de la Prohibition.

Elle fit la grimace.

— Tu soulèves à chaque fois les objections les plus farfelues. Tu ne veux pas démordre d'Alexandre, c'est ça ?

— Qu'est-ce que tu as contre Alexandre ?

— Je ne trouve pas que ça fasse très masculin.

— Alex est l'un des prénoms les plus masculins qu'on puisse imaginer !

— Hum... Peut-être, mais on doit pouvoir en trouver de mieux.

— J'attends encore que tu m'en proposes.

— Eh bien... la dernière fois, tu semblais favorable à Stephen.

— Mais cette suggestion ne t'a pas vraiment transportée d'enthousiasme, si je me souviens bien.

— Il faut le temps que ça mûrisse. Je préfèrerais John Junior, mais je suis disposée à accepter un compromis — pour l'instant, tout au moins.

— Bon, va pour Stephen. Passons maintenant aux prénoms féminins, puisqu'il est toujours possible — contre toute vraisemblance — que j'aie engendré une femelle.

— Toi, dit Ann, tu es par moments un sacré phallocrate.

— Je plaide coupable.

— Va te faire foutre, mon amour. Bon, tu n'aimais ni Suzanne ni Toni ni Francesca, et moi je n'aimais ni Pamela, ni Jill ni Judith. Mais j'ai réfléchi depuis la dernière fois et j'en ai trouvé trois autres, tous jolis ; il y en a même un qui risque de te plaire. Le premier est Hannah.

— Prénom de bonniche allemande, décréta Tribucci.

Comme sa femme le foudroyait du regard, il ajouta :

— Je plaisante, ce n'est pas mal. Et le deuxième ?

— Marika.

— Mieux, beaucoup mieux. Marika Tribucci. Ça sonne bien, je dois reconnaître.

— C'est aussi mon avis. A dire vrai, c'est mon préféré. Mais le troisième est joli aussi : Charlene.

Jusque-là souriant et détendu, Tribucci se raidit brusquement ; son sourire s'évanouit et son regard s'assombrit. Se levant du vieux fauteuil de Vince, il s'approcha de l'une des fenêtres et s'absorba dans la contemplation des ténèbres extérieures.

Derrière lui, Ann s'enquit :

— Johnny ? Qu'est-ce que tu as ?

Il ne répondit pas, ne se retourna pas. Il pensait à Charlene… Charlene Hammond. Cela faisait longtemps qu'il n'avait plus pensé à elle et à cette fameuse soirée sur la plage déserte des environs de Santa Cruz. Les premiers mois, il avait souvent ressassé l'incident ; mais ça remontait maintenant à treize ans, à l'époque où il faisait sa quatrième et dernière année de service militaire à Ford Ord, et le temps avait fini par reléguer cet épisode au fin fond de sa mémoire. Mais l'innocente suggestion d'Ann, à l'instant, avait suffi à ramener à la surface ce souvenir indésirable.

Il avait rencontré Charlene Hammond à la fin du mois de juillet, cette année-là, sur la promenade en planches de Santa Cruz. Blonde, vive, elle avait un corps épanoui et des manières provocantes ; elle n'était pas particulièrement intelligente, mais quand on a vingt-deux ans et qu'on vit dans une base militaire, on ne se soucie pas vraiment du quotient intellectuel des filles. Ils étaient sortis ensemble plusieurs fois — boîtes de nuit, cinémas, spectacles estivaux — et, au bout de trois semaines, ils avaient fait l'amour sur la banquette arrière de la voiture du père de Charlene. Il l'avait revue le surlendemain soir, et ce fut ce soir-là qu'ils allèrent à la plage — parce que c'était plus pratique que la voiture, parce qu'ils étaient jeunes et parce que l'idée de baiser en plein air, près de l'océan, sous le ciel étoilé, avait quelque chose de grisant. Charlene avait choisi l'endroit, et il avait compris qu'elle y était déjà venue dans des circonstances analogues : elle n'était plus vierge depuis longtemps.

Ils avaient garé la voiture sur un promontoire et étaient descendus dans un coin abrité, sous l'avancée de la falaise, à un endroit où on ne pouvait les voir de la route. Ils avaient étalé une couverture par terre et ouvert des boîtes de bière en se caressant mutuellement, sans se presser, laissant monter l'excitation. Mais ils n'avaient pas envie de trop attendre, ni l'un ni l'autre : l'excitation vient rapidement quand on est sur une plage, par une douce soirée d'été, et qu'on entend le murmure rythmé des vagues.

Ils étaient étroitement enlacés sur la couverture — elle, nue ; lui, en pantalon et chaussures — quand les deux motards surgirent en pétaradant sur la plage.

Surpris, ils s'écartèrent vivement ; Charlene prit ses vêtements en tâtonnant et fit l'erreur de se mettre debout pour se rhabiller. La lune brillait, cette nuit-là, et John distinguait nettement les motards, qui ne pouvaient manquer eux-mêmes de voir Charlene, de voir qu'elle était nue. Les motos obliquèrent dans leur direction. Il sentit aussitôt qu'il y avait du danger ; saisissant Charlene par le bras, il l'entraîna en courant vers le sentier de la falaise. Mais les motos les rattrapèrent, leur barrèrent le chemin, les forcèrent à retourner sous le promontoire.

Lorsque les motos s'approchèrent et s'arrêtèrent devant eux, il put constater que les deux motards étaient jeunes — environ trente ans — vêtus de jeans noirs cloutés et de lourdes bottes. L'un était barbu, l'autre portait une boucle d'or à l'oreille. Charlene pleurait, terrifiée ; elle était presque complètement rhabillée, mais c'était beaucoup trop tard : dès l'instant où les autres les avaient repérés, John avait compris qu'il était trop tard. Il tenta de raisonner les deux hommes, en pure perte ; ils étaient visiblement sous l'empire de l'alcool ou de la drogue. Le barbu lui ordonna de s'écarter de Charlene mais il refusa d'obéir ; l'homme à la boucle d'oreille sortit alors de sa botte un long couteau à la lame effilée.

— Dégage, mon mignon, dit le barbu, sans quoi on vous saigne tous les deux. On ne voudrait pas en arriver là.

Charlene hurla en se cramponnant à lui. Le barbu la saisit par le poignet, la fit pivoter vers lui et la plaqua contre sa poitrine. Instinctivement, John voulut s'interposer mais le couteau fendit l'air, menaçant, l'obligeant à reculer contre la paroi de la falaise. Les cris de Charlene frisaient maintenant l'hystérie.

— Je fais le plein et je te la passe, dit le barbu à son compagnon. Toi, surveille le joli cœur en attendant que j'aie fini.

Se tournant vers Charlene, il la gifla plusieurs fois et la coucha sans ménagement sur la couverture ; il lui arracha ses vêtements, puis baissa son jean clouté. Comme elle continuait à pousser des cris perçants, il continua de la frapper, tout en essayant de lui écarter les jambes pour la pénétrer de force. L'homme armé du couteau riait tout bas, partageant son attention entre Tribucci et le spectacle qui se déroulait par terre.

Paralysé par la menace du couteau et par la peur, John supporta la scène aussi longtemps qu'il le put. Jusqu'au moment où il oublia tout bonnement le couteau, oublia sa peur. Il attendit que l'homme à la boucle d'oreille reporte une nouvelle fois son attention sur les deux autres ; alors, d'une brusque poussée, il s'écarta de la paroi rocheuse et, de toutes ses forces, décocha un violent coup de pied entre les jambes de l'homme, qui se mit à hurler encore plus fort que Charlene. Plié en deux par la douleur, il lâcha le couteau. John l'envoya au tapis d'un coup de pied en pleine figure, le frappa à la tête et fit volte-face. Le barbu avait lâché Charlene et s'efforçait de se mettre debout, de remonter son pantalon qui lui entravait les chevilles. John se rua vers lui en criant :

— Cours, Charlene, cours !

Il la vit s'élancer vers le sentier, à moitié nue. Arrivé près du barbu, il lui envoya trois coups de pied à la tête et dans la partie supérieure du corps ; puis, se jetant à plat ventre sur lui, il le frappa avec ses poings, lui roula le visage dans le sable, le frappa encore, encore, encore, encore...

Et s'arrêta brusquement, prenant conscience du sang tiède qui maculait sa main et son avant-bras. Haletant, il se remit péniblement debout. Le motard barbu ne bougeait plus. Il se tourna pour regarder l'autre homme : il ne bougeait pas davantage. Peut-être étaient-ils morts, l'un ou l'autre — voire même les deux — mais John n'en avait cure ; il s'en moquait. Il s'agenouilla près de l'océan, là où l'écume blanche moussait sur le sable, et entreprit de nettoyer ses mains tachées de sang ; après quoi, il enfila sa chemise et remonta lentement le sentier menant à la route. Charlene et la voiture avaient disparu. Il parcourut un bon kilomètre et demi à pied, le pouce levé, jusqu'au moment où trois adolescents le prirent en auto-stop dans leur break déglingué et le déposèrent à Ford Ord. Durant tout le trajet, il resta très calme ; la réaction se produisit seulement lorsqu'il fut dans son lit, à la caserne.

A ce moment-là, il se mit à trembler sans pouvoir s'arrêter. Il resta allongé ainsi, la nuit entière, tremblant de tous ses membres, pensant à ce qui s'était passé sur la plage et se demandant sans répit pourquoi il avait réagi ainsi. Il n'était pas héroïque, ni même particulièrement brave. Il n'éprouvait aucun sentiment profond pour Charlene. Selon toute vraisemblance, les deux motards n'avaient jamais eu l'intention de les tuer ; ils ne pensaient qu'au viol. Alors, pourquoi avait-il fait ça ? Pourquoi ?

Il n'avait trouvé aucune explication cette nuit-là, et il n'en voyait pas davantage treize ans plus tard. Le fait était là, point final.

Le lendemain matin, il avait appelé Charlene. D'un ton bref, elle lui avait demandé si ça allait, comment il s'en était tiré, et elle avait ajouté : «Tu n'as pas prévenu la police, au moins ?» Parce qu'elle ne voulait pas avoir d'histoires ; si la police venait la questionner chez elle, son père la jetterait à la rue. Elle n'avait pas remercié John, ne lui avait pas exprimé ses regrets de l'avoir abandonné ainsi — blessé, peut-être agonisant — et de n'être pas allé chercher de l'aide. Il ne l'avait jamais revue.

Pendant une semaine, il avait épluché tous les journaux locaux : aucun cadavre répondant au signalement de l'un ou l'autre des deux motards n'avait été découvert sur la plage ou aux environs de Santa Cruz. Le fait de savoir qu'il n'avait tué aucun de ses agresseurs l'avait

60

un peu libéré de son obsession et il avait pu commencer à oublier l'incident ; il n'avait parlé à personne de cette fameuse nuit — ni à Ann, ni à Vince, ni à ses parents — et il n'en parlerait jamais...

— ...Johnny, qu'y-a-t-il ? Qu'est-ce qui t'arrive ?

Ann se tenait près de lui et le tirait par la manche de sa chemise. Tribucci battit des paupières, pivota vers elle, vit son regard soucieux... et, aussitôt, le pénible souvenir se dissipa. Il sourit à sa femme et l'embrassa.

— Rien, dit-il. Un simple accès de mélancolie. Mais maintenant, c'est fini.

— Je l'espère bien.

Il la prit par la taille et la reconduisit jusqu'au divan.

— Je ne voulais pas t'alarmer, mon chou. Excuse-moi, je ne me laisserai plus aller.

— Tu avais une expression toute bizarre, dit-elle. Que pouvais-tu bien ruminer de si...

La porte s'ouvrit sur ces entrefaites et Vince apparut, épargnant à son frère la peine de répondre. Plus carré que John et plus vieux de trois ans, Vince commençait à perdre ses cheveux et portait des lunettes à double foyer pour corriger une légère myopie compliquée d'astigmatisme. Sa femme Judy et lui venaient de passer une heure dans la pièce voisine à regarder la télévision — pour autant qu'on puisse regarder la télévision un soir d'hiver dans la Sierra.

— Ils ont diffusé un bulletin météo de Sacramento, annonça-t-il. Il y a une forte dépression qui arrive de l'ouest et qui vient droit sur nous. Nous aurons probablement une journée de blizzard — peut-être même deux — cette semaine.

— Super, gémit Tribucci. Génial. S'il continue de neiger à ce rythme-là, sans interruption, nous sommes mûrs pour avoir des avalanches avant la fin de l'hiver.

— Oui, et il y en a au moins une qui risque d'être importante.

— Ecoutez-moi ces prophètes de malheur ! intervint Ann. Que faites-vous de l'esprit de Noël ? Je vous signale

61

que cette période est traditionnellement celle de la joie.

— Ah-ah-ah ! dit Vince avec un grand sourire. Alors, vous vous êtes décidés pour le prénom de votre rejeton ?

— Si c'est un garçon, nous choisirons sans doute Stephen.

— Et si c'est une fille ?

Tribucci regarda Ann.

— Henrietta Lou, dit-il.

Elle lui lança un coussin à la figure.

7.

Earl Kubion avait une féroce migraine lorsqu'ils arrivèrent enfin à Hidden Valley, à huit heures vingt du soir.

Cela faisait plus de cinq heures qu'ils roulaient, contraints de lutter contre la neige et le verglas qui sévissaient depuis Grass Valley, contraints de s'arrêter à Nevada City pour mettre les chaînes, contraints de rouler à une allure réduite sur les routes pleines d'embûches de l'Etat et du comté. Ils n'avaient rencontré aucun barrage, subi aucun contrôle, et les trois voitures de police qu'ils avaient croisées — outre deux voitures de patrouille locales — ne leur avaient prêté aucune attention ; pourtant, d'un bout à l'autre du trajet, Kubion avait été tendu, aux aguets, attendant une catastrophe qui ne s'était pas produite. Aux aguets, écoutant le chuintement monotone des essuie-glaces ; écoutant à la radio les bulletins d'information consacrés au hold-up manqué : la police de Sacramento et la police de la route unissaient leurs efforts pour retrouver les trois gangsters, dont l'un était blessé au bras gauche ; la fausse fourgonnette blindée n'avait pas encore été retrouvée ; le flic de surveillance était mort et la

62

voleuse à l'étalage avait fait une dépression nerveuse ; on recommandait aux citoyens d'être sur le qui-vive... Encore et toujours les mêmes conneries. Aux aguets, écœuré par l'odeur entêtante du sang de Loxner, incommodé par la chaleur confinée de la voiture. Aux aguets, fumant deux paquets de cigarettes, inhalant fébrilement de brèves bouffées. Ses nerfs vibraient comme des fils électriques en pleine tempête et il avait envie de cogner, de tabasser quelqu'un ; ces migraines lui faisaient à chaque fois le même effet ; elles annihilaient ses facultés de raisonnement, menaçaient son équilibre mental et le poussaient à des accès de violence gratuite.

Kubion avait vécu par et avec la violence durant la moitié de ses quarante-deux années d'existence, mais il l'avait toujours rigoureusement contrôlée. Il n'y recourait qu'en cas d'extrême nécessité — comme dans le cas du flic de Greenfront — et agissait alors avec calme et détachement, soucieux de ne pas perdre son sang-froid et de se fier en priorité à son intelligence pour se sortir d'une situation difficile. Quand il ne «travaillait» pas, il n'avait aucune inclination pour la force et la cruauté ; tout ce qui l'intéressait, c'était les négresses à gros cul (il avait toujours eu un faible pour les négresses à gros cul et se foutait pas mal de ce que les gens pouvaient en penser) et la vie nocturne à New York, à Miami Beach et à Los Angeles — bref, le genre de bringue qu'on pouvait s'offrir avec du pognon.

Mais, un peu plus d'un an auparavant, les migraines avaient commencé. La moindre tension suffisait à les déclencher et la moindre contrariété était susceptible de le faire basculer dans la violence incontrôlée, irraisonnée. Ainsi, au printemps dernier, après un braquage à San Diego, il avait cassé la clavicule de Tony Filippi et lui avait fracturé le crâne à coups de crosse, tout ça parce que Filippi avait salopé sa part du boulot et avait bien failli tout flanquer par terre ; trois mois plus tard, il avait administré une sévère raclée à l'une de ses femmes, dans un hôtel de Miami, parce qu'elle avait essayé de le cocufier pendant qu'il effectuait un hold-up délicat — et il avait eu toutes les peines du monde à la persuader (moyennant finances) de ne pas porter plainte pour coups et blessures ; deux mois auparavant, à Anaheim, il avait tabassé un jeune gardien de parking parce que le morveux s'était montré insolent et que Kubion s'était donné beaucoup de mal pour préparer un coup qui s'était finalement révélé irréalisable : cette fois encore, il avait dû raquer pour arranger les choses. Quand il était dans son état normal, Kubion considérait ces accès de brutalité avec un mélange de répugnance et d'appréhension, et il se promettait de ne jamais recommencer ; mais voilà que quelque chose venait à le tourmenter, déclenchant l'une de ses migraines, et son sang-froid cédait alors sous la brûlante pression d'une impulsion destructrice.

Il était allé voir deux médecins — l'un à Miami, l'autre à Los Angeles — et s'était soumis à des examens physiques approfondis. Aucun des deux toubibs n'avait décelé chez lui le moindre trouble organique. Le premier lui avait dit que les migraines étaient sans doute d'origine nerveuse et lui avait prescrit des tranquillisants ; Kubion avait suivi le traitement quelque temps, l'avait trouvé efficace, avait cru que le problème était réglé — jusqu'au jour où, à l'hôtel de Miami, sous l'effet d'une nouvelle migraine, il avait rossé cette femme. Le second médecin lui avait dit que les sévères maux de tête étaient parfois le symptôme de troubles psychiques, et il lui avait suggéré de consulter un psychologue. Kubion n'avait pas suivi ce conseil ; primo, c'était du baratin, secundo, il n'aimait pas les psy. Ces gens-là étaient des requins prétentieux qui s'abritaient derrière leurs beaux diplômes pour vous servir un charabia à la gomme. Il se rappelait encore cet enfoiré paternaliste qui l'avait pris en charge à la prison d'Etat du Michigan, au début des années cinquante, quand il avait purgé une peine pour hold-up à main armée — la seule fois où il s'était fait piquer. C'était censé être un psychologue pénal — «pédale», oui ! — et il lui avait posé un tas de questions insidieuses, débitant des sala-

64

des à propos d'«environnement préjudiciable à l'adoles-cent» de «comportement asocial», de «mégalomanie latente»… Il s'était complètement aliéné Kubion, le laissant perturbé et irrité à la fin de chaque séance. Rien à foutre de ces conneries !

Kubion avait finalement décidé de se débrouiller seul, en apprenant à se contrôler quand il sentait venir les migraines, en traitant le problème de la même manière qu'il traitait un boulot difficile. Jusqu'à présent, il n'y était pas encore parvenu, mais il lui faudrait y arriver s'il voulait continuer à travailler, continuer à faire la bringue. Les choses se tasseraient d'elles-mêmes. N'en avait-il pas toujours été ainsi par le passé ?

Kubion ne pensait à rien de tout cela tandis que la voiture traversait le village, longeant la grand-rue enneigée et déserte. Il avait d'autres préoccupations : la douleur qui lui martelait le crâne, l'horripilante vibration de ses nerfs, la frustration et l'amertume causées par le braquage loupé de Sacramento, et le besoin irrépressible, irraisonné, de cogner quelque chose ou quelqu'un. Il alluma une autre cigarette, en regardant fixement à travers le pare-brise les lampions de Noël encore éclairés et les maisons en bois, toutes plongées dans l'obscurité — à part l'Auberge de la Vallée, où deux rectangles jaunes filtraient à travers les fenêtres embuées, sur la façade également décorée de lampions. La lueur des ampoules rouges, bleues et vertes faisait ressortir de façon surréaliste le visage de Kubion — un visage mince, creusé de profondes rides verticales donnant l'impression que les traits étaient inachevés et que, si on y regardait d'assez près, on pourrait voir les marques laissées par le ciseau du sculpteur. Dans une lumière normale, le teint basané de sa peau, le noir charbonneux de ses cheveux et de ses sourcils, l'ombre bleutée de son menton mal rasé se combinaient pour lui donner un aspect carbonisé, comme s'il sortait d'un brasier.

Depuis une demi-heure, aucun des trois hommes n'avait prononcé un mot. Brodie fut le premier à rompre le silence :

— Pas un chat dans les rues, et il n'est même pas huit heures et demie !

Kubion tira sur sa cigarette filtre sans faire de commentaire.

Il y eut un froissement de tissu à l'arrière et Loxner s'enquit d'une voix épaisse :

— Bon Dieu, on est enfin arrivés ?

Quand ils s'étaient arrêtés à Nevada City pour mettre les chaînes, Brodie lui avait acheté une bouteille de gin en guise d'antiseptique et d'anesthésiant pour son bras : il n'avait pas voulu prendre le risque d'acheter des pansements ou des produits pharmaceutiques, la radio ayant signalé que l'un des auteurs du hold-up était blessé.

— Oui, on est enfin arrivés, répondit-il.

— Je peux m'asseoir, maintenant ?

— Vas-y, il n'y a personne.

Loxner se redressa en clignant des paupières. C'était un homme du même âge que Kubion, qui s'épaississait à la taille en raison d'un excès de bière et de nourriture ; ses cheveux, de la couleur du cuivre terni, s'éclaircissaient aux tempes et il commençait à avoir des bajoues.

— Je ne sens plus mon bras, dit-il. Dès que nous serons au chalet, il faudra que je mette quelque chose sur la plaie — de la teinture d'iode ou un truc de ce genre. Une blessure par balle, si on ne la soigne pas, ça finit par s'infecter. Ça peut aller jusqu'à la gangrène.

— T'as fini de pleurnicher ? dit Kubion.

— Hé, je ne pleurniche pas ! C'est normal que je...

— La ferme ! Ça fait cinq heures que je renifle l'odeur de ton sang, je ne vais pas en plus écouter tes conneries !

— Du calme, Earl, dit Brodie.

— Toi, ne t'en mêle pas, fils de pute !

Brodie lâcha l'accélérateur et tourna la tête vers Kubion. C'était un homme grand, blond, à la taille fine ; il avait la dégaine de ces minets au sourire engageant que Kubion avait vus rôder autour des hôtels résidentiels de Miami, à l'affût de riches rombières entre deux âges. Ses yeux d'un bleu violet avaient un regard ordinairement doux, mais ils pouvaient se durcir — comme en cet instant — au point de ressembler à deux cristaux d'améthyste.

— Je ne suis pas un fils de pute, dit-il d'une voix lente, et je n'aime pas qu'on m'insulte.

— Je t'emmerde, Brodie. Tu m'entends ? Je t'emmerde !

Brodie le regarda encore un moment sans ciller, les mains crispées sur le volant. Puis il prit une profonde inspiration, et ses doigts se détendirent ; il appuya de nouveau sur l'accélérateur et concentra toute son attention sur la route. Ils étaient maintenant sortis du village et arrivaient à l'embranchement de Macklin Lake Road et de Mule Deer Lake Road. Sans un mot, il tourna à droite, les chaînes des pneus crissant sur la neige compacte qui tapissait la chaussée, et, presque sans transition, la route se mit à sinuer à travers des bouquets de pins touffus. La lueur des phares, ouatée par les flocons de neige, formait un tunnel dans les ténèbres.

— Alors, Brodie ? grogna Kubion.

Loxner se pencha en avant, dressant une petite barrière entre les deux hommes.

— Tu sais s'il y a des pansements et de la teinture d'iode au chalet, Vic ?

— Ouais, je crois, répondit Brodie. Il y a tout ce qu'il faut.

— Tu te rends compte ? Nous n'avons rien mangé depuis le petit déjeuner. Quand j'aurai soigné mon bras, je m'occuperai de remplir mon estomac.

— Ça ne nous fera pas de mal d'avaler quelque chose. Des steaks, peut-être.

— On s'en fout, de la bouffe ! dit Kubion.

Il y eut un grésillement distinct lorsqu'il jeta sa cigarette par la portière ; le vent vif de la montagne souffla de la neige sur le côté droit de son visage, et un courant d'air glacé pénétra dans la voiture bien chauffée.

— Allez vous faire foutre, tous les deux !

Le reste du trajet jusqu'au chalet de Mule Deer Lake se passa dans un silence pesant.

8.

Peu après neuf heures, dans l'obscurité familière d'une chambre de motel de Whitewater, Peggy Tyler émit un soupir et appuya sa joue contre le ventre lisse de Matt Hughes.

— Ça t'a plu ? demanda-t-elle. As-tu été satisfait, Matt ?

— Et comment ! dit-il.

Le sourire aux lèvres, elle nicha sa tête au creux du bras droit de Matt, répandant ses cheveux blonds emmêlés sur la poitrine et les épaules de son compagnon. Ses yeux ambrés reflétaient une expression — teintée d'amusement — qui était aux antipodes de leur expression habituelle, faussement réservée. Son corps sculptural, aux seins lourds, luisait dans le noir comme du marbre finement veiné.

Elle avait vingt et un ans et savait exactement ce qu'elle attendait de la vie. Quatre ans auparavant, quand le garçon avec qui elle sortait à l'époque lui avait proposé de lui acheter un nouveau pull de ski si elle acceptait de se déshabiller et de le laisser jouer avec elle, Peggy avait tout de suite compris comment elle devait s'y prendre pour atteindre son objectif.

Elle poursuivait un double but : primo, partir le plus loin possible de Hidden Valley, Californie ; secundo, épouser un homme riche, important, aimant passionnément les endroits chauds, les endroits où il n'y aurait pas de neige et où on pouvait, en plein mois de janvier, s'allonger au bord d'un océan bleu et limpide pour laisser fondre au soleil brûlant tous les souvenirs froids, si froids. Mais, contrairement à bon nombre de ses camarades de classe, elle n'était pas pressée. Elle ne voyait pas l'intérêt de faire comme certaines de ses amies, qui, sitôt leurs études secondaires terminées, étaient parties pour San Francisco, Hollywood, Las Vegas ou New York. Une fois qu'on était là-bas, il fallait jouer le jeu, parce que tout le monde le jouait ; la grande vie était là, juste au coin de la rue, mais on devait se contenter de regarder sans toucher.

Non, ce n'était pas la bonne façon de procéder. Il y avait une autre méthode, bien meilleure. Cette méthode requérait une importante somme d'argent et une longue période de sacrifices, mais ce laps de temps vous permettait de mûrir, de vous cultiver, d'acquérir un certain vernis. Vous déposiez sur un compte bancaire spécial le moindre dollar économisé, et vous attendiez d'avoir amassé au moins vingt-cinq mille dollars ; *à ce moment-là*, vous partiez. Et au lieu d'aller dans une quelconque grande ville des Etats-Unis, vous alliez carrément en Europe ; vous alliez à Paris, Rome et à Monte-Carlo, vous vous exhibiez dans de coûteuses toilettes à la mode, vous séjourniez dans les meilleurs hôtels, vous fréquentiez les théâtres, les restaurants et les clubs — mais uniquement ceux qui satisfaisaient les caprices des gens selects ; vous vous insinuiez dans les bonnes grâces des gens riches et sophistiqués, ce qui ne vous posait aucun problème d'adaptation car vous étiez parfaitement préparée. C'était là — dans son milieu, dans les conditions adéquates — que vous rencontreriez le genre d'homme que vous recherchiez... Avec sa beauté et ses prouesses sexuelles, Peggy ne mettrait pas longtemps à trouver. Pas longtemps du tout.

En attendant, elle restait à Hidden Valley avec sa mère, dans sa maison familiale de Sashta Street : son père, contremaître, était mort d'une crise cardiaque quand elle avait onze ans. Elle avait pris un emploi à *Grange Elec-*

tric, à Soda Grove, et s'était mise à chercher avec assiduité des hommes susceptibles de faire des amants intéressants : des hommes ayant un peu d'argent et ne rechignant pas à lui offrir, en échange de son corps, des petits cadeaux ou des dons en espèces. Des hommes comme Matt Hughes, le maire de Hidden Valley.

Elle avait toujours considéré Matt Hughes comme une sorte de puritain : un homme vertueux, pieux, heureux en ménage, certainement pas porté sur les liaisons extra-conjugales. De ce fait, bien qu'il fût l'homme le mieux nanti de la région, elle n'avait jamais sérieusement songé à lui comme éventuel marchepied. Jusqu'à ce fameux jour, plus d'un mois auparavant, où elle était allée au Drugstore pour faire des courses pour sa mère. Il était seul dans la boutique à ce moment-là, et il ne l'avait pas quittée des yeux ; elle avait senti son regard peser sur elle tandis qu'elle déambulait dans les rayons et, quand elle s'était approchée du comptoir pour régler ses achats, il lui avait fait des avances soigneusement voilées mais, pour elle, tout à fait explicites.

Dissimulant sa surprise, elle avait aussitôt joué le jeu car Matt Hughes était une personnalité importante. Elle lui avait fait comprendre qu'elle le trouvait séduisant, lui aussi, et qu'elle était toute disposée à le rencontrer dans un cadre plus propice. Ils n'en avaient pas dit davantage cet après-midi là, mais Peggy s'était doutée que Hughes ne serait pas long à reprendre contact ; elle n'avait donc guère été étonnée de recevoir un coup de téléphone de lui à son travail, le lundi suivant.

Il lui avait dit qu'il envisageait d'aller à Whitewater ce soir-là, et il lui avait proposé de dîner avec lui. Après avoir fait semblant d'hésiter, elle avait fini par accepter l'invitation. Il lui avait alors suggéré — si le court trajet en voiture ne la rebutait pas — de le retrouver au *Moulin,* un petit restaurant situé dans les faubourgs de Whitewater ; elle avait répondu que ça lui convenait et, le soir, elle était allée au rendez-vous. Durant le repas, elle s'était montrée sensible aux compliments de Matt et à son charme, juste de quoi lui faire sentir qu'elle était réellement intéressée. Mais après le dîner, elle avait vertueusement décliné sa proposition d'aller dans un motel ; en effet, elle avait pour habitude de ne jamais manifester trop d'empressement : c'était là un bon moyen de se rendre encore plus désirable. Quand Matt Hughes lui avait demandé s'il pourrait la revoir, elle avait feint la gêne, puis elle avait répondu qu'elle ne pouvait se résoudre à refuser, même si ce n'était pas bien de sortir avec un homme marié.

Ils avaient encore dîné trois fois ensemble au *Moulin* avant qu'elle se laisse enfin embrasser, cajoler, entraîner dans le petit motel de la banlieue de Whitewater — un établissement où on ne posait pas de questions et où on ne se préoccupait pas de savoir, en pleine morte saison, à quoi servaient les lits. Lorsqu'elle avait accepté sa proposition, Hughes avait manifesté une excitation presque risible, comme un puceau émoustillé, et elle s'était dit qu'il ferait probablement un amant exécrable. Mais il l'avait surprise de ce point de vue car il était, en réalité, très compétent en la matière. Peggy avait toujours pris un plaisir intense aux rapports sexuels, dès la toute première fois, et Matt Hughes était aussi expert que n'importe lequel des hommes avec qui elle avait couché les quatre dernières années. Cela rendait leur relation d'autant plus satisfaisante...

Ils restèrent un moment allongés sans parler, à écouter la voix pénétrante du vent qui fouettait les pins et les ciguës à l'extérieur du motel. Finalement, Hughes remua et roula sur le flanc.

— Tu es fabuleuse, Peggy, tu sais ça ? dit-il d'une voix encore enrouée de désir.

— Vraiment ? dit-elle en souriant.

— Oui. Oh, que oui ! Peggy... pourrai-je te revoir demain soir ?

— La soirée n'est pas encore terminée, chéri.

— Je sais, mais je veux te voir aussi demain.

— Ma foi, je ne suis pas sûre de pouvoir...

71

— S'il te plaît ? J'aurai quelque chose pour toi.

— Ah ?

— Un cadeau de Noël. Un très beau cadeau de Noël.

Peggy se hissa sur un coude, le dévisagea attentivement dans l'obscurité.

— C'est une adorable attention, dit-elle. Tu es vraiment adorable, Matt. Qu'est-ce que c'est ?

— Je ne veux pas te gâcher la surprise.

— Donne-moi au moins une petite idée.

— Eh bien... — Il réfléchit quelques instants —. C'est quelque chose de petit par le volume mais de grand par l'importance.

— Un bijou ? demanda-t-elle aussitôt.

— Non, pas un bijou.

— Un vêtement, alors ?

— Non plus.

— Matt, ne me fais plus languir comme ça. Qu'est-ce que c'est ?

— Je vais te donner un indice plus précis. Je ne suis pas très doué pour acheter des cadeaux ; j'ai toujours peur de choisir quelque chose qui ne fera pas l'affaire. Par conséquent, je n'achète *rien* moi-même : je laisse ce soin à la personne concernée.

«De l'argent !» pensa Peggy.

— De l'argent ? dit-elle tout haut.

Hughes se méprit sur l'intonation de sa voix.

— Tu n'es pas offensée, au moins ?

Offensée !

— Non, chéri, pas du tout. Seulement, je... je ne m'attendais pas à ça. Tu as déjà été si généreux !

On ne pouvait pas dire moins. Peggy avait attendu leur quatrième soirée ensemble au motel pour aborder la question d'argent ; elle l'avait fait très naturellement, très habilement, comme toujours, expliquant que son dentiste lui avait annoncé qu'elle avait besoin de se faire arracher une dent de sagesse mais qu'elle ne pouvait vraiment pas se permettre cette dépense ; de toute façon, elle pourrait bien supporter encore un peu ce léger mal de dents...

72

Comme prévu, il avait compati et lui avait spontanément proposé de payer les frais de dentiste : simple gage d'affection, pas question de considérer ça comme un prêt. Elle lui avait dit qu'elle ne pouvait en aucun cas accepter, et puis elle avait fini par se laisser convaincre. Et quand elle avait ajouté que son dentiste n'accepterait pas de lui faire crédit, qu'elle aurait besoin de liquide, il lui avait donné sur-le-champ cent dollars, en lui faisant promettre de faire appel à lui chaque fois qu'elle en aurait besoin. Le besoin s'était de nouveau fait sentir deux semaines plus tard — encore cent dollars — et elle avait prévu de lui en demander encore cinquante ce soir — en procédant avec précaution — et voilà qu'il lui annonçait son intention de lui offrir de l'argent pour Noël. Merveilleux Matt Hughes, taillable et corvéable à merci !

— Je ne pense pas avoir été si généreux que ça, dit-il. Et puis je veux te faire un beau cadeau pour Noël ; j'en ai envie.

— Tu me donnes déjà beaucoup chaque fois que nous nous retrouvons, dit-elle.

Mais elle prononça ces mots machinalement, l'esprit ailleurs. Elle aurait voulu lui demander l'importance exacte du cadeau — à l'entendre, il s'agissait d'une somme substantielle — mais elle ne voulait pas paraître exagérément intéressée. Trois cents dollars ? Cinq cents ? Jusqu'où irait sa générosité ?

— Toi aussi, dit-il, tu me donnes beaucoup. Alors, d'accord pour demain soir ?

— Oui, Matt. Demain soir et aussi souvent que tu le voudras.

Il l'attira contre sa poitrine et lui embrassa les paupières, comme pour lui exprimer sa gratitude. L'excitation monta de nouveau en elle, provoquée autant par la promesse du cadeau de Noël que par le contact chaud du corps nu de Hughes. Il se cramponna à elle en chuchotant son nom tandis qu'elle le caressait pour le faire de nouveau bander. Tout en se concentrant sur leur passion ranimée, elle pensait aux vingt et un mille dollars qu'elle

73

avait mis de côté jusqu'à présent : si le cadeau de Hughes était aussi important qu'il l'avait laissé entendre, si elle pouvait prolonger leur liaison et continuer à lui soutirer de l'argent, elle n'aurait plus très longtemps à attendre avant de pouvoir enfin quitter Hidden Valley. Encore six ou huit mois, peut-être même moins ; en tout cas, certainement pas plus tard que la mi-automne de l'an prochain — avant son vingt-deuxième anniversaire, avant l'hiver glacial et les chutes de neige.

Oh ! oui, bien avant les chutes de neige...

9.

Emmitouflé dans sa veste en tartan, une écharpe autour du cou et des bottes imperméables aux pieds, Lew Coopersmith finissait de déblayer l'épaisse couche de neige qui tapissait son allée privée quand Frank McNeil vint lui rendre visite, ce mardi matin, peu après neuf heures.

La neige avait cessé dans le courant de la nuit et l'air avait quelque chose de cristallin, d'acéré, comme les minces poignards de glace qui luisaient sur l'avant-toit de la maison. Malgré le voile de nuages qui faisait écran au soleil hivernal, la visibilité était bonne et on apercevait en partie les pics couronnés de blanc qui marquaient les plus hauts sommets, à l'est. On voyait également les nuages noirs, porteurs de neige, qui obscurcissaient leurs crêtes, et Coopersmith comprit — non sans amertume — qu'il y aurait une nouvelle tempête de neige dans la journée.

Appuyé sur le long manche de sa pelle, il regarda la Dodge de McNeil, vieille de dix ans, avancer péniblement dans Alpine Street et se garer juste devant sa barrière.

«Allons bon !» se dit-il avec irritation. «Voilà bien la dernière personne que j'avais envie de voir ce matin». McNeil était accompagné de son fils ; les deux hommes descendirent de voiture et se dirigèrent vers lui.

— 'Jour, Frank, Larry, dit Coopersmith d'une voix neutre. Je peux vous être utile ?

— Je l'espère bien, sacrebleu ! dit McNeil.

Il avait les yeux brillants d'indignation, le visage empourpré.

— Cette nuit, reprit-il, quelqu'un a fracturé la porte de derrière le Café.

— *Quoi ?*

— Comme je vous le dis. On a forcé la serrure et on a laissé cette foutue porte grande ouverte. Quand nous sommes arrivés pour ouvrir, Larry et moi, il y a quelques minutes, l'arrière-boutique était envahie de neige... De la neige partout !

Coopersmith abandonna son attitude indifférente.

— Qu'a-t-on pris, Frank ?

— Rien. Strictement rien.

— Vous en êtes sûr ?

— Crénom, oui ! Notre premier réflexe a été de vérifier la caisse. On n'y a pas touché.

— Et il ne manque pas de marchandises non plus ?

— Non.

— Pas de dégâts ?

— La porte de derrière, c'est tout.

Coopersmith fronça les sourcils.

— Qui a pu faire ça, selon vous ?

— Je n'en ai aucune idée, bon sang ! Ça ne tient pas debout.

— Vous avez déjà prévenu la police ?

— Je voulais vous en parler d'abord.

Malgré son antipathie pour McNeil, Coopersmith apprécia la confiance implicite que lui accordait le cafetier.

— Très bien, Frank, dit-il d'un ton décidé. Allons jeter un coup d'œil.

Il appuya sa pelle contre la barrière à croisillons et suivit les McNeil père et fils jusqu'à la Dodge. McNeil démarra, parcourut les quatre blocs qui les séparaient du Café de la Vallée et s'engagea dans l'étroite ruelle tapissée de neige qui longeait l'arrière de l'établissement. Il se gara près de l'entrée de derrière, et Coopersmith descendit vivement de voiture pour aller examiner la porte.

On avait fait proprement sauter la serrure — vieille et peu robuste — à l'aide d'un pied-de-biche ou d'un outil du même genre qu'on avait inséré entre le jambage et le chambranle : il s'en aperçut aux échardes de bois et aux rainures qui étaient visibles à cet endroit-là. La porte était maintenant fermée.

— Vous l'avez bloquée de l'intérieur, Frank ? demanda Coopersmith.

— Non. La serrure est bousillée, mais le pêne tient encore.

Coopersmith tourna la poignée et entra dans l'arrière-boutique, une petite pièce passablement encombrée. Le sol était humide et on voyait encore, par endroits, des petits tas de neige en train de fondre. McNeil indiqua du doigt une caisse d'oranges à moitié pleine qui se trouvait sur le côté, en disant :

— C'est cette caisse qui maintenait la porte ouverte.

— C'est sa place normale, ici ?

McNeil secoua la tête.

— Non. Je la mets généralement là-bas, avec les autres fruits et légumes.

— A première vue, donc, le vandale n'avait pas d'autre but que de laisser la neige s'entasser dans cette pièce.

— Ouais. Mais *pourquoi*, bon Dieu ?

— Simple blague, peut-être.

— Vous parlez d'une bonne blague !

— Ou alors, on a voulu vous embêter un peu.

— Pourquoi voudrait-on m'embêter, *moi*, bordel ?

— Eh bien... vous ne vous êtes engueulé avec personne, récemment ?

— Jamais de la vie. Je m'entends bien avec tout le

monde, vous le savez.

«Ben voyons», pensa Coopersmith. Il fit lentement le tour de l'arrière-boutique, sans rien trouver, poussa la porte battante qui donnait sur le café proprement dit. McNeil le suivit en disant :

— Voyez par vous-même : on n'a rien pris, rien touché.

Ils retournèrent dans l'autre pièce, et Coopersmith dit à McNeil :

— Le mieux, c'est que vous signaliez l'incident à la police de Soda Grove ; mais si vous voulez, vous pouvez leur dire que ce n'est pas la peine d'envoyer un de leurs hommes. Dites-leur que je vais mener ma petite enquête : poser des questions, tâcher de savoir si personne n'a vu quelque chose de suspect cette nuit. Je me mettrai en contact avec eux plus tard.

— Et les empreintes, tout ça ?

— Frank, on n'a rien volé et il n'y a pas eu d'acte de vandalisme. Si vous tenez vraiment à ce qu'on relève les empreintes, je peux aller chercher le matériel chez moi et revenir ici saupoudrer la porte, la caisse d'oranges et tout le reste. Mais à quoi bon ? Selon toute probabilité, l'auteur de ce coup fourré est un habitant de la vallée ; je ne pourrai pas faire le tour du village en prenant les empreintes de tout le monde. D'ailleurs, vu le froid qu'il a fait cette nuit, notre homme portait sans doute des gants.

— Autrement dit, je n'ai qu'à passer l'éponge, c'est ça ? Et qui va la payer, cette foutue serrure ?

— Je vous répète que je vais creuser l'affaire, dit Coopersmith. Quand j'aurai découvert le coupable, il devra payer les dégâts s'il ne veut pas se retrouver devant un juge du comté.

— Il ira tout droit en prison, si j'ai mon mot à dire !

Coopersmith pinça les lèvres.

— Alors, qu'est-ce que vous décidez ? Vous vous en remettez à moi ou vous préférez faire appel à un assistant du shérif ?

77

— Oh ! occupez-vous en donc. Je suppose que vous savez ce que vous faites.

— Merci, dit Coopersmith d'un ton sec. Vous ouvrez le café tout de suite ?

— Puisque je suis là...

— Dans ce cas, je vais rentrer à pied. Ça me fera du bien de marcher un peu.

— Vous allez commencer vos investigations dès maintenant, n'est-ce pas ?

— Oui. Et je vous préviendrai dès que j'aurai du nouveau.

Coopersmith se dirigea vers la porte. D'un geste, McNeil le retint :

— Dites donc, Lew, je pense à quelque chose...

— Oui ?

— Nous nous connaissons tous, à Hidden Valley, et aucun des gens du village ne ferait une crasse pareille. Par contre, il y a une personne dont nous ne savons rien. Vous voyez de qui je veux parler, Lew ?

— Le dénommé Cain, je présume.

— Tout juste. Vous feriez bien d'aller le voir en premier ; c'est peut-être *lui*, le salopard qui a fait ça.

— Pourquoi aurait-il fait une chose pareille ? Il vous a déjà créé des ennuis ?

— Pas exactement. Mais si ça se trouve, il sait que je vous ai demandé de faire une petite enquête sur lui, à son arrivée ici, et il m'en veut à cause de ça.

— Cette enquête remonte à trois mois, lui rappela Coopersmith.

— Oui, mais il vient peut-être seulement de l'apprendre. De toute façon, cet oiseau-là ne me plaît pas ; il ne m'inspire pas confiance. Ce type qui habite tout seul dans le chalet des Hughes, qui ne parle à personne, qui se promène en faisant la gueule comme si un chien venait de lui pisser sur la jambe... On peut s'attendre à tout de la part d'un mec comme ça.

Coopersmith songea à avancer d'autres objections de bon sens, mais il y renonça : c'était inutile de raisonner avec un homme comme McNeil.

— Je vais voir ce que je peux faire, dit-il simplement.

Il salua le cafetier et sortit dans la vallée. Tout en se dirigeant vers Sierra Street en pataugeant dans la neige, il s'aperçut qu'il marchait d'un pas alerte, décidé, et qu'il ne s'était pas senti aussi en forme depuis des semaines. C'était peut-être fichtrement méprisable de se réjouir du malheur d'autrui, mais il ne pouvait s'en empêcher ; car il était de nouveau sur la brèche. Bien sûr, cette affaire était mineure et ne l'occuperait pas bien longtemps, mais elle lui donnait enfin l'occasion de se rendre utile.

10.

Kubion passa la matinée à tourner en rond dans le vaste intérieur mansardé du chalet de Mule Deer Lake : en haut, en bas, devant, derrière, fumant cigarette sur cigarette, buvant trop de café. Sa féroce migraine de la veille au soir s'était dissipée, mais il était irritable et ne tenait pas en place — il se sentait impuissant, comme s'il était enfermé dans une cage. Deux cigarettes de marijuana n'y avaient rien fait, alors que les deux joints qu'il avait fumés la veille au soir en arrivant avaient atténué ses impulsions violentes et lui avaient permis de dormir. C'était ça le problème avec l'herbe : des fois ça lui réussissait, d'autres fois non. Il n'en prenait donc pas souvent, mais il aimait en avoir toujours sous la main ; l'alcool lui donnait des crampes d'estomac, et tout homme avait besoin de se doper de temps en temps, histoire de se calmer les nerfs, de chasser la déprime.

Ni Brodie ni Loxner n'avaient fait allusion à la dispute qui avait failli éclater dans la voiture, pendant le trajet, et il n'en avait pas parlé non plus ; ils faisaient tous comme si rien ne s'était passé. Cette saloperie de migraine — une de plus — n'avait donc pas eu de conséquences ; c'était un coup de pot mais, s'il n'apprenait pas à se contrôler, il n'aurait pas indéfiniment cette veine. Il finirait par tuer quelqu'un, aussi sûr que le diable existait, et quand on tuait quelqu'un sans avoir une bonne raison, on était soi-même quasiment mort. Mais bon, il apprendrait à se maîtriser ; c'était indispensable et il fallait qu'il y arrive, point final. Il n'allait quand même pas se démolir lui-même alors que toute la flicaille du pays n'avait pas réussi, en dix-sept ans, à atteindre ce résultat. Pas question. Pas question, bordel !

Kubion traversa le hall qui longeait la véranda de derrière et entra dans le salon. Loxner était assis dans l'un des fauteuils groupés autour de la cheminée en pierres brutes. Aujourd'hui, il était aussi stupide et expansif qu'à son habitude, essayant de faire oublier qu'il avait montré sa pétoche, la veille, quand il avait été blessé à Greenfront. Il avait le bras gauche en écharpe ; il l'avait bandé sitôt arrivé au chalet, après avoir trouvé du mercurochrome et des pansements dans l'armoire à pharmacie de la salle de bains. La balle n'avait pas atteint l'os et était ressortie proprement ; il pourrait de nouveau se servir de son bras d'ici quelques jours, une fois que le membre serait moins raide et moins douloureux.

Une canette de bière Rainier dans la main droite, Loxner était installé devant le gros poste de radio qui, à l'origine, se trouvait dans la cuisine ; l'appareil diffusait de la musique country, entrecoupée à intervalles irréguliers de grésillements parasites. Au petit déjeuner, ils avaient écouté les informations : à Sacramento, l'enquête piétinait ; les flics n'avaient toujours pas découvert la fausse fourgonnette. Le présentateur avait précisé qu'on ignorait dans quelle direction avaient fui les trois gangsters, mais les responsables de la police locale semblaient considérer qu'ils n'avaient pas quitté les environs immédiats de Sacramento. Voilà qui était parfait, à part que ça ne changeait pas grand-chose à leur situation. D'accord, avec un peu de chance, ils auraient pu partir aujourd'hui et atteindre sans encombre Las Vegas ou Los Angeles, et commencer à chercher un autre job, un job rapide ; mais quand on est recherché pour le meurtre d'un flic, qu'on a un complice qui a du plomb dans l'aile, qu'on sait comme il est facile de se faire baiser par des petits détails imprévisibles — par exemple, cet agent de sécurité qui était intervenu à point nommé pour tout flanquer par terre, à Greenfront — on ne prend pas de risques, on ne s'expose pas bêtement.

Kubion arpenta la pièce un moment, puis s'arrêta net près de l'une des fenêtres donnant sur le devant. Crénom, ces allées et venues sans but ne l'avançaient à rien ! Il fallait qu'il sorte un peu. Il avait besoin d'air froid, de mouvement, d'activité. Il monta dans sa chambre et prit son pardessus par terre, là où il l'avait jeté la veille au soir. Quand il redescendit, Brodie était sur le seuil du salon, un épluche-légumes dans une main et une patate dans l'autre, et parlait avec Loxner.

— Tu sors, Earl ? demanda-t-il en voyant Kubion traverser la pièce.

— Ça se voit, non ?

— Tu vas te balader à pied, ou tu vas au village ?

— Pourquoi ?

— Si tu vas au village, j'aurais besoin de deux boîtes de sauce tomate. Je voudrais faire des escalopes milanaises pour le dîner.

«De la sauce tomate, grands dieux !» pensa Kubion. Brodie était un passionné de cuisine — *d'art culinaire,* comme il disait — et il n'arrêtait pas de faire des escalopes milanaises, des poulets farcis ou du jambon aux ananas, ce genre de truc débile. A l'en croire, c'était son hobby : il tenait ça de sa mère, qui avait décroché autrefois une sorte de prix à l'échelon national. Tu parles d'un hobby pour un homme ! C'était plutôt un passe-temps de pédé... D'ailleurs, Kubion n'aurait pas juré que Brodie n'en était pas un. Vic avait une réputation de vrai mâle

— Monsieur Superquéquette — mais, avec son joli minois et son penchant pour *l'art culinaire*, on pouvait se demander si son air de professionnel endurci ne cachait pas en réalité un Monsieur Supertapette ; de nos jours, on ne pouvait plus savoir qui marchait à voile et qui marchait à vapeur.

— D'accord ? dit Brodie.

— Ouais, d'accord.

Kubion sortit dans l'air froid, raréfié. Arrivé au garage en appentis qui faisait face au lac, il constata que la neige formait devant les portes deux tas de soixante centimètres de haut. Merde ! Il considéra un moment les congères, puis leva les yeux pour regarder la surface gelée du lac, de l'autre côté d'une longue prairie enneigée qui descendait en pente douce. Des pins et des sapins encore plus grands étaient agglutinés sur les rives sud et ouest ; par contre, le long de la berge est, là où une série d'embarcadères plongeaient dans l'eau, tels des doigts blanchis, il y avait un conglomérat de chalets, de maisons et de résidences d'été. La plupart de ces habitations étaient inoccupées en cette saison et avaient l'air abandonné sous leur linceul de neige.

«Putain de patelin», se dit-il. «Le centre exact du néant». Ça le dépassait qu'on puisse habiter à longueur d'année une région pareille. Uniquement de la neige, du verglas, un vent mordant et, à la belle saison, un flot de pêcheurs et de chasseurs aussi stupides les uns que les autres : aucune distraction, rien à faire pour s'occuper. Au total, une satanée prison avec des arbres, des rochers et de la neige en guise de barreaux.

Il alla dans la remise — «On dirait des cabinets extérieurs, quel *putain* d'endroit !» — qui se trouvait au fond du jardin. Le chalet, une charpente en A à un étage, revêtue de lattes de séquoia écorcées, se dressait sur un éperon granitique à la limite supérieure de la longue pente. Flanqué, au nord et à l'est, d'arbres à travers lesquels sinuait, à partir de Mule Deer Lake Road, l'allée privée — actuellement enfouie sous la neige — qui y donnait accès, il était complétement isolé ; l'habitation la plus proche se trouvait à plus de trois cents mètres. Le chalet appartenait à un nommé Brendikian, un joueur professionnel — rangé des voitures depuis longtemps — qui, à l'aide de cartes biseautées et de dés pipés, avait amassé une petite fortune pendant et après la Deuxième Guerre mondiale ; il s'était alors lancé dans le financement de gros coups et dans l'aménagement de planques pour le compte des indépendants qui travaillaient en dehors du Milieu. Ce chalet était l'un des logements isolés qu'il avait achetés dans ce but et pour lesquels il payait des impôts sous le nom de sociétés fictives réparties en Californie et dans le Nevada — des sociétés dont il serait impossible de retrouver la trace en cas de coup dur. Loxner, qui avait autrefois exécuté un job pour Brendikian, n'avait eu aucun mal à obtenir la jouissance du chalet moyennant trois cents dollars par semaine.

Ayant trouvé dans la remise une pelle au fer incurvé, Kubion retourna au garage et dégagea la neige qui obstruait les portes. Cela fait, il jeta la pelle de côté et ouvrit les deux panneaux. Bien que la voiture fût restée à l'abri pendant la nuit, une mince pellicule de glace recouvrait les vitres ; on se serait cru dans un congélateur. Kubion gratta la couche de givre, mit le moteur en marche, sortit du garage et descendit l'allée jusqu'à Mule Deer Lake Road.

Le chasse-neige du village était déjà passé dans la matinée, déblayant la route et entassant la neige sur les bas-côtés ; le verglas rendait la chaussée glissante par endroits, et Kubion entra dans le village en roulant à faible allure. A Sierra Street, il s'arrêta devant la boutique de sport des frères Tribucci et se gara contre le long talus neigeux qui bordait le trottoir. De la musique lui parvint aux oreilles lorsqu'il descendit de voiture. A Noël, les ploucs faisaient toujours la grande fiesta : cantiques, sapins décorés, guirlandes, chaussures dans la cheminée, promenades en traineau, toutes ces conneries. Et s'il existait au monde un village de ploucs, c'était bien celui-là.

Un village peuplé d'une bande d'Esquimaux à moitié demeurés qui habitaient dans des igloos en bois. Grands dieux !

Il entra dans la boutique. Derrière le comptoir se tenait un binoclard déplumé, portant une chemise avec le nom «Vince» brodé sur la poche gauche. Le Vince en question adressa à Kubion un sourire amical, benêt. Un foutu Esquimau, ça oui ! Jouant le jeu, Kubion lui rendit son sourire et acheta trois paquets de cigarettes. Lorsqu'il se détourna pour partir, Vince lui souhaita un joyeux Noël, à quoi Kubion répondit : «Oui, bien sûr, joyeux Noël», tout en songeant que c'était tout sauf ça, après le ratage de Sacramento.

Une fois dehors, il se dirigea vers l'endroit d'où provenaient les chants criards. De la sauce tomate et des escalopes milanaises ! C'était vraiment à croire que tout allait pour le mieux et qu'ils s'apprêtaient à faire une grande bamboula. Bah ! qu'est-ce qu'il en avait à foutre ? Il fallait bien manger, et ça ne valait pas le coup de se chamailler avec Brodie pour si peu. Qu'il les fasse donc, ses escalopes milanaises, qu'il fasse ce qu'il voulait du moment qu'il n'essayait pas de se faire Kubion…

Un petit sourire sur les lèvres, Kubion entra au Drugstore. Il y avait beaucoup de monde dans le magasin, beaucoup de bruit, et une odeur de laine humide se mêlait à la senteur du pitchpin qui brûlait dans le poêle ventru. Kubion avait déjà rencontré, au cours de la semaine précédente, la plupart des personnes présentes mais il ignorait leurs noms et n'avait aucune envie de les connaître. Il reconnut malgré tout Pat Garvey, la blonde boulotte qui se faisait servir par Maude Fredericks, et les trois hommes groupés autour du poêle qui discutaient d'une tempête de neige annoncée par la météo : Joe Garvey, un costaud endurci par le travail, avec des yeux d'un noir féroce et des marques de petite vérole sur ses joues rougeaudes ; Sid Markham, un type voûté, au visage de fouine, qui s'occupait d'un atelier de dépannage ; enfin, Walt Halliday. Debout derrière le guichet du bureau de poste, Matt Hughes triait le courrier qui venait d'arriver de Soda Grove.

Kubion alla s'accouder au comptoir, près du trio qui jacassait devant le poêle. Ils cessèrent de parler du temps et restèrent silencieux un moment. Enfin, Halliday demanda :

— Quelqu'un a vu McNeil ce matin ?

— Ouais, je viens de chez lui, répondit Garvey. Vu comment il hurle, tout le comté doit être au courant qu'on a forcé la porte du café cette nuit.

— Drôle d'histoire, quand même : on n'a rien volé, rien endommagé.

— C'est assez incompréhensible, je l'avoue.

— Lew Coopersmith a-t-il découvert quelque chose ?

— Je l'ai rencontré en venant, dit Markham. Il n'a aucun élément nouveau pour le moment.

— Il est allé voir ce Zachary Cain ? demanda Garvey. McNeil a l'air de penser que c'est Cain qui a fait le coup.

— Là, vous m'en demandez trop. Mais si vous voulez mon avis, Cain n'a rien à voir là-dedans. Il fuit la compagnie, d'accord, mais ce n'est pas un criminel pour autant. Au moins, il n'a pas la langue trop longue, lui ; on ne peut pas en dire autant de ce fumier de McNeil, lui qui n'arrête pas de déblatérer.

— Peut-être, dit Halliday, mais ce n'est pas naturel de vivre tout seul comme ça, sans jamais adresser la parole à personne. On...

Il s'interrompit car, à cet instant, la porte s'ouvrit et un homme barbu, ressemblant vaguement à un ours, entra dans le magasin. Le nouveau venu s'approcha du comptoir, les yeux injectés de sang, le regard fixé droit devant lui, et attendit à côté de Kubion. Les trois hommes groupés autour du poêle l'observèrent en silence. «Ce doit être le fameux Cain» pensa Kubion. «Ils reluquent ce corniaud comme s'il avait la lèpre. Quelle brochette de merdeux minables ! Si j'étais dans la peau de ce type, je ne me contenterais pas de forcer la porte de leur café : je mettrais le feu à tout le village, ce serait un service à leur rendre».

Ses achats terminés, Pat Garvey passa devant Cain — en faisant un détour — et tira son mari par la manche.

— Oui, j'arrive, dit Garvey.

Sur un signe de tête à Halliday et à Markham, il sortit du magasin derrière sa femme. Maude Fredericks s'occupa alors de Kubion et lui demanda ce qu'il désirait ; il lui dit qu'il voulait deux boîtes de sauce tomate. Elle eut un sourire rayonnant, comme s'il avait commandé un quartier de bœuf et vingt-cinq kilos de conserves, et se dirigea vers le rayon alimentation.

La porte se rouvrit et Verne Mullins entra d'un pas vif. Il salua de la main les hommes debout autour du poêle et se dirigea tout droit vers le guichet de la poste.

— Bonjour, Matt ! dit-il d'une voix claironnante.

C'était un homme obèse, au gros nez couperosé et aux yeux brillants, mobiles comme ceux d'un oiseau, doté d'un caractère direct et passablement grincheux qui masquait en réalité un tendre cœur d'Irlandais. Tout comme Lew Coopersmith, il ne paraissait pas son âge : soixante-neuf ans en février prochain.

Sourire aux lèvres, Matt se tourna vers lui.

— Bonjour, Verne.

— Du courrier pour moi ?

— Deux lettres. Un instant... tenez, les voici.

Mullins prit les enveloppes, les examina rapidement et en brandit une — mince, marron — qui portait, dans le coin supérieur gauche, la mention : «Caisse de Retraite du Pacifique Sud».

— Pas trop tôt ! dit-il. Ils se décident enfin à m'envoyer mon chèque ! On travaille pendant quarante-cinq ans pour la même boîte, sans jamais être en retard, sans jamais tomber malade, et quand arrive la retraite, il faut se battre pour toucher le fric qu'on a versé à la caisse de retraite pendant tout ce temps-là !

Hughes lui fit un clin d'œil.

— C'est un grand jour pour vous.

— C'est pas vrai, ce que je dis ? reprit Mullins. Dites

donc, Matt, la banque est ouverte ce matin ? J'aime autant encaisser ce chèque tout de suite, pour éviter qu'on me le renvoie en prétextant qu'il est en bois.

— La banque est toujours ouverte pour vous, Verne.

Hughes sortit de sa cage et s'approcha du comptoir. Mullins déchira l'enveloppe, sortit le chèque, l'endossa et le tendit à Hughes.

— Donnez-moi le plus possible de billets de vingt dollars, dit-il. Faut que j'envoie les étrennes à mes petits-enfants pour les vacances.

— Bien sûr.

Hughes emporta le chèque dans son bureau, ferma la porte. Maude Fredericks dit à Kubion :

— Et avec ça, monsieur ?

— Pardon ?

— Voici votre sauce tomate. Désirez-vous autre chose ?

— Non, répondit Kubion. Non, ce sera tout.

Il lui donna un billet d'un dollar et elle enregistra l'achat sur la vieille caisse à manivelle. Elle lui rendit sa monnaie, mit les deux boîtes dans un sac en papier. Hughes sortit de son bureau, une liasse de billets à la main, et compta l'argent devant Verne Mullins : quatre cent cinquante dollars. Mullins fourra les billets dans un portefeuille en cuir fatigué et se dirigea vers la porte en disant :

— Merci, Matt, vous êtes un bon gars.

Hughes lui lança :

— N'oubliez pas l'office dimanche prochain, Verne.

— Croyez-vous qu'un bon protestant irlandais comme moi oublierait d'aller à l'office le dimanche avant Noël ? Ne vous en faites pas, j'y serai ; il faut bien qu'il y ait quelqu'un pour mettre une pièce de dix cents dans le plateau de la quête.

Hughes salua la boutade d'un éclat de rire, et Mullins sortit. Maude Fredericks demanda à Cain :

— Et pour vous, ce sera ?

— Une bouteille d'*Old Grandad*.

Kubion prit son sac en papier et sortit du magasin.

«Une banque», pensait-il. «Un coffre-fort dans le bureau. Quatre cent cinquante dollars sans même regarder le chèque. Si ce Hughes tient une sorte de banque non officielle, s'il paie régulièrement des chèques en liquide, combien d'argent garde-t-il sous la main ?

«Mais non, bon dieu, tu raisonnes comme un novice !» se dit-il alors. «Dans un village de ploucs comme celui-là, le coffre ne *peut* contenir que de la petite monnaie, nom d'un chien ! On a besoin d'un job, d'accord, mais il nous faut un coup juteux, sacrément juteux. Et puis d'abord, on ne joue pas au con quand on est dans une planque, surtout quand on a le feu au derrière. N'y pense plus».

Il longea le trottoir enneigé et regagna sa voiture.

11.

Quand le téléphone sonna, à quatre heures, Rebecca devina immédiatement que c'était Matt qui appelait pour la prévenir qu'il ne rentrerait pas ce soir-là. Elle posa le livre qu'elle lisait et regarda, à l'autre bout du salon, l'appareil posé sur une table recouverte d'une peau de porc. Drrring. Pause. Drrring. Pause. Drrring. «Je ne répondrai pas», se dit-elle. Lentement, elle se leva, se dirigea vers la table et décrocha le récepteur.

— Oui, Matt, dit-elle.

— Bonjour, ma chérie. Comment as-tu deviné que c'était moi ?

— Il faut croire que je suis extra-lucide.

Il eut un petit rire.

— J'appelle simplement pour te dire que je rentrerai tard ce soir. Neal Walker veut que j'assiste à la réunion du conseil municipal de Coldville, et je...

— Bien, dit-elle.

— J'essaierai de ne pas rentrer trop tard.

— Bien.

— Rebecca... il y a quelque chose qui te tracasse ?

— Qu'est-ce qui pourrait bien me tracasser ?

— Je ne sais pas, tu as l'air lasse. Tu te sens bien ?

— En pleine forme, dit-elle. Passe une bonne soirée, d'accord ?

— Oui. Couche-toi sans m'attendre.

— C'est bien mon intention. Bonsoir, Matt.

Rebecca raccrocha avant même de savoir s'il avait autre chose à lui dire. Immobile, les muscles raidis, elle pensa : «Combien de fois l'avons-nous jouée, cette même petite scène ? Cinquante fois ? Cent fois ? Le dialogue est d'une banalité ! On dirait l'œuvre d'un écrivain de troisième ordre. Rebecca Hughes : personnage d'un drame dénué de sens. Elle récite son texte, exécute ce qu'on attend d'elle, tandis que les invisibles spectateurs regardent avec ennui, en réprimant des ricanements devant un mélo aussi ridiculement conventionnel».

Elle sortit dans le hall principal et, de là, gagna la cuisine. Dans la matinée, elle était allée acheter du café au Drugstore et, depuis son retour, le percolateur avait fonctionné sans arrêt. Elle se versa une autre tasse — était-ce la dixième de la journée ou la quinzième ? — et resta debout près de la table à boire son café. Par la fenêtre, au-dessus de l'évier, elle voyait l'obscurité mouchetée de blanc : la neige recommençait à tomber, un épais rideau de neige fouetté par le vent. Une grosse tempête s'annonçait. A une époque, elle avait trouvé un certain charme à ces blizzards d'hiver en montagne : l'époque où Matt et elle, enlacés sur le tapis, devant l'âtre, à l'abri des turbulences extérieures, buvaient un grog bien chaud en faisant l'amour à la lueur pétillante d'un feu de bois. Douce chaleur partagée, doux amour partagé.

Cela n'était-il pas, au fond, tout aussi banal que le reste ?

«Je ne veux pas passer la soirée seule», pensa-t-elle. «Je ne supporterai pas de passer encore cette soirée seule». Mais où pouvait-elle aller ? A l'Auberge de la Vallée ? Non : on l'interrogerait amicalement pour savoir où se trouvait son mari, ce qui l'obligerait à répéter le mensonge de Matt, et il lui faudrait alors écouter leurs commentaires élogieux sur cet homme si généreux et serviable : en fin de compte, ce serait encore pire que d'être seule. Ann Tribucci ? Ann était sa plus proche amie dans la vallée, mais Rebecca n'était jamais parvenue à aborder avec elle des sujets personnels ; souvent, elle avait éprouvé le désir de se confier à Ann — de femme à femme — mais elle n'en avait jamais trouvé le courage. Ce serait exactement pareil ce soir. A la limite, si elle allait voir Ann, ça la démoraliserait encore plus : le week-end précédent, Johnny et sa femme avaient provisoirement quitté leur maison, près de Mule Deer Lake, pour s'installer chez Vince et Judy Tribucci, car Ann ne voulait pas être seule dans ce coin perdu maintenant que la naissance approchait ; Rebecca se trouverait donc face à eux quatre, elle serait témoin de la sollicitude de Johnny envers sa femme et du bonheur qui était le leur dans l'attente toute proche du bébé...

Sans transition, Rebecca se demanda comment les choses auraient tourné si Matt et elle avaient eu un enfant. Cela n'aurait sans doute rien changé ; de toute façon, c'était une question purement théorique. Au cours de leurs brèves fiançailles, Matt l'avait prévenue qu'il était stérile (son infidélité n'était donc pas due non plus au manque d'enfants) et elle lui avait dit alors que ça n'avait pas d'importance, qu'ils se suffisaient l'un à l'autre. A l'époque, ils avaient plus ou moins parlé d'adopter un bébé par la suite mais, depuis sept ans qu'ils étaient mari et femme, aucun des deux n'était revenu sur ce sujet.

Tournant les yeux vers la fenêtre, elle distingua la lueur irisée et familière qui émanait du chalet, plus haut sur le versant. Comme la veille au soir, elle se surprit à s'interroger sur Zachary Cain, à se demander si, lui aussi, il se sentait seul. Accueillerait-il avec plaisir de la compagnie, par cette soirée tempétueuse ? Serait-il sensible à la visite d'une jeune-vieille épouse bafouée ?

«Cesse donc de divaguer», se dit-elle. «Si tu montes le voir, tu ne réussiras qu'à te rendre ridicule. Souviens-toi de Reno, souviens-toi de ce qui s'est passé ce soir-là ; en l'occurrence, la situation est différente, mais ça n'a pas d'importance. Tu n'as rien à faire là-haut, absolument rien».

Rebecca vida sa tasse de café et regagna le salon. Elle avait de nouveau froid ; c'était bizarre mais, ces temps-ci, elle n'arrivait pas à se réchauffer. Prenant son livre, elle monta l'escalier, se fit couler un bain bien chaud, se déshabilla et se glissa dans la baignoire. L'eau fumante la réconforta un peu ; elle sentit qu'elle commençait à se détendre.

Le livre qu'elle lisait était l'un de ces best-sellers ayant pour ingrédients le sexe et la haute finance : rien de vraiment palpitant, juste de quoi passer le temps. Elle l'ouvrit et, au bout de deux pages, tomba sur une nouvelle scène d'alcôve ; celle-ci venait après une longue série et était aussi froidement clinique que les précédentes dans la description des détails mais, curieusement, elle eut sur Rebecca un intense effet érotique. Ses mamelons se dressèrent dans l'eau chaude ; ses hanches remuèrent en cadence contre les parois de la cuve en porcelaine ; ses cuisses s'ouvrirent et se fermèrent involontairement, à un rythme peu soutenu. Seigneur, ça faisait si longtemps ! La gorge sèche, elle ferma le livre d'un geste sec, le posa sur le rebord et, les yeux clos, força son corps à rester immobile. Au bout d'un moment, le désir sexuel reflua — mais elle recommença à avoir froid. Même dans un bain chaud, elle avait encore froid...

Une demi-heure plus tard, assise tout habillée à la table de la cuisine, elle mangeait un sandwich sans saveur — elle ne se rappelait pas la dernière fois où elle avait vraiment pris plaisir à absorber de la nourriture — et buvait une tasse de café. Sept heures. Le blizzard cinglait la fenêtre, gémissait dans le néant. La nuit allait être longue, si longue...

«...et je ne veux pas rester seule», pensa-t-elle.

La fenêtre parut soudain attirer son regard comme un aimant. Elle finit par se lever de table et s'approcher du châssis vitré ; elle vit la lumière jaune, diffuse, qui provenait du chalet. Elle la contempla pendant une bonne minute, puis elle songea : «Après tout, je *pourrais* monter là-haut, je pourrais aller bavarder un moment avec lui : il n'y a rien de mal à cela. Deux personnes solitaires — une propriétaire et son locataire — qui causent ensemble par une neigeuse soirée d'hiver : rien de plus». Elle devait néanmoins reconnaître, par ailleurs, que cet homme l'intriguait.

Elle resta debout devant la fenêtre, hésitant sur le parti à prendre ; enfin, elle passa dans le hall, s'approcha du placard à vêtements qui se trouvait près de la double porte d'entrée. «Tu ferais mieux de ne pas y aller», se dit-elle, tout en sachant pertinemment qu'elle ne tiendrait aucun compte de cet avertissement. Elle prit dans la penderie un anorak et des bottillons fourrés (offerts par Matt lors d'une de ses périodes de remords et de prévenance), noua bien serré une écharpe autour de sa tête, rabattit le capuchon de l'anorak par-dessus, enfila des moufles en laine. Et sortit dans le blizzard avant d'avoir pu changer d'avis.

Les pans de sa parka et les jambes évasées de son pantalon se gonflèrent et claquèrent dans le vent glacial tandis qu'elle traversait le jardin en direction de Lassen Drive. Elle s'engagea sur la route, se frayant laborieusement un chemin à travers les congères compactes. Le froid lui engourdissait les lèvres et les joues, la nuit et la neige l'oppressaient, l'emprisonnaient dans un néant mugissant. Lorsqu'elle atteignit enfin le chalet, elle quitta la route, le corps ployé pour résister au vent violent, et se dirigea vers la chaude lumière qui brillait sur la façade.

Arrivée à hauteur de la fenêtre, elle vit Cain, juste derrière la vitre incrustée de givre. Il fumait, assis, le regard fixé sur la table : il avait l'air farouche, et son épaisse barbe grisonnante donnait à son visage un aspect sévère. Rebecca s'arrêta net, soudain moins sûre d'elle : avait-elle eu une si bonne idée en venant ici ? Au fond, que savait-elle de Zachary Cain ? C'était un parfait inconnu, elle n'avait pas échangé vingt mots avec lui depuis son arrivée à Hidden Valley ; que pourrait-elle lui dire ce soir, par où commencer ? Elle faillit revenir sur ses pas, repartir aussi vite qu'elle était venue. Mais elle ne bougea pas. La perspective de regagner la grande maison vide ne présentait aucun attrait ; ce soir, la solitude la perturbait davantage que les qualités ignorées de Zachary Cain.

Le vent se mit à souffler en rafales et le froid transperça ses vêtements, la glaçant jusqu'aux os. A travers la fenêtre embuée, elle vit Cain se passer une main sur la figure et dans les cheveux ; ce geste las, abattu, raffermit la résolution de Rebecca. Elle s'avança jusqu'à la porte d'entrée.

Elle frappa plusieurs fois, avec force. N'obtenant pas de réponse, elle pensa qu'il n'avait pas entendu à cause de la tempête et elle leva de nouveau le bras pour frapper. A cet instant, la porte s'ouvrit d'un coup sec et Cain apparut sur le seuil. Bloquant le panneau avec son pied pour empêcher le vent de le rabattre, il scruta la visiteuse. Il y avait de la surprise dans son regard hébété, mais la lueur faiblit et s'éteignit presque aussitôt. Rebecca vit également de la douleur dans ses yeux rougis, et quelque chose comme de l'irritation. Il n'avait pas l'air ivre, mais il avait manifestement bu.

Elle esquissa un sourire qui tiraillait douloureusement ses lèvres gercées. Il ne lui rendit pas son sourire : son visage était totalement inexpressif, à part ses yeux. De nouveau, Rebecca sentit le doute l'assaillir. Elle était incapable de trouver quoi dire ; son cerveau refusait de fonctionner. Elle fut prise du désir absurde, irrépressible, de tourner les talons et de s'enfuir en courant dans la nuit blanche.

Enfin, Cain dit :

— Oui, madame Hughes ? Qu'y a-t-il ?

Elle articula d'une petite voix timide :

— Puis-je entrer ? Il fait terriblement froid.

Il hésita, puis, avec un haussement d'épaules, s'effaça pour la laisser entrer. Un feu brûlait dans l'âtre, dégageant une douce chaleur, mais la pièce empestait l'alcool et la fumée de cigarette refroidie. Lorsqu'il ferma la porte, coupant net le hurlement du vent, le silence parut trop profond. En voyant la neige qui s'était engouffrée dans la pièce et les flocons qui tombaient encore de son anorak, elle voulut dire quelque chose pour s'excuser, mais les seuls mots qui lui vinrent à l'esprit étaient totalement ineptes : *je vous salis votre plancher.*

Adossé à la porte, Cain l'observait en silence, attendant qu'elle lui explique le motif de sa visite. Mais Rebecca ne put que dire :

— Quelle tempête ! n'est-ce pas ?

Et ces paroles lui semblèrent tout aussi ineptes que les autres, celles qu'elle n'avait pas prononcées. Elle se sentit embarrassée, incroyablement idiote.

— Oui, en effet, dit-il.

— Euh… j'espère que je ne vous dérange pas. Je veux dire, vous n'êtes pas… occupé, n'est-ce pas ?

— A vrai dire, si.

— Ah ?… Ah, bon. Excusez-moi, je ne savais pas…

— Peu importe. A quel sujet vouliez-vous me voir ?

— Rien de particulier. Je… j'ai simplement pensé que vous auriez peut-être envie de compagnie ce soir.

Il haussa légèrement ses sourcils broussailleux.

— Ah ? Pourquoi donc ?

— Je ne sais pas, comme ça. Je suis seule ce soir, moi aussi, vous comprenez. Mon mari est… absent, et je me suis dit que ce serait une bonne idée de…

Elle s'interrompit, consciente du fait que ses explications sonnaient faux ; elle détourna les yeux et ajouta, presque avec désespoir :

— Je me sentais seule, et j'ai eu envie de parler à quelqu'un.

— Pourquoi à moi, madame Hughes ?

— J'ai pensé que vous vous sentiez peut-être esseulé, vous aussi, c'est tout.

Une lueur fugitive passa dans les profondeurs des yeux de Cain.

— Je ne me sens pas esseulé, dit-il d'une voix âpre. La vie que je mène, je l'ai choisie.

— Vous n'aimez donc pas les gens ?

— Je préfère ma compagnie.

— Serait-il indiscret de vous demander pourquoi ?

— Oui, ce serait indiscret.

— Alors, excusez-moi.

— Est-ce une habitude chez vous, quand votre mari n'est pas là et que vous vous sentez seule, de rendre visite à des hommes que vous ne connaissez pratiquement pas ?

— Non, naturellement...

— Que dirait-il s'il savait que vous êtes venue ici ce soir ?

Rebecca sentit ses joues s'empourprer.

— Qu'insinuez-vous ? Pensez-vous que je suis venue pour... pour une raison particulière ?

— Est-ce le cas ?

— Non. Je vous l'ai dit, je cherchais seulement de la compagnie.

— Vous n'en trouverez pas ici, sous quelque forme que ce soit.

— Autrement dit, vous m'invitez à partir.

— Pour parler carrément, oui.

La colère s'empara d'elle, une colère mêlée d'amertume et d'un sentiment de culpabilité ; les mots dégringolèrent de sa bouche, reflétant ses pensées plus crûment qu'elle ne l'aurait souhaité :

— Oh ! si vous le désirez, nous pouvons *vraiment* parler carrément. Vous n'avez qu'à dire : «Vous êtes une salope, madame Hughes ! Je ne veux rien avoir à faire avec vous, madame Hughes ! Trouvez quelqu'un d'autre avec qui coucher, madame Hughes !» C'est bien ce que vous pensez, n'est-ce pas ?

Cain parut légèrement ébranlé. D'une voix un peu

radoucie, il dit :

— Ce n'est pas la peine de...

— C'est vrai, quel manque de tact de ma part de dire tout haut ces choses-là ! Bon, je m'en vais. Merci infiniment de m'avoir reçue, monsieur Cain. J'ai trouvé cette entrevue fort agréable ; ce n'est pas tous les jours que j'ai l'impression d'être traitée comme une vulgaire putain.

Elle se dirigea à l'aveuglette vers la porte, trouva le loquet en tâtonnant, le souleva. La soudaine rafale de vent et de neige qui s'engouffra dans la pièce lui fit l'effet d'une gifle. Elle s'élança dehors, traversa le jardin en courant et descendit la route sans ralentir l'allure : elle titubait et dérapait, environnée d'un monde surréaliste en noir et blanc, cernée par le vacarme de la tempête qui lui vrillait les tympans comme un rire moqueur, hystérique.

Lorsqu'elle arriva chez elle, une éternité plus tard, elle haletait comme une asthmatique et tremblait de tous ses membres. Elle ôta son anorak, son écharpe, ses moufles et ses bottillons, qu'elle fourra dans la penderie ; puis elle s'élança dans l'escalier et se précipita dans la chambre. Humides et glacés, son pantalon, son pull et ses sous-vêtements lui collaient à la peau ; elle s'en dépouilla avec frénésie, enfila sa chemise de nuit la plus chaude — celle en grosse flanelle — et se mit au lit. Les tremblements ne cessèrent pas pour autant ; elle claquait des dents et son corps était secoué de frissons. Elle essaya de fumer mais n'arriva pas à allumer sa cigarette ; finalement elle la jeta par terre et se blottit encore plus loin sous les couvertures. Froid, froid, frissons, froid...

Au bout d'un moment, quand ça devint insupportable, elle enfouit son visage dans l'oreiller, glissa une main sous les couvertures et remonta sa chemise de nuit jusqu'aux hanches ; écartant ses cuisses, elle entreprit de se masser nerveusement du bout des doigts, en une sorte d'auto-flagellation rythmée. En moins d'une minute, elle atteignit l'orgasme ; et son corps, enfin, demeura immobile.

Rebecca roula alors sur le flanc, remonta les genoux contre sa poitrine et finit par sombrer dans un sommeil peuplé de rêves lugubres.

12.

Le blizzard continua de prendre de l'ampleur durant la nuit, déversant d'énormes quantités de neige sur Hidden Valley et sur les hautes falaises escarpées entre lesquelles passait la Route 235-A avant de déboucher dans la vallée. Les deux dernières voitures à emprunter cette route — à dix minutes d'écart, peu avant une heure du matin — furent celles de Matt Hughes et de Peggy Tyler, qui revenaient du motel de Whitewater. Tels des animaux aux yeux jaunes, elles rampaient dans la tempête, laissant derrière elles des traces de pneus que la neige effaçait presque aussitôt.

Plusieurs heures passèrent, et le blizzard continua sans relâche. Les congères s'amoncelèrent, formant un amas de plus en plus haut le long de la corniche de la falaise qui bordait la route du côté ouest ; pendant ce temps, le vent hurlant délogeait la neige entassée dans les endroits non abrités et la projetait violemment en bas, dans le défilé, en blanches giclées d'écume. A cinq heures du matin, la 235-A — depuis longtemps impraticable — était recouverte d'une couche de neige de plus de quarante-cinq centimètres.

A cinq heures et demie, la bourrasque atteignit le maximum de sa violence. Les épicéas disséminés au sommet de la falaise ouest se courbèrent en deux, tels des pèlerins prosternés, et la corniche déjà accablée dut supporter des quantités de neige encore plus importantes. Cela continua ainsi un bon moment — puis, juste avant l'aube, les nuages bas qui filaient vers l'est en une cohorte ininterrompue commencèrent à se fragmenter, comme des amibes sur le point de se reproduire. La neige tomba moins dru, au point de n'être bientôt plus qu'un léger voile de flocons tourbillonnants. Une lueur grisâtre apparut dans le ciel, augmentant la visibilité, donnant du relief aux ombres boursouflées qui bordaient la ligne de faîte de la paroi rocheuse, à l'ouest.

Le blizzard était terminé, mais les ravages qu'il avait fomentés ne faisaient que commencer.

Il y eut d'abord un grondement — un son caverneux, semblable à un raclement de gorge. La corniche surchargée frissonna, s'ébroua de son blanc manteau, comme si un géant enterré sous la neige venait de se réveiller et tentait de se lever ; de minces fragments se détachèrent, se déversèrent en vaporeuses cascades. Le grondement s'enfla, s'enfla...

Et la corniche tout entière céda.

Des volutes de neige saturèrent l'atmosphère, comme de la fumée blanche, et une gigantesque vague déferlante — composée de neige, de glace et de pierre — dévala la pente avec un rugissement de tonnerre qui, dans le silence matinal, résonna comme l'explosion d'une bombe. L'avalanche arracha sur son passage des éperons de granit, aussi facilement que si c'étaient de vulgaires morceaux de schiste argileux ; elle submergea les arbres, les déracina ou les brisa net, comme des allumettes, avant de les emporter. En quelques secondes, la masse plongeante remplit une partie du défilé, de la même manière qu'un enfant aurait comblé un trou dans le sable...

Lew Coopersmith se dressa brusquement sur son lit. Le vacarme assourdissant faisait vibrer les vitres de la chambre, se répercutait dans la grande pièce remplie d'ombres. Tel un somnambule, il se dépêtra des couvertures et s'approcha de la fenêtre ; mais, de ce poste d'observation, il ne vit rien qui pût expliquer cette subite explosion dont les échos se perdaient déjà dans le lointain.

La porte de communication entre sa chambre et celle de sa femme s'ouvrit violemment et Ellen entra en coup de vent. Silhouette fantomatique dans la semi-obscurité, elle était vêtue d'une chemise de nuit blanche qui lui tombait aux chevilles ; son visage rond et séduisant était pâle, effrayé, et ses cheveux argentés formaient une longue tresse dans son dos.

— Dieu du ciel, Lew, qu'est-ce que c'est ? Qu'est-ce qui se passe ?

Tout à fait réveillé à présent, Coopersmith put de nouveau réfléchir normalement, et il se rappela ce que John Tribucci lui avait dit le lundi après-midi à la boutique de sport. Il se détourna de la fenêtre.

— Je crois que nous venons d'avoir une avalanche, dit-il d'un air sombre.

John Tribucci comprit tout de suite qu'il s'agissait d'une avalanche.

Lève-tôt par tempérament, il était en train de se raser dans la salle de bains au moment de la catastrophe. L'ampleur du bruit le fit sursauter, si bien qu'il se coupa la joue. Il posa son rasoir et déchira une bande de papier hygiénique avec laquelle il tamponna machinalement le mince filet de sang. Il entendait Ann l'appeler de la chambre d'amis, à côté, et il entendait son frère et sa belle-sœur parler dans leur chambre, au bout du couloir.

Il se précipita dans la pièce voisine et trouva Ann assise dans le grand lit. Il s'assit à côté d'elle, prit l'une de ses mains dans les siennes.

— Tu n'as rien, ma chérie ?
— Non. Mais toi, tu t'es coupé...
— Simple égratignure. Je n'en mourrai pas.
— Il y a eu une avalanche dans le défilé, c'est ça ?
— J'en ai peur.
— D'après le bruit, elle a dû faire des dégâts.
Il acquiesça.
— Je ne pensais pas que ça arriverait si tôt. Pas avant

Noël, pas avant la naissance du bébé.

— Tu ferais mieux d'aller voir.

— Mais toi, ça ira ?

— Ne t'en fais pas pour moi. Notre enfant gigote comme un beau diable dans mon ventre, mais je ne pense pas qu'il soit encore prêt à se montrer.

Tribucci l'embrassa, sortit dans le couloir et rattrapa Vince dans l'escalier. Sans un mot, ils dévalèrent les marches et sortirent en courant dans la matinée grise et froide.

Réveillé en sursaut, Cain crut sur le moment qu'il s'agissait d'un tremblement de terre.

Il était né à San Francisco et, comme tous les natifs de cette ville, il avait conscience de vivre sur un réseau de failles souterraines et il savait ce qui se passait quand la tension interne devenait trop forte dans ces failles et que la terre se soulevait. Le grondement guttural, la vibration des fenêtres, les secousses du plancher et du lit : toutes ces sensations qui l'avaient arraché au sommeil n'étaient pas nouvelles pour lui. Sa première pensée — nébuleuse — fut : «Bon Dieu, un séisme ! Ça a fini par arriver…» Il rejeta vivement les couvertures et roula hors du lit. Déséquilibré, il tomba à genoux, heurtant durement le sol. Une douleur fulgurante traversa sa rotule gauche, et l'acuité de la douleur le ramena brusquement à la réalité.

Il se remit péniblement debout et sentit sur sa peau la fraîcheur de sa transpiration. Le sol ne tremblait plus et le soudain rugissement avait fait place à un silence tendu. *Qu'est-ce qui se passe, sapristi ?* se demanda-t-il, le cerveau engourdi. Nu, il alla dans la pièce de devant et s'appuya au rebord de la fenêtre pour scruter la vitre ornée de cristaux de givre.

Des lumières brillaient un peu partout dans le village, en bas. Le ciel était clair, les flocons peu abondants ; la tempête était finie. Au nord, il vit un poudroiement de neige évoquant un nuage de poussière blanche qui retombe. Il n'en tira aucune conclusion.

Il se détourna de la fenêtre. La gueule de bois lui donnait des élancements dans le crâne et une vague nausée ; il frissonnait de froid. «Il y a peut-être eu une explosion», pensa-t-il machinalement. En fait, ça ne l'intéressait pas vraiment d'élucider le mystère ; c'était terminé, c'était sans importance, ça ne pouvait avoir aucune répercussion sur son existence.

Cain retourna se coucher et resta allongé à attendre le sommeil qui, il le savait, ne reviendrait pas.

— Il vaut mieux que j'aille voir, dit Matt Hughes. Si cette avalanche est aussi grave qu'on peut le craindre d'après le bruit, on aura besoin de moi à plus d'un titre.

Il se dirigea vers la penderie, tout en ôtant son pyjama, et entreprit de s'habiller rapidement.

Rebecca serra les couvertures sur sa gorge et ne regarda pas son mari. Les draps avaient beau être tiédis par une nuit de sommeil, elle avait aussi froid que la veille au soir. L'odeur masculine du corps de Matt, avec les effluves de parfum qui s'y mêlaient, lui inspiraient un vague dégoût.

Sur le moment, le vacarme de l'avalanche et l'ébranlement de la maison l'avaient sérieusement alarmée ; puis, quand elle avait compris de quoi il s'agissait, quand Matt, bondissant du lit, avait couru aux fenêtres en criant qu'il y avait eu une avalanche dans le défilé, toute appréhension l'avait quittée et elle s'était calmée. Mais lui ne s'en était pas aperçu ; avec une exaspérante condescendance, il lui avait dit de ne pas avoir peur, que ce n'était pas grave — comme si c'était *elle* l'adulte immature et non lui.

Tout en boutonnant sa chemise en laine, il lui dit :

— John et Vince Tribucci avaient raison, en définitive. De toute façon, nous n'aurions rien pu faire ; on ne peut pas maîtriser la nature ni aller contre la volonté de Dieu.

«Je voudrais bien que tu cesses de parler de Dieu», pensa Rebecca. «Tu n'arrêtes pas de parler de Dieu, mais ça ne t'empêche pas de bafouer la religion». Elle ne for-

101

mula pas sa pensée à haute voix.

Hughes endossa sa veste en tartan et contourna le lit pour embrasser sa femme sur le front d'un air absent.

— Selon l'importance des dégâts, je reviendrai ici ou je t'appellerai du Drugstore. Dans tous les cas, je te tiendrai au courant.

Il n'eut même pas l'idée de lui proposer de l'accompagner — ni de lui demander pourquoi elle n'exprimait pas elle-même le désir de venir.

— Bien, dit-elle.

Après le départ de Matt, Rebecca concentra ses pensées sur l'avalanche, afin de ne pas ressasser son entrevue de la veille au soir avec Zachary Cain — afin, aussi, de ne pas penser à ce qu'elle avait fait dans ce même lit à son retour. Si le défilé était obstrué, cela signifiait qu'ils allaient être bloqués par la neige pendant plusieurs jours. Etait-ce une bonne ou une mauvaise chose ? Un peu des deux, sans doute. Personne ne pourrait pénétrer dans Hidden Valley, ce qui les priverait de courrier et de produits frais : inconvénient mineur. Et personne ne pourrait quitter la vallée, autre inconvénient pour la plupart des villageois, surtout en cette période de Noël. Mais cela signifiait également que Matt ne pourrait pas rencontrer sa maîtresse du moment et serait donc forcé de passer cette soirée et les suivantes avec sa femme. Forcé, c'était le mot. Forcé. Malgré tout, c'était bien ce qu'elle désirait, non ?

«Je n'en sais rien», pensa-t-elle. «Je ne sais plus ce que je désire.»

Sans entrain, elle se leva pour affronter une nouvelle journée.

La mère de Peggy Tyler — portrait fané de sa fille — monta l'escalier en toute hâte et entra sans frapper dans la chambre de Peggy. Elle était toute habillée et préparait du café à la cuisine quand le vacarme avait éclaté.

— Ce doit être une avalanche, haleta-t-elle. Une terrible avalanche dans le défilé. Je ne vois pas ce que ça pourrait être d'autre.

— Moi non plus, dit Peggy.

Elle avait le sommeil lourd : en l'occurrence, le grondement et le tremblement l'avaient réveillée, mais son esprit était encore peuplé de rêves paradisiaques dans lesquels un chaud soleil brillait sur une mer bleue. Une agréable fatigue engourdissait son corps ; elle avait les reins délicieusement endoloris, et ses seins et ses mamelons la picotaient encore au souvenir des caresses de Matt Hughes. La veille au soir, la partie de jambes en l'air avait été très réussie ; l'une des meilleures qu'ils aient eue ensemble. Naturellement, cela était dû au somptueux cadeau de Noël que Matt lui avait donné — dès leur entrée dans la chambre du motel — avec un mélange de fièvre et d'appréhension, comme s'il craignait que cela ne lui plaise pas.

Mille dollars — en liquide.

Mille dollars !

Après un cadeau pareil, il *fallait* que la partie de jambes en l'air soit réussie.

— Remercie le ciel que ça ne soit pas arrivé un peu plus tôt, lui dit sa mère. Tu es rentrée à une heure passée ; tu te rends compte, si c'était arrivé pendant que tu traversais le défilé en voiture ? Tu aurais pu y rester !

— Ce n'est pas arrivé à ce moment-là.

— Non, mais ça aurait pu. Où étais-tu encore, si tard ?

— Je te l'ai déjà dit, maman. Je fais partie d'un groupe qui organise un spectacle pour Noël, à Soda Grove, et il y a beaucoup à faire.

Mrs Tyler soupira.

— Nous risquons d'être bloqués par la neige ; c'est même une quasi-certitude. Tu ne pourras pas aller travailler aujourd'hui, ni même, peut-être, jusqu'à la fin de la semaine.

«Dramatique», pensa Peggy. Tout haut, elle dit :

— J'ai un congé de maladie à prendre. Ecoute, maman, c'est inutile de paniquer. Si nous sommes bloqués par la neige, il n'y a qu'à en prendre notre parti.

103

Ce n'est pas une catastrophe.

— Allons quand même voir ce qu'il en est ; autant en avoir dès maintenant le cœur net. Habille-toi, ne lambine pas.

Mrs Tyler sortit de la pièce et ferma la porte derrière elle.

Peggy n'avait aucune envie de quitter son lit bien douillet mais, si elle n'obéissait pas, sa mère reviendrait, il y aurait une dispute, et elle se sentait trop bien aujourd'hui pour avoir envie de se disputer. Bah ! après tout, elle pouvait bien se lever ; le moment était tout proche où elle pourrait passer des journées entières au lit si ça lui chantait — oui, tout proche.

Sans se presser, elle rejeta ses couvertures, se leva et, pieds nus, alla prendre son sac sur la commode. Elle en sortit la liasse de billets de cinquante dollars que Matt Hughes lui avait donnée et la caressa de l'index, le sourire aux lèvres : puis, à regret, elle fourra l'argent dans la poche où elle rangeait son carnet de chèques et entreprit de s'habiller. Quand elle rejoignit sa mère en bas, quelques minutes plus tard, elle souriait toujours.

Dans le chalet de Mule Deer Lake, Kubion, Brodie et Loxner dormaient à poings fermés, inconscients de ce qui s'était passé à l'entrée de Hidden Valley ; le bruit de tonnerre de l'avalanche, assourdi par la distance, ne les avait pas dérangés.

Loxner et Brodie dormaient d'un sommeil paisible. Kubion, lui, rêvait d'araignées — d'araignées noires, froides, velues, qui grouillaient sur lui, affamées, ouvrant tout grand leurs gueules rouges et humides — et il tremblait, tremblait, tremblait...

Les frères Tribucci et Walt Halliday furent les premiers habitants de Hidden Valley à arriver sur les lieux de l'avalanche. Ils se rencontrèrent dans Sierra Street, là où la rue s'étrécissait pour devenir la Route 235-A ; de là, on voyait distinctement l'énorme masse blanche à travers le fin rideau de flocons. Solennellement, sans échanger un mot, les trois hommes gravirent en pataugeant la route pentue ; quand ils ne purent plus avancer, ils s'arrêtèrent, contemplant avec incrédulité le barrage compact qui s'élevait dans le ciel grisâtre.

Des blocs de granit et des arbres déchiquetés, dépouillés de leurs branches et de lambeaux d'écorce, émergeaient, tels des débris d'os, de la masse irrégulière. Dans le silence, on entendait le grondement sourd que faisait en se tassant le monceau de neige, de glace et de rocaille, en une sorte d'écho ténu de l'avalanche proprement dite.

— Mauvais, dit Halliday à voix basse. Grands dieux, ça n'aurait pas pu être pire.

Les Tribucci acquiescèrent d'un air grave : il n'y avait rien à ajouter à ce constat.

D'autres habitants de Hidden Valley commencèrent à arriver, parmi lesquels Lew Coopersmith, Frank McNeil et Matt Hughes, le maire. Eux aussi restèrent muets de consternation devant le spectacle.

Au bout d'un moment, Hughes dit :

— Mon Dieu... peut-être y avait-il quelqu'un dans le défilé quand ça s'est produit ?

— Peu probable, répondit Vince Tribucci. Avec le blizzard que nous avons eu hier soir, la route était sans doute déjà impraticable. Si ça devait arriver, on peut dire que c'est tombé au moins mauvais moment.

Hughes souffla dans ses mains gelées ; dans sa hâte, il avait oublié ses gants.

— Je ferais mieux de téléphoner au chef-lieu du comté pour signaler l'accident et demander qu'on nous envoie le plus rapidement possible des hommes et du matériel.

Il tourna les talons et regagna sa voiture au pas de course. Frank McNeil se tourna vers John Tribucci :

— A votre avis, combien de temps va-t-il falloir pour dégager la route ?

— A première vue, au moins une semaine. Mais s'il continue à neiger, ça pourrait prendre quinze jours, voire davantage.

McNeil eut une moue renfrognée.

— Vous parlez d'un joyeux Noël et d'une bonne année ! dit-il d'un ton acerbe.

13.

A neuf heures, les nuages s'étaient dispersés à l'est et l'œil blanchâtre du pâle soleil hivernal dominait une étendue de ciel qui allait en s'élargissant. Il n'y avait pas de vent, l'air était limpide et le froid beaucoup moins vif. Dans certaines parties de la vallée et sur les versants environnants, les hautes congères amassées par la tempête nocturne commençaient à fondre lentement, formant des petites cascades qui s'enchevêtraient en dessinant des motifs compliqués. Sous l'effet du redoux, la glace craquait sporadiquement aux endroits où elle n'était pas protégée par des poches d'ombre et, dans les rues du village, la neige se transformait peu à peu en gadoue.

Peu avant midi, Kubion prit la voiture et quitta le chalet de Mule Deer Lake en roulant avec précaution, les yeux plissés pour mieux voir à travers le pare-brise encroûté de givre. La réverbération du soleil sur la neige lui blessait les yeux et accentuait la douleur sourde qui lui martelait les tempes. Il se sentait mal foutu aujourd'hui, bougrement tendu. C'était dû, entre autres, à sa mauvaise nuit et au rêve qu'il avait fait — ces araignées qui lui grimpaient dessus en ouvrant tout grand leurs gueules rouges. Saloperie ! Il avait horreur des araignées ; c'était la seule chose qui le terrifiait. C'était la première fois qu'il avait un cauchemar de ce genre, et ça le turlupinait ; ce symptôme était tout aussi alarmant que ses migraines à répétition et son penchant irraisonné

106

pour la violence.

Ces maux de tête étaient une autre cause de sa nervosité. La douleur lancinante de ses tempes et de son front n'avait pas encore dégénéré en migraine, mais il savait que ce n'était pas loin et il savait que, de nouveau, il ne pourrait plus se contrôler. Il sentait en lui, juste sous la surface, le besoin irrépressible de détruire : c'était comme un démon inefficacement enchaîné dans une sombre caverne et attendant l'occasion de se libérer, de surgir à la lumière en hurlant.

Il éprouvait aussi le besoin de quitter ce satané bled, de retrouver la civilisation pour monter un nouveau coup avec les autres ; et il se sentait frustré, car il savait qu'ils ne pouvaient pas courir ce risque dans les conditions actuelles. D'après les informations du matin, à la radio, les flics de Sacramento avaient fini par découvrir le garage et la fausse fourgonnette blindée : les choses n'allaient pas se tasser avant un bout de temps.

Kubion s'engagea dans Sierra Street et constata que le village était plus animé que d'habitude : deux personnes marchaient au milieu de la route en direction du défilé. Il remarqua alors l'énorme monticule — mélange de neige, de rocaille et d'arbres brisés — qui bloquait l'entrée de la vallée. Que diable... ?

Il dépassa le Drugstore — il était venu faire quelques petites courses, histoire de quitter le chalet un moment — et se gara devant la station Shell. Il poursuivit son chemin à pied, en s'arrêtant à la hauteur de l'homme et de la femme qu'il avait vus gravir péniblement la route : un couple de personnes âgées en veste de tartan et toque de laine.

— Qu'est-ce qui s'est passé ? leur demanda-t-il. Une avalanche, c'est bien ça ?

Lew Coopersmith le regarda, sourcils légèrement froncés, comme s'il cherchait à situer son interlocuteur.

— C'est bien ça, répondit-il enfin.

— Quand est-ce arrivé ?

— Juste à l'aube. Ça a réveillé tout le village.

— Ouais, j'imagine.

— Si vous aviez l'intention de repartir avant Noël, vous et votre ami, vous devrez malheureusement attendre. Selon les estimations, nous serons bloqués par la neige pendant une semaine, peut-être même davantage.

— Vous voulez dire que personne ne peut plus entrer dans la vallée ni en sortir ?

— Non, à moins de faire vingt ou vingt-cinq kilomètres en motoneige à travers des bois touffus. Le défilé est infranchissable.

«Tu parles d'un patelin !» pensa Kubion. «Un véritable trou de balle gelé !» Bof, qu'est-ce que ça pouvait bien faire ? A tout prendre, cette avalanche était plutôt une bonne chose ; pendant une semaine ou deux, ils seraient complètement coupés de la flicaille du monde extérieur.

Par mesure de précaution, il dit néanmoins :

— La femme de mon ami va pousser les hauts cris : elle nous attendait à San Francisco pour les vacances. Nous devions partir samedi.

— C'est vraiment ennuyeux, compatit Ellen Coopersmith.

— Ouais.

— Nous ne sommes quand même pas totalement isolés, lui dit Coopersmith. Le téléphone marche. Votre ami n'aura qu'à appeler sa femme pour lui expliquer la situation.

— Oui, c'est la meilleure solution. Merci.

Coopersmith inclina la tête.

— Désolé que vous en subissiez les inconvénients, mais ce sont des choses qui arrivent. On n'y peut rien.

— Non, sans doute, dit Kubion.

Il retourna à sa voiture et resta assis au volant, immobile, le regard fixé sur le cône d'avalanche. Une idée commençait à germer dans son esprit. «Bloqués par la neige», pensa-t-il. «Personne ne peut entrer dans la vallée ni en sortir. Aucun contact avec l'extérieur, à part le téléphone. Du sur mesure, crénom !» Il se rappela le vieux type qui avait encaissé un chèque chez Matt Hughes, l'après-midi précédent : sachant que le Drugstore faisait office de banque, *combien* d'argent pouvait contenir le coffre du bureau ? Dix mille dollars ? Peut-être moins, mais peut-être aussi davantage — bien davantage. Combien d'habitants à Hidden Valley ? Environ soixante-quinze, c'était bien ça ? Des ploucs, d'accord ; mais les ploucs étaient parfois assis sur un tas d'or : on n'arrêtait pas d'entendre parler de vieux schnocks qui planquaient leurs économies de toute une vie dans un compotier parce qu'ils n'avaient pas confiance dans les banques. Si ça se trouvait, il y avait peut-être trente ou même quarante mille dollars dans la vallée...

Soudain, Kubion se secoua. Nom de Dieu ! Voilà qu'il se remettait à raisonner comme un novice. Ils ne pouvaient rien tenter ici, absolument rien. Ils étaient pris au piège, *eux* aussi, comme les autres andouilles, et il fallait songer à la planque. Les péquenots les connaissaient de vue, Brodie et lui : en plus, d'un point de vue strictement réaliste, le jeu n'en valait sans doute pas la chandelle. Même en supposant qu'il y ait cent mille dollars — en liquide et en bijoux — à Hidden Valley, ça ne serait pas rentable. N'empêche que l'idée était fantastique : dévaliser une vallée tout entière ! Ce serait le fin du fin, non ? Mais trois hommes, ce n'était pas suffisant pour exécuter un boulot comme celui-là. Quoique... En y réfléchissant, il devait bien exister un moyen d'y arriver : l'avalanche éliminait les risques d'intervention extérieure, de sorte que ça revenait à opérer en vase clos... Mais non, merde, c'était dingue, stupide d'y songer un seul instant. Ce qu'il leur fallait, c'était un job comme aurait dû être celui de Greenfront s'il avait réussi : juteux, sûr, sans bavures, sans témoins capables de les identifier par la suite.

Mais quand même, une vallée tout entière... Toute une vallée, tonnerre !

Etait-ce *possible*, à trois seulement ?

Kubion alluma une cigarette et pianota des doigts sur

le volant en plastique dur. «Allons, allons», se dit-il, «c'est un projet utopique.» Puis : «Bon, d'accord, c'est un projet utopique, il est donc exclu de le mettre à exécution. La question est de savoir : est-il réalisable sur le papier ? Est-il jouable ?»

Il tira sur sa cigarette. Après tout, pourquoi ne pas en avoir le cœur net ? Il avait les nerfs à vif, pas vrai ? Il était oppressé par l'attente — encore dix jours au minimum —, obsédé par ces satanées migraines et son rêve d'araignées. Ce qu'il lui fallait, c'était un dérivatif ; il devait concentrer ses pensées sur autre chose, sur un projet qui l'empêcherait de dérailler. Et pour ça, il n'y avait rien de mieux que de monter un coup audacieux — même imaginaire.

Kubion démarra, fit demi-tour dans Sierra Street et se gara en face du Drugstore. Il descendit de voiture, traversa la rue gadouilleuse et entra dans le magasin. A part la vieille aux cheveux blancs qui l'avait servi la veille, il n'y avait personne. Les haut-parleurs diffusaient toujours à plein volume des chants de Noël enregistrés ; en cet instant, un ballot chantait une bluette qui parlait d'un merveilleux pays d'hiver. Ben voyons !

Lorsqu'il s'approcha du comptoir, Maude Fredericks lui dit :

— C'est terrible, n'est-ce pas, cette avalanche ? Une telle catastrophe juste avant Noël !

— Terrible, oui, approuva Kubion. Dites-moi, vous avez une carte de la région ?

Elle plissa le front, l'air intrigué.

— Eh bien... nous avons une brochure touristique avec un plan détaillé de Hidden Valley. Nous avons également une carte topographique du comté.

— Parfait, je vous prends les deux, dit Kubion.

Et il pensa : «Je parie bien que tu chierais dans ta culotte, la vieille, si tu pouvais te douter de l'usage que je veux en faire..»

14.

Cain passa la plus grande partie de la journée à se promener, raquettes aux pieds, dans les hauteurs du versant est, au milieu des épicéas, là où le silence était presque total et l'air imprégné de la senteur fraîche et suave de la forêt en hiver.

Il les connaissait bien, ces bois et les sentiers de randonnée qui les quadrillaient : il avait passé énormément de temps à explorer la région durant les mois d'été et d'automne. Il s'était aperçu que, dans les moments particulièrement pénibles, les longues promenades — quand le temps s'y prêtait — constituaient un efficace tranquillisant. Seul au cœur de la forêt, on arrivait mieux à s'abstraire de ses pensées pour se laisser gouverner uniquement par les sens ; en outre, on se dépensait physiquement, et la fatigue agissait comme un narcotique dont les effets s'ajoutaient à ceux de l'alcool.

Mais ce jour-là, comme les deux jours précédents, la forêt ne parvint pas à effacer le persistant sentiment de solitude qui l'avait submergé lundi soir et qui s'incrustait, telle une tache indélébile sur le tissu de son cerveau. Au contraire, la solitude absolue de l'environnement ne faisait que renforcer son propre malaise. Il se sentait perdu, agité, irritable. Et pour couronner le tout, voilà que les gens de la vallée commençaient à l'importuner.

La veille, il avait eu deux visiteurs indésirables et imprévus. D'abord l'ancien shérif du comté, un certain Coopersmith : un vieil homme aimable, courtois, qui lui avait poliment demandé s'il savait quelque chose au sujet d'une porte qui avait été fracturée au Café de la Vallée. Cain lui avait répliqué vertement — non pas à cause de cette question laissant entendre qu'il pouvait être un vandale malveillant, mais à cause de la visite en elle-même, qu'il considérait comme une intrusion dans sa solitude. Même chose pour Rebecca Hughes, la veille au soir. Peut-être

111

était-elle réellement venue parce qu'elle se sentait seule et qu'elle désirait de la compagnie, en tout bien tout honneur ; mais, sur le moment, il ne s'était pas arrêté à ces considérations. Il n'avait eu qu'une envie : se débarrasser d'elle ; il n'était pas d'humeur à bavarder, surtout pour discuter de la solitude ; il avait donc proféré des insinuations transparentes, il l'avait traitée, cruellement, comme une traînée.

Mais ce matin, quand il avait repensé à l'incident, peu après avoir été réveillé par les mystérieuses secousses, il s'était senti un peu honteux. Les larmes de cette femme, quand elle s'était enfuie en courant, prouvaient qu'il l'avait blessée ; or la dernière chose qu'il souhaitait, après ce qu'il avait infligé à sa famille, c'était de faire de la peine à quelqu'un. Une fois seul, l'esprit lucide, il s'était dit qu'il aurait pu la congédier en douceur, et il regrettait de ne pas l'avoir fait. Il avait envisagé un instant de se rendre chez les Hughes pour s'excuser auprès d'elle, mais il avait reculé devant une démarche aussi personnelle et embarrassante. En tout cas, si des journées comme celle de la veille se reproduisaient, il lui faudrait quitter Hidden Valley. La Sierra ne manquait pas d'endroits isolés ; peu lui importait celui où il vivait, du moment qu'on le laissait tranquille.

Cain regagna le chalet en fin d'après-midi — et, dix minutes après son retour, en allant chercher un nouveau paquet de cigarettes à la cuisine, il s'aperçut qu'il avait terminé sa cartouche. Il eut un petit rictus ironique ; il avait marché toute la journée, erré sans but, et maintenant — parce que le tabac était devenu pour lui une drogue et non plus un plaisir — il allait être obligé de faire encore huit cents mètres à pied pour se rendre à la boutique de sport.

Il n'avait pas besoin de mettre des raquettes pour descendre Lassen Drive : il prit seulement son pardessus, son écharpe, et ressortit. Le soleil était bien caché derrière les versants de la montagne, à l'ouest, mais le ciel, à cet endroit, était encore légèrement teinté de mauve. La température avait considérablement baissé, comme tous les jours vers cette heure-là. Il n'y avait toujours pas de vent.

A l'instant où il passait devant l'allée privée du chalet des Hughes — en marchant les yeux baissés, rivés sur la neige glacée — quelque chose le poussa à s'arrêter et à lever la tête pour regarder dans le jardin. Rebecca Hughes venait juste de sortir de la maison et se dirigeait vers la route.

Elle le vit presque en même temps, s'arrêta net, se raidit visiblement. Elle leva une main vers sa poitrine, en un geste qui pouvait signifier n'importe quoi — ou rien du tout. Ils restèrent un long moment immobiles à quinze mètres l'un de l'autre, l'air emprunté. De nouveau titillé par le remords, Cain voulut présenter ses excuses ; les circonstances s'y prêtaient. Mais il ne trouva rien à dire ; il répugnait toujours à établir le contact.

Elle fut la première à réagir. Laissant retomber sa main, elle pivota sur ses talons et rebroussa chemin à grands pas rapides, nerveux. Arrivée sur le perron, elle sortit une clef de son sac, non sans mal, l'introduisit dans la serrure et disparut dans la maison. La porte se referma avec un claquement sec.

Cain fut soulagé qu'aucune parole n'eût été échangée ; mais, d'un autre côté, il regretta de ne pas avoir parlé. Toujours cette sacrée ambivalence ! Au prix d'un effort, il chassa Rebecca Hughes de son esprit et se remit en marche.

Cinq cents mètres plus loin, alors qu'il approchait du tournant au-delà duquel commençait le village proprement dit, il entendit une voiture venir dans sa direction. Il ne leva pas la tête. Le bruit de moteur s'enfla, le véhicule sortit du virage et s'arrêta à la hauteur de Cain. La portière du conducteur s'ouvrit et la tête de Frank McNeil apparut par-dessus le toit de la voiture. Il avait la bouche tellement pincée qu'elle paraissait dépourvue de lèvres.

— Hé, vous ! Cain ! cria-t-il.

Cain ne s'arrêta pas.

— Ecoutez-moi, bon Dieu ! Je vous parle !

Il sentit les muscles de son cou et de ses épaules se contracter, et l'irritation lui noua la gorge. Finalement, il s'arrêta et se retourna ; il reconnut vaguement McNeil, se rappela son nom.

— Qu'est-ce que vous voulez ? dit-il.

— Où avez-vous passé la journée ? C'est la troisième fois que je monte vous voir.

— En quoi cela vous regarde-t-il ?

— Vous croyez peut-être que je ne sais pas qui s'amuse à faire ça ? dit McNeil d'une voix vibrante d'indignation. Ça fait deux nuits de suite, et vous croyez que je ne sais pas que c'est vous ? Eh bien ! je le sais, Cain, et je veux que vous en soyez bien conscient. Mais vous pouvez pétocher, parce que la police du comté viendra vous arrêter dès que le défilé sera rouvert. Je les ai déjà appelés, et au diable Lew Coopersmith ! Vous m'entendez, Cain ? Vous m'entendez ?

Cain le regarda, éberlué.

— J'ignore de quoi vous parlez.

— Vous le savez foutrement bien, et vous allez payer !

L'irritation de Cain se mua en colère. Il s'avança vers McNeil, qui remonta dans sa Dodge et claqua la portière. Le cafetier démarra en dérapant, et les roues arrière projetèrent un long éventail d'éclaboussures grisâtres. Il s'arrêta plus haut pour faire demi-tour dans l'allée privée des Hughes, puis il redescendit vers Cain en accélérant. Cain se rangea sur le bas-côté au passage de la voiture, mais les roues soulevèrent une gerbe de boue glacée qui aspergea son pardessus et son pantalon.

Tremblant, Cain resta là à regarder la Dodge s'éloigner. Sur le moment, il n'avait rien compris à ce que racontait McNeil : pour lui, c'était du charabia. Mais il se rappela alors la visite de Coopersmith, la veille : quelqu'un avait forcé la porte du Café de la Vallée. Deux fois, avait dit McNeil. Apparemment, l'incident s'était donc reproduit la nuit dernière et, pour une mystérieuse raison, McNeil croyait que c'était lui le coupable. Mais sapristi, pourquoi aurait-il fait ça, *lui* ? Pourquoi le prendre comme bouc émissaire, *lui* ? Il n'avait jamais rien fait qui puisse donner à ces gens l'impression qu'il était un vandale : il ne les avait jamais importunés.

Maintenant, il allait avoir la police sur le dos, on lui poserait des questions : encore une intrusion dans sa vie privée. Bien sûr, on finirait tôt ou tard par reconnaître son innocence, mais il faudrait peut-être plusieurs jours pour en arriver là. Les salauds, les salauds, pourquoi ne le laissaient-ils pas tranquille ?

Pourquoi ne lui fichait-on pas la *paix* ?

15.

Ce jeudi-là, en fin de matinée, Lew Coopersmith, assis devant la cheminée en quartz et granit de son salon, buvait un bon café chaud en compagnie de John Tribucci.

Une heure et demie plus tôt, en allant au Drugstore faire une course pour Ellen, il avait trouvé Tribucci et Matt Hughes en pleine discussion sur l'évolution des travaux de dégagement de l'avalanche. Aux dernières nouvelles, le service de l'entretien des routes avait envoyé un second bulldozer — il y avait également sur place un chasse-neige rotatif — et les équipes de déblaiement commençaient à progresser. On estimait cependant que, dans le meilleur des cas, le défilé ne serait pas rouvert avant le lendemain de Noël — si le temps le permettait. En sortant du magasin, Coopersmith et Tribucci étaient allés ensemble sur les lieux de l'avalanche. Bien qu'on ne puisse voir, de l'intérieur de la vallée, les travaux proprement dits, on entendait distinctement le bruit des machines.

Au bout de quelques minutes, Coopersmith avait proposé à son jeune compagnon de venir prendre un café chez lui : Frank McNeil avait décidé de fermer son établissement jusqu'à la fin du «blocus» et Walt Halliday n'ouvrait le bar de l'Auberge qu'à seize heures. Tribucci avait accepté aussitôt, en déclarant avec un bon sourire que, malgré l'adoration qu'il vouait à sa belle-sœur, il trouvait son café aussi imbuvable que celui d'un mess de l'armée.

Coopersmith prit l'une de ses pipes Meerschaum bien culottées et entreprit de la bourrer avec le tabac contenu dans une boîte cylindrique posée sur la table basse.

— Vous pensez que le temps va se maintenir, Johnny ? demanda-t-il.

— Difficile à dire. La météo est bonne pour les deux prochains jours, mais nous risquons d'essuyer une autre tempête samedi ou dimanche. Si vous voulez une estimation pessimiste, Lew, le défilé ne sera rouvert que deux ou trois jours après Noël. — Il s'interrompit et contempla le fond de sa tasse, le front soucieux. — Tout ce que j'espère, c'est que le bébé ne décidera pas de naître avant le Nouvel An.

— A supposer que ça arrive, Ann ne risquera rien. Doc Edwards a fait des douzaines d'accouchements à domicile.

— Je sais, mais je serais plus tranquille si ça se passait à l'hôpital.

— Nous serons tous plus tranquilles quand la situation sera redevenue normale. Ça ne me plaît pas d'être coupé du monde extérieur pendant si longtemps, même si cet isolement n'est pas total. Je me sens impuissant et vulnérable.

— Vulnérable à quoi ?

Coopersmith alluma sa pipe avec une allumette de cuisine. Après avoir tiré quelques longues bouffées, il répondit :

— En fait, je ne sais pas très bien. Cette impression est sans doute due au fait que, provisoirement, je ne me sens plus complètement maître de mon existence. C'est comme quand on est à bord d'un avion : on est obligé

116

de dépendre de quelqu'un d'autre. Et quand on est dépendant, on est vulnérable. Vous me suivez ?

— Je crois, oui, dit Tribucci. D'une certaine façon, c'est pour la même raison que je me fais du souci pour Ann et le bébé.

S'adossant à son fauteuil, Coopersmith émit un soupir en mordillant d'un air méditatif le tuyau de sa pipe. Au bout d'un moment, il s'enquit :

— Que pensez-vous des effractions au Café de la Vallée ?

— Je ne sais qu'en penser. C'est sacrément bizarre, ce phénomène qui se reproduit deux nuits de suite.

Coopersmith acquiesça. La deuxième fois, comme la première, on avait forcé la porte de derrière en la laissant grand ouverte ; mais, en l'occurrence, les dégâts avaient été beaucoup plus importants en raison de la violente tempête qui avait sévi dans la nuit du mardi au mercredi : bouteilles et verres brisés en mille morceaux par terre, boîtes de conserve et denrées périssables irrémédiablement gelées... Livide de rage, Frank McNeil avait été beaucoup plus préoccupé par son malheur personnel que par l'avalanche qui avait isolé la vallée. C'était avant tout à cause de cela qu'il avait décidé de fermer le café jusqu'après Noël.

— Hier et mardi, reprit Coopersmith, j'ai interrogé la plupart des habitants de la vallée, mais j'ai fait chou blanc sur toute la ligne. Le coupable — quel qu'il soit — n'a pas laissé la moindre trace.

— Au moins, ça n'a pas recommencé la nuit dernière...

— C'est déjà ça, en effet.

Tribucci eut un rictus sarcastique.

— McNeil attribue ce répit au fait qu'il est allé voir hier Zachary Cain pour l'accuser ouvertement et pour lui annoncer qu'il le ferait arrêter dès que le défilé serait dégagé. Il est convaincu de lui avoir flanqué une sainte frousse.

— Balivernes, commenta Coopersmith.

— Ouais. Cain est un drôle de zèbre, c'est vrai, mais

117

il ne me fait pas l'effet d'un type malveillant.

— Moi non plus. Il n'a cherché noise à personne depuis qu'il est ici. En outre, c'est ridicule de penser qu'il aurait fait ça sous prétexte que McNeil m'a demandé de me renseigner sur son compte quand il est arrivé dans la vallée. J'ai essayé d'expliquer à Frank que, de toute façon, Cain ne pouvait pas être au courant de cette enquête, mais on ne peut pas plus raisonner avec McNeil qu'avec un tamia. Il aura de la chance si Cain ne lui intente pas un procès en diffamation.

— C'est bien mon avis, dit Tribucci. Je dois néanmoins reconnaître que je n'imagine aucun villageois fracturant la porte du café. Pour quelque raison que ce soit.

— Moi itou. Pourtant, quelqu'un l'a fait, et il avait bien une raison. — Coopersmith ralluma sa pipe, qui s'était éteinte. — En tout cas, quelle que soit la clef de l'énigme, je m'emploierai à la découvrir.

Les deux hommes prirent une seconde tasse de café, parlèrent un moment de Noël, des cadeaux qu'ils allaient offrir à leurs épouses respectives — Ellen, occupée à la cuisine, ne pouvait les entendre — et convinrent de se retrouver chez Vince le soir de Noël, pour le réveillon traditionnel : *eggnog* (1), petits gâteaux et chants de Noël.

Tribucci prit congé pour aller relayer son frère à la boutique de sport, et Coopersmith termina sa pipe en pensant rêveusement à l'avalanche et aux mystérieuses effractions. Il se versa un troisième café et, après l'avoir goûté, décida qu'un peu de sucre ne lui ferait pas de mal. Il se leva et, sans bruit, alla chercher dans le buffet le flacon de cognac.

---

(1) Boisson à base d'œufs battus avec du sucre, du lait ou de la crème, et souvent du rhum, du cognac ou du vin, que l'on sert froide et habituellement avec de la muscade râpée.

16.

A une heure et demie, le révérend Peter Keyes, vêtu de vieux vêtements chauds et chaussé de bottillons fourrés, quitta son presbytère, situé derrière l'Eglise Œcuménique, pour aller faire ses courses quotidiennes.

L'avalanche, si elle ne le gênait pas autant que certains autres habitants de la vallée, l'empêcherait néanmoins de passer l'après-midi et la soirée de Noël à Soda Grove, dans sa famille. Bien sûr, en cette période de fêtes, c'était un événement fâcheux ; mais on pouvait rendre grâces au ciel qu'il n'y ait eu ni tués ni blessés. De toute manière, le révérend Mr Keyes n'était pas homme à contester la volonté de Dieu, quelles que soient les circonstances. Malgré les désagréments que cette situation entraînait pour ses voisins, pour ses amis et pour lui-même, Noël demeurait le temps de la joie, de la charité et de la foi renouvelée : la célébration de la naissance de Jésus-Christ.

Le révérend Mr Keyes longea le côté de l'église, passa sous les trois vitraux en ogive et sous le toit alpin, fortement pentu, à l'arrière duquel se trouvait le clocher carré, doté de quatre fenêtres et d'une grande flèche dressée vers le ciel. C'était une église en bois, dont la simplicité s'accordait parfaitement — dans l'esprit du pasteur — à la simplicité de la vie que menaient les habitants de la Sierra.

Tandis qu'il se dirigeait vers la rue, il remarqua dans l'allée un inconnu — un homme de taille moyenne — qui lisait le panneau vitré où étaient indiqués, en lettres de plastique, les horaires des offices du dimanche suivant.

Le pasteur changea de direction et obliqua vers lui. Sans doute était-ce l'un des deux hommes d'affaires de San Francisco dont on lui avait parlé et qui séjournaient à Mule Deer Lake. Puisque l'inconnu lisait le panneau, peut-être songeait-il à assister au culte ; c'était là une réjouissante perspective.

En entendant approcher le révérend Mr Keyes, le nouveau venu se retourna. Très brun, presque bistre, il avait quelque chose de dur dans le visage et une lueur bestiale dans ses yeux trop brillants. Mais le pasteur savait à quel point les apparences pouvaient être trompeuses ; il accosta l'homme, le sourire aux lèvres et la main tendue.

— Bonjour, dit-il. Je suis le révérend Peter Keyes, pasteur de l'Eglise Œcuménique.

— Je m'appelle Charley Adams, dit Kubion en lui serrant la main. Enchanté, révérend.

— J'ai remarqué que vous lisiez cette pancarte, monsieur Adams. Puis-je vous demander si vous comptez être des nôtres dimanche ?

— Ma foi, c'est fort possible, oui.

— Nous serons plus qu'heureux de vous accueillir.

— A ce que je vois, il n'y a qu'un seul office.

— Oui, à midi. Le village est trop petit pour que nous ayons plus d'un service en hiver : par contre, l'été, nous en avons deux chaque dimanche.

Kubion jeta un coup d'œil vers l'église.

— Est-elle ouverte à cette heure-ci ?

— Mais certainement. Elle est rarement fermée à clef.

— Avec votre permission, j'aimerais y entrer quelques instants.

— Je vous en prie, faites.

Kubion remercia le pasteur d'un bref signe de tête et remonta l'allée vers le porche. Le révérend Mr Keyes le regarda gravir les cinq marches du perron et entrer dans l'édifice. Un doux sourire sur les lèvres, il se dit que, décidément, il ne fallait pas se fier aux apparences ; Charley Adams était un homme d'un commerce agréable — et, sans nul doute, un bon et fervent chrétien.

Il pensa que Kubion était entré dans l'église pour prier.

Seul dans la boutique de sport, John Tribucci rangeait des paquets de tabac sur les rayonnages quand il vit arriver, à deux heures de l'après-midi, l'étranger au visage noiraud.

— Puis-je vous être utile ? demanda-t-il avec amabilité.

— Peut-être, oui, répondit Kubion. Je voudrais savoir si vous avez des motoneige en stock.

Tribucci eut du mal à dissimuler sa surprise.

— Des motoneige ? Ma foi... oui, mais nous n'en avons qu'une seule. Elle nous a été confiée en dépôt par une chaîne de distribution d'articles de sport dont le siège se trouve au chef-lieu du comté.

— Je peux la voir ?

— Bien sûr.

Il conduisit Kubion vers le fond du magasin, où la machine trônait au milieu d'un petit étalage de skis, de raquettes et de patins à glace. L'engin ressemblait à un scooter à deux places monté sur skis et sur chenilles : châssis noir, carénage blanc, garnitures rouges et blanches.

— C'est une Harley Davidson, un modèle rapide et résistant. Nombreuses particularités : phares accouplés, guidon avec amortisseur, chenilles de quarante-cinq centimètres en caoutchouc moulé, amortisseurs hydrauliques montés sur les skis... Moteur de vingt-trois chevaux réels, bien suffisant pour faire du tout terrain ; en outre, c'est l'un des plus silencieux du marché.

— Quelle est la contenance du réservoir ?

— Vingt-deux litres.

— Bien... Et le prix ?

— Un peu plus de quinze cents dollars, taxe non comprise. Le rapport qualité-prix est intéressant si on considère ce que coûtent aujourd'hui les plus grosses motoneige.

Kubion fronça les sourcils.

— Je ne pensais pas que ça allait chercher aussi loin, dit-il. Il n'y en a pas d'autre dans la vallée ?

Tribucci répondit d'un ton sec :

— En fait, ce que vous voulez savoir, c'est si quelqu'un possède un modèle plus ancien que vous pourriez acheter quelques centaines de dollars ?

— Ouais, c'est ça.

121

— Je ne vois malheureusement personne dans ce cas. La seule autre motoneige de Hidden Valley appartient à mon frère, et c'est une Harley semblable à celle-ci — le modèle de l'année dernière. Il serait sans doute disposé à la vendre, mais ça m'étonnerait qu'il en demande moins de mille dollars.

— C'est encore drôlement cher, dit Kubion en secouant la tête.

Avec un petit rire gêné, il poursuivit :

— Vous devez vous demander pourquoi je m'intéresse brusquement à une motoneige ?

— Eh bien... oui, reconnut Tribucci. La vallée étant bloquée par l'avalanche, les gens ne pensent pas précisément aux sports d'hiver en ce moment.

— Ça n'a rien à voir avec les sports d'hiver. En fait, la raison, c'est justement parce que la vallée est bloquée. Voyez-vous, mon ami et moi — nous séjournons à Mule Deer Lake, comme vous le savez sans doute — nous sommes attendus à San Francisco pour Noël. Et hier soir, nous nous sommes dit que nous pourrions acheter à deux une motoneige pour gagner la ville la plus proche et, de là, louer une voiture. Mais nous étions loin d'imaginer que ça coûtait ce prix-là ; nous ne pouvons pas nous permettre de débourser autant d'argent pour un engin qui ne nous servira probablement qu'une seule fois.

— Vous pourriez aller à Coldville en motoneige, effectivement, en prenant vers le nord-est. C'est à vingt-cinq kilomètres et le terrain est accidenté, mais avec une carte et la boussole de la motoneige — et à condition qu'il fasse beau — ça pourrait se faire sans trop de risques. Malgré tout, il vous faudrait bien connaître la région.

— Et si nous faisions le chemin à pied ?

— C'est possible, mais je ne vous conseille pas de tenter l'expérience. Ça représente une sacrée trotte avec des raquettes aux pieds, et si une tempête se déclare, vous mourrez gelés.

— Et il n'y a pas de chemin plus court ? En franchissant ou en contournant les falaises du défilé, par exemple, et en récupérant la route du comté à Soda Grove ?

Tribucci secoua la tête.

— Vers le haut des falaises, à partir de l'endroit où les arbres s'éclaircissent, il y a des talus d'éboulis couverts de neige et de glace, des murailles et des pitons de granit. A l'ouest, le sol est en pente raide ; de plus, il y a des ravines et des déclivités remplies de congères — vous avez dû remarquer, en venant, que le canyon est très large et très profond de l'autre côté du défilé. A l'est, vous avez une longue série d'arêtes et, là encore, de profondes poches de neige.

— Et je suppose qu'il serait dangereux d'essayer d'escalader l'avalanche proprement dite ? dit Kubion.

— Ce serait tout bonnement du suicide. Contrairement aux apparences, ce n'est pas du tout une masse compacte, solide. En admettant que vous puissiez escalader cet amas de neige et de roc en équilibre précaire, il s'effondrerait sous votre poids et vous seriez enterré en quelques secondes. C'est à cause de cette instabilité que le processus de déblaiement est si lent et si méthodique.

Tribucci s'interrompit un instant avant de poursuivre :

— Concrètement, le seul moyen qui pourrait vous permettre de quitter Hidden Valley maintenant — à condition que le temps se maintienne — c'est un hélicoptère. Mais à votre place, je n'y compterais pas, à moins que vous ne deviez partir pour un motif grave. Le comté n'a qu'un seul hélico, et il y a des priorités.

— Dans ce cas, j'ai l'impression que nous sommes bel et bien cloués ici ; nous devrons en prendre notre parti. Désolé de vous avoir fait perdre votre temps.

— Je vous en prie.

Après le départ de Kubion, Tribucci se remit à ranger ses paquets de tabac sur les étagères. La vente de la moto-neige aurait représenté pour lui un bénéfice non négligeable ; avec la naissance imminente du bébé, cet argent aurait été plus que bienvenu. Mais il avait senti dès le début qu'il ne réaliserait pas la vente — pas dans les circonstances présentes, sachant qu'il avait bien deviné

123

pourquoi le noiraud s'intéressait à la machine.

«Les citadins ont vraiment de fichues idées...» se dit-il.

Après avoir passé encore une heure au village — au pied du versant est, au-delà d'Alpine Street, là où les fils téléphoniques et les lignes de distribution du secteur s'étiraient jusque dans Hidden Valley — Kubion remonta en voiture et regagna Mule Deer Lake. Il rentra la voiture au garage, pénétra dans le chalet et monta directement dans sa chambre.

La douleur sourde qui lui martelait les tempes et le front était toujours là, ni plus aiguë ni moins aiguë que la veille. La nuit précédente, il avait encore rêvé d'araignées : le même rêve, les mêmes araignées noires, hideuses, avec leurs gueules rouges et béantes. Mais ça, il n'y avait pas pensé un seul instant ; depuis vingt-quatre heures, son esprit était concentré uniquement sur l'hypothétique pillage de la vallée : il examinait le problème sous tous les angles, comme s'il préparait le coup pour de vrai.

Il s'assit sur le lit défait et prit une cigarette de marijuana, longue et brune, dans la boîte métallique posée sur la table de chevet. Adossé au montant du lit, il alluma le joint et en tira lentement une bouffée, emmagasinant dans ses poumons la fumée douceâtre. Quand il ne lui resta plus que de la cendre entre les doigts, il sentit qu'il commençait à planer, il sentit son esprit fonctionner avec lucidité et clairvoyance. Il entreprit alors de faire le point sur tout ce qu'il avait appris en parcourant la vallée et en étudiant les cartes topographiques, sur tout ce qu'il avait découvert aujourd'hui au village.

Et il sut que le coup était faisable.

Cette conviction l'excita, le stimula. C'était faisable, oui, même en n'étant que trois. Il restait quelques points à régler, quelques données à déterminer, mais le plan de base était entièrement conçu. Ça ne posait guère de problèmes, beaucoup moins qu'il ne l'avait cru au départ : le fait que la vallée soit bloquée par la neige simplifiait tout.

Kubion alluma un second stick. Tout en le fumant, il passa en revue les moindres détails, sans en négliger aucun. Le temps passa — et, finalement, l'opération fut entièrement montée dans sa tête, du début à la fin. Aucun élément laissé au hasard, aucun défaut dans la progression. Un plan net, clair, jouable.

L'obscurité tomba au dehors et se glissa lentement dans la pièce, en ombres de plus en plus longues ; avec le crépuscule, les effets de la drogue se dissipèrent. La stimulation s'évanouit, cédant la place à un sentiment de vide. Il devint conscient du martèlement lancinant dans son crâne et sentit de nouveau ses nerfs se contracter. Il fuma un troisième joint mais, cette fois, ça ne lui fit aucun effet. La soudaine descente fut pénible, oppressante, et il en comprit la raison ; assis là, sur son lit, il comprit exactement ce qui n'allait pas.

Le coup était faisable, il l'avait planifié, et pourtant ils ne pouvaient pas l'exécuter.

Au début, ça n'avait guère été qu'un exercice mental, un dérivatif destiné à lui occuper l'esprit. Mais maintenant qu'il avait tout mis au point, il ne pouvait oublier ce projet ; il n'aurait plus rien à faire, rien sur quoi se concentrer, seulement la douleur dans sa tête, et les araignées, les araignées noires, rouges, affamées, et l'explosion de violence qui s'ensuivrait tôt ou tard ; il ne pouvait pas oublier ce job, mais il savait que ça ne servait à rien d'y penser davantage. Frustration, douleur qui irradiait derrière ses yeux, qui palpitait, palpitait...

Un coup à la porte. Il tressaillit légèrement, irrité par cette interruption.

— Qu'est-ce que c'est, merde ? cria-t-il.

— Le dîner est prêt, Earl, répondit la voix de Brodie.

— Je n'ai pas envie de bouffer, fiche-moi la paix.

Silence. Puis :

— Bien, Earl.

— Bien, bien, *bien* !

Kubion s'étendit de tout son long sur le lit. La chambre était complètement noire à présent, et froide ; il s'enveloppa dans l'une des couvertures. «C'est faisable, pensa-t-il, on peut le faire, en réexaminant le plan à fond, en le perfectionnant encore, en éliminant certains risques mais il y en a trop mais les ploucs cachent parfois de l'argent dans des compotiers mais ils pourront nous identifier mais une vallée toute entière mais penser à la planque mais le coup est faisable...»

Les araignées apparurent.

Grosses, noires, elles surgirent des ténèbres, glissèrent sur le plancher et grimpèrent sur le lit. L'une d'elles remonta le long de sa jambe, ouvrant tout grand sa gueule rouge, une gueule affamée, dégoulinante de bave, et il sentit la bave transpercer la couverture et ses vêtements, couler sur sa peau comme une substance visqueuse et brûlante. *Non* ! mais la chambre était maintenant envahie d'araignées qui montaient à l'assaut, une sur son bras, une sur sa poitrine, une sur son cou, noires et rouges, avec leurs pattes velues et leurs gueules affamées, dévorantes, allez-vous en, *allez-vous en* !

Il poussa un hurlement, un autre, se réveilla, bondit du lit. Il resta debout dans le noir, frissonnant, révulsé, mais les araignées étaient parties ; il avait encore rêvé : il n'y avait pas d'araignées. Quoique... étaient-elles vraiment parties ? Qu'est-ce que c'était que ça, là-bas, dans le coin sombre ? Ça bougeait, ça rampait. Une araignée ! Non, elles étaient parties, c'était son imagination, pas d'araignées ici, pas d'araignées, mais il voyait quelque chose bouger, glisser...

Il ferma étroitement les paupières — rien — les entrouvrit — rien ici, rien là. Pense au job, concentre-toi sur ce coup qui est réalisable, qu'on ne peut pas réaliser, qui est réalisable. Il n'arrivait pas à laisser ses mains tranquilles ; son corps était trempé de sueur. La douleur faisait rage dans sa tête, il sentait qu'il perdait le contrôle de lui-même, ses pensées étaient enveloppées dans des volutes de brume grisâtre et il avait envie de cogner, de tuer, de tuer ces araignées, ces répugnantes araignées qui rampaient là-bas, dans le coin sombre, il s'élança et en

tua une, puis une seconde, et il pivota vers le lit, haletant, et, soudain, les araignées l'environnèrent de toutes
parts, grouillant sur les murs, par terre, sur les meubles,
elles étaient bien réelles et elles le pourchassaient et la douleur intolérable dans sa tête, la douleur et les araignées
qui affluaient les araignées noires rouges affamées qui
affluaient les araignées les...

Ses tremblements cessèrent.

La douleur se dissipa.

Les araignées disparurent.

D'un seul coup, comme si une bulle avait éclaté en lui,
tout cela s'évapora et il redevint calme. Il demeura un
moment immobile, le temps que sa respiration reprenne
un rythme normal, puis il essuya son visage mouillé de
sueur et, à pas lents, se dirigea vers le lit. Assis au bord
du matelas, il actionna l'interrupteur de la lampe de chevet et jeta un regard circulaire dans la chambre.

«Adieu, araignées», pensa-t-il. «Adieu à jamais car
vous ne reviendrez plus ; je ne vous laisserai pas revenir.»

Et il éclata de rire.

Il rit ainsi un long moment, les larmes dégoulinant sur
ses joues, la bave moussant aux commissures de sa bouche ; il riait tellement qu'il en avait des points de côté
et des crampes à l'estomac. Puis, tout aussi soudainement, il s'interrompit net, redressa la tête et resta assis
là, le regard fixé droit devant lui, les lèvres étirées par
un grand sourire humide, figé. Ses yeux, brillants de fièvre, étincelaient comme de rondes pierres noires endui-
tes de peinture phosphorescente.

Il pensait de nouveau au coup, ce coup fumant, ce
grand grand grand coup. Ça ne faisait plus aucun doute,
à présent, oh ! non, aucun doute ; ça n'avait *jamais* fait
le moindre doute.

Le job était faisable — et ils allaient le faire.

17.

Une louche à la main, Rebecca versait une épaisse soupe aux légumes dans deux bols en faïence lorsqu'elle entendit Matt descendre l'escalier et lancer du bout du couloir :

— Le dîner est-il prêt ?

— Oui, répondit-elle.

— Tant mieux, je meurs de faim.

Il entra dans la cuisine, douché, rasé, parfumé à l'eau de cologne, vêtu d'un pantalon et d'une chemise propres. «Mais ce n'est pas pour moi», pensa-t-elle. «Simple habitude, question d'hygiène personnelle, c'est tout.» Depuis un peu plus d'une heure qu'il était rentré, il ne lui avait adressé que deux mots : «Bonsoir chérie».

Il s'assit à table, se frotta les mains avec appétit et déclara, comme pour lui-même :

— Ça sent bon.

Elle ne dit rien. Elle posa l'un des bols devant lui, l'autre en face, à la place qu'elle occupait ; puis elle sortit une corbeille à pain, une assiette de fromage de cheddar, et prit dans le réfrigérateur une bouteille de vin de Moselle, parce que Matt aimait boire du vin blanc frais avec sa soupe. Elle s'assit, l'observa tandis qu'il débouchait la bouteille et remplissait leurs verres à ras bord : il lui lança un bref regard, presque distrait, prit sa cuillère et entama son repas.

Rebecca détestait ce regard-là. Quand il avait une liaison en cours, il la regardait toujours ainsi : comme si elle n'était pas une femme, pas même un être humain, comme si elle n'était qu'un objet inanimé dont il était propriétaire et qu'il pouvait ignorer selon son bon plaisir. La veille, Zachary Cain l'avait regardée avec cette même expression vide, absente, quand le hasard l'avait fait sortir de chez elle — pour aller voir Ann Tribucci, au village — à l'instant précis où il passait sur la route. Le revoir si tôt après l'humiliation qu'elle avait subie le mardi soir n'aurait peut-être pas été un mal, si seulement il avait ralenti le pas un instant, ou si, s'arrêtant carrément, il lui avait dit quelque chose, n'importe quoi. Mais il s'était contenté de la regarder comme le faisait Matt : il était resté là, silencieux, à la *regarder*.

Elle avait eu envie de lui crier — tout comme elle avait parfois envie de crier à Matt — qu'elle était un être humain qui avait des sentiments, des droits, et qu'elle méritait d'être traitée comme telle. Elle avait eu envie de lui dire : «Je ne suis *pas* une garce. Je suis allée vous voir parce que je cherchais simplement un peu de compréhension, un peu de douceur.» Mais cela n'aurait servi à rien, de même que cela n'aurait servi à rien d'expliquer à Matt ce qu'elle ressentait. Elle avait donc tout bonnement tourné les talons, sans un mot, fuyant son regard telle une hirondelle effrayée.

La mésaventure du mardi soir et la confrontation muette de la veille, s'ajoutant à tout le reste — les liaisons de Matt, le sentiment d'être rejetée, le manque d'amour, le vide de son existence — avaient encore aggravé la dépression dont elle souffrait. Elle avait l'impression de suffoquer. La situation durait depuis déjà trop longtemps ; elle ne pourrait pas se prolonger ainsi indéfiniment.

Rebecca contempla sa soupe, les petits morceaux de légumes — jaunes, verts et blancs — qui surnageaient, le voile de gras qui recouvrait la surface. La gorge serrée par le dégoût, elle écarta son assiette et noua les mains autour de son verre. Elle le tint en l'air sans le porter à ses lèvres, le regard fixé sur Matt. Il mangea sa soupe, avec deux tranches de pain et une part de fromage, sans lever une seule fois les yeux vers elle.

Lorsqu'il entreprit de se resservir de soupe, elle dit d'une voix lente, en détachant ses mots :

— Matt, montons au lit après le dîner.

Il la regarda alors, sourcils légèrement froncés, et la louche s'immobilisa au-dessus de la soupière.

— Au lit ? dit-il. Mais il n'est que six heures et demie !

— J'ai envie de faire l'amour, dit-elle. Il y a plus d'un mois que nous ne l'avons pas fait.

Matt baissa aussitôt les yeux et se remit à remplir son bol de soupe.

— Ce n'est guère un sujet à aborder à table. Il y a un moment et un endroit pour ça...

— Je veux faire l'amour ce soir, Matt.

— Rebecca, je t'en prie. J'ai eu une longue et rude journée, je suis mort de fatigue.

— Autrement dit, tu ne veux pas coucher avec moi, ni après le dîner ni plus tard.

— Je te demande de ne pas parler ainsi. Ce manque de pudeur ne te ressemble pas.

— Veux-tu me faire l'amour ce soir, oui ou non ?

— Ecoute, ça suffit !

— Tu ne comprends donc pas ce que je dis ? J'ai envie de toi, j'ai besoin d'être pénétrée, je veux être *baisée* par un homme !

Matt lâcha sa cuillère, qui tomba sur la table avec un bruit métallique. Son expression faisait penser à une caricature tragi-comique : yeux écarquillés, bouche grande ouverte, air ahuri et scandalisé.

— Rebecca !

Elle se leva et sortit posément de la cuisine. En haut, dans leur chambre, elle se déshabilla et resta debout près du lit, nue, l'oreille tendue, le regard fixé sur la porte. Matt ne vint pas. Lorsqu'elle fut certaine qu'il ne monterait pas la rejoindre, elle se coucha, se remonta les couvertures jusqu'au menton et fixa le plafond sans le voir, en essayant de réfléchir, en essayant de trouver la force de prendre une décision irrévocable, parce que ça ne pouvait pas — *ça ne pouvait pas* — continuer ainsi.

18.

Une canette de bière à la main, Loxner regardait Brodie préparer des omelettes à l'espagnole quand Kubion descendit de sa chambre, le vendredi matin, en annonçant qu'il avait à discuter avec eux d'une question importante.

Ils s'installèrent autour de la table. Le regard de Kubion déplut à Brodie ; des flammes minuscules semblaient danser tout au fond de ses prunelles, comme si on regardait deux brasiers par le gros bout d'une lorgnette. Un vague malaise s'insinua en lui.

Kubion posa les mains à plat sur la table et déclara :

— Nous avons un nouveau boulot.

Brodie fut stupéfait : c'était la dernière chose à laquelle il s'attendait. Il se tourna vers Loxner, puis reporta son regard sur Kubion.

— Je ne te suis pas. Où as-tu pu trouver un coup à faire ? Nous ne sommes pas sortis de cette vallée depuis lundi soir. Nous sommes bloqués par la neige, bon Dieu ! Personne ne peut sortir.

— Ni entrer, dit Kubion. Et tout est là, justement. La vallée est bloquée par la neige : donc, on se rend maîtres de la vallée et on la ratisse boutique par boutique, maison par maison. Bâtiments et habitants.

Loxner parut sur le point d'éclater de rire ; les coins de sa bouche se relevèrent, mais restèrent figés dans cette position : un rictus. Il n'émit aucun son. Brodie considéra Kubion un long moment, les yeux exorbités. Enfin, il dit :

— Tu ne parles pas sérieusement, Earl...

— Bien sûr que si, qu'est-ce que tu crois ? Le coup est faisable, j'ai tout étudié, tout prévu. C'est du nanan, du tout cuit.

— Et *qu'est-ce* que ça rapportera ?

— Quarante ou cinquante mille dollars, peut-être même davantage, voilà ce que ça rapportera ! Le Drug-

131

store fait office de banque et Matt Hughes, le propriétaire, a un coffre dans son bureau. Avant-hier, il a payé un chèque à l'un des ploucs : quatre cent cinquante dollars, comme ça, sans même vérifier d'abord le chèque. C'est le grand manitou, ici ; apparemment, tous les villageois vont le trouver quand ils ont besoin de liquide. Il doit avoir des milliers de dollars dans son coffre. Et puis c'est connu que les ploucs gardent leur argent dans des compotiers cachés sous leur lit, et qu'ils ont sur leur commode des coffrets remplis de bijoux de famille : des trucs de ce genre, on en lit à la pelle dans les journaux.

Brodie et Loxner se contentèrent de le regarder, médusés.

Kubion se passa la langue sur les lèvres ; ses yeux brûlaient maintenant d'un feu encore plus ardent.

— Je sais ce que vous pensez, reprit-il. Nous ne sommes que trois, c'est ça ? Il y a soixante-quinze personnes dans cette vallée et nous, on n'est que trois. Mais ça ne pose pas de problème — aucun problème ! Nous n'aurons qu'à faire le coup dimanche. Où vont les ploucs, le dimanche, hein ? Où vont-ils toujours le dimanche avant Noël ?

Machinalement, Loxner répondit :

— A l'église.

— Nom de *Dieu*... gémit Brodie.

— Vous voyez comme c'est simple ? Ils seront au moins cinquante ou soixante dans l'église, assis en rangs d'oignons. On attend le début de l'office, à midi, puis on entre et on les prend en otages. On leur dit de regarder dans l'assistance pour voir qui n'est pas là et on dresse la liste des absents, avec noms et adresses. Ensuite, on verrouille les portes et on va débusquer ceux qui manquent, maison par maison : on sonne chez eux et on leur met un flingue sous le nez. Facile. Une fois que tout le monde est parqué dans l'église — il n'y a qu'une issue, c'est un véritable coffre-fort — l'un de nous, armé d'un fusil, monte la garde devant l'entrée pour veiller à ce que personne n'essaie de s'échapper : pendant ce temps-là, les deux autres pillent les maisons. En dix ou douze heures, nous pouvons nettoyer cette vallée comme un os de poulet.

Brodie ouvrit la bouche pour parler mais, d'un geste, Kubion lui imposa silence et poursuivit :

— D'accord, vous vous demandez comment on fera pour s'enfuir alors que la vallée est bloquée par la neige. On ne pourra pas rester là à attendre que la route soit dégagée, pas vrai ? Eh bien ! ce qu'on fera, c'est qu'on partira en motoneige — vous savez, ces petits scooters qui sont montés sur skis et sur chenilles. Les deux frères qui tiennent la boutique de sport en ont une en stock, flambant neuve. Et l'un des deux frangins en a une à lui. Ça fait deux, et c'est tout ce qu'il nous faut.

— Des motoneige, répéta Loxner.

Il termina sa bière, sans paraître lui trouver aucun goût. Kubion souriait — mais son sourire était exalté, inquiétant.

— Celui des deux frères que j'ai vu à la boutique m'a dit que c'était faisable ; il suffit d'avoir une boussole et une carte topographique. J'ai déjà les cartes — avec un itinéraire tout tracé — et les motos sont équipées de boussoles. A environ vingt-cinq kilomètres au nord-est, il y a un patelin nommé Coldville : ça représente à tout casser quatre ou cinq heures de trajet. D'après les ploucs, la route sera rouverte le lendemain de Noël ; ça nous laisse donc au moins deux jours d'avance si on part lundi à l'aube.

— Mais crénom... dit Brodie.

— Comment je m'y prends pour nous assurer deux jours d'avance minimum, hein ? continua Kubion. Eh bien ! avant de partir, nous prendrons un otage ou deux, en menaçant de les tuer si jamais l'un des autres ploucs montre le bout de son nez pendant que nous sommes encore dans la vallée : ils n'oseront pas bouger, parce qu'ils n'auront aucun moyen de savoir si nous sommes partis ou non. On leur dira aussi qu'on emmène les otages avec nous ; on n'en fera rien, évidemment, on se con-

133

tentera de les laisser quelque part, ligotés, ou de les buter
— rien à foutre — mais les autres nous croiront sur
parole. Ils resteront sagement assis dans l'église jusqu'à
ce que quelqu'un vienne les libérer. Et demain, en fin de
soirée, nous couperons les fils téléphoniques ; ainsi, la
vallée sera complètement isolée et il n'y aura pas de risque qu'un des ploucs manquants se doute de quelque
chose et appelle les flics avant qu'on ait eu le temps de
boucler tout le monde. Autre avantage : à supposer qu'ils
arrivent à sortir de l'église avant que le défilé soit dégagé,
ils ne pourront rien faire.

«Bon : une fois arrivés à Coldville, on achète une voiture d'occasion — ce serait trop risqué d'en faucher
une — et on met le cap sur Reno ou sur Tahoe. D'ici
lundi prochain, les choses se seront un peu calmées à
Sacramento : à condition de faire gaffe sur la route, ça
ira. A Reno ou à Tahoe, on partagera le butin et on prendra l'avion chacun de son côté, vers le sud, l'est ou le
nord. On quittera définitivement la côte ouest pour se
recaser ailleurs.

Sans cesser de sourire, Kubion s'humecta de nouveau
les lèvres.

— Voilà, vous avez tous les éléments. Un boulot simple, fumant, un coup comme personne n'en a jamais
tenté. Alors ? Qu'est-ce que vous en dites ?

Loxner essaya de prendre les choses sur le ton de la
plaisanterie :

— J'en dis que tu as fumé trop d'herbe. C'est pas un
coup, ton truc, c'est du suicide pur et simple !

Le sourire de Kubion s'évanouit. Avec un petit rire nerveux, Loxner poursuivit :

— Ce chalet est une *planque* ; on ne fait pas un job
— aussi bon soit-il — quand on est en terrain sûr. Nom
d'un chien, Brendikian serait fou furieux si on lui gril-
lait sa planque. Et il a des relations dans le Milieu, Earl,
tu le sais bien.

— Le Milieu a autre chose à faire que de s'occuper
d'une pareille broutille. De toute façon, je me moque des

relations de Brendikian. Rien à foutre de Brendikian !

— Tu ne le connais pas, vieux, faut pas jouer au plus fin avec lui.

— Rien à foutre de Brendikian, répéta Kubion.

Brodie se pencha en avant :

— Earl, les gens d'ici nous connaissent de vue, toi et moi : des masques ou des déguisements ne nous avanceraient à rien. Dès que la police serait alertée, nos portraits-robots s'étaleraient en première page de tous les journaux du pays. Nos fausses identités seraient percées à jour. D'autre part, nous avons tous les trois un casier ; les flics finiraient tôt ou tard par trouver nos noms, ils diffuseraient nos photos en plus des portraits-robots.

— J'y ai pensé ; je t'ai dit que j'avais pensé à tout. Mais on s'en balance, de tout ça ! Ce n'est pas si compliqué de se constituer une nouvelle couverture ailleurs. Après tout, le F.B.I. recherche Ben Hammel depuis huit ans pour le hold-up auquel il a participé dans le Texas. Et il court toujours.

— Je ne suis pas Ben Hammel et je ne veux pas me foutre dans ce genre de pétrin. En plus, il y aurait un sacré risque que les flics fassent le rapprochement entre nous et Greenfront — sans compter le risque que nous nous heurtions à des problèmes ici, pendant le pillage, et qu'il y ait des tués. Dans un cas comme dans l'autre, nous serions recherchés pour meurtre. On ne tiendrait pas une semaine dans ce pays, où que ce soit.

— Arrête tes conneries ! protesta Kubion. Combien de temps penses-tu qu'on parlera de cette histoire dans le Connecticut ? Ou en Floride ? Ou à Porto-Rico ? Quelques jours, pas plus. D'accord, la flicaille, elle, sera toujours sur les dents. Mais vous savez bien, tous les deux, que c'est très facile de se rendre méconnaissable. On se laisse pousser la barbe ; de nos jours, la moitié des hommes de ce pays portent la barbe : comment voulez-vous qu'un flic vous reconnaisse avec une figure pleine de poils ? On se coupe les cheveux, ou on les laisse pousser, ou on se les teint. On prend du poids, ou on en perd,

ou on porte de fausses bedaines. On mène une vie pei-
narde, sans faire étalage de son fric. Toutes ces ficelles,
vous les connaissez aussi bien que moi. Et puis n'oubliez
pas que nous serons séparés : nous serons simplement
trois types habitant dans trois régions différentes et
n'ayant aucune ressemblance physique avec ceux qui ont
dévalisé Hidden Valley, Californie.

— Mais sacrebleu, tout ça n'a pas de *sens* ! dit Brodie. Même en supposant que nous puissions nous refaire
une virginité, quelle serait notre situation ? Mettons que
le pillage de la vallée nous rapporte trente mille dollars :
ça ne ferait jamais que dix mille billets chacun. On n'irait
pas bien loin avec ça. Il nous faudrait chercher un nouveau coup au bout de trois mois, en ayant toujours les
flics aux trousses. Combien de pros accepteraient de monter un coup avec nous, sachant qu'on est grillés ?

— Nous n'aurons qu'à travailler en solo pendant quelque temps. Ce ne sera pas la première fois. Tôt ou tard,
les choses se tasseront ; elles finissent toujours par se
tasser.

— Mais bon sang, les flics auraient nos *noms* ! Ils sau-
raient exactement qui a fait le coup. Dans ces conditions,
ça ne pourrait pas se tasser.

— Tu parles que non ! dit Loxner.

— Il y a un moyen pour que les flics n'aient jamais
nos noms, dit Kubion, un moyen pour qu'on se retrouve
libres comme l'air après l'exécution du job.

— C'est quoi, ce moyen ?

— On met le feu à l'église ou on la fait sauter avant
de nous enfuir en motoneige. On ne laisse *aucun* témoin
derrière nous ; on les liquide tous.

Loxner le regarda, bouche bée, comme s'il voyait de
la vermine grouiller sous une bûche en décomposition.
Brodie ne put réprimer un haut-le-corps.

— Hé là, hé là, hé là ! s'écria-t-il d'une voix incrédule.
Tu dérailles, là, ou quoi ? Bon Dieu, tu nous prends pour
qui ?

— Bon, bon, oubliez ce que je viens de dire. Mais

136

écoutez...

— On en a écouté suffisamment, dit Loxner. Je ne veux pas en entendre davantage. Il n'est pas question qu'on marche dans ta combine, pas question !

— Qu'est-ce qui t'arrive, Earl ? dit Brodie. Tu t'acharnes sur cette vallée, tout à coup, comme si tu avais une dent contre elle, tu te comportes comme un amateur cinglé...

Kubion bondit sur ses pieds, renversant sa chaise. Il avait les joues empourprées et ses yeux ressemblaient à deux charbons ardents. Il frappa la table du plat de la main, tellement fort qu'il envoya rouler par terre la canette de bière vide de Loxner.

— Répète un peu, fils de pute ! Répète un peu que *je* suis un amateur cinglé !

Loxner et Brodie étaient debout, eux aussi ; ils reculèrent de deux pas, les muscles tendus.

— Deux couillons, voilà ce que vous êtes ! Vous ne voyez donc pas que c'est le coup du siècle ? Une vallée toute entière — une vallée toute entière ! — personne n'a jamais fait un coup pareil. Alors ? Alors ?

Loxner et Brodie le dévisagèrent en silence.

Kubion prit une profonde inspiration, laissa échapper un soupir sibilant. Puis, tout aussi soudainement que sa rage avait éclaté, son visage reprit une expression normale.

— Très bien, dit-il d'une voix posée. Puisque c'est comme ça, très bien.

Il tourna les talons et sortit de la cuisine.

— Ben dis donc ! gémit Loxner à voix basse.

Il prit dans le réfrigérateur une autre canette de bière qu'il décapsula. Il en but la moitié d'un trait avant de reprendre :

— On est déjà suffisamment dans la merde, c'est pas la peine d'en rajouter. On n'a vraiment pas besoin d'une saloperie de ce genre, Vic.

Brodie ne répondit pas.

— Il m'a flanqué la pétoche avec ses divagations, poursuivit Loxner. Et puis ce drôle de regard… On aurait dit que, d'un seul coup, c'était devenu un homme différent. Tu vois ce que je veux dire ?

Brodie avait la bouche pincée, une lueur soucieuse dans ses yeux songeurs.

— Ouais, dit-il d'une voix lente. Ouais, je vois ce que tu veux dire.

19.

Vendredi après-midi, des nuages frangés de noir assombrirent le ciel au-dessus de Hidden Valley, oblitérant le pâle soleil et rendant l'air plus sec, plus mordant ; mais ce fut seulement le samedi matin très tôt que la neige se remit à tomber, en quantité trop peu importante pour gêner l'avancement des travaux de déblaiement. Quand Matt Hughes descendit Lassen Drive en voiture, ce matin-là, peu après huit heures, la neige d'une blancheur éclatante réverbérait la lumière qui filtrait à travers le plafond de nuages, répandant une douce clarté qui semblait inonder le village. En temps normal, ce spectacle — la beauté sereine d'une vallée montagneuse, *sa* vallée, sous son meilleur éclairage — l'aurait enchanté mais, en l'occurrence, il le remarqua à peine ; il avait trop de soucis en tête.

D'abord, bien sûr, l'avalanche : tous les problèmes que cela posait, le travail supplémentaire que cela représentait pour lui en sa qualité de maire. Il y avait aussi Peggy Tyler, qu'il avait revue plusieurs fois depuis leur rendez-vous à Whitewater, le mardi soir, mais à qui il n'avait pas adressé la parole pour ne pas attirer l'attention sur eux ; Peggy Tyler, dont le corps appétissant et avide enfiévrait sa mémoire, le remplissait à la fois d'excitation et d'un sentiment de frustration, car il ne pouvait assouvir le désir qui le consumait.

Enfin, il y avait Rebecca.

La «sortie» qu'elle lui avait faite pendant le dîner, le jeudi soir, l'avait considérablement perturbé. Il l'aimait profondément, mais d'un amour fait de vénération et de détachement, comme l'amour que porte un amateur d'art éclairé à un chef-d'œuvre qu'il est seul à posséder. Depuis qu'il la connaissait, Hughes n'avait jamais pu considérer Rebecca comme une partenaire sexuelle ; le fait de la pénétrer ne lui avait jamais procuré ni plaisir ni satisfaction — pas plus que, pour l'amateur d'art éclairé, le fait de caresser les fragiles contours de son chef-d'œuvre ne saurait lui procurer du plaisir ou de la satisfaction. Pour Matt Hughes, le sexe était un besoin sauvage, primitif, sans aucun rapport avec l'amour. C'était de la chair en sueur, des gémissements frénétiques, un acte animal qu'il accomplissait avec des femmes comme Peggy Tyler, des femmes qui ne lui inspiraient aucune vénération, des femmes qui affolaient ses sens et assouvissaient complètement sa soif charnelle.

Rebecca, il voulait seulement l'avoir près de lui, la savoir là, la savoir à lui : il voulait seulement croire en elle et l'adorer, un peu de la même façon qu'il croyait en Dieu et L'adorait. Il aurait désespérément souhaité pouvoir lui expliquer tout cela mais, bien entendu, il n'avait jamais essayé ; elle n'aurait pas compris. Aussi vivait-il constamment dans la crainte qu'elle n'apprenne ses liaisons successives — comme cela s'était produit pour la serveuse de Soda Grove, quelques années auparavant — et que, au lieu de lui pardonner une fois encore, elle ne décide de le quitter. Cela, il ne pourrait pas le supporter. Mais cette crainte ne l'empêchait pas de céder à chaque fois aux forces primitives qui le sollicitaient, comme s'il y avait en lui deux hommes distincts, comme s'il souffrait de schizophrénie sur le plan sensuel et affectif.

139

Pourquoi Rebecca avait-elle fait cet éclat, jeudi soir ? Soupçonnait-elle sa liaison actuelle avec Peggy ? Ou alors, était-ce simplement dû au fait qu'il la négligeait et qu'elle était tourmentée par certains des vils désirs communs à tous les mortels ? La seconde explication était certainement la bonne ; d'ailleurs, il se refusait à envisager l'autre. Jeudi soir, la première surprise passée, il avait essayé de rassembler son courage pour monter dans la chambre, prendre Rebecca dans ses bras et faire l'amour avec elle, mais il n'avait pu s'y résoudre. Il n'avait jamais pu concilier la lubricité et la vénération : c'était l'une ou l'autre ; il était tout bonnement incapable de toucher sa femme ou de s'occuper d'elle durant ces périodes où il se vautrait dans la luxure avec d'autres femelles.

Ces deux derniers jours, la situation n'avait cessé de se dégrader. Rebecca ne lui avait pas adressé la parole depuis jeudi, et l'atmosphère de la maison devenait irrespirable. La double vie qu'il s'était ménagée avec tant de soin était momentanément déréglée, et ça le contrariait ; il avait besoin à la fois de Rebecca et de Peggy, il avait besoin de préserver le statu quo, et il n'y arrivait pas. Sans doute y avait-il un moyen de rétablir les choses, mais il n'avait toujours pas trouvé la solution.

Lorsque Hughes arriva au Drugstore, Maude Fredericks avait déjà ouvert le magasin, comme presque tous les matins. Il alla dans son bureau et appela Soda Grove. En ce qui concernait l'avalanche, au moins, le «statu» était toujours «quo» : progrès lents mais réguliers, pas de nouvelles complications. Il regagna le magasin, alluma le poêle ventru et se mit au travail.

La journée lui parut se traîner interminablement. Rebecca et Peggy, Peggy et Rebecca : elles alternaient dans son esprit en une ronde ininterrompue. Il se prit à souhaiter que Peggy fasse son entrée dans la boutique, mais elle ne vint pas ; il en fut à la fois déçu et soulagé. Il envisagea de téléphoner à Rebecca mais ne le fit pas ; cela n'aurait eu aucune raison d'être, il n'avait rien à lui dire. Un sentiment de dépression l'envahit, tel un brouillard dense et humide.

A quatre heures, Hughes renonça à se chercher des occupations : il laissa Maude fermer la boutique et rentra chez lui en voiture sous la neige toujours aussi peu abondante. Sitôt entré dans la maison, il eut la sensation d'un vide tangible, et il comprit que Rebecca n'était pas là. «Elle est sans doute partie voir Ann Tribucci au village», pensa-t-il. Il écouta le silence inhabité et se sentit encore plus démoralisé. Il alla à la cuisine se préparer un whisky à l'eau, qu'il emporta dans son cabinet de travail. Incliné en arrière dans son fauteuil réglable en cuir, il sirota son drink en ressassant de mornes pensées.

Et au bout d'un moment, il se remit à songer à Peggy, à la soirée du mardi dans la chambre d'hôtel de Whitewater. Son scrotum le tiraille douloureusement à l'évocation de leurs ébats et, soudain, il eut une puissante érection : le primitif niché au fond de lui réclamait Peggy — tout de suite, aujourd'hui, ce soir même. Mais c'était inenvisageable tant que le défilé n'était pas dégagé. Trop dangereux de se retrouver à Hidden Valley ; de toute façon, en supposant qu'ils osent courir le risque, il n'y avait aucun endroit dans la vallée où ils puissent se rencontrer. Elle ne pouvait pas venir chez lui, il ne pouvait pas aller chez elle, et le Drugstore — situé au cœur du village — ne se prêtait pas à leurs desseins. Aucun autre endroit possible.

Soudain, il pensa : «Mule Deer Lake ! Le chalet des Taggart.»

Il se pencha en avant et remit son fauteuil en position verticale. Le chalet des Taggart... Oui : à condition qu'ils soient très, très prudents, ce n'était pas si dangereux que ça. Mais oseraient-ils tenter le coup ? Peggy accepterait-elle ? Quelque peu rasséréné, il se sentit animé d'une audace toute juvénile. Ils pouvaient réussir : d'ailleurs, il avait besoin d'elle, *besoin* d'elle. Appelle Peggy, téléphone-lui tout de suite, cours le risque...

Impulsivement, il se leva et se dirigea vers le téléphone

posé sur son vieux bureau à cylindre. Mais il s'arrêta à mi-chemin, frappé d'une crainte subite. Non, c'était de la folie pure ! On risquait de les voir, de les reconnaître, et que se passerait-il à ce moment-là ? Leur liaison serait étalée au grand jour et, dès lors, Rebecca le quitterait à coup sûr ; elle n'aurait pas le choix. Ce serait pour lui le déshonneur, la fin de la position qu'il occupait au sein de la vallée : il risquait de perdre tout ce à quoi il tenait vraiment dans la vie. Et puis après tout, le défilé serait rouvert dans quelques jours au plus tard. Ils pourraient reprendre leurs rencontres clandestines à Whitewater d'ici une semaine, peut-être le vendredi ou le samedi suivant. Il pouvait bien attendre jusque-là, non ?

La douleur lancinante qui lui brûlait les organes génitaux le poussa à se demander s'il le pourrait.

«Rebecca...» se dit-il en désespoir de cause. «Si seulement je pouvais faire l'amour avec Rebecca ce soir !» Voilà qui résoudrait ses deux problèmes immédiats ; voilà qui remettrait les choses en ordre. Mais la sauvagerie de son désir sexuel rendait cette solution impossible : celle que son corps désirait si ardemment, c'était Peggy, Peggy, Peggy, et il serait complètement impuissant si...

Impuissant.

Impuissance !

Bien sûr ! C'était *ça*, la réponse à son dilemme conjugal : l'impuissance ! C'était tellement évident qu'il n'y avait encore jamais pensé. Il lui suffisait de dire à Rebecca qu'il avait certes envie de faire l'amour avec elle mais que, pour le moment, il avait des problèmes physiques, qu'il souffrait depuis quelque temps d'incapacité sexuelle. Cela faisait déjà longtemps qu'il voulait lui en parler (dirait-il) mais la honte l'en avait empêché ; il consultait régulièrement un médecin de Soda Grove, suivait un traitement aux hormones — mais celui-ci, malheureusement, s'était révélé inefficace jusqu'à présent. Elle le croirait ; pourquoi ne le croirait-elle pas ? Elle lui témoignerait de la compréhension, elle compatirait, et il n'y aurait plus d'éclats, plus de silences gênants entre eux. Alors, quand

142

sa liaison avec Peggy arriverait à son terme inéluctable, d'ici quelques semaines, il serait de nouveau capable de faire l'amour avec sa femme et il dirait à Rebecca que les traitements avaient enfin donné des résultats. Pas plus compliqué que ça.

Hughes éprouva un intense soulagement — un problème de réglé, il en était sûr — mais ce sentiment fut tempéré par son pressant désir de revoir Peggy. Il pensa de nouveau au chalet des Taggart, songea à quel point il leur serait facile de s'y retrouver. *Rien* ne pourrait aller de travers, rien n'irait de travers ; ce risque-là n'était pas plus grand que ceux qu'il avait pris les sept dernières années, or jamais personne à Hidden Valley n'avait eu le moindre soupçon : les villageois n'auraient aucune raison d'avoir davantage de soupçons cette fois-là. Une heure ou deux ensemble, c'était tout, et ce soir seulement : ce serait la première et dernière fois qu'ils se rencontreraient dans la vallée. Après ce rendez-vous, il pourrait attendre sans problème jusqu'au vendredi suivant. S'il adoptait cet arrangement, les difficultés qu'il rencontrait en ce moment dans sa vie privée seraient provisoirement résolues ; il pourrait de nouveau avoir — dès ce soir — Rebecca, Peggy et le statu quo.

Il se sentit débordant de témérité et d'excitation. Son argumentation et son appétit sexuel avaient emporté le morceau : il sut qu'il allait appeler Peggy pour lui soumettre sa suggestion. Il se dirigea vivement vers le téléphone — il pouvait contempler, par la fenêtre du bureau, le ciel assombri, couvert de nuages. La neige allait continuer encore un bout de temps et la soirée serait très sombre. Très sombre. Il décrocha le récepteur, hésita. Si jamais il tombait sur la mère de Peggy ? Il n'avait qu'à déguiser sa voix, parler à travers son mouchoir. Il sortit de sa poche le bout de tissu plié en quatre et l'enveloppa autour du combiné, conscient d'agir de façon mélodramatique mais émoustillé par ce parfum d'aventure. D'une chiquenaude, il ouvrit l'annuaire du comté, chercha le numéro des Tyler et le composa fébrilement.

A la sixième sonnerie, la voix de Peggy répondit :
— Allô ?

Hughes retira le mouchoir du combiné et exhala un long soupir.
— Peggy ?

Silence. Puis :
— C'est toi, Matt ?
— Oui. Tu es seule ?
— Ma mère est chez les Chilton. Mais tu as pris un risque en téléphonant ici.
— Je sais, mais il fallait que je te parle.
— Maudite avalanche ! dit-elle. Le temps va me paraître affreusement long jusqu'à notre prochain rendez-vous.
— Nous ne sommes pas obligés d'attendre, dit Hughes avec ferveur. Ecoute, Peggy, je viens d'avoir une idée... Il y a un endroit où nous pourrions nous retrouver.
— *Ici* ? Dans la vallée ?
— Oui. Ce soir. J'ai bien réfléchi, ça ne présente aucun risque du moment que nous sommes prudents. Es-tu prête à tenter le coup ?
— Je ne sais pas, Matt...
— Je n'arrête pas de penser à toi, Peggy, je n'arrive pas à te chasser de mon esprit. Il faut que je te voie. Je t'en prie, Peggy.

Silence. Puis :
— Dis-moi ton idée.
— Le chalet des Taggart, à Mule Deer Lake, répondit Hughes. La première maison à l'est du lac, celle qui se dresse toute seule sur la rive. J'ai les clefs : les Taggart me les confient toujours quand ils retournent à Red Bluff, à l'automne. Nous pouvons y passer deux heures en début de soirée — mettons, vers sept heures. Nous n'allumerons pas les lumières ; comme ça, si jamais quelqu'un passe devant le chalet, on ne saura pas qu'il y a du monde à l'intérieur.
— Et nos voitures ?
— Nous prendrons juste la mienne. Toi, tu iras à pied

144

jusqu'au bouquet d'arbres qui se trouve à l'embranchement des routes du lac, à Sierra Street ; tu n'auras qu'à
longer le versant ouest pour ne pas te faire repérer. Je
passerai te prendre là-bas.

— Et si quelqu'un te voit arriver au chalet en voiture ?
Les Markham et les Donnelly habitent sur la rive est du
lac.

— Leurs maisons sont très éloignées. Et puis il fera
sombre dans le coin : il n'y aura pas de lune et la neige
réduira encore la visibilité. Nous irons au chalet et nous
en repartirons en roulant tous feux éteints. Pour nous
voir, il faudrait être dehors à surveiller la route, ce qui
n'est guère vraisemblable. La seule autre maison habi-
tée, près du lac, est le chalet où séjournent les deux hommes d'affaires de San Francisco ; or, à cet endroit, un
écran d'arbres dissimule la route. Pour ce qui est de la
voiture, je la garerai dans la remise des Taggart ; c'est
un hangar sans portes, mais l'entrée donne sur l'arrière,
de sorte qu'on ne peut pas voir à l'intérieur.

— Il n'empêche que quelqu'un pourrait te voir partir
du village ou y revenir, dit Peggy. On se poserait des
questions.

— Si jamais on m'interroge, je dirai que j'ai pris la
voiture pour aller faire une petite balade à pied, histoire
de m'aérer un peu. Personne ne mettra en doute une
explication aussi simple ; pourquoi se méfierait-on ? De
toute façon, aux yeux des témoins éventuels, je serai seul
dans la voiture, puisque tu seras recroquevillée sur le
siège... Peggy, j'ai une envie folle de te voir : pour ma
part, je suis prêt à courir le risque si tu es partante. Nous
ferons très attention ; il ne pourra rien se produire de
fâcheux si nous sommes prudents.

Cette fois, il y eut un silence prolongé. Finalement,
Hughes dit d'un ton interrogateur :

— Peggy ?

Elle répondit alors :

— Nous ne devrions pas risquer le coup, mais j'ai une
envie folle de te voir, moi aussi. Je suis littéralement en

rut. Es-tu en rut, Matt ?

Hughes eut de nouveau une érection.

— Oui !

— Dans ce cas... d'accord. Tu passes me prendre à l'embranchement à sept heures ?

— A sept heures. Dès que tu verras arriver la voiture, précipite-toi ; je ne veux pas m'arrêter plus d'une seconde.

— D'accord.

Ils se dirent au revoir et Hughes raccrocha. Il transpirait. Il retourna près de son fauteuil inclinable, prit son verre sur la table basse, le vida et consulta sa montre : six heures moins le quart. Il monta dans la salle de bains, prit une douche, s'aspergea généreusement d'eau de toilette et enfila des vêtements propres ; après quoi, il redescendit et avala un dîner léger. Quand il eut terminé, un coup d'œil à la pendule de la cuisine lui apprit qu'il était sept heures moins vingt — l'heure de partir. Il lui fallait s'arrêter au Drugstore pour prendre les clefs du chalet des Taggart.

Rebecca n'était toujours pas rentrée, et il en fut soulagé. Il n'avait pas envie de l'affronter maintenant : dans l'immédiat, il ne pouvait penser qu'à la voluptueuse sensualité de Peggy Tyler. Elle serait à la maison quand il reviendrait du lac, aux alentours de neuf heures, et il lui parlerait alors de sa prétendue impuissance. «Dans quelques petites heures», se dit-il en sortant du chalet à la hâte, «tout sera redevenu exactement comme avant.»

20.

A sept heures moins dix, n'y tenant plus, Cain endossa son anorak, sortit du chalet et descendit au village.

Il marchait d'un pas irrégulier, à peine conscient de la nuit froide et des lumières voilées qui trouaient la neige, au pied du versant. Il allait à l'Auberge de la Vallée, et il s'y rendait dans le but de s'acheter une autre bouteille de bourbon — du moins se répétait-il que c'était là son but. Il y avait pourtant dans la cuisine du chalet un flacon non entamé qu'il avait acheté au Drugstore le matin même, en prévision du long dimanche à venir ; mais sa détresse était devenue si aiguë qu'il en éprouvait une douleur presque physique.

Les deux derniers jours avaient été interminables. Mercredi après-midi, en rentrant du village — où il avait appris avec indifférence qu'une avalanche s'était produite et que la vallée serait bloquée par la neige jusqu'après Noël — il s'était senti complètement épuisé. Ce soir-là, il s'était endormi sitôt la tête sur l'oreiller ; mais il avait eu un sommeil agité et s'était réveillé abattu, les yeux gonflés, les muscles raides. Il avait repensé aux accusations de Frank McNeil et à leurs conséquences : l'arrivée imminente de la police du comté pour l'enquête, la menace d'être arrêté pour un délit qu'il n'avait pas commis. Très bien ! s'était-il dit, qu'ils viennent poser leurs questions ! Mais dès que cette histoire serait réglée, il foutrait le camp de cette vallée où les gens persistaient à s'immiscer dans sa vie privée ; il irait ailleurs, il trouverait bien un endroit où on le laisserait absolument tranquille.

Mais un tel endroit existait-il ? Y avait-il un endroit au monde où on le laisserait absolument tranquille ? Sinon, devrait-il partout subir des intrusions, des ingérences, comme c'était devenu le cas ici ? La solitude, l'ambivalence continueraient-elles à le tourmenter où qu'il aille ? Tout avait pourtant semblé si simple au début : se retirer dans un petit village de montagne où personne ne le connaissait et n'aurait envie de le connaître, vivre dans son coin et se laisser mourir à petit feu. Il avait réussi à tenir ce programme pendant six mois mais, maintenant, l'édifice commençait à s'effondrer ; ce n'était plus simple du tout.

147

Et ce soir, il allait à l'auberge acheter une bouteille dont il n'avait pas besoin, parce qu'il risquait d'en avoir besoin, parce que c'était samedi soir et que, dans sa solitude, il cherchait désespérément une compagnie qu'il désirait tout en ne la désirant pas.

Il traversa Sierra Street et se dirigea tout droit vers l'auberge. Haute de deux étages, celle-ci faisait toute la largeur du pâté de maisons : c'était la construction la plus importante de Hidden Valley. La façade en bardeaux de séquoia, avec deux balcons en encorbellement, était conçue pour donner une impression de chaleureuse rusticité, et les illuminations de Noël y ajoutaient une note de gaieté. Il y avait deux entrées séparées : l'une donnant sur le petit hall, l'autre sur le restaurant-salon qui occupait la majeure partie du rez-de-chaussée. Les étages supérieurs étaient divisés en onze chambres, y compris le vaste appartement où logeaient les Halliday.

Arrivé devant l'entrée du restaurant-salon, Cain hésita. L'une des grandes fenêtres couvertes de givre était éclairée et, de l'extérieur, on entendait des accents de musique douce et des conversations étouffées. L'appréhension lui noua l'estomac, mais il s'avança stoïquement vers la porte et entra.

La salle au plafond bas et aux poutres apparentes était partagée en deux par des piliers carrés en séquoia. Des demi-cloisons — sur lesquelles étaient disposés des vases ornés de fougères des bois — reliaient ces colonnes entre elles. Le restaurant, dans la partie droite, était désert et plongé dans l'obscurité ; comme en témoignaient les chaises renversées sur les tables, il était fermé pour l'hiver. Le bar, à gauche, était ouvert, faiblement éclairé par deux lustres — des roues de chariot électrifiées — suspendus aux chevrons. Huit boxes à haut dossier en bois verni étaient aménagés le long des demi-cloisons ; des tabourets recouverts de cuir brun flanquaient le bar à façade de cuir qui occupait le mur de gauche. Le mur du fond, et une partie de celui qui se trouvait derrière le bar, étaient rehaussés de divers éléments décoratifs : andouillers et têtes de cerfs aux yeux de verre ; vitrine contenant une paire de fusils à la crosse ouvragée, avec tout un assortiment de cartouches ; paniers, cannes à pêche et planches de liège sur lesquelles étaient épinglées des mouches aux couleurs chatoyantes. Il y avait une quinzaine de personnes dans la salle, la plupart dans les boxes. Un seul client — Joe Garvey — était assis au bar ; il bavardait avec Walt Halliday, à l'autre extrémité du comptoir.

Cain épousseta son anorak et tapa des pieds pour enlever la neige qui adhérait à ses bottes. Puis il se dirigea lentement vers le bar, sans regarder les clients installés dans les boxes : il s'assit sur le premier tabouret de la rangée, le regard fixé droit devant lui. Une bonne minute s'écoula avant que Halliday vienne prendre sa commande.

— Je voudrais une bouteille à emporter, lui dit Cain.

Un froncement de sourcils plissa le visage rondouillard de Halliday. Après une hésitation, il répondit :

— En général, on ne vend pas de boissons à emporter.

— Je paierai un supplément s'il le faut.

— Pas la peine. Bon... quelle marque ?

— *Old Grandad*.

— Je vous sers quelque chose ?

— Non, je... Si. Un *Grandad* sec.

— Vous voulez un rince-gueule avec ?

— Non, rien.

Halliday hésita de nouveau, comme s'il voulait ajouter quelque chose, mais il se contenta de hausser les épaules. Il posa un verre devant Cain, versa le bourbon, prit derrière lui une bouteille qu'il posa sur le comptoir, rendit à Cain la monnaie de son billet de vingt dollars et retourna à l'autre bout du bar. Lorsqu'il leva son verre, Cain sentit confusément que Halliday et Garvey le regardaient en parlant à voix basse. Il pivota légèrement sur son tabouret, de façon à faire face à la fenêtre givrée, et but une gorgée de bourbon qui lui brûla la bouche, la gorge, le creux de l'estomac. Il posa son verre et alluma une cigarette.

149

Derrière lui, les conversations semblaient avoir diminué d'intensité ; il sentit que d'autres regards étaient braqués sur lui. Il se fit l'effet d'une bête curieuse exposée à la vue de tous. «Sors d'ici,» se dit-il, «ils ne veulent pas de ta présence et tu ne veux pas de la leur. Tu ne veux rien de tout ça ; retourne au chalet et à ta solitude».

Il vida son verre, écrasa sa cigarette dans un cendrier, saisit de la main gauche la bouteille d'*Old Grandad* et sortit à grands pas. Une fois dehors, il se dirigea rapidement vers le coin de la rue, tête baissée... et entra en collision avec une femme qui débouchait de Lassen Drive, venant de l'ouest. Le côté gauche du corps de Cain la heurta rudement et la déséquilibra, au point qu'elle faillit tomber à la renverse dans le talus de neige compacte qui bordait le trottoir. D'un geste instinctif, Cain la rattrapa par le bras, la remit d'aplomb.

C'était Rebecca Hughes.

Elle le regarda fixement à travers le léger rideau de flocons, et un sourire amer tordit sa bouche.

— Décidément, dit-elle, nous semblons destinés à nous heurter, n'est-ce pas, monsieur Cain ? Au sens propre, cette fois.

D'un geste sec, elle se libéra de la main de Cain et fit mine de s'éloigner. Aussitôt, la honte qu'il avait éprouvée le mercredi revint à la charge, la solitude émit un petit cri plaintif, et il s'entendit lancer avec impétuosité :

— Attendez, madame Hughes, attendez, je suis désolé... Excusez-moi d'avoir failli vous renverser à l'instant et pardonnez-moi mon comportement de l'autre soir, je n'avais pas le droit de vous traiter ainsi.

Elle s'arrêta net. Lentement, elle pivota vers lui. Son visage s'était radouci, et l'amertume de ses traits était maintenant tempérée par la surprise et la perplexité. Elle le regarda sans mot dire.

Le seul fait de parler semblait avoir eu sur Cain un effet étrangement libérateur. D'une voix lasse, il répéta :

— Excusez-moi.

Rebecca continua de l'observer en silence. Au bout

d'un moment, son expression un peu méfiante s'effaça et elle laissa échapper un petit soupir.

— Bon, dit-elle. J'ai des torts, moi aussi, pour l'autre soir ; c'était ridicule de ma part de faire une telle démarche.

— Vous recherchiez simplement de la compagnie, comme vous l'avez dit ; je m'en suis tout de suite rendu compte. Mais moi, ce n'est pas pareil, vous comprenez ? Je n'ai pas besoin de compagnie.

— Tout le monde en a besoin, monsieur Cain.

— Je n'ai besoin que de solitude, c'est tout.

— Pourquoi avez-vous décidé tout à coup de me présenter des excuses ? s'enquit posément Rebecca. Mercredi après-midi, vous vous êtes contenté de… de me regarder. Vous n'avez rien dit à ce moment-là.

— Je n'ai pas pu.

— Pourquoi cela ?

— Je n'ai pas *envie* de parler.

— Vous êtes pourtant en train de me parler, de votre propre initiative.

— Oui, dit Cain.

Sans transition, sans réfléchir, il enchaîna :

— On a peut-être… on a peut-être besoin, en effet, de bavarder avec quelqu'un de temps à autre, on ne peut peut-être pas s'en empêcher. C'est une question de mots.

— De mots ?

— Oui. Ils s'accumulent en vous. — Cain se sentait vaguement excité, à présent. — Des milliers de mots qui n'arrêtent pas de s'accumuler, jusqu'au moment où il y en a tellement qu'on ne peut plus les contenir ; ils se déversent tout seuls.

— Je n'avais jamais vu les choses sous cet angle, mais… oui, je comprends ce que vous voulez dire.

Après un silence, elle reprit : «Je suppose qu'on peut en dire autant des sentiments, des désirs, des frustrations, n'est-ce pas ? On ne peut pas non plus les refouler éternellement ; il leur faut un exutoire quelconque.

— Non. Non, seulement des mots. Trop de mots non

151

prononcés.

Rebecca le dévisagea un long moment.

— Je rentrais chez moi, dit-elle enfin. Vous aussi ?

— Oui.

— Voulez-vous que nous fassions le chemin ensemble jusque chez moi ?

«Non», pensa Cain.

— D'accord, dit-il.

Ils traversèrent Sierra Street et s'engagèrent dans Lassen Drive. Ils parlèrent peu, et uniquement de l'avalanche ; ils n'abordèrent aucun sujet personnel. La spontanéité n'y était plus ; le flot de mots qui avait débordé de Cain n'était plus qu'un mince filet de mots. Cain sentit qu'il se retirait de nouveau dans sa coquille — et il en fut à la fois soulagé et malheureux. Lorsqu'ils furent arrivés devant la maison des Hughes, il dit d'un ton emprunté : «Bonsoir, madame Hughes» et tourna les talons, en s'attardant juste assez longtemps pour apercevoir le bref sourire qu'elle lui adressait et l'entendre dire : «Bonsoir, monsieur Cain». Tandis qu'il continuait son chemin d'un pas rapide, il sentit qu'elle le suivait des yeux, mais il ne se retourna pas.

Tout au long de la montée jusqu'au chalet, il eut conscience du bruit du vent dans les arbres environnants — le bruit du vent, gémissement solitaire...

21.

Il était sept heures moins dix lorsque Peggy Tyler arriva au bouquet de sapins qui dominait l'embranchement des routes du lac. Quand sa mère était rentrée de chez les Chilton, juste après le coup de téléphone de Matt, Peggy

152

lui avait annoncé son intention d'aller faire une balade et de passer un moment à l'auberge. A six heures vingt, elle avait quitté la maison — située à l'extrémité ouest de Shasta Street —, avait tourné à droite au lieu de prendre à gauche et avait longé furtivement les bois touffus, derrière l'Eglise Œcuménique, pour rejoindre l'embranchement en décrivant un arc de cercle. Elle n'avait vu personne et était certaine de ne pas avoir été repérée.

Frissonnant légèrement dans son anorak doublé de fourrure, elle s'adossa au tronc de l'un des sapins les plus proches de Mule Deer Lake Road et contempla le village. A travers le fin voile de neige, les lumières nébuleuses semblaient plus lointaines qu'elles ne l'étaient en réalité. Les rues étaient désertes, comme d'habitude, et on ne voyait aucun phare de voiture.

Maintenant qu'elle était ici, dans l'obscurité profonde et dans ce silence bruissant qui était propre aux nuits en montagne, elle se sentait plus nerveuse. Elle était impatiente de voir arriver Matt, mais c'était dû à l'excitation et non à l'appréhension. Ces derniers jours avaient été tellement mortels ! Aucune distraction, à part regarder les images à peine distinctes qui tremblotaient sur l'écran de télévision ; aucun endroit où aller, à part cette vallée qui lui inspirait une haine si passionnée. Voilà pourquoi la perspective aventureuse d'une partie de jambes en l'air à deux pas de chez elle l'enivrait : c'était un charmant et audacieux pied-de-nez qu'elle adressait à tous les petits malins qui vivaient dans ce satané village. De toutes ses années passées dans la Sierra, ce serait l'un des rares moments qu'elle pourrait évoquer par la suite avec un plaisir attendri.

Evidemment, ils prenaient un certain risque, mais le risque était infiniment moins grand pour elle que pour Matt. Elle se fichait pas mal de ce que pouvaient penser d'elle les habitants de Hidden Valley — y compris sa mère — et elle se fichait pas mal de l'édifiante réputation de Matt ; si jamais on découvrait leur liaison, cela n'aurait assurément aucune répercussion sur ses projets à long terme. La seule conséquence fâcheuse, de son point de vue à elle, serait qu'elle perdrait la poule aux œufs d'or : fini, les généreux cadeaux en espèces comme les mille dollars qu'il lui avait offerts à Noël. Mais elle n'était pas inquiète. Puisque Matt était prêt à tenter le coup — et, à l'en croire, l'entreprise n'était pas si périlleuse que cela — elle était partante aussi...

Une paire de phares traversant le village interrompit le cours de ses pensées ; elle vit qu'une auto venait de s'engager dans Sierra Street, juste à l'angle du Drugstore. La voiture passa devant l'église et, bien que Peggy fût incapable de distinguer la marque, elle eut la certitude que c'était celle de Matt. Derrière la voiture, les rues du village étaient toujours désertes. Elle tourna la tête pour regarder au sud, vers Mule Deer Lake Road : aucune lumière ne trouait la nuit.

A l'approche du bouquet de sapins, l'auto ralentit, faisant presque du sur-place. Lorsqu'elle arriva à sa hauteur, Peggy sortit précipitamment de sa cachette, ouvrit la portière et se glissa sur le siège avant. La lumière du plafonnier ne s'alluma pas ; Matt avait dû dévisser l'ampoule... Astucieux Matt, qui pensait à tout ! Elle se fit toute petite sur son siège et la voiture reprit de la vitesse.

— Peggy, murmura-t-il en lui caressant les cheveux. Peggy, Peggy...

Elle sourit et changea de position afin de poser sa tête sur la cuisse de Matt, tout en lui frôlant le genou de sa main droite. Il se mit à respirer plus vite et elle sentit que sa braguette commençait à enfler.

— Il n'y a pas un chat dans les rues, dit-il d'une voix étranglée. Je m'en suis assuré avant de partir.

— Personne ne m'a vue, moi non plus.

Peggy continua à lui caresser la jambe, mais plus haut ; l'un de ses ongles effleura la bosse de sa braguette, le faisant tressaillir. Elle sentait elle-même que son entre-jambe commençait à être humide, à palpiter de désir ; ma parole, mais elle était en rut !

154

— Dépêche-toi d'arriver, Matt. Je te veux !

— Je sais, dit-il dans un souffle. Je *sais*.

Le trajet jusqu'à Mule Deer Lake leur parut interminable. Au bout d'un long moment, il dit enfin :

— Nous y sommes presque. Je vais éteindre les phares dès maintenant.

— Vois-tu le lac ? demanda-t-elle tandis que le voyant du tableau de bord s'éteignait.

— Oui. Pas de lumière, nulle part, sauf dans le chalet des deux hommes d'affaires, un peu plus haut.

Encore trois minutes interminables, puis Peggy sentit que la voiture tournait et franchissait un obstacle en cahotant. Ils s'arrêtèrent.

— Terminus, dit Hughes.

Peggy se redressa et regarda à travers le pare-brise : un mur aveugle, le mur du fond du garage des Taggart. Hughes ouvrit la portière du conducteur, et Peggy descendit du même côté que lui. Main dans la main, ils sortirent du garage et le contournèrent jusqu'à l'entrée du chalet. La surface plate et gelée du lac, mouchetée de neige, s'étendait dans le noir ; la rive opposée était totalement invisible dans l'obscurité. On n'apercevait qu'une seule lumière, au nord, faible lueur lointaine : la villégiature des deux hommes d'affaires. Le silence était si profond que Peggy entendait battre son cœur.

Hughes introduisit la clef dans la serrure et ouvrit la porte.

— Tu vois ? lui chuchota-t-il à l'oreille. Aucun souci à se faire. Personne ne nous a vus, et personne ne peut se douter que nous sommes ici...

Kubion comprit qu'il y avait quelqu'un au chalet.

Il vit la voiture longer tous feux éteints la route du lac, silhouette sombre et indistincte, il la vit juste à l'instant où il s'apprêtait à monter dans sa propre voiture, qui était garée devant une maison aux volets verts. A travers le rideau de flocons ténus, il regarda l'auto quitter la route et disparaître dans l'allée privée du chalet des Taggart.

Personne n'était censé occuper le chalet en ce moment : il s'était renseigné au village, dans la journée, pour savoir quelles maisons étaient habitées ou non sur les bords du lac. «Eh bien», pensa-t-il, «qu'est-ce que ça peut être ? Des jeunes Esquimaux qui cherchent un endroit pour s'envoyer en l'air ?»

Un sourire figé sur les lèvres, il monta en voiture et démarra, sans allumer ses phares. Il s'arrêta à cinquante mètres du chalet et se gara au bord de la route. Les fenêtres n'étaient pas éclairées ; les «visiteurs» étaient sans doute encore dans l'auto. «Je suis passé par là, moi aussi», songea-t-il avec un petit rire caverneux. «Baiser une fille dans une bagnole, c'est un vieux fantasme d'adolescent». Il resta un bon moment assis au volant : toujours pas de lumière. Finalement, il tendit la main vers la clef de contact, la tourna ; puis il interrompit son geste et lâcha la clef. «Après tout, merde !» se dit-il. «Plus on est de fous, plus on rit.»

Il prit une torche électrique dans la boîte à gants et descendit de voiture. Ses yeux agrandis, au regard fixe, luisaient dans les ténèbres comme ceux d'un chat.

L'intérieur du chalet était glacial et noir comme un tunnel. Hughes ferma la porte et dit à voix basse :

— Attendons d'y voir suffisamment clair pour pouvoir nous déplacer sans nous cogner dans les meubles.

Ils restèrent sur le seuil, serrés l'un contre l'autre, et Peggy distingua bientôt les contours déformés de quelques meubles et de deux portes communiquant avec d'autres pièces. A pas prudents, ils se dirigèrent vers l'une des portes ; Matt l'entrebâilla, chuchota : «La cuisine», et entraîna Peggy vers l'autre porte. Celle-ci donnait sur un petit couloir, avec une porte de chaque côté : celle de gauche s'ouvrait sur la plus grande des deux chambres du chalet.

Le lit — d'une taille imposante — n'était pas fait, mais un couvre-pieds en patchwork était plié sur le matelas. Peggy se fit la réflexion qu'ils en auraient besoin à cause du froid — mais plus tard, *après*. Debout près du lit, ils s'embrassèrent goulûment, se déshabillèrent mutuellement dans l'obscurité, tâtonnant avec fébrilité, puis se jetèrent sur le lit, bouches toujours soudées, et se débarrassèrent à coups de pied des derniers vêtements qui leur restaient. Peggy prit à deux mains le pénis en érection de Matt, qui poussa un gémissement et interrompit leur baiser pour chuchoter avec fièvre : «Vas-y, vas-y, je ne peux pas attendre !», en lui comprimant les seins comme pour se retenir. Elle introduisit sa verge dans son sexe humide et, tandis qu'elle remontait ses jambes, Matt tressauta, gémit : «Peggy, aaaah, Peggy !» et jouit en elle, secoué de frissons.

D'un seul coup, son corps perdit toute rigidité et il ne fut plus qu'un poids mort sur elle, le visage enfoui dans son cou. Peggy eut une moue un peu dépitée mais, quand il leva enfin la tête pour lui dire qu'il était désolé, qu'il n'avait pas pu se contenir, elle lui dit :

— Ce n'est pas grave, mon chou, nous avons tout le temps. Tout le temps.

Elle maintint en elle le sexe flasque de Matt, en remuant les hanches afin de l'exciter à nouveau, et, quand ses efforts commencèrent à porter leurs fruits, elle s'exclama avec un grand sourire :

— A la bonne heure, je retrouve mon Matt !

Il commença à se trémousser sur elle, en elle, avec dextérité, et ce fut exactement comme à Whitewater : parfaitement synchronisé et formidablement bon. Elle sentait déjà la jouissance monter en elle, grandir, et elle plaqua son corps contre celui de Matt, tendue vers l'orgasme, tendue vers...

... et soudain, un éblouissant faisceau blanc troua l'obscurité à la manière d'un projecteur, clouant sur le lit leurs corps luisants de transpiration.

Un bref instant, ils restèrent figés, aveuglés, toujours mêlés, leurs corps ne faisant qu'un. Puis, avec un gémissement de surprise, Hughes se dégagea, roula sur le côté, se mit sur son séant. Instinctivement, Peggy se protégea les yeux de son bras replié ; la frayeur et le désarroi prirent le pas sur son excitation, lui obscurcissant l'esprit, intensifiant le rythme déjà effréné de ses battements de cœur.

Derrière le cercle de lumière, une voix — âpre, amusée, inconnue — ricana :

— Mais ma parole, qui voilà ? Le banquier en personne, nom de Dieu, qui se farcit en cachette une jolie nénette !

— Qui êtes-vous ? bredouilla Hughes, l'air traqué. Comment êtes-vous entré ?

— La porte n'était pas fermée à clef. Tu devais être drôlement pressé, Banquier, rudement pressé.

— Vous n'avez pas le droit d'être ici, pas le droit ! Que voulez-vous ? Pourquoi êtes-vous entré ? Eteignez cette lampe !

— Relax, garde ton sang-froid.

Par-dessus son bras replié, Peggy, le cerveau engourdi, vit Matt Hughes bondir du lit : il était risible dans sa nudité et titubait comme un homme ivre. Le visage déformé par la peur, il se dirigea vers le trou blanc dans les ténèbres.

— Reste où tu es, dit Kubion d'un ton tranchant. Plus un pas !

— Eteignez cette torche ! Eteignez-la, vous dis-je !

Et Hughes fit un autre pas vers le faisceau lumineux.

— Tu l'auras voulu, sale plouc, stupide petit merdeux.

Un bref éclair, semblable à la flamme d'une allumette, apparut d'un côté du rond lumineux ; il y eut un bruit fracassant, comme un coup de tonnerre se répercutant aux quatre coins de la pièce. Peggy, allongée sur le lit, tressauta comme si la balle l'avait touchée. Puis elle vit Matt s'immobiliser, elle vit une partie de son visage disparaître, elle vit des éclaboussures rouges, elle le vit porter vivement ses mains à sa tête, elle le vit commencer à s'affaisser avant même que ses mains n'aient atteint sa poitrine, et elle le vit s'écrouler par terre, nu et inerte.

— Tu en veux aussi, ma jolie ? susurra la voix de

Kubion derrière la lumière. Tu en veux aussi ?

Peggy se mit à hurler.

22.

— Il est sept heures passées, Vic, dit Loxner. Ça fait plus de cinq heures qu'il est parti. Qu'est-ce qu'il peut bien foutre depuis cinq heures ? Il boit pas, on a amplement de quoi bouffer ici, et y a rien à faire au village, aucun endroit où aller.

— Je sais, dit Brodie. Je le sais.

— Il se comporte d'une façon qui me plaît pas, vieux. Il nous a pas adressé la parole depuis ses élucubrations à la con sur le pillage de la vallée, hier matin ; il n'a pratiquement pas été là hier après-midi et, aujourd'hui, il est resté tout le temps cloîtré dans sa chambre jusqu'au moment où il est sorti. Je l'ai vu quand il est descendu, et son regard était toujours aussi bizarre : et puis il avait un drôle de sourire, un rictus qui lui découvrait les dents. Je te le dis : ça me plaît pas, ça me rend drôlement nerveux...

Ils étaient assis dans le salon, de part et d'autre d'une table basse installée devant la cheminée. Quelques minutes plus tôt, d'un commun accord, ils avaient interrompu leur partie de rami car ils n'avaient ni l'un ni l'autre l'esprit au jeu. Brodie se leva et prit un tisonnier noirci avec lequel il remua les bûches de pitchpin qui brûlaient dans l'âtre ; des étincelles dansèrent et le bois carbonisé émit des craquements secs, comme des pétards qui explosent. Il remit le tisonnier à sa place, se tourna et exprima à haute voix ce qu'il ruminait dans sa tête depuis une heure.

— Tu as déjà vu quelqu'un perdre subitement les pédales, Duff ? Des gens qui deviennent dingues, comme ça,
et qui se mettent à faire des choses dingues ?

Loxner le regarda en clignant des paupières et en grat-
tant nerveusement son bras gauche bandé. Il avait le bras
encore raide, et la peau le démangeait sans arrêt sous le
pansement, mais il avait enlevé l'écharpe le matin même
car il s'était aperçu que son membre fonctionnait presque normalement.

— Non, dit-il. Non, j'ai jamais vu ça.

— Moi, j'ai assisté — de plus ou moins près — à deux
cas de ce genre, quand j'étais en taule. Le premier, c'était
un type qui purgeait une condamnation à vie et qui était
là depuis une quinzaine d'années. C'est arrivé sans avertissement, un soir, au réfectoire. Il s'est levé d'un bond
en hurlant, la bouche écumante, il est monté sur la table
et s'est mis à courir d'un bout à l'autre, une fourchette
dans chaque main ; il a poignardé un taulard et un maton
avant qu'on arrive à le maîtriser.

«Le second type, c'est une autre histoire. Il était cais-
sier de banque ou comptable, je ne sais plus, et il s'était
fait piquer la main dans la caisse ; un gars d'une trentaine d'années, doux, réservé, beau gosse. Il était en taule
depuis six mois quand on l'a changé de cellule, et il s'est
retrouvé dans le bloc voisin du mien. Ses deux nouveaux
compagnons de cellule étaient des durs ; par-dessus le
marché, c'étaient des pédés, des enculeurs. Ils s'en sont
pris à lui tout de suite, l'ont violé par tous les bouts et
l'ont menacé de le tuer si, à l'avenir, il refusait de coo-
pérer. Alors il a coopéré et, pendant deux ou trois mois,
ils l'ont emmanché comme une pute privée. Lui, il restait toujours le même : peu bavard, apparemment indif-
férent ; on s'est dit qu'il avait peut-être toujours eu des
tendances homo et qu'il avait fini par y prendre goût.
Et puis un beau jour, la rumeur a circulé qu'une cavale
se préparait, organisée par ce type : il allait s'évader avec
les deux autres. Personne n'y a vraiment cru ; tu sais ce
que c'est : en taule, on n'entend parler que de rumeurs

160

d'évasion. Mais en l'occurrence, ils ont effectivement fait le mur, en passant par le toit de la bibliothèque, où le comptable travaillait. Seulement voilà : le lendemain, à huit kilomètres de la prison, les gardiens ont retrouvé dans un fossé les cadavres des deux durs — avec les couilles écrabouillées à coups de revolver. Le type n'a été repris qu'au bout d'une semaine ; dans l'intervalle, il avait dégommé six autres pédés dans deux villes différentes — en leur faisant sauter les couilles à chaque fois. Il avait complètement déraillé, lui aussi, mais ça s'était passé intérieurement, de sorte qu'on ne pouvait pas s'en rendre compte ; et le résultat, c'est que ça l'avait transformé en robot obsédé par une seule idée : tuer les deux durs et tuer le plus possible de tantouses avant d'être repris. En fait, il était superdingue — dix fois plus dangereux que le type précédent, parce que lui, il était encore capable de réfléchir, de dresser des plans, et rien d'autre n'importait pour lui que son idée fixe de cinglé.

— Merde alors ! dit Loxner en s'essuyant la bouche du revers de la main. Tu penses que c'est ce qui est arrivé à Earl ? Tu crois qu'il a perdu la boule ?

— Peut-être. Et dans ce cas, *son* idée fixe à lui est peut-être de piller la vallée.

— Merde alors ! répéta Loxner.

La sueur perlait à son front et ses mains étaient agitées de tremblements nerveux.

— Si ça se trouve, dit Brodie, il est seulement sous pression et se ressaisira très vite. Mais s'il a vraiment déraillé, nous risquons d'en avoir le cœur net une fois qu'il sera trop tard. Nous ne pouvons pas nous permettre d'attendre, Duff. Il n'y a qu'une seule chose à faire ; ça nous posera d'autres problèmes, mais nous n'avons pas le choix.

— Tu veux dire... le descendre ?

— C'est ce que je veux dire.

Loxner se leva et se mit à marcher de long en large devant la cheminée.

— Ouais, dit-il enfin. Ouais, ouais, tu as raison, on

ne peut pas prendre de risques, faut qu'on pense à nos peaux. — Il s'immobilisa. — On fait ça quand ?

— Ce soir. Dès son retour. J'ai encore le double des clefs de sa voiture ; quand il sera là, j'irai chercher dans le coffre un des revolvers qui sont dans la valise.

— C'est toi qui l'exécuteras, alors ?

— C'est moi.

Loxner parut soulagé.

— Et le cadavre ?

— Avec toute cette neige, impossible de l'enterrer. On l'enveloppera dans une couverture et on le mettra dans le garage ; il se conservera jusqu'à ce que nous soyons prêts à partir.

— Et ensuite ?

— On l'embarquera dans le coffre de la voiture. Quand on sera à une dizaine de kilomètres d'ici, on le balancera dans un canyon. Il y a une quantité de canyons dans ces montagnes.

Loxner s'assit, pour se relever presque aussitôt.

— J'ai bougrement besoin d'un verre, dit-il en allant dans la cuisine.

Brodie contempla le feu. Ses yeux, en cet instant, ressemblaient à des cristaux d'améthyste.

Kubion rentra au chalet à huit heures et quart.

En entendant la voiture remonter l'allée privée, Loxner se passa la langue sur les lèvres et regarda Brodie.

— A toi de donner, dit Brodie.

Ils avaient repris leur partie de rami. Docilement, Loxner concentra son attention sur le paquet de cartes. Il mêla le jeu et distribua dix cartes à chacun, mais ses gestes manquaient de naturel.

Quand la porte d'entrée s'ouvrit, Brodie ne leva pas la tête. Mais personne n'entra dans la pièce et la porte ne se referma pas. Alors un pressentiment glacé s'insinua en lui et il leva la tête : Kubion se tenait sur le seuil, un rictus sinistre sur les lèvres et l'automatique 38 à la main. Ses yeux semblaient énormes, injectés de sang, et

162

ils ne cillaient pas. Aucune partie de son corps ne bougeait ; on avait l'impression qu'il ne respirait même pas.

Brodie pinça les lèvres, ses muscles se raidirent. «Bordel, ça y est, il est dingue», pensa-t-il. «J'aurais dû le prévoir dès hier, j'aurais dû le tuer hier. On a trop attendu.»

Voyant l'expression du visage de Brodie, Loxner tourna vivement la tête. Le sang se retira de ses joues. Il se mit péniblement debout, le front en sueur, ouvrit la bouche comme pour parler, la ferma, la rouvrit, la referma... On aurait dit un énorme poisson harponné par un invisible hameçon.

Il y eut un long silence, lourd et menaçant. Des flocons de neige pénétraient en tourbillonnant par la porte ouverte, derrière Kubion, comme un nuage de farine blanche ; l'air froid et mordant qui s'engouffrait dans la pièce lui enlevait toute sa chaleur, faisait danser et vaciller les flammes dans l'âtre.

Finalement, Kubion dit :

— Je vous emmène au lac. J'ai un petit quelque chose à vous montrer.

Brodie se força à maîtriser sa voix :

— Quoi donc, Earl ?

— Tu le verras quand nous y serons.

— C'est juste. Mais pourquoi ce pistolet ? Ce n'est pas la peine de nous forcer la main.

— Non ? Eh bien, c'est ce que nous verrons.

Loxner bredouilla d'une voix étranglée :

— Attends, écoute...

— Ta gueule, couillon de pétochard ! l'interrompit Kubion d'un ton mauvais. Pas de discussion. Mettez vos pardessus et venez, on part tout de suite.

Brodie se leva aussitôt et, à pas comptés, se dirigea vers la penderie ; Loxner le suivit : il transpirait abondamment et ne regardait pas Kubion. Lorsqu'ils furent habillés, Kubion leur fit signe de sortir et les guida — à distance — jusqu'à la voiture qui attendait devant le garage, moteur en marche et phares allumés.

— Vic, dit-il, tu prends le volant. Duff, assieds-toi à

163

côté de lui.

Il attendit qu'ils aient obéi pour ouvrir la portière arrière droite et s'installer sur la banquette.

— En route. Je t'indiquerai le chemin.

Brodie conduisit jusqu'à Mule Deer Lake Road, tourna à droite et longea la rive est du lac. Seule la respiration asthmatique de Loxner troublait le silence oppressant. Ils passèrent devant le chalet des Taggart et devant plusieurs autres maisons qui étaient inoccupées durant l'hiver. Enfin, Kubion ordonna :

— Arrête-toi devant cette bicoque-là, à gauche.

La maison — une bâtisse en bois à un étage, avec des volets verts — était située en retrait de la route, à l'intérieur d'une clôture en forme de losange. Un linceul de ténèbres l'enveloppait. Brodie se gara et les trois hommes descendirent de voiture. Ils s'approchèrent de la barrière ouverte, Kubion restant légèrement à l'écart.

— Entrez jeter un coup d'œil, dit-il. La porte n'est pas fermée à clef et l'interrupteur est à gauche.

Ils longèrent avec précaution l'allée verglacée, tandis que Kubion les suivait à distance. Brodie monta le premier les marches du perron, s'arrêta à la porte.

— Je ne marche pas, dit Loxner. Je ne veux pas être mêlé à ce qu'il y a là-dedans...

Sans l'écouter, Brodie tourna le bouton et poussa la porte. Sur le moment, il ne vit que l'obscurité. Il tâtonna le long du chambranle, trouva l'interrupteur, l'actionna ; la lumière inonda la pièce, refoulant la nuit parmi les ombres tapies dans les coins.

— Oh, *non* ! gémit Loxner.

Il y avait sept personnes dans la pièce : deux hommes, trois femmes, un garçonnet de neuf ou dix ans et une fillette un peu plus âgée. Ils étaient tous ligotés, pieds et poings liés, avec de la grosse corde à linge, bâillonnés avec des bandes de draps déchirés, allongés sur la moquette à côté d'une crèche et d'un sapin de Noël décoré de guirlandes argentées, au socle enveloppé de ouate, autour duquel étaient disposés des cadeaux emballés dans du papier aux couleurs vives. Ils étaient tous vivants et apparemment indemnes. Leurs yeux agrandis par la terreur clignèrent, aveuglés par la soudaine lumière. Deux des femmes poussèrent des gémissements ; l'un des hommes émit un son étranglé, comme s'il avait envie de vomir.

Brodie sentit une rage froide nouer les muscles de son estomac, et il éprouva des difficultés à aspirer de l'air dans ses poumons. Il claqua violemment la porte, fit volte-face. Kubion, qui les avait suivis dans l'allée, se tenait au pied du perron ; l'automatique 38 pendait dans sa main avec une nonchalance trompeuse.

— Ça m'a pris à peu près quatre heures, dit-il avec son sourire figé. Ç'a été du gâteau de les cueillir, mais il a fallu que j'amène ici les deux de la maison voisine, et ça m'a fait perdre un peu de temps. Ensuite, j'ai ratissé les deux maisons. Au moment où je m'apprêtais à repartir, j'ai aperçu une voiture qui se dirigeait tous feux éteints vers le premier chalet du lac, et je suis allé jeter un œil. Vous ne savez pas qui c'était ? Le banquier, Matt Hughes : il se prenait un petit à-côté avec la garce blonde, celle qui est là avec les autres. Il a bien fallu que je l'amène ici, elle aussi.

Il s'interrompit, sans les quitter des yeux.

— Et Hughes ? demanda Brodie.

— Lui, il m'a donné un peu de souci. Mais tu n'as plus besoin de te tracasser pour lui, je t'en fiche mon billet.

— Tu l'as tué, c'est ça ?

— C'est ça. Je l'ai bel et bien tué.

Brodie frotta les paumes de ses mains sur son pantalon en un geste de rage contenue.

— Mais pourquoi ? intervint Loxner d'une voix geignarde. Pourquoi avoir fait ça ?

— Hier, vous m'avez gentiment fait comprendre tous les deux ce que vous pensiez de mon idée de dévaliser la vallée, et j'ai pigé que je n'arriverais pas à vous persuader. D'accord ? Mais vous ne saviez pas à quel point j'avais envie de le faire, ce coup-là ; je n'ai jamais eu autant envie de faire un coup : celui-là, c'est le fin du fin. Le seul problème, c'est que je ne voyais pas comment le réussir tout seul, alors j'ai été obligé de vous forcer la main, voyez ? C'est simple.

Il s'interrompit, et son sourire se fit sournois.

— J'ai fait un petit topo à ces gens-là, tout à l'heure. Je leur ai parlé du pillage, mais ce n'est pas tout. Je leur ai dit que le braquage de Greenfront, c'était nous. Je leur ait tout dit, sauf nos noms... Qu'est-ce que vous en pensez ?

Loxner avait le visage crispé, comme un gosse sur le point de pleurer. Il avait eu cette même expression quand le gardien lui avait tiré dessus, à Greenfront.

— Espèce de fumier, gronda-t-il à mi-voix. Espèce de *dingue* !

Si Kubion l'entendit, il n'en laissa rien paraître. Sans se départir de son sourire sournois, il reprit :

— Je sais ce que vous pensez, tous les deux. Vous voudriez bien me flinguer, vous y pensez peut-être même depuis hier ; c'est pour ça que j'ai sorti les armes de la valise — je vous le dis au cas où vous ne le sauriez pas déjà — et c'est pour ça que je vous ai surveillés comme un aigle pendant que j'étais au chalet. Mais supposons que vous arriviez à m'avoir, supposons que vous trouviez moyen de me désarmer et de me tirer une balle dans la tête. A quoi ça vous avancera, hein ? Ces ploucs savent qui vous êtes ; ils vous faudra donc les tuer. Bon, admettons que vous ayez le cran de tuer sept personnes, dont trois femmes et deux gosses ; admettons que vous ayez ce cran-là : je vous garantis que les autres ploucs et les flics auront vite fait de piger qui a fait le coup. Et à ce moment-là, vous savez ce qui vous pendra au nez, pas vrai ? Donc, vous laissez la vie sauve à ces Esquimaux et vous prenez la fuite, vous quittez la vallée en moto-neige. Vous vous retrouvez alors dans la même situation que si nous avions fait le pillage, mais en pire, parce que les prisonniers seront découverts tout de suite et, même si vous prenez le temps d'enterrer le cadavre de Hughes, de couper les fils téléphoniques et de mettre hors d'usage

166

la deuxième motoneige — en supposant que vous puissiez faire tout ça sans rencontrer de résistance — vous n'aurez pratiquement aucune avance. En plus, autre point important, vous n'aurez pas de pognon : il vous faudra braquer une boutique quelconque pour vous procurer du liquide, il vous faudra faucher une bagnole, vous prendrez des risques chaque fois que vous ferez demi-tour, tout ça avec la menace permanente d'avoir toute la flicaille du pays aux fesses à cause du meurtre de Greenfront.

Kubion s'interrompit de nouveau pour les dévisager d'un air rusé.

— Continue, Earl, dit Brodie d'une voix blanche.

— Bon, maintenant, vous savez à quoi vous en tenir. Si vous marchez avec moi, si vous m'aidez à exécuter le job, on s'en sortira sans aucun problème, comme je vous l'ai expliqué hier. On aura du fric plein les poches et deux jours d'avance pour fuir, suffisamment de temps et d'argent pour mettre une grande distance entre nous et Hidden Valley avant que l'alerte ne soit donnée.

De la main gauche, Kubion sortit de sa poche un rouleau de billets de banque.

— Regardez, vous croyez qu'il n'y a pas d'argent dans ce patelin ? Je n'ai fait que huit ploucs sur soixante-quinze, et seulement deux maisons occupées, et j'ai déjà récolté quinze cents dollars : dix chez les Esquimaux qui habitent cette baraque, quatre-vingts chez les voisins, cent vingt dans le portefeuille du banquier Hughes ; quant à la garce blonde, elle avait mille dollars dans son sac à main, du bel et bon argent qui attendait tout bonnement dans son *sac*, bon Dieu ! Déjà quinze cents dollars, et on n'a même pas commencé !

Il fourra de nouveau l'argent dans la poche de son pardessus et fit un ample geste de la main droite — celle qui tenait l'automatique.

— Alors, qu'est-ce que vous en dites ! Voilà ce que j'en dis, moi : on entre dans cette maison pour revoir les derniers détails et, cette fois, vous ouvrez bien grand vos oreilles ; on fait le coup demain, en suivant exactement le plan que je vous ai exposé ; une fois que c'est terminé et qu'on s'est partagé le butin, on part en motoneige, vous de votre côté, moi du mien, et on est quitte. Alors, votre réponse ? On marche ensemble, oui ou non ? J'attends, j'attends !

Il y eut un long silence pesant. Loxner regarda Brodie pour éviter de regarder Kubion. Finalement, d'une voix sourde, Brodie répondit :

— Tu ne nous as pas laissé le choix, Earl. On marche avec toi.

LIVRE 2

Dimanche 23 décembre

*O dieux ! que sont noires
les ténèbres qui règnent dans l'esprit humain !*

Ovide

1.

Le dimanche matin, à midi moins cinq, dans la sacristie située derrière l'autel éclairé par des cierges, le révérend Peter Keyes lâcha la corde de la cloche, dont les vibrants appels cessèrent de résonner dans la flèche du clocher. Il ouvrit la porte de la sacristie, sortit dans le chœur et alla se placer derrière le lutrin, à droite, pour regarder les derniers fidèles entrer à la queue leu leu dans l'Eglise Œcuménique. Juste en face de lui, assise au vieil orgue à tuyaux de bois, Maude Fredericks attendait, un livre de cantiques ouvert devant elle.

Sur les douze bancs disposés de chaque côté de l'allée centrale, sept étaient complètement occupés, mais les cinq derniers étaient en partie vides. Bien qu'ayant entretenu peu d'espoir de voir son église pleine, le révérend Mr Keyes avait escompté une assistance plus nombreuse. Il parcourut l'assemblée du regard — les femmes et les jeunes filles parées de toilettes hivernales aux couleurs vives (de nos jours on ne voyait plus de vêtements sombres à l'église, et il trouvait cela très bien ainsi) ; les hommes et les garçons portant des cravates bariolées et des costumes soigneusement repassés auxquels, pour la plupart, ils n'étaient pas habitués — et une petite moue perplexe plissa les coins de sa bouche. Il ne voyait pas Matthew Hughes ; pourtant, Matthew ne manquait jamais l'office dominical et arrivait même toujours dans les premiers. Son absence en ce dimanche particulier, l'avant-veille de Noël, était fort étrange. Le pasteur ne voyait pas non plus les Markham ni la famille Donnelly, qui étaient pourtant de fidèles paroissiens ; ni Charley Adams, l'homme d'affaires de San Francisco avec qui il avait échangé quelques mots le jeudi après-midi.

Maude Fredericks se tourna légèrement sur son tabouret et lui lança un coup d'œil interrogateur ; il lui fit signe de commencer à jouer, car il était midi pile. Des accords graves, chargés de ferveur et de félicité, retentirent dans le vaste édifice. Le révérend Mr Keyes attendit, surveillant par la double porte — dont l'un des battants était ouvert — l'allée ouatée de neige et obstinément déserte ; les Hughes, les Markham et les Donnelly n'arrivèrent toujours pas. Finalement, avec un soupir inaudible, il adressa un signe de tête au Dr. Webb Edwards, qui faisait office de bedeau ce dimanche-là. Le médecin — un homme entre deux âges — acquiesça discrètement et sortit sur le perron pour regarder des deux côtés de Sierra Street ; il ne vit apparemment aucun retardataire dans les environs, car il rentra dans l'église, ferma la porte et prit place à l'un des bancs du fond.

Midi cinq.

Après un dernier crescendo, l'orgue se tut et le révérend Mr Keyes récita une brève oraison ; suivirent un moment de silence et une prière communautaire. Il fit ensuite chanter à l'assemblée «O Jésus, nous T'adorons», «Béni soit le Sauveur» et «Joie dans le monde».

Midi vingt.

Le pasteur disposa ses notes sur le lutrin, s'éclaircit la gorge et se prépara à faire son traditionnel sermon de Noël, le commentaire d'un texte de la Bible extrait du premier chapitre de l'Evangile selon Saint Luc.

Midi vingt et une.

A cet instant, les doubles portes s'ouvrirent avec fracas et trois hommes firent irruption dans l'église. Deux d'entre eux, armés de fusils, se postèrent de part et d'autre des travées, le long des murs latéraux. Le troisième resta planté sur le seuil, les pieds écartés, un pistolet à la main.

Les têtes pivotèrent ; les visages pâlirent d'incrédulité, crispés par une peur naissante. Kubion — celui qui avait le pistolet — ordonna d'un ton bref :

— Restez sagement assis, tous ! On ne vous veut aucun mal, mais entendons-nous bien : j'abats le premier qui fait un mouvement dans cette direction.

Le révérend Mr Keyes regarda avec stupéfaction l'homme qu'il connaissait sous le nom de Charley Adams, cet homme qu'il avait pris pour un bon et fervent chrétien. Il regarda avec stupéfaction les deux inconnus armés de fusils, et il ne put croire ce qu'il voyait ni ce qu'il venait d'entendre. C'était impossible, tout bonnement inconcevable. Il éprouva soudain, de façon aiguë, un sentiment qui ne lui était pas familier : l'indignation ; ses joues rebondies s'empourprèrent, ses doigts étreignirent les bords du lutrin avec tant de force que les jointures parurent sur le point de faire craquer la peau blanche trop tendue.

— Comment osez-vous ? cria-t-il. Comment osez-vous pénétrer dans ce lieu avec des armes à feu ? Vous êtes ici dans la maison de *Dieu !*

Kubion eut l'ombre d'un sourire.

— Du calme, révérend, dit-il. Restez calmes, vous tous, gardez la tête froide, et je vous expliquerai de quoi il retourne.

A ces mots, l'indignation du révérend Mr Keyes se mua en fureur aveugle. Il se détourna du lutrin et descendit du chœur. Lew Coopersmith, qui était assis au premier rang à droite, lui lança : «Non, révérend !» mais Keyes ne l'entendit même pas. Les yeux rivés sur Kubion, il s'avança dans l'allée centrale.

— Plus un pas, prêcheur.

Coopersmith tendit le bras pour retenir le révérend

Keyes, mais le pasteur passa outre et continua d'avancer lentement, la mine sévère. Il n'avait pas peur car il savait qu'*ici,* il ne pouvait rien lui arriver ; sa colère était juste et ses principes sacrés.

— Je ne tolèrerai pas d'armes dans mon église, dit-il. Je ne tolèrerai pas que vous portiez des instruments de mort dans la maison de Dieu.

Sans la moindre hésitation, Kubion lui tira une balle dans la main droite.

Le silence tendu, impressionnant, fut rompu d'abord par le rugissement caverneux de la détonation, puis par les cris terrifiés et les pleurs des femmes et des enfants, par les exclamations étranglées des hommes. Le révérend Mr Keyes s'était arrêté, la main levée devant lui, et regardait d'un air hébété le sang qui coulait abondamment du trou qu'il avait à la base du pouce : il n'arrivait pas à croire ce qu'il voyait, pas plus qu'il ne croyait — encore maintenant — à la réalité de ce qui se passait.

— Mon Dieu... murmura-t-il.

Et il s'évanouit.

Instinctivement, Lew Coopersmith se leva et fit trois pas dans l'allée centrale. Puis, prenant brusquement conscience de ce qu'il faisait, il s'immobilisa, le corps raidi, et se força à desserrer les poings. D'autres hommes étaient debout, le visage révulsé — John et Vince Tribucci, Webb Edwards, Verne Mullins — mais aucun d'eux n'avait bougé de sa place. Les plaintes inarticulées des femmes et des enfants accentuaient l'atmosphère d'horreur qui enveloppait maintenant l'église.

— Quand je dis quelque chose, grinça Kubion, ce n'est pas de la blague. Vous avez intérêt, tous, à vous rentrer ça dans le crâne. Le prochain qui fait un geste inconsidéré, je lui tire une balle dans la figure. Bon... lequel d'entre vous est le médecin du village ?

— Moi, dit Edwards.

— Occupe-toi du pasteur.

— Je n'ai pas ma trousse. J'ai besoin...

— Tu n'as besoin de rien du tout. Vas-y.

Edwards s'avança, s'agenouilla près du corps inerte allongé sur le sol et examina la main broyée par la balle ; la blessure saignait encore abondamment. Il fit un garrot avec sa ceinture et étancha le sang avec son mouchoir.

— A-t-il la clef de l'église sur lui ? demanda Kubion.

— Je n'en sais rien, répondit Edwards, impassible.

— Eh bien ! Qu'est-ce que tu attends pour fouiller ses poches ?

Edwards palpa vivement le costume gris foncé du pasteur et finit par trouver un trousseau de clefs, qu'il brandit en l'air. Kubion fit signe de le lui envoyer. Edwards lança le trousseau en visant avec soin, comme s'il envoyait une balle à un enfant de trois ans. Kubion attrapa l'anneau de la main gauche, pivota sur ses talons et rabattit les portes de l'église, sans les fermer complètement. Il essaya plusieurs clefs sur la serrure d'un des battants, en trouva une qui convenait ; il empocha alors le trousseau et se tourna de nouveau face à l'assemblée.

— Que deux d'entre vous transportent le pasteur sur l'un des bancs.

Coopersmith et Harry Chilton s'avancèrent. Aidés d'Edwards, ils soulevèrent Keyes avec ménagement et l'allongèrent sur le banc le plus proche.

— Que les autres hommes fassent taire les femmes et les gosses, ordonna Kubion. Je veux le silence, pour que chacun de vous puisse entendre ce que j'ai à dire. Et je ne veux pas avoir à me répéter, c'est pigé ?

Tandis que les maris et les pères de famille exécutaient les ordres, Coopersmith recula de quelques pas et jeta un œil en direction d'Ellen ; elle était assise à sa place, immobile, les mains pressées contre ses joues livides, les yeux ronds et luisants de larmes. A côté d'elle, Ann Tribucci avait un bras replié sous son ventre énorme, comme si elle voulait ainsi protéger — consciemment ou inconsciemment — son enfant à naître ; de son autre main, elle étreignait avec force la main de son mari. Contrairement à la plupart des personnes présentes, John Tribucci avait

175

le visage figé et inexpressif, comme un mannequin de cire.

Une fois le calme rétabli, Kubion reprit la parole :

— Voilà qui est mieux. Maintenant, le topo : nous sommes ici pour prendre en otage tous les habitants de la vallée ; une fois que nous serons totalement maîtres de la situation, nous dévaliserons le village, maison par maison. Tout ce qui nous intéresse, c'est l'argent et les bijoux précieux ; si vous coopérez, nous ne prendrons rien d'autre et vous vous en sortirez indemnes.

Il observa une pause pour permettre à l'auditoire de bien assimiler ses paroles. Puis il reprit :

— Bon, réglons maintenant quelques détails. Quand j'aurai fini de parler, un de nous trois passera parmi vous avec un sac dans lequel vous mettrez vos portefeuilles, vos sacs à main et le contenu de vos poches ; ne gardez rien par-devers vous, retournez vos poches. Après ça, vous nous donnerez la liste de tous ceux qui habitent la vallée et qui ne sont pas ici avec vous. N'oubliez personne, parce que nous irons cueillir les absents un par un, tout à l'heure, et si jamais nous tombons sur quelqu'un dont le nom ne figure pas sur la liste, nous le tuerons. Inutile de vous occuper des Markham, des Donnelly, de Matt Hughes et de Peggy Tyler ; nous...

D'une voix soigneusement maîtrisée, Coopersmith intervint :

— Pourquoi est-il inutile de s'occuper de ces personnes, comme vous dites ? Que leur est-il arrivé ?

Le regard fixe de Kubion se reporta sur lui.

— Rien du tout, l'ancien... sauf à Hughes. Nous vous les amènerons plus tard.

— Et Hughes ?

— Il est mort.

Le sourire de Kubion déforma sa bouche, qui ressembla à une plaie ouverte. D'une voix rendue féroce par l'impatience, il poursuivit :

— Je l'ai tué hier soir et il est mort, tas de ploucs stupides, et je vous conseille de la boucler, de m'écouter et de faire ce que je vous dis, sinon vous mourrez tous, et je ne veux plus de questions et je ne veux plus de conneries, vous m'entendez !

A présent, l'horreur était devenue une chose tangible : on pouvait la percevoir, on pouvait en sentir le goût, elle enveloppait l'église comme un invisible voile de brume. Personne ne bougea, personne n'articula un son. Le révérend Mr Keyes agressé dans sa propre église, la vallée condamnée au pillage, Matt Hughes — leur maire, leur ami, leur bienfaiteur — inexplicablement assassiné, eux-mêmes livrés au bon vouloir de trois hommes armés dont l'un était bel et bien un psychopathe : les villageois étaient littéralement pétrifiés par la peur.

Coopersmith ravala le dégoût et la rage qui lui brûlaient la gorge, s'efforça de rester calme et de garder l'esprit lucide. Il regarda les deux autres hommes, ceux qui avaient des fusils. Aucun des deux n'avait fait le moindre geste depuis leur entrée en force ; on aurait dit des sentinelles en bois. Mais, contrairement au troisième, ils avaient l'air sains d'esprit ; le grand costaud transpirait à profusion et son acolyte, le blond, malgré son visage impassible, était manifestement tout aussi nerveux et mal à l'aise. Que faisaient-ils dans cette galère ?

Dieu miséricordieux, *pourquoi* fallait-il que cela arrive ?

Kubion avait retrouvé son sourire et, quand il parla, ce fut d'une voix à nouveau contrôlée, neutre :

— Donc, dès que nous aurons la liste de noms, deux d'entre nous iront cueillir les absents et les ramèneront ici ; quand les effectifs seront au complet, deux d'entre nous ratisserons les maisons pendant que le troisième, armé d'un fusil, montera la garde devant les portes de l'église. Il nous faudra sans doute toute la journée pour terminer le boulot, mais nous ne partirons pas tout de suite, nous resterons encore un jour ou deux, peut-être même trois, et nous quitterons la vallée en motoneige : ne vous imaginez donc pas que nous soyons bloqués ici jusqu'à ce que le défilé soit dégagé. Par contre, *vous,* vous devrez attendre jusque-là ; vous resterez enfermés ici jusqu'au lendemain de Noël. Nous vous apporterons de l'eau et des provisions, et vous serez bien traités tant que vous ne ferez pas d'entourloupettes. Ce que vous devez retenir, c'est ceci : vous ne saurez pas quand nous partirons ; donc, si vous essayez d'enfoncer les portes ou de vous échapper par les fenêtres avant le lendemain de Noël, vous risquez que nous soyons encore là et, dans ce cas, nous tirerons à vue. C'est clair ? C'est bien clair ?

Statues de pierre.

— Parfait, dit Kubion. Nous allons très bien nous entendre ; continuez à rester bien sages et tout se passera pour le mieux.

De sa main libre, il fit signe à l'un de ses complices, le malabar à la mine sombre. Loxner appuya son arme contre le mur et s'approcha ; il avait des gestes d'automate et semblait gêné pour se servir de son bras gauche, apparemment tout raide. Il sortit de sous son pardessus un grand sac de toile plié en quatre et remonta l'allée centrale. Coopersmith l'observa tandis qu'il se dirigeait vers l'extrémité de la première travée, du côté droit ; son visage moite arborait une expression qui ressemblait fort à de la peur — une sorte de peur rentrée.

Quand Coopersmith regarda de nouveau devant lui, il vit que l'homme blond avait également posé son fusil contre le mur et tenait à la main un crayon et un bloc-notes.

— Maintenant, dit Kubion, donnez-nous les noms et les adresses de tous ceux qui ne sont pas là. — Ses yeux se posèrent sur Coopersmith. — Toi, l'ancien, commence. Qui est absent ?

Coopersmith hésita. Puis, comme il n'avait pas le choix, il se mit à énumérer d'une voix sourde les noms des personnes manquantes.

2.

Une fois que Brodie et Loxner l'eurent précédé hors de l'église et eurent parcouru la moitié de l'allée — en tenant leurs fusils le long de la jambe, canon vers le bas, conformément à ses instructions — Kubion sortit à son tour et ferma les portes à clef. Sa montre indiquait une heure et quart. Excellent : cinquante-cinq minutes au total, soit cinq minutes de moins qu'il ne l'avait prévu. On ne pouvait pas faire beaucoup mieux, bordel non !

Il descendit les marches du perron et suivit Loxner et Brodie jusqu'à sa voiture garée sur la place, à l'écart des six autres ; il avait rempoché son automatique mais gardait une main sur la crosse. Il constata avec satisfaction que Sierra Street était encore déserte et qu'il n'y avait pas le moindre signe d'activité dans le village. Le ciel était d'un gris soyeux et il neigeait un peu, mais les nuages frangés de noir qui arrivaient de l'ouest annonçaient des chutes de neige beaucoup plus abondantes avant longtemps.

Brodie et Loxner s'immobilisèrent près de la voiture. Kubion, lui, s'arrêta à trois mètres.

— Vous voyez ? leur dit-il. Facile, très facile. Du tout cuit.

— Pourquoi as-tu tiré sur le pasteur ? demanda Brodie d'une voix tendue. Tu n'avais pas besoin de faire ça ; ce n'était pas nécessaire.

— Tu n'as pas à me dire ce qui est nécessaire et ce qui ne l'est pas. Je sais exactement ce que je fais. Deviendrais-tu bigot, par hasard ?

Brodie se tut. Ses doigts caressèrent la crosse du fusil, l'un des trois qu'ils avaient pris chez les Markham et les Donnelly ; mais ce fusil, comme celui de Loxner, n'était pas chargé. Pas chargé ! Kubion éclata de rire. Ils avaient conduit l'opération, à l'église, avec son automatique pour toute arme, et ils allaient prendre le contrôle de toute la vallée grâce à cet unique pistolet chargé : c'était drôle, non, quand on y pensait ? C'était vraiment à se tordre de rire !

La veille, il avait un moment envisagé de buter Brodie et Loxner, puis de dévaliser la vallée à lui tout seul. Ça lui aurait bougrement plu, mais il avait fini par y renoncer. Pour plusieurs raisons : primo, trois types armés, ça ferait plus peur aux ploucs qu'un seul type armé ; secundo, il risquait d'avoir besoin d'aide pour cueillir les autres péquenots ; tertio — et c'était surtout cet élément-là qui avait pesé dans sa décision — il se délectait à l'idée d'avoir les deux hommes à sa merci, de jouer un peu avec leurs nerfs, de les laisser en vie aussi longtemps que ça lui chanterait pour faire durer le job au maximum — car, plus ça durerait, meilleur ce serait. Et il n'aurait aucun problème à les faire marcher droit, les deux compères : Loxner le pétochard stupide et Brodie le pédé cordon-bleu ; il se sentait capable de maîtriser n'importe qui et n'importe quoi, il avait l'impression de mesurer trois mètres de haut, son pouvoir le rendait invincible — ce pouvoir qu'il avait toujours eu en lui mais qu'il avait mis si longtemps à découvrir et à exploiter.

Ce nouvel état d'esprit dans lequel il se trouvait, c'était celui d'un drogué en perpétuel «voyage» : on voyait toutes les choses avec une clarté cristalline, aussi bien à l'intérieur de soi-même qu'à l'extérieur, on n'avait pas à se tracasser pour des conneries telles que migraines ou araignées (jamais *elles* ne reviendraient ; il les avait toutes tuées, jusqu'à la dernière), on n'avait pas à se tracasser non plus pour les pulsions violentes. Si on devait avoir recours à la violence, eh bien ! on y avait recours, et c'était *tout* ; en fait, ça procurait une espèce de détente, de soulagement, comme après une bonne partie de balayette avec une négresse à gros cul. Aussi, quand il entendrait la voix dans sa tête — comme la veille au soir, lorsqu'il avait trouvé Hughes avec la garce blonde — il n'aurait qu'à l'écouter et faire ce qu'elle lui disait. La voix s'était de nouveau exprimée à l'église, mais elle lui avait dit de ne pas tuer le pasteur parce que ça risquait de déclencher une hystérie collective : comme il fallait que les ploucs restent dociles jusqu'à la fin du pillage, il s'était contenté de blesser le prêcheur à la main. Quand la voix lui parlerait à nouveau — et ça se produirait tôt ou tard — elle lui dirait exactement à quel moment liquider Brodie et Loxner, et il le ferait ; peut-être lui dirait-elle aussi de liquider les ploucs, dans la foulée, et il le ferait, *ça* aussi : de toute façon, un pareil ramassis d'Esquimaux ne méritait pas de vivre. D'accord ? Et comment !

— Bon, dit-il, au travail. Mettez les fusils sur la banquette arrière. Le sac aussi, Duff.

Brodie ouvrit la portière. Ils jetèrent les armes sur le siège et Loxner posa sur le tapis de sol le sac rempli de portefeuilles, de sacs à main et d'objets divers. Puis il claqua la portière.

— Maintenant, ordonna Kubion, on va chercher les ploucs qui sont dans la camionnette et on les enferme dans l'église.

En silence, ils contournèrent l'édifice par le côté sud et longèrent le mur jusqu'au presbytère. La vieille camionnette Ford de Sid Markham était garée contre le mur du cottage, la vitre arrière brisée — sur les instructions de Kubion — et la plate-forme recouverte d'une lourde bâche solidement arrimée.

La veille au soir, chez les Donnelly, après avoir dompté Loxner et Brodie, Kubion avait réfléchi à ce qu'il devait faire au sujet des proches de Matt Hughes et de Peggy Tyler. Aller les cueillir, eux aussi, et les amener au chalet du lac ? Non, trop de pagaille en perspective : il avait déjà assez de ploucs sur les bras comme ça, et il ne voulait pas risquer de compromettre l'opération prévue pour le dimanche. Mieux valait leur téléphoner pour annoncer que Hughes et la blonde ne rentreraient pas chez eux ce soir-là. Peu importait les prétextes invoqués : la vallée étant bloquée par la neige, personne ne pouvait se douter qu'il se passait quelque chose d'anormal ; dans ces conditions, n'importe quelle explication à peu près vrai-

181

semblable ferait l'affaire. Il avait ordonné à Brodie d'ôter son bâillon à Peggy Tyler pour pouvoir l'interroger, mais la fille n'avait pas manifesté plus de réaction qu'un satané pantin, et ça n'avait servi à rien de la gifler. Il avait alors dit à Brodie de libérer Martin Donnelly de ses liens. Non seulement Donnelly n'avait fait aucune difficulté pour répondre à toutes les questions de Kubion concernant Hughes, Tyler et leurs proches, mais il avait accepté de faire et de dire exactement ce qu'on lui disait. Ils l'avaient donc emmené au chalet des Markham — Kubion avait mis hors d'usage le téléphone des Donnelly — et il avait appelé la mère de la blonde pour lui expliquer que, sa femme et ses deux gosses étant malades, il avait demandé à Peggy — il l'avait rencontrée au village, en allant chercher le médecin — de rester avec eux pour la nuit ; la mère Tyler avait un peu râlé, mais elle avait fini par donner le feu vert. Donnelly avait ensuite téléphoné à Rebecca Hughes, expliquant que Hughes était venu lui faire une petite visite mais que, pendant ce temps, un arbre était tombé en travers de la route : Hughes était allé voir avec Sid Markham ce qu'ils pouvaient faire mais ils n'étaient pas sûrs d'arriver à dégager la route ce soir, alors ne vous inquiétez pas si vous ne voyez pas revenir votre mari avant demain dans le courant de la journée. Elle avait accepté l'explication sans poser de questions. Problème réglé.

Plus tard, à minuit passé, les trois hommes étaient allés en voiture au village ; là, sur les directives de Kubion, Brodie avait grimpé à l'un des poteaux télégraphiques, au-delà d'Alpine Street, pour couper les fils du téléphone. Ils avaient passé le restant de la nuit dans la cuisine des Donnelly, à récapituler les détails et à attendre : ils étaient tous les trois bien réveillés, aux aguets, et Kubion n'était même pas fatigué car il avait dormi tout le samedi matin en prévision de cette nuit blanche. Après un petit déjeuner tardif et froid, que Kubion avait dévoré avec appétit tandis que Brodie et Loxner y touchaient à peine, ils avaient embarqué les sept prisonniers dans la camionnette ; puis, à midi pile, ils étaient retournés au village,

Brodie conduisant la camionnette et Loxner conduisant la voiture de Kubion, lequel était assis à l'arrière. Lorsqu'ils étaient arrivés à l'Eglise Œcuménique, les rues étaient complètement désertes. Brodie avait garé le petit camion derrière le presbytère, hors de vue, Loxner avait garé la voiture sur la place, et ils s'étaient retrouvés sur le perron pour effectuer la prise d'otages.

A présent, Kubion, un peu à l'écart, regardait Brodie et Loxner détacher la bâche. Quand ils l'eurent ôtée, il vit les sept captifs toujours allongés dans la même position ; ils frissonnaient de froid et leurs visages exsangues étaient crispés par la peur. Il leur sourit.

Loxner et Brodie traînèrent les sept prisonniers hors de la plate-forme et les déposèrent sur le sol couvert de neige. Kubion sortit son canif à lame épaisse et le lança à Loxner, en lui disant de couper les liens et d'ôter les bâillons. Une fois ses ordres exécutés, il dit :

— Referme le couteau et renvoie-le moi bien gentiment.

Loxner obéit sur-le-champ.

Sid Markham et Martin Donnelly massèrent leurs membres engourdis afin d'y rétablir la circulation ; après quoi, ils se mirent debout pour aider les femmes et les enfants. Aucun d'eux ne regarda Kubion. La petite Donnelly se mit à pleurer, et sa mère la serra contre elle en lui caressant les cheveux. Peggy Tyler resta assise dans la neige, le corps avachi, remuant les lèvres en silence ; ses yeux agrandis luisaient comme des agates humides. Comme Markham n'arrivait pas à la faire se relever, Kubion dut finalement demander à Brodie de s'en charger. Stupide petite garce !

Une fois qu'ils furent tous debout, il fit un geste de la main gauche pour leur intimer l'ordre de se mettre en marche. Brodie et Loxner les escortèrent jusqu'à l'entrée de l'église ; sur le perron, les prisonniers s'arrêtèrent, blottis les uns contre les autres. Kubion les rejoignit et déverrouilla les portes en criant :

— Reculez-vous, là-dedans ! Vous avez de la

compagnie !

Il regarda les sept ploucs — qui, aussitôt, gravirent les marches, avec les mouvements mécaniques et résignés de condamnés à mort montant à l'échafaud.

Kubion referma les portes à clef derrière eux et rempocha le trousseau ; il entendit un grondement de voix à l'intérieur, le cri aigu d'une femme, mais il n'y prêta aucune attention. Il redescendit les marches, ordonna à Brodie et à Loxner de regagner la voiture, les suivit à courte distance.

— Duff, dit-il, tu vas rester ici et commencer à vider le sac pour faire l'inventaire de ce que nous avons récolté. Vic et moi, on va s'occuper des ploucs qui restent. Ecoute-moi bien, Duff : si je ne te trouve plus ici à notre retour de l'une ou l'autre de nos tournées, je tuerai Vic illico, puis j'irai descendre cinq femmes dans l'église. Tu me suis ?

Loxner regardait un point situé un bon mètre à la droite de Kubion.

— Ouais. Ouais, je te suis.

— Donne-moi les clefs de la voiture.

Loxner lui lança le porte-clefs en cuir — en visant avec soin, comme Edwards à l'église, un peu plus tôt — et ouvrit la portière avant droite. Il s'assit et resta là, les mains sur les cuisses, les doigts écartés, le regard fixé sur le pare-brise moucheté de neige. Kubion dit à Brodie :

— Pose le carnet avec la liste de noms sur le toit de la bagnole, Vic. Ensuite, recule de quinze ou vingt pas et reste là comme un bon garçon bien sage.

Brodie s'exécuta. Kubion prit le carnet, sortit de sa poche la brochure touristique qu'il avait achetée et examina alternativement la liste et le plan du village, tout en surveillant Brodie du coin de l'œil. Dix-neuf noms, dix adresses, soit sept ou huit allers-retours au total ; il allait commencer par les maisons les plus proches de l'église, puis élargir le cercle jusqu'à ce que tout le monde soit sous clef. Après avoir repéré les trois premiers arrêts, il fourra le calepin dans sa poche et cria à Brodie :

184

— Demi-tour, Vic, on retourne à la camionnette.

Tandis que Brodie pivotait sur ses talons, Kubion lança à Loxner :

— Occupe-toi du sac, Duff, sors-le de là et mets-toi au boulot — *allez !*

Quelques instants plus tard, il claqua la portière, en pensant : «Nous y voilà, nous y voilà». Et, les yeux luisants, il se hâta de rejoindre Brodie qui s'éloignait.

3.

A quatre pattes devant sa vieille chaîne stéréo Magnavox, Frank McNeil tripotait les boutons de la radio dans l'espoir de capter le match éliminatoire de l'équipe de football de l'AFL quand on sonna à la porte avec insistance. Il leva la tête d'un air irrité.

— Qu'est-ce que c'est encore, bon Dieu ?

Assis sur le divan du salon, son fils proposa :

— Tu veux que j'aille ouvrir, p'pa ?

— A ton avis, ahuri ?

Larry se leva et sortit dans le hall. McNeil entendit des voix à la porte d'entrée mais n'y accorda aucune attention. Foutues montagnes ! Non seulement on pouvait rarement obtenir une image correcte à la télévision, mais voilà qu'aujourd'hui les parasites rendaient cette satanée *radio* inaudible. S'il arrivait au moins à...

Des pas dans le hall, et la voix de Larry — haut perchée, effrayée :

— P'pa ? P'pa ?

McNeil leva de nouveau les yeux et vit les deux hommes qui encadraient son fils ; l'un lui était familier, l'autre totalement inconnu. Soudain, il s'aperçut que le

185

noiraud — celui qu'il connaissait un peu — avait un revolver à la main ; son irritation se mua alors en incrédulité. Bouche bée, les yeux clignotants, il bondit maladroitement sur ses pieds.

— Pas de problème si tu gardes ton sang-froid, lui dit Kubion. Aucun problème.

McNeil continua de le regarder en clignotant des paupières de façon presque spasmodique. Avec une inconcevable soudaineté, la mort — *sa* mort — avait fait irruption dans la pièce : il la sentait, il la voyait briller dans les yeux du noiraud au pistolet. Il se mit à secouer la tête, comme si ce simple geste pouvait faire disparaître à la fois l'homme, l'arme et la présence débilitante de la mort.

— Qui d'autre y a-t-il dans la maison ?

McNeil continua de secouer la tête. Sa bouche et ses mâchoires remuaient sans bruit, mimique caricaturale évoquant un homme mâchant du chewing-gum. Il était incapable d'articuler un mot.

Ce fut Larry qui répondit :

— Ma mère... Juste ma mère.

— Où ?

— A la cuisine.

— Appelle-la.

— Vous... vous ne lui ferez rien, dites ?

— Pourquoi voudrais-tu que je fasse du mal à ta vieille ? Appelle-la.

— M'man ! dit Larry en haussant un peu la voix.

Plus fort, il répéta :

— M'man !

— Oui ? répondit une voix de femme.

— Viens au salon !.

— Qui a sonné ?

— M'man, viens ici, veux-tu !

Sandy McNeil — une femme brune au visage doux et las, portant un tablier par-dessus une robe fanée — apparut sur le seuil.

— Qu'est-ce...

Elle s'interrompit net et s'immobilisa à la vue des deux

186

hommes et du pistolet de Kubion. Elle ouvrit des yeux tout ronds et retint son souffle avec un bruit analogue au sifflement d'un jet de vapeur. Le torchon qu'elle tenait lui échappa des mains et glissa par terre.

Larry s'approcha d'elle et, d'un geste protecteur, lui passa un bras autour des épaules en lui faisant partiellement un rempart de son corps.

— Qu'allez-vous faire ? demanda-t-il. Qu'est-ce que vous nous voulez ?

— On vous emmène à une surprise-partie, dit Kubion.

— Une surprise-partie ? répéta Sandy McNeil, interloquée.

— A l'église. Une petite surprise-partie à l'église.

— Je ne comprends pas, dit-elle. Je ne *comprends* pas.

— Vous n'avez pas besoin de comprendre. Faites ce que je vous dis, c'est tout. Allons-y.

Larry guida sa mère vers le hall. McNeil, lui, resta pétrifié devant sa chaîne stéréo, les yeux vitreux de terreur ; il ne pouvait pas bouger, il était incapable de faire le moindre mouvement.

Kubion le regarda, puis, s'avançant vivement, il lui plaqua une main sur la nuque et, d'une violente bourrade, l'envoya valdinguer dans la pièce. McNeil émit un son étranglé, chevrotant, recouvra de justesse son équilibre et sortit dans le hall en tâtonnant aveuglément, bousculant au passage sa femme et son fils. Son visage avait la couleur grisâtre de la gadoue.

Une petite tache apparut sur le devant de son pantalon et commença à s'élargir. Voyant cela, Kubion éclata de rire :

— Ma parole, dit-il, mais tu pisses dans ton froc ! Un vrai pisseur !

Il n'arrêta pas de s'esclaffer pendant tout le trajet jusqu'à la camionnette qui attendait dans l'allée.

Walt Halliday et sa femme finissaient juste de faire l'amour lorsqu'on frappa à grands coups à la porte du vestibule, au rez-de-chaussée.

— Oh, la barbe ! marmonna Lil Halliday d'une voix ensommeillée.

C'était une femme solidement bâtie, aux cheveux jaune paille et au visage agréablement banal. Allongée nue sur le grand lit aux draps froissés, avec le crâne déplumé de son mari confortablement niché entre ses seins lourds, elle paraissait plus jeune que ses quarante-deux ans.

Halliday leva la tête, écouta le martèlement — plus fort maintenant, insistant — et se mit sur son séant, l'air contrarié. Il prit un kleenex sur la table de chevet et se moucha. Il s'était réveillé ce matin-là avec la gorge irritée, le nez qui coulait et une légère fièvre, et il avait compris qu'il était bon pour un rhume carabiné ; au lieu de se lever et de s'habiller pour aller à l'église, comme il l'aurait sans doute fait en temps normal, il avait donc décidé de rester couché. Lil, qui ne fréquentait guère l'église et assistait à l'office uniquement quand son mari y allait — soit quinze ou vingt dimanches par an, surtout pendant la morte-saison — lui avait apporté son petit déjeuner au lit et s'était ensuite recouchée avec lui. Ils avaient somnolé un moment, bavardé un moment, fait l'amour sans se presser : un bon dimanche, un excellent dimanche. Mais voilà qu'un casse-pieds venait tout gâcher en cognant à la porte.

Se levant, Halliday mit ses lunettes, enfila un pyjama et une robe de chambre et glissa ses pieds dans des pantoufles.

— Je ne sais pas qui c'est, maugréa-t-il, mais je vais lui dire ma façon de penser. On n'a pas idée de tambouriner comme ça.

— Encore heureux que ça n'ait pas commencé il y a cinq minutes, dit Lil.

— Oui, ç'aurait été le pompon.

Halliday se dirigea vers la porte et regarda sa femme par-dessus son épaule. Elle était toujours étendue sur le lit dans toute sa nudité ; elle savait qu'il aimait la voir ainsi. Il lui adressa un clin d'œil appuyé, sortit de l'appartement — situé au premier étage de l'auberge — et descendit l'escalier en criant : «J'arrive, j'arrive, arrêtez ce boucan !». Mais le bruit continua, tellement fort qu'il faisait vibrer la vitre de la fenêtre adjacente.

Passablement irrité, Halliday déverrouilla la porte et l'ouvrit brusquement.

— Ça ne va pas, non, de...

Le reste de sa phrase mourut sur ses lèvres quand il vit les deux hommes et l'automatique que l'un d'eux braquait sur lui.

— Recule-toi, en vitesse, dit Kubion. Tu nous as déjà fait attendre trop longtemps.

Halliday mit les mains sur sa tête et s'empressa d'obéir. Il avait le cerveau engourdi, les idées confuses.

— Que... qu'est-ce que vous voulez ?

— Tu le découvriras bien assez tôt. Il ne t'arrivera rien si tu fais ce qu'on te dit. Ta femme... où est-elle ?

— En haut. Mais... mais elle...

— Montre-nous le chemin.

— Elle est au lit. Ma femme est au lit.

— Et alors ? Tu te magnes le cul, oui ?

Halliday regarda le pistolet, puis le visage de l'homme, et il se tourna promptement vers l'escalier. Tout en montant les marches, il pensait à Lil telle qu'il l'avait laissée quelques minutes plus tôt, lascivement étendue sur le lit ; et il se prit à espérer de toutes ses forces qu'elle se soit couverte dans l'intervalle. Il ne savait pas ce qui les attendait, mais il était sûr d'une chose : il ne voulait pas que ces deux hommes voient sa femme nue...

Lorque Joe Garvey ouvrit la porte, l'un des deux hommes qui se tenaient sur le perron lui brandit un pistolet sous le nez en disant :

— Ecarte-toi, on entre. Fais ce qu'on te dit et tu n'auras pas d'ennuis.

— Qu'est-ce que vous foutez ? dit Garvey d'un ton incrédule, sans bouger d'un pouce.

Les doigts de sa main droite restèrent rivés au bord de la porte.

— Arrière, dit Kubion. Dégage.

— Mais enfin, qu'est-ce que ça signifie ? On n'entre pas chez les gens en agitant un pistolet...

D'un coup de pied, Kubion libéra la porte de l'étreinte de Garvey, faisant tomber la couronne de houx ornée de bougies qui était accrochée à l'extérieur du panneau. Il marcha sur Garvey mais celui-ci, au lieu de céder du terrain comme prévu, résista, galvanisé par la colère et l'indignation, et plongea pour s'emparer de l'automatique braqué sur lui. Kubion se mit de profil, ramenant l'arme contre sa poitrine, et bloqua de l'épaule le bras tendu de Garvey ; puis, raidissant son bras gauche pour en faire une barre horizontale, il frappa le garagiste à la poitrine. Garvey heurta violemment l'un des murs, contre lequel il rebondit comme une balle, et Kubion lui asséna un coup de crosse en plein visage.

Beuglant de douleur, le sang giclant de son nez cassé, Garvey tituba et heurta le mur une deuxième fois avant de tomber à genoux. Kubion avança encore de quatre pas dans la foulée et fit brusquement volte-face, accroupi, le pistolet pointé devant lui.

— Ne fais pas ça, Vic, dit-il.

Brodie avait franchi le seuil et s'élançait vers lui, le bras levé à la manière d'une matraque prête à s'abattre. Il s'arrêta net à un mètre du pistolet de Kubion, laissa retomber son bras et recula aussitôt, contournant le corps prostré de Joe Garvey. Son visage, un instant déformé par la haine, redevint impassible ; seuls ses yeux gardèrent leur brillant d'améthyste polie.

La voix de Pat Garvey, alarmée et querelleuse, retentit quelque part dans la maison :

— Joe ? Joe ?

— Stupide, ça, Vic, dit Kubion. Stupide, stupide.

— C'est vrai, dit Brodie, j'ai perdu la tête.

— Tu la perdras pour de bon si jamais tu recommences ce genre de plaisanteries. J'ai besoin de toi pour la suite des opérations — et tu as toujours droit à un tiers du butin — mais si tu me cherches, je te refroidirai

190

comme une vieille merde. Tu as intérêt à bien piger ça.

— D'accord, dit Brodie. D'accord.

Garvey ôta les mains de son visage et contempla le sang qui les maculait, le sang qui dégoulinait de son nez en bouillie et tachait le devant de sa chemise blanche. La douleur bourdonnait dans ses oreilles, la nausée montait du fond de sa gorge. «Qu'est-ce qui se passe ?» se demanda-t-il, hébété. «Je n'y comprends rien.»

Sa femme accourut dans l'entrée, vit les deux hommes, vit le pistolet, vit Garvey agenouillé par terre, couvert de sang. Elle porta une main à sa bouche et s'élança vers lui en poussant un petit cri.

— Joe ! Oh, mon Dieu, Joe !

Kubion lui bloqua le passage et la saisit par le bras ; elle se débattit, lutta en vain pour échapper à son étreinte, en jetant des regards affolés à son mari et à Kubion.

— Il s'en tirera, lui dit Kubion, et toi aussi, à condition que vous *fermiez* vos gueules, c'est compris.

«Laisse-la tranquille, salopard, espèce d'ordure !» cria intérieurement Garvey. Il voulut exprimer sa pensée à haute voix, mais le sang qui lui obstruait la gorge l'en empêcha ; il ne put que tousser.

Et cela lui sauva la vie.

Greg Novak se demanda où diable tout le monde était passé.

Sierra Street était déserte d'un bout à l'autre et il n'y avait aucun signe de vie nulle part. Il n'avait pas rencontré âme qui vive depuis qu'il était parti de chez ses parents, cinq minutes plus tôt.

Et justement, où étaient son père et sa mère ? Ils étaient partis pour l'église à midi moins le quart ; or, quand il était sorti à son tour pour prendre un peu l'air, à trois heures, ils n'étaient toujours pas rentrés. Sans doute étaient-ils allés voir quelqu'un, mais ce n'était pas dans leurs habitudes de faire des visites le dimanche. Généralement, ils rentraient directement à la maison, sa mère préparait un repas léger et, après, ils jouaient à la canasta.

Pour sa part, il trouvait la canasta aussi rasoir que l'office dominical ; néanmoins, il se laissait parfois entraîner dans ces deux activités, parce que c'était moins fatigant de céder aux pressions que de déclencher une dispute. Mais ce matin-là, il était resté au lit et, pour une fois, sa mère n'avait pas essayé de le convaincre d'aller à l'église. Tout bien considéré, ses vieux n'étaient pas si mal que ça, malgré leur goût immodéré pour la religion et la canasta.

Mais enfin, *où* étaient-ils tous passés ?

Novak avait l'impression de se promener dans un village déserté, et cette sensation le mettait étrangement mal à l'aise. Il s'arrêta et se retourna pour regarder la perspective de Sierra Street ; il vit alors une camionnette Ford déboucher d'une ruelle, au nord de l'église, et se diriger vers lui. La camionnette de Sid Markham. Rasséréné, il la regarda approcher, l'attendit.

Quand le véhicule fut assez près pour lui permettre de distinguer à travers le pare-brise les deux hommes qui étaient dans la cabine, il s'aperçut qu'aucun des deux n'était Sid Markham. Son front se plissa. La camionnette s'arrêta à sa hauteur et la portière du passager s'ouvrit ; l'un des types sauta à terre, un pistolet à la main, enjamba le tas de neige massé contre le trottoir et dit :

— Reste où tu es, petit, ne bouge pas un muscle.

Novak s'arrêta même de respirer.

Agée de soixante-quinze ans, Emily Bradford était une vieille dame menue et frêle, que l'arthrite chronique obligeait depuis huit ans à rester clouée au lit ou dans un fauteuil roulant. Elle vivait avec sa fille et son gendre, Sharon et Dave Nedlick, passant six mois de l'année au pavillon de chasse de Macklin Lake — dont les Nedlick étaient propriétaires et qu'ils dirigeaient — et les six autres mois dans la maison à un étage située à l'angle d'Alpine Street et de Modoc Street. C'était là qu'elle se trouvait en ce moment, couchée dans sa chambre du premier.

Sharon et Dave étaient partis pour l'église peu avant midi, et Emily avait passé une heure à lire pieusement sa Bible reliée de bougran. Elle avait appris depuis long-temps à vivre avec son invalidité, mais le fait de ne plus pouvoir aller à l'église lui pesait encore. La lecture de la Bible pendant la durée de l'office dominical compensait dans une certaine mesure ce manque, mais ce n'était quand même pas la même chose. A une heure, Emily avait repris son tricot en cours, attendant le retour des siens.

Il était maintenant trois heures et demie, et ils n'étaient toujours pas rentrés.

Quand Sharon et Dave projetaient de s'absenter un peu longtemps, ils demandaient toujours à l'une des voisines — généralement Ellen Coopersmith, qui était si serviable — de lui tenir compagnie ; mais Sharon avait dit ce matin qu'ils rentreraient aussitôt après l'office, car ils avaient de la dinde pour le dîner et elle voulait la met-tre au four à une heure et demie au plus tard. Cela ne gênait pas Emily de rester seule pendant une heure ; mais quatre heures — ou presque — c'était tout autre chose, surtout quand cette absence prolongée n'avait aucune explication apparente. Aussi Emily était-elle agitée, en proie à une vive anxiété. Il se passait quelque chose d'anormal, elle le sentait dans ses os. Elle ne voyait pas ce que ça pouvait être, puisque la vallée était bloquée par la neige, mais cela ne faisait qu'accroître son appréhension.

Pour la troisième fois en une heure, elle tendit la main vers le téléphone posé sur la table de chevet et porta le récepteur à son oreille. Pas de tonalité : l'appareil était *encore* en dérangement. Pourquoi le téléphone refusait-il toujours de fonctionner quand on en avait le plus besoin ? Elle reposa le combiné sur son socle, doulou-reusement consciente du silence de la maison et des bat-tements accélérés de son cœur. Pourquoi Sharon et Dave ne rentraient-ils pas ? Qu'est-ce qui pouvait bien les retenir ?

Elle entendit, en bas, un bruit fracassant.

Elle sursauta violemment. L'une de ses mains aux veines saillantes étreignit le col montant de sa chemise de nuit ; derrière les verres de ses lunettes, ses yeux s'agrandirent au point de ressembler à deux pastilles lumineuses, marron et blanches. Elle resta assise, tendue, l'oreille aux aguets.

D'autres bruits lui parvinrent du rez-de-chaussée, suivis de pas lourds. Sharon marchait toujours doucement, et son mari aussi. «Ce n'est pas eux», pensa Emily. «Il y a quelqu'un d'autre dans la maison !» Sa respiration se fit oppressée et son cœur se mit à cogner comme un poing contre sa frêle poitrine.

A présent, les pas lourds montaient l'escalier.

— Qui est-ce ? — Sa voix chevrotante était davantage un murmure qu'un cri. — Qui est là ?

La poignée de la porte tourna, puis le panneau s'ouvrit brusquement, livrant passage à deux hommes qu'elle n'avait jamais vus. Des hommes au visage dur, sinistre, qui respiraient la malveillance, et l'un d'eux brandissait un pistolet... un *pistolet* ! Celui qui était armé entra dans la chambre, balayant la pièce d'un regard égaré, observant Emily comme si elle faisait partie du mobilier.

L'autre intervint :

— Nom d'un chien, ils t'ont dit à l'église qu'elle était invalide. Pourquoi être venu ici ?

— Pour vérifier, répondit Kubion.

S'adressant à Emily, il ajouta :

— Pas de panique, la vieille, on ne va pas te faire de mal.

— Il n'est pas question de l'emmener, Earl... Pas elle.

— Non, elle ne nous gênera pas.

Kubion ressortit sur le palier et fit signe à Brodie de fermer la porte. Leurs pas s'éloignèrent dans le couloir, redescendirent l'escalier.

Emily ne les entendit pas. Elle n'entendait que le tonnerre qui résonnait à ses oreilles, l'assourdissant tonnerre de son cœur affolé. Puis le tonnerre diminua, devint de plus en plus faible, de plus en plus ténu, au point de n'être plus qu'un chuchotis saccadé ; alors, en un geste tâtonnant, Emily leva sa main valide, comme pour implorer le ciel. Une seconde plus tard, telle une feuille d'automne se détachant d'un arbre et tournoyant jusqu'au sol, sa main retomba lentement sur les couvertures et ne bougea plus.

La maison fut de nouveau silencieuse et vide ; mais à présent, le silence était sépulcral et le vide absolu.

4.

Obnubilée par le tic-tac métronomique de l'antique horloge à balancier, Rebecca arpentait nerveusement le salon en fumant sa quinzième cigarette de la journée. D'ordinaire, elle n'entendait même pas ce bruit familier mais, aujourd'hui, cet après-midi, en cet instant, le tic-tac semblait augmenter de volume au fil des secondes, au point qu'il remplissait maintenant la pièce et lui vrillait les nerfs à la manière d'un robinet gouttant à un rythme immuable.

Quatre heures moins vingt, indiquaient les aiguilles de l'horloge.

Sa cigarette avait un goût désagréable, métallique ; elle se tourna vers la table basse et l'écrasa sur le plateau en céramique émaillée. «Je ne peux plus supporter cette attente passive», se dit-elle. «Il faut que je sache où est Matt et pourquoi il n'est pas rentré.»

Quand Martin Donnelly lui avait téléphoné la veille au soir — elle était alors couchée, pensant à sa conversation étrangement intime avec Zachary Cain, cet homme manifestement torturé par une crise intérieure bien pire que la sienne et qu'elle avait égoïstement mal jugé — Rebecca avait cru sans l'ombre d'une hésitation cette his-

195

toire d'arbre abattu qui bloquait la route et risquait de retenir Matt au lac pour la nuit. Elle n'avait eu aucune raison de mettre en doute la parole de Martin — homme d'une scrupuleuse honnêteté — pas plus qu'elle n'avait eu de raison de soupçonner quelque chose d'anormal.

Mais dans la matinée, voyant que Matt ne rentrait pas et ne téléphonait pas, comme il le faisait toujours quand il était retenu ailleurs pour de bonnes ou de mauvaises raisons, Rebecca avait eu le vague pressentiment que quelque chose allait de travers. Malgré le peu d'éléments dont elle disposait pour étayer cette intuition — hormis le fait que, normalement, une équipe d'hommes aurait dû pouvoir dégager la route bien avant la fin de la matinée — ce pressentiment l'avait taraudée au point qu'elle avait fini par décrocher son téléphone pour appeler les Donnelly. Le téléphone s'était révélé en dérangement — un poteau télégraphique avait dû tomber ; en hiver, cela arrivait de temps à autre — ce qui expliquait que Matt n'ait pas appelé. A part cela, tout était parfaitement normal. D'ailleurs, que pouvait-il se passer dans un petit village bloqué par la neige comme Hidden Valley ?

Et pourtant...

A midi moins vingt, Matt n'étant toujours pas rentré, Rebecca avait un instant envisagé d'aller voir s'il était à l'église. Mais elle savait que, pour rien au monde, Matt n'aurait mis les pieds à l'Eglise Œcuménique, un dimanche, sans avoir au préalable revêtu ses plus beaux habits. Puisqu'il n'était pas repassé à la maison pour se changer, la conclusion s'imposait : il n'était pas à l'église et, par conséquent, il était sans doute encore au lac. Rebecca, pour sa part, avait cessé toute pratique religieuse depuis quelque temps, écœurée par l'hypocrisie de Matt : elle ne supportait pas de le voir vertueusement abîmé dans ses prières, chaque dimanche, alors qu'elle savait qu'il avait couché avec une autre femme la nuit précédente ; elle l'accompagnait encore à l'office de temps à autre, quand il insistait, pour sauvegarder les apparences, mais, bien qu'elle crût toujours en Dieu, elle ne pouvait pas

— ne pouvait plus — L'adorer activement. Elle restait donc chez elle à s'occuper de travaux prosaïques et à attendre.

Midi et demie. Une heure et demie. Toujours pas de Matt. Elle avait à nouveau essayé de téléphoner, mais l'appareil ne fonctionnait toujours pas. Deux heures. Trois heures. Trois heures et demie. Son pressentiment n'avait cessé de s'amplifier ; à présent, elle était décidée à mettre un terme à cette attente. Peut-être avait-elle tout bonnement trop d'imagination — une tendance morbide à faire une montagne d'une taupinière — et peut-être l'absence prolongée de Matt avait-elle une explication simple, rassurante ; mais dans ce cas, il fallait qu'elle en ait le cœur net, il fallait qu'elle *sache*.

Rebecca alla dans le hall et fourragea dans le placard à vêtements. Bottes, bonnet, parka, moufles. Elle décida, pour commencer, d'aller chez les Tribucci. Si cette histoire d'arbre abattu était vraie, ils seraient au courant ; si, au contraire, il y avait anguille sous roche, s'ils ignoraient où se trouvait Matt, elle demanderait à John ou à Vince de la conduire chez Martin Donnelly, à Mule Deer Lake. Elle boutonna vivement sa parka, ouvrit la porte d'entrée et sortit à la hâte.

A peine avait-elle parcouru quelques mètres que la vieille camionnette de Sid Markham s'engagea dans l'allée. Un inconnu en descendit, un homme très brun qui vint à sa rencontre en souriant…

Sous l'appentis qui faisait toute la longueur du chalet, à l'arrière, Cain, debout devant une souche d'arbre ronde et plane, débitait à la hache des bûches de pin pour en faire du petit bois. La surface couverte par le long toit de bardeaux était nue, à part les quelques stères de bûches tachetées de neige qui étaient entassées contre le mur. Cain travaillait mécaniquement, exhalant des nuages de vapeur blanche, et les coups de hache se répercutaient en échos caverneux dans le silence de cette fin d'après-midi.

Au fond de lui, avec une intensité qui n'avait cessé de croître tout au long de la journée, un double combat se livrait : son sentiment de culpabilité se bagarrait avec ses souvenirs, son désespoir se colletait avec son goût de vivre renaissant.

La nuit précédente, il avait fait un rêve répétitif, tellement réaliste que, à trois ou quatre reprises, ça l'avait à moitié réveillé et que, l'aube enfin venue, il en était resté sans forces, bouleversé. Dans son rêve, il marchait seul dans une vaste plaine dévastée, sous un soleil de la couleur du cuivre. Loin devant lui, au-delà de l'herbe desséchée, il voyait une bande de gazon d'un vert éclatant ; il se dirigeait vers elle et, en s'approchant, il constatait que quelqu'un se tenait juste de l'autre côté de la frontière entre l'herbe verte et l'herbe brûlée. Ce quelqu'un, c'était une moitié de lui-même — et il s'apercevait alors qu'il n'était *lui-même* qu'une moitié de Zachary Cain et que, pour traverser la prairie dévastée, il avait avancé par bonds, sur une seule jambe, au lieu de marcher normalement. Effrayé, il écarquillait son œil unique, comme s'il était cloué sur place par son deuxième œil.

Et son autre moitié lui disait, en remuant ses demi-lèvres : *Pourquoi t'obstines-tu à lutter contre moi ? Nous nous réunirons tôt ou tard, tu le sais bien. Nous formerons de nouveau un tout.*

Nous ne pourrons plus jamais former un tout, disait-il.

Si, nous le pourrons. Et quand cela se produira, il nous faudra repartir de zéro : reprendre l'architecture, retourner à San Francisco, recoller les morceaux. Il faut qu'il en soit ainsi ; tu ne peux pas me fuir plus longtemps.

Tu es mort, tu m'entends ? Tu es mort !

Je suis vivant. Nous sommes vivants. Allons, écoute-moi donc...

Non.

Question : Angie aurait-elle voulu que tu réagisses comme tu l'as fait ? Lindy et Steve, malgré leur jeune âge, l'auraient-ils voulu ?

Peu importe. Ils ne sont plus là, ça n'a plus

d'importance.

Oh ! que si, ça en a ! Question : Pourquoi n'es-tu pas arrivé à nous suicider ? N'est-ce pas parce que je t'en ai empêché ? N'est-ce pas parce que nous voulons, toi et moi, continuer à vivre malgré tout ?

Assez ! Je refuse d'en écouter davantage.

Question : Si tu tenais réellement à nous transformer en épave, en loque misérable et alcoolique, pourquoi es-tu venu à Hidden Valley ? Pourquoi as-tu choisi de vivre parmi tes semblables ? N'y a-t-il pas dans ce pays des centaines d'endroits totalement isolés où tu aurais pu mener une véritable existence d'ermite ? Ne t'ai-je pas freiné, là encore, bien que tu fusses plus fort à l'époque ?

La ferme, la ferme !

Le plus fort, à présent, ce n'est plus toi, c'est moi. L'incident qui s'est produit avec Rebecca Hughes n'était pas le simple épanchement d'un trop-plein de mots, c'était le signe que je prenais enfin le dessus, c'était le commencement de la fin de ces six derniers mois. Tu le sais, alors pourquoi ne veux-tu pas l'accepter ?

Je ne peux pas. Je ne veux pas.

Tu le peux et tu y viendras. C'est inéluctable. Allons, viens vers moi, viens à moi, que nous formions de nouveau un tout.

Non !

Il faisait volte-face et essayait de fuir mais, avec son unique jambe, il ne pouvait que sautiller ; la prairie miroitait et se transformait soudain en bourbier, rendant impossible tout mouvement rapide. L'obscurité effaçait la couleur cuivrée du ciel, s'enroulait autour de son corps, et il sentait une haleine tiède sur sa nuque : c'était son autre moitié qui le poursuivait, nullement gênée par le sol marécageux. Elle se rapprochait, le touchait, le touchait...

A ce stade précis de son rêve, il se réveillait à demi — pour sombrer aussitôt dans un sommeil paisible. Et tout recommençait.

Quand il s'était levé, à l'aube, Cain s'était efforcé de

ne pas penser à ce rêve ; mais chaque détail en était gravé dans son esprit, aussi indélébile que la tache de la solitude. Il s'habilla et alla dans la cuisine préparer deux œufs sur le plat, qu'il ne put avaler ; il versa du bourbon dans son café, et l'odeur lui donna des haut-le-cœur. Il fit du feu avec le petit bois qui restait, car il faisait froid dans le chalet. Le froid persista. Il s'assit devant la fenêtre, fumant cigarette sur cigarette, jusqu'au moment où l'inactivité lui porta sur les nerfs. Il arpenta la pièce, mais ce ne lui fut d'aucune aide ; il songea alors à sortir se promener, mais ça ne le tentait pas.

Dimanche. On était aujourd'hui dimanche. Le dimanche, Don Collins et lui allaient faire une partie de golf à Sharp Park ou à Harding. Le dimanche, il regardait à la télévision ce savant jeu de stratégie connu sous le nom de football. Le dimanche, il emmenait Angie et les enfants à Golden Gate park, où ils pique-niquaient près du lac avant d'aller visiter le Musée De Young, ou l'Aquarium Steinhart, ou le Jardin Japonais, ou le Planétarium Morrison. Le dimanche...

Frissonnant, Cain prit un balai dans le placard et fit le ménage dans toutes les pièces ; il vida les poubelles débordantes ; il fit le lit et mit de l'ordre dans la chambre ; il briqua le lavabo, la douche, les murs et le carrelage de la salle de bains. De retour dans la pièce de devant, il remit du bois dans le feu, conscient de l'incroyable silence qui régnait dans le chalet, conscient de l'extrême dépouillement, de l'austérité du décor. Il se surprit à regretter de ne pas avoir de radio pour écouter de la musique ou les informations ; il s'aperçut qu'il n'avait pas écouté les nouvelles ni lu un journal depuis qu'il était à Hidden Valley ; il s'aperçut qu'il ignorait ce qui se passait dans le monde, à part ce qu'il en avait appris — sans s'y intéresser — par des bribes de conversations entre les villageois.

«J'ai besoin de parler à quelqu'un», pensa-t-il, «comme j'ai parlé à Rebecca Hughes hier soir. J'ai besoin, *besoin*...»

200

Il prépara un sandwich qu'il se força à manger. Ensuite, ne trouvant rien de mieux à faire, il passa cinq minutes à fumer six cigarettes en toussant et en crachant. Il se souvint alors qu'il n'y avait plus de petit bois.

C'était à ce moment-là qu'il avait pris la hache pour venir ici, sous l'appentis, débiter des bûches.

A présent, il avait à ses pieds, dans la neige, suffisamment de petit bois pour lui durer des semaines.

Cain planta le fer de la hache dans la souche, épongea de sa main gantée son front en sueur. «Emporte tout ça à l'intérieur, puis reviens chercher du bois refendu que tu entasseras près de la cheminée ; occupe-toi, trouve-toi des choses à faire.» Il se pencha, rassembla une pleine brassée de petit bois ; il se redressa, se tourna, fit deux pas... et s'arrêta net.

Rebecca Hughes, escortée de deux hommes qu'il ne connaissait pas, était debout dans la neige, à la limite extérieure de l'appentis.

Cain ouvrit la bouche pour parler, mais il la referma en voyant que l'un des deux hommes — le brun, celui qui se tenait à une certaine distance — était armé d'un pistolet et souriait d'un air bizarre. L'autre avait les bras le long du corps, les doigts repliés. Immobile et pâle comme une statue de marbre, Rebecca regarda Cain, les yeux écarquillés par la peur. Une impression d'irréalité le submergea, comme si le trio était une création de son subconscient — une sorte de mirage.

— Lâche ce bois et approche, dit Kubion.

Cain articula avec difficulté :

— Qui êtes-vous ? Qu'est-ce qui se passe ?

— Tu le sauras bien assez tôt. Pour l'instant, boucle-la et fais ce qu'on te dit.

— Qu'est-ce que vous me voulez ? Et à Mrs Hughes ?

— Je t'ai dit de venir ici, bordel !

Malgré son incrédulité, Cain sentit que l'homme n'hésiterait pas à tirer sur lui s'il n'obéissait pas ; son impression d'irréalité se mua en impression de surréalité. D'un geste instinctif, il laissa tomber le bois qu'il tenait dans ses bras ; il s'avança d'un pas raide, sortit de sous l'auvent et s'arrêta. Kubion le suivait du regard, et Cain vit briller dans ses yeux une lueur qui était sans erreur possible de la démence. Son estomac se contracta et un goût métallique lui monta à la bouche ; il n'arrivait pas à réfléchir lucidement.

— C'est mieux, c'est très bien, dit Kubion. Maintenant, on va faire une balade.

De sa main armée, il fit un geste à l'autre homme — apparemment sain d'esprit, lui — qui donna une petite tape sur l'épaule de Rebecca. La jeune femme se mit en marche, s'arrêta un instant devant Cain, et il lut dans son expression un mélange de perplexité et de frayeur ; manifestement, elle ignorait tout autant que lui les mobiles des deux hommes et leurs intentions. Sa peur était palpable ; il la sentait comme il sentait la morsure du vent qui soufflait le long du mur latéral du chalet. Soudain, la colère prit le pas sur la confusion qu'il éprouvait lui-même : une colère suscitée par l'affection, un sentiment qu'il n'avait pas éprouvé depuis bien longtemps.

Il ne voulait pas qu'on fasse du mal à Rebecca ; il ne voulait pas qu'on lui fasse du mal, à lui.

«Je ne veux pas mourir», pensa-t-il, presque avec détachement. «C'est vrai, je n'ai *pas* envie de mourir...»

— Avancez ! leur hurla Kubion. Secouez-vous !

Ils avancèrent en pataugeant dans la neige, et Rebecca se rapprocha imperceptiblement de Cain. Il lui glissa à voix basse :

— Ça va ? Ils ne vous ont pas fait de mal ?

— Non. Non. Mais Seigneur, je...

— Fermez vos gueules ! ordonna Kubion. Je ne veux pas avoir à le répéter, c'est compris ?

Cain serra les dents. Le regard fixé droit devant elle, Rebecca marchait avec les mouvements mécaniques d'un robot grandeur nature. Ils contournèrent le chalet et se dirigèrent vers la vieille camionnette Ford qui était garée sur Lassen Drive, dans le sens de la descente. Une fois que Brodie fut installé au volant, Kubion s'avança et leur

202

dit :

— A vous deux, maintenant. La femme au milieu.

Cain ouvrit la portière et Rebecca grimpa maladroitement dans la cabine, sur le siège avant, en laissant un espace de trente centimètres entre elle et Brodie. Lorsque Cain monta à son tour, la portière lui cogna la hanche, puis se ferma sous la pression de la main de Kubion. Celui-ci se hissa sur le marchepied et, de là, sur la plateforme. Il colla son visage contre la fenêtre brisée et dit à Brodie :

— Mollo, Vic, pas trop vite. Tu connais les consignes.

— Ouais, dit Brodie en tournant la clef de contact.

Rebecca se serra contre Cain, telle une enfant qui se blottit contre un adulte pour trouver chaleur et réconfort. Il sentit le contact de sa hanche, de sa cuisse, de son épaule, de son sein droit — chair douce et moelleuse à travers la parka qu'elle portait et malgré les tremblements qui la secouaient. C'était la première fois depuis la mort d'Angie qu'il était physiquement en contact avec un corps de femme, et il raidit ses muscles en un réflexe de défense.

Mais il ne s'écarta pas d'elle tandis que la camionnette roulait sans heurt sur la route déserte.

5.

Lorsque les trois hommes armés furent sortis de l'église en fermant la porte à clef derrière eux, Coopersmith fut l'un des premiers à réagir. Il rejoignit vivement Webb Edwards, qui, penché sur le révérend Mr Keyes toujours inconscient, tenait entre le pouce et l'index le poignet gauche inerte du pasteur.

203

— Comment va-t-il, Webb ?

— Le pouls est régulier, répondit Edwards d'un ton bref. Apportez-moi deux ou trois vêtements chauds, Lew. La seule chose que nous puissions faire est de bien le couvrir.

Coopersmith se dirigea vers les portemanteaux qui flanquaient l'entrée et décrocha deux lourdes pelisses. D'autres villageois commençaient à s'agiter un peu partout, désorientés, comme s'ils émergeaient d'un sommeil hypnotique. On sentait l'odeur aigre de la peur et on sentait, au milieu du bruit et de l'effervescence, les ondes de panique sous-jacentes. Des voix stridentes et interrogatrices assaillirent les oreilles de Coopersmith tandis qu'il portait les fourrures à Edwards.

Judy Tribucci : «Comment est-ce possible ? Comment se peut-il que cela nous arrive, à *nous*...»

Minnie Beckman : «Une créature du diable ! Avez-vous vu ses yeux, son regard effrayant...»

Harry Chilton : «Pourquoi font-ils ça ? Pourquoi, Dieu du ciel, pourquoi, pourquoi... ?»

Verne Mullins : «Qui sont ces types-là, ce ne sont pas des hommes d'affaires... Et d'où sortait le troisième...?»

Maude Fredericks : «Ce n'est pas possible que Matt soit mort, ce n'est pas possible...»

June Novak : «Seigneur Dieu, je vous en conjure, faites qu'il n'arrive rien à Greg...»

Sharon Nedlick : «Dave, le cœur de maman ne supportera pas le choc s'ils entrent de force dans la maison et essaient de l'amener ici, malgré ce que nous leur avons dit...»

Agnes Tyler : «Peggy est *sûrement* indemne, ils ne lui ont rien fait, ils ne lui ont rien fait...»

L'assistante d'Edwards, Sally Chilton, avait rejoint le médecin auprès du pasteur. Elle prit l'une des pelisses que lui tendait Coopersmith, la plia et la disposa délicatement sous la tête de Keyes ; Edwards étendit l'autre fourrure sur le pasteur et entreprit de défaire le mouchoir ensanglanté qui enveloppait la main droite du blessé, en demandant à Sally de trouver un foulard propre ou un quelconque bout de tissu pouvant faire office de pansement.

Coopersmith se détourna et Ellen vint se blottir dans ses bras, le visage humide de larmes. Il la serra maladroitement contre lui, sentit les frissons qui la parcouraient, ne trouva pas de mots pour la réconforter. La hargne et le sentiment de son impuissance formaient un nœud douloureux dans sa poitrine.

Au bout d'un moment, il lui leva doucement le menton pour déposer un léger baiser sur son front ; puis, lentement, il la ramena à la place qu'ils occupaient au premier rang du côté droit. De l'autre côté de l'allée, sur le premier banc de gauche, Ann Tribucci était toujours assise dans la position disgracieuse de toute femme enceinte arrivant au terme de sa grossesse : les jambes écartées, les pieds bien à plat ; son ventre, qui se soulevait au rythme accéléré de sa respiration, paraissait énorme. Cravate desserrée, col de chemise déboutonné, John Tribucci était accroupi devant elle.

— Tu es *sûre* que ça va, ma chérie ?

— Je suis un peu barbouillée, c'est tout.

— Ce n'est pas le bébé...?

— Non. Non.

— Veux-tu t'allonger ?

— Pas pour l'instant. Dis, Johnny...

— Oui, mon chou ?

— Si... si Matt a été tué, crois-tu que Becky...

Faute de mieux, il lui dit :

— Chut, essaie de ne pas penser à Becky ni au reste.

— Comment le pourrais-je ? J'ai si peur — pour nous tous, pour le bébé...

Tribucci lui prit les mains et les serra dans les siennes.

— Je sais, dit-il. Je sais, je sais. Mais nous n'avons plus rien à craindre ; nous nous en sortirons tous indemnes, tu verras.

«Il ne pense pas un mot de ce qu'il dit», songea Coopersmith. «D'ailleurs, je n'y crois pas moi-même, maintenant que j'ai vu de quoi était capable ce fou homicide.»

Il regarda Ellen, puis détourna vivement les yeux ; il ne voulait pas qu'elle puisse lire ses pensées sur son visage. Spontanément, il monta dans le chœur et contempla le crucifix en bois accroché au mur, au-dessus de l'autel recouvert d'une nappe blanche. La contraction de sa poitrine s'était accentuée, et il s'aperçut qu'il avait le souffle court. Une nouvelle appréhension le tarauda. Trois mois auparavant, il s'était fait faire un check-up complet et Webb Edwards avait trouvé son cœur en meilleur état que jamais ; n'empêche : il avait soixante-six ans, et le cœur d'un vieil homme était susceptible de lâcher à tout moment en cas de stress, n'était-ce pas là un fait médicalement reconnu ?

«Arrête ton char», se dit-il avec colère. «Tu ne vas pas avoir de crise cardiaque. Quelles que soient les épreuves que nous réserve encore cette journée, tu n'auras pas de crise cardiaque.»

Il resta là à contempler le crucifix. Au bout d'une minute ou deux, John Tribucci monta le rejoindre. Manifestement, Johnny ne se contrôlait plus tout à fait ; son visage habituellement avenant était assombri par un mélange d'anxiété et de fureur sauvage.

— Lew, murmura-t-il d'une voix sourde. *Bon Dieu, Lew…*

— Du calme, fiston.

Tribucci ferma les yeux, exhala un soupir tremblotant et rouvrit les paupières.

— Je n'ai jamais haï personne de ma vie, mais ces trois hommes-là, ce dément…

Coopersmith comprit ce qu'il ressentait : il avait lui-même éprouvé la même chose quand le noiraud armé du pistolet lui avait ordonné de donner les noms des villageois qui n'étaient pas présents à l'office. Il ne dit rien.

— C'est tellement *insensé,* reprit Tribucci. Le révérend Keyes blessé, Matt Hughes assassiné, d'autres qui sont peut-être en train d'agoniser, nous tous en danger de mort… et tout ça pour quoi ? Pourquoi, Lew ? Il n'y a rien à Hidden Valley qui vaille la peine d'être volé.

— Johnny, n'essayez pas de trouver des mobiles aux agissements d'un fou.

— Ils ne sont pas dingues tous les trois !

— Non, mais il y en a visiblement un seul qui mène la danse. Je ne comprends pas pourquoi les deux autres marchent avec lui. Peut-être ont-ils une raison plus puissante que le maigre butin que peut leur rapporter la vallée.

— En tout cas, seul ou pas, ce désaxé préparait son coup depuis plusieurs jours. Jeudi, il est venu au magasin me poser un tas de questions sur les motoneige et sur les différents moyens de quitter la vallée. Il m'a donné un prétexte plausible et je lui ai fourni tous les renseignements qu'il désirait. Il avait l'air normal à ce moment-là, je n'ai eu aucun soupçon...

— C'était impossible. Aucun de nous n'aurait pu. Nous...

A l'extérieur, une voix cria :

— *Ecartez-vous là-dedans, vous avez de la compagnie !*

Les conversations s'interrompirent et toutes les têtes se tournèrent. Tribucci et Coopersmith descendirent du chœur. Il y eut le grattement d'une clef dans la serrure, puis l'un des panneaux de la porte s'ouvrit et plusieurs personnes entrèrent à la queue leu leu : les Markham et les Donnelly, suivis de leurs enfants, et Peggy Tyler. La porte se referma avec fracas et la clef tourna de nouveau dans la serrure.

— Peggy ! s'écria Agnes Tyler en s'élançant dans l'allée centrale.

La jeune fille blonde s'était arrêtée sur le seuil et restait plantée là comme un mannequin, immobile, le visage inexpressif. Quand sa mère se jeta à son cou en l'appelant par son prénom d'une voix larmoyante, elle battit des paupières mais n'eut pas d'autre réaction ; elle semblait à peine consciente de l'endroit où elle était. En s'approchant, suivi de Tribucci, Coopersmith constata que les autres paraissaient moins atteints et apparemment indemnes ; mais les adultes étaient hagards, épuisés et tremblants — de froid ou de peur, ou peut-être les deux.

Webb Edwards se fraya un chemin jusqu'aux nouveaux arrivants et les examina à tour de rôle d'un œil professionnel, ce qui l'amena à la conclusion que seule Peggy Tyler avait besoin de soins immédiats. Il s'approcha d'elle, la libéra de l'étreinte de Mrs Tyler et scruta le visage cireux, les yeux au regard vide. Il pinça les lèvres et prit l'une des mains molles de la jeune fille dans les siennes.

— Qu'y a-t-il, qu'est-ce qu'elle a ? s'exclama Agnes Tyler avec frénésie. Dieu du ciel, que t'ont-ils fait, mon petit, que t'ont-ils *fait* ?

Prenant Peggy par l'autre bras, Sally Chilton aida Edwards à la guider vers l'un des bancs du fond. Mrs Tyler les suivit, les mains crispées sur sa poitrine, en se mordant la lèvre inférieure pour l'empêcher de trembler. Les Markham et les Donnelly s'installèrent sur un banc, près du radiateur qui chauffait le mur sud ; Coopersmith, Tribucci et Harry Chilton apportèrent des anoraks supplémentaires pour les femmes et les enfants.

Quelques minutes plus tard, Sid Markham et Martin Donnelly racontèrent d'une voix sourde, épuisée, la terrible épreuve qu'ils avaient traversée. Leur récit terminé, Coopersmith fit observer :

— Donc, au départ, le dément était seul dans le coup.

Markham acquiesça.

— Je ne pense pas que les deux autres étaient au courant. Il ne les a ramenés qu'après nous avoir tous ligotés dans le salon de Martin, et ils ont été drôlement secoués en nous voyant — secoués et furieux.

— Pourquoi ont-ils coopéré avec lui, alors ?

— Ils n'avaient pas vraiment le choix. Primo, le dingue était armé et pas eux, et ça se voyait sur sa figure qu'il se serait servi de son pistolet si jamais ils avaient renâclé. Secundo, il nous a tout dit sur ses complices — sauf leurs noms — et je suppose qu'il les a mis au courant de cette initiative. Après nous avoir attachés, il s'est assis et nous a expliqué en rigolant qu'il comptait dévaliser la vallée, qu'ils étaient tous les trois des professionnels du hold-up et que, lundi dernier, au cours d'un braquage dans un supermarché de Sacramento appelé Greenfront, ils avaient tué un agent de sécurité et avaient dû s'enfuir sans emporter l'argent. Il nous a expliqué aussi que le chalet du lac où ils séjournent est une «planque», comme il dit.

Le visage de fouine de Markham garda son expression abattue, mais sa voix se teinta d'ironie :

— Apparemment, ça fait des années que des criminels recherchés par la police viennent se cacher à Hidden Valley. Juste sous notre nez !

Coopersmith ne fut pas surpris d'apprendre que les trois hommes étaient des professionnels ; malgré le comportement aberrant du psychopathe, ils avaient investi l'église avec une maîtrise et une efficacité caractéristiques, et ce type d'action ne lui était que trop familier après quarante années de service dans la police. Par contre, le fait que le chalet de Mule Deer Lake ait régulièrement servi de cachette aux membres de la pègre était une révélation inattendue et humiliante. «A notre nez et à notre barbe !» pensa-t-il. «Au nez et à la barbe de Lew Coopersmith, un vieil imbécile de shérif à la retraite qui n'arrêtait pas de se plaindre de son inactivité forcée alors que Dieu sait combien de gangsters recherchés campaient en toute impunité à proximité de chez lui et buvaient peut-être une bière avec lui, le samedi après-midi, au bar de l'Auberge de la Vallée.» Le nœud douloureux, dans sa poitrine, se contracta de nouveau, et il sentit soudain sur ses épaules le poids de ses soixante-six années ; il se sentit incroyablement las, au bout du rouleau, incompétent.

— Et Matt Hughes, savez-vous ce qui lui est arrivé ? demanda Tribucci.

— Il est... mort, répondit Donnelly, les lèvres serrées.

— Ça, nous le savons, mais nous ignorons où, comment et pourquoi.

Markham et Donnelly échangèrent un coup d'œil sans mot dire.

— Avez-vous une idée de la façon dont ça s'est passé ?

— Je crois, oui, répondit Donnelly.

— Alors ?

— Mieux vaut ne pas en parler, dit Markham.

— Il faut que nous sachions, Sid.

— Il y a déjà suffisamment de problèmes comme ça.

Doris Markham — une femme mince, acariâtre, dont les mains s'agitaient et tressautaient comme si elles étaient reliées à d'invisibles électrodes — tourna brusquement la tête vers son mari et s'exclama d'une voix stridente :

— Pour l'amour de Dieu, Sid, à quoi bon essayer de cacher la vérité ? De toute façon, ils finiront tôt ou tard par savoir. Dis-leur, qu'on en finisse !

— Doris...

— Très bien, je vais le faire moi-même. Matt a été tué au chalet des Taggart. Le dément l'a trouvé là-bas avec Peggy ; il a tué Matt d'une balle dans la tête et a ramené la petite chez Martin et l'a attachée avec nous autres. Elle a été témoin de l'assassinat de Matt, c'est pour ça qu'elle est dans cet état. Voilà... vous savez tout.

Murmures, hoquets de surprise. Coopersmith sentit des bulles d'acidité bouillonner dans son estomac.

Maude Fredericks intervint :

— Vous ne voulez pas dire qu'ils étaient... ? Je n'y crois pas ! Matt n'aurait jamais...

— Moi non plus, je n'y ai pas cru sur le moment, mais c'est pourtant vrai. Le dingue nous a expliqué comment il les avait trouvés...

— Il a menti ! — Agnes Tyler s'était levée et regardait l'autre femme, les yeux grands comme des soucoupes. — Peggy est incapable... Peggy est une bonne fille, Matt était un brave homme... non !

Doris détourna la tête. Markham parut sur le point de lui dire quelque chose mais, se ravisant, il tendit les mains vers Agnes en un geste de muette désapprobation.

— Non, non, non, non ! murmura-t-elle.

Et elle se mit à sangloter, un poing crispé sur la bouche. Le bruit de ses pleurs et le bourdonnement des voix portèrent sur les nerfs de Coopersmith ; il pivota sur ses talons et s'aperçut que ses jambes, généralement solides, le supportaient à peine. Il regagna son banc et s'y laissa tomber, le regard fixé sur ses mains tavelées.

Matt Hughes : parangon de vertu, maire énergique et bienveillant, homme respecté de tous, celui auquel tous les parents voulaient que leurs fils ressemblent. Matt Hughes : mari infidèle, hypocrite... et mort pour cette raison. Le révérend Mr Keyes était encore évanoui, mais il finirait par apprendre l'amère vérité sur le chef de file de ses ouailles. Et la pauvre Rebecca aussi. En ce jour cataclysmique, tout semblait s'effondrer autour d'eux : illusions brisées, convictions ébranlées, secrets révélés, et personne n'était épargné. Tout cela pour le triomphe du Bien ? Pouvaient-ils encore y croire, croire à leur salut collectif ?

Coopersmith leva les yeux vers le crucifix suspendu au-dessus de l'autel. Et un passage des Proverbes de l'Ancien Testament lui vint à l'esprit : *Ne redoute ni terreur soudaine ni attaque de la part des méchants, car YAHVE sera ton assurance, Il préservera ton pas du piège.*

— Confiance, murmura-t-il. Confiance.

Peggy Tyler était passivement étendue sur le banc en bois dur, ses cheveux blonds emmêlés dégageant son visage. Une petite partie d'elle-même était consciente d'être dans l'église, consciente de la présence de sa mère et du Dr Edwards auprès d'elle, mais une partie beaucoup plus importante était encore à Mule Deer Lake, au chalet des Taggart. C'était comme si deux réalités distinctes, deux périodes distinctes, coexistaient en elle. Les deux se mélangeaient : des voix brouillées, distantes, lui chuchotaient aux oreilles et des images étranges lui apparaissaient en surimpression.

— J'ai froid, j'ai froid, dit-elle en frissonnant.

Mrs Tyler lui remonta sous le menton l'épaisse fourrure qui l'enveloppait ; puis, les joues dégoulinantes de larmes, elle se pencha sur sa fille en gémissant d'une voix implorante :

— Ce n'est pas vrai, dis, mon petit ? Tu ne forniquais pas avec Matt Hughes, dis-moi que tu ne...

— Arrêtez, Agnes, intervint Edwards. Je vous répète qu'elle ne comprend pas un mot de ce que nous lui disons. Vous vous faites du mal, c'est tout.

«Matt ?» pensa Peggy. «Matt... Matt ? Vous l'avez tué ! Vous lui avez tiré une balle en plein visage, il n'a plus de visage, oh ce sang tout ce sang... non, ne me touchez pas ! Ne me touchez pas, ne me touchez pas !»

— Maman ? dit-elle.

— Je suis là, mon chou, je suis là. — Mrs Tyler leva vers Edwards un regard hébété, suppliant. — Ne pouvez-vous rien faire pour elle ?

— Si on m'apporte ma trousse, je lui donnerai un séda-tif. C'est tout ce que je peux faire, Agnes, je ne suis qu'un médecin de village. Il faudrait l'hospitaliser. Et, à pre-mière vue, elle a besoin de l'aide d'un psychiatre.

— D'un *psychiatre* ?

Edwards lui expliqua doucement :

— Ce qu'elle a vu hier soir a apparemment provoqué chez elle un déséquilibre mental. Ce n'est peut-être que temporaire, mais...

— Je refuse d'écouter ces balivernes ! Peggy a toute sa tête et elle n'a pas assisté au meurtre de Matt Hughes, pour la bonne raison qu'elle n'était pas avec lui au cha-let des Taggart !

— Agnes...

— Non. Elle a été capturée par ces assassins et a tra-versé une terrible épreuve ; elle est sous le choc, c'est tout, simplement sous le choc. Ça ira mieux tout à l'heure, n'est-ce pas, mon petit ? N'est-ce pas ?

«Il m'a pris mon argent», pensait Peggy, «il m'a pris mes mille dollars. Rendez-moi cet argent, il est à moi. Je l'ai gagné, j'en ai besoin, j'ai mis de côté presque assez d'argent pour partir. Quitter ces montagnes pour tou-jours, aller en Europe, rester allongée sous un chaud soleil, près d'un océan tout bleu. Dans des endroits

212

chauds, des endroits sans neige. Bientôt. Matt ? Bientôt.»

— J'ai si froid, dit-elle.

Suivirent deux heures et demie d'un rituel sinistre et immuable.

«Ecartez-vous, là-dedans !» criait la voix à l'extérieur ; aussitôt, les conversations s'interrompaient et les regards se fixaient sur l'entrée ; la serrure cliquetait, la porte s'ouvrait...

Frank McNeil, tremblant, en sueur, le visage et les yeux égarés, comme une femme au bord de l'hystérie ; derrière lui, en un saisissant contraste, Sandy et Larry McNeil, hébétés.

... et la porte se refermait, la serrure cliquetait ; le brouhaha et la vaine agitation reprenaient, on posait des questions, on répondait aux questions ; l'attente se poursuivait, la tension montait. Puis tout recommençait :

«Ecartez-vous là-dedans !»

Walt Halliday, les jambes flageolantes, reniflant et expectorant dans un mouchoir souillé de mucosités ; Lil Halliday, la mâchoire inférieure pendante, les mains jointes devant elle comme si elle priait.

«Poussez-vous !»

Joe Garvey, le visage en sang, les vêtements en sang, légèrement titubant mais refusant d'un geste le bras secourable de Webb Edwards ; Pat Garvey, en larmes, près de s'effondrer.

«Allez, faites de la place !»

La famille Stalling.

«En arrière, tous !»

Bert Younger, Enid Styles, Jerry Cornelius.

«Poussez-vous, là-dedans !»

Greg Novak, plus ahuri qu'effrayé, aussitôt englouti dans les bras de ses parents en larmes...

Pendant tout ce temps-là, John Tribucci rôdait sans arrêt, comme une panthère dans la cage d'un zoo. Il arpentait l'église de long en large, dans tous les sens, s'interrompant uniquement pour s'assurer que Ann se

213

sentait bien ou pour échanger quelques mots avec son frère, avec Lew Coopersmith ou avec l'un des nouveaux arrivants. Les veines de son front et de ses tempes palpitaient ; le sentiment frustrant de son impuissance l'étouffait. Pris au piège, pris au piège, aucune issue, rien à faire, aucune issue...

Soudain, il s'immobilisa près du lutrin, du côté gauche du chœur, et leva vivement la tête. Il contempla le plafond haut, orné de chevrons en bois, et il vit par la pensée ce qu'il y avait au-dessus.

«Le clocher», pensa-t-il. «Le clocher !»

Dehors, la voix cria :

— Ecartez-vous, là-dedans !

6.

Debout près de la camionnette Ford, Brodie regarda Kubion enfermer dans l'église les deux derniers habitants de la vallée : la femme de Hughes et le colosse barbu. Il avait l'esprit toujours en alerte, mais il commençait à ressentir physiquement les effets de sa longue nuit blanche et de la tension permanente ; ses yeux le picotaient, son cou lui faisait mal, la fatigue alourdissait ses bras et ses jambes. Le froid de la montagne n'arrangeait pas les choses. Le vent s'était levé et devenait de plus en plus cinglant ; la neige tombait en gros flocons turbulents, tourbillonnants. Les ombres nocturnes, épaissies par les nuages gris boursouflés, très denses, envahissaient rapidement le village et s'étendaient sur la vallée.

Brodie tourna la tête vers la voiture garée à soixante mètres de là ; à travers le rideau de neige et les vitres givrées, il distinguait la silhouette noire de Loxner derrière le volant. Ils l'avaient vu dans cette même position à chaque fois qu'ils étaient repassés par l'église pour amener de nouveaux prisonniers ; si ça se trouvait, il n'était même pas sorti de la voiture depuis le début. Pas plus de cran que de cervelle : Brodie aurait difficilement pu rêver d'un pire allié. De toute façon, il n'avait pas compté sur Loxner pour essayer de contrer Kubion, étant persuadé que ce dégonflé — si jamais il se décidait à agir — n'aurait rien de plus pressé que de courir se planquer dans les bois. Si Brodie voulait sortir vivant de Hidden Valley, il n'avait qu'une seule solution : neutraliser lui-même Kubion.

Il avait connu des situations délicates, s'était déjà trouvé sous la menace d'une arme à feu, mais ce n'était pas du tout la même chose de défendre sa peau face à un homme armé et de défendre sa peau face à un psychopathe armé — un type super-dingue et super-dangereux. On n'était pas tenté de prendre des risques avec un maniaque car, si on tentait une manœuvre désespérée, on se retrouvait mort — point final. On s'efforçait donc résolument de garder son sang-froid, tout en guettant une erreur ou une occasion favorable. Seulement voilà : Kubion n'avait commis aucune erreur et ne lui avait fourni aucune occasion. Brodie avait cru en tenir une quand Kubion avait frappé avec son pistolet le type au visage grêlé, mais ça avait tourné court, et — à un demi-pas près, à une demi-seconde près — il avait bien failli écoper d'une balle pour sa peine. Depuis ce moment-là, il n'avait rien pu faire d'autre que d'attendre, encore et toujours.

Mais il avait peut-être attendu trop longtemps.

Maintenant qu'ils avaient cueilli tous les habitants de la vallée, le plus dur était fait ; Kubion n'avait pas besoin de lui ni de Loxner pour piller le village. Peut-être comptait-il les laisser en vie encore un peu, mais il avait des réactions totalement imprévisibles et on n'avait aucun moyen de deviner ses intentions. Si le bout de la course *était* pour maintenant, Brodie n'aurait d'autre choix que

215

de risquer son va-tout ; il n'était nullement décidé à se laisser abattre comme un chien. La seule autre solution consisterait à essayer d'obtenir un sursis ; et, pour ce faire, le meilleur moyen serait d'orienter les pensées de Kubion vers le coffre du Drugstore.

Quand ils avaient embarqué la femme de Hughes, Kubion lui avait demandé si elle connaissait la combinaison ; elle avait répondu que non, que son mari était le seul à la connaître et qu'il l'avait apprise par cœur. Elle était visiblement trop effrayée pour mentir : Kubion lui-même s'en était rendu compte. Moralité, il allait falloir forcer le coffre — or Kubion n'était pas un perceur, il n'avait aucune idée de la façon dont il fallait s'y prendre pour casser un coffre-fort. Brodie, lui, s'y connaissait. Ce genre d'activité était aujourd'hui en perte de vitesse, à cause des améliorations modernes apportées à la fabrication des coffres-forts : alliages d'aciers qui résistaient aux forets et aux chalumeaux, systèmes d'alarme incorporés, dispositifs de verrouillage automatique pour éviter qu'on fasse sauter la serrure avec de la nitro ou du plastic ; mais il y avait encore quelques spécialistes sur le marché, et Brodie avait réalisé deux hold-up avec l'un d'eux, Woody Huggins. Ça, Kubion le savait ; restait à lui suggérer — à le convaincre — que Brodie pourrait ouvrir ce coffre sacrément plus vite et plus facilement que lui...

Kubion revint vers la camionnette, qui était garée en travers de l'allée, à dix mètres de l'entrée de l'église. Il s'arrêta près du hayon.

— Ça y est, dit-il, on les a tous. Tous ! Ne t'avais-je pas dit que ça marcherait ? Tu aurais dû m'écouter ; Duff et toi, vous auriez dû m'écouter dès le départ.

— C'est vrai, Earl, dit Brodie, nous aurions dû t'écouter dès le départ.

— Maintenant, le butin, hein, Vic ? Le butin.

— On commence par le coffre du Drugstore ?

Kubion lui lança un regard sournois.

— Possible.

— J'espère que je pourrai le forcer sans douleur.

— Je pourrais peut-être le forcer moi-même, tu sais ?

— Tu n'y arriverais peut-être pas, Earl, dit Brodie d'une voix lente.

Il fixait l'automatique comme si c'était un serpent à sonnettes lové sur lui-même.

— Ouais, peut-être pas, dit Kubion.

Et il éclata de rire.

— On s'y met tout de suite ? dit Brodie.

— Pourquoi es-tu si pressé, Vic, pourquoi donc ?

— J'ai simplement envie de voir combien de blé il y a dans le coffre.

Le visage de Kubion perdit son expression sournoise.

— Ouais, moi aussi. Allons faucher le blé.

Il réfléchit à ce qu'il venait de dire et trouva ça drôle ; son rire bruyant et strident, porté par le vent, se répercuta aux quatre coins de la vallée.

— Elle est bien bonne, hein ? Allons faucher le blé !

Brodie se détendit un peu. Pas beaucoup.

— Excellent, Earl, dit-il.

Il regarda Kubion contourner la camionnette, ouvrir la portière du passager ; ils montèrent ensemble dans la cabine. Ainsi, Kubion ne se souciait pas davantage de Loxner que Brodie ne comptait sur celui-ci ; il leur donnait un sursis à *tous les deux*. Eh bien, que Loxner se démerde ! Loxner comptait pour du beurre. L'important, c'était de guetter une erreur, une occasion à saisir. Et le moment viendrait, se répétait Brodie ; le moment viendrait, le moment viendrait.

Il démarra, traversa la place, s'engagea dans Sierra Street et s'arrêta devant le Drugstore. Ils descendirent de la camionnette, enjambèrent les congères et se retrouvèrent sur le trottoir verglacé. Le vent projetait la neige en rafales tourbillonnantes, gémissait dans les avant-toits des maisons, faisait grincer les planches de bois et vibrer les vitres, faisait tintinnabuler la guirlande de lampions suspendue au-dessus de la rue. Le village désert dégageait une impression de désolation, une atmosphère presque

217

sinistre, comme une ville fantôme perdue dans l'Arctique.

— Enfonce la porte, dit Kubion.

Brodie regarda la couronne de houx et de gui qui ornait les deux panneaux vitrés, regarda le Père Noël et les rennes en carton qui décoraient l'une des vitrines. Il humecta ses lèvres gercées et s'approcha de l'entrée. Levant le pied droit, il donna un grand coup dans les montants en bois, à l'endroit de la serrure ; les portes ne cédèrent pas. Il frappa une seconde fois, puis une troisième, sans parvenir à faire sauter la serrure.

D'un ton impatient, Kubion lui ordonna de briser l'un des panneaux vitrés.

Il s'exécuta, et le choc projeta la couronne de houx vers l'intérieur, au milieu des éclats de verre, des boules de gui et des feuilles éparpillées. A l'aide de son pied, il fit tomber les morceaux de verre qui adhéraient encore au châssis, puis il se faufila par l'ouverture et entra dans le magasin plongé dans une semi-obscurité. Quand il eut parcouru huit pas, Kubion entra à son tour et lui dit :

— Les interrupteurs sont sur ce mur, là-bas, derrière le comptoir.

Brodie contourna lentement le poêle ventru, chercha à tâtons le tableau de commande métallique et actionna toute la rangée d'interrupteurs. Une chaude lumière jaune inonda le magasin. Kubion lui fit signe de reculer un peu dans l'allée, entre le comptoir et les rayonnages remplis d'alcools et de bouteilles diverses ; puis, sans le quitter des yeux, il ouvrit le tiroir-caisse et rafla ce qu'il y avait dedans. Soixante-dix ou quatre-vingts dollars, grand maximum. Il fourra les billets dans la poche de son pantalon et, d'un geste, ordonna à Brodie de se diriger vers la porte du bureau.

Elle était verrouillée mais, contrairement à la première, elle céda aussitôt quand Brodie donna un violent coup de talon dans le panneau en bois, juste au-dessus de la serrure. Tandis que Kubion restait sur le seuil, toujours vigilant, Brodie s'approcha du bureau en chêne massif et alluma la lampe posée sur la plaque de verre qui protégeait la surface. Il n'y avait à proximité aucune arme potentielle, pas même un coupe-papiers, mais peut-être Hughes avait-il un revolver dans l'un de ses tiroirs ? Peu probable ; d'ailleurs, Kubion ne lui laisserait pas le loisir de fouiller le bureau. Il concentra donc son attention sur le coffre. Une véritable boîte de sardines : il lui faudrait au maximum trente minutes pour l'ouvrir ; avec ces vieux coffres d'une seule pièce, il suffisait de faire sauter le bouton de la combinaison.

— Combien de temps ? demanda Kubion.

— Difficile à dire. Il faudra peut-être que je l'épluche.

— Un vieux machin comme ça ?

— Il est plus solide qu'il en a l'air.

— Je ne veux pas de salades, Vic.

— Ce ne sont pas des salades.

— Bon, qu'est-ce qu'il te faut ?

— Un marteau, un burin, un levier, peut-être une perceuse rapide.

— Ça tombe bien, il y a justement un rayon quincaillerie dans le magasin.

Ils sortirent du bureau, contournèrent le comptoir, traversèrent le rayon charcuterie.

— Stop, dit Kubion.

Brodie s'arrêta immédiatement.

— Qu'est-ce qu'il y a ? dit-il en tournant la tête.

Kubion lui montra, sur l'une des étagères, un carton rempli de rouleaux de papier hygiénique.

— Vas-y, dit-il, prends-le.

— Pour quoi faire ?

— Pour t'éviter des tentations, mon petit.

— Je ne vois pas ce que tu veux dire.

— Non ? Alors je vais te mettre les points sur les i : je ne veux pas que tu aies dans les mains des marteaux, des burins et des leviers ; je ne veux même pas que tu y touches avant que nous soyons dans le bureau... Pigé ? Allons, fais ce que je te dis.

Un tic nerveux étira l'un des coins de la bouche de Brodie. Il se tourna, prit le carton et le vida de son contenu.

219

Au rayon quincaillerie, Kubion lui enjoignit de poser la boîte par terre et de se retourner, les mains dans le dos. Brodie obéit et entendit le cliquetis des outils que Kubion jetait dans le carton, en annonçant au fur et à mesure ce que c'était. Enfin :

— Bon, c'est tout ce qu'il te faut ?

Brodie fut tenté de demander aussi un poinçon, parce que cet instrument avait une pointe effilée ; il n'avait qu'à dire à Kubion qu'il risquait d'en avoir besoin pour crocheter la serrure. Mais si jamais Kubion devinait sa véritable intention, on ne pouvait prévoir quelle serait sa réaction ; la dernière chose que Brodie pouvait se permettre était de l'indisposer maintenant. Et puis de toute façon, même s'il arrivait à obtenir un poinçon, il ne pourrait pas s'approcher suffisamment près de Kubion pour le poignarder ; et ces outils, avec leur manche arrondi, biseauté, n'étaient pas pratiques à lancer car leur poids les déséquilibrait.

— C'est tout, Earl, dit Brodie.

— Tourne-toi et prends le carton.

Sans un mot, Brodie regagna le bureau, son fardeau dans les bras. Il posa la lourde boîte devant le coffre, ôta son pardessus et ses gants, s'agenouilla. Il sentit le regard de Kubion rivé sur son dos tandis qu'il examinait l'assortiment d'outils, les sortant du carton l'un après l'autre, essayant de gagner du temps sans en avoir l'air.

Au bout d'un moment, Kubion dit d'un ton lourd de menaces :

— Vic, mon petit Vic...

Brodie cessa alors d'atermoyer et se mit au travail.

7.

Sitôt entrée dans l'église, Rebecca comprit que Matt était mort.

Elle le sentit à l'atmosphère tendue, au silence pesant ; elle le lut sur les visages hébétés des villageois entassés un peu partout. Apparemment tous les habitants de la vallée étaient là, sauf Matt ; et s'il n'était pas là, c'était qu'il était mort. Il avait été tué par les hommes qui les avaient kidnappés — elle, Zachary Cain et tous les autres. Son pressentiment, alimenté par l'absence prolongée et inexpliquée de Matt, avait semé la graine du doute dans son esprit, et cette graine avait rapidement germé avec l'apparition du gangster aux yeux égarés qui voulait connaître la combinaison du coffre du Drugstore. Une sorte d'engourdissement mental — barrière psychologique destinée à la protéger des coups de poignard de la peur — l'avait empêchée de s'appesantir sur cette éventualité mais, à présent, elle ne pouvait plus s'y dérober car il n'y avait plus le moindre doute.

Matt était mort.

Elle essaya d'éprouver du chagrin, un sentiment de perte irréparable. Elle put seulement éprouver de la terreur et un morne désespoir. Comme dans un rêve, elle regarda les villageois converger vers elle ; Webb Edwards lui posa une main sur le bras et elle l'entendit lui demander si elle n'avait rien, si elle voulait s'asseoir ; elle entendit les autres parler à voix basse, mais aucun d'eux ne fit allusion à Matt : embarrassés, ils essayaient de retarder l'inévitable. Ce fut donc elle qui prononça la phrase fatidique :

— Matt est mort, n'est-ce pas ?

Ann Tribucci s'approcha d'elle :

— Becky, viens t'asseoir…

— Il est *mort,* n'est-ce pas ?

— Il… oui. Oh, Becky…

— Comment est-ce arrivé ? demanda-t-elle, le visage de marbre.

— N'y pense pas pour le moment.

— Il faut que je sache. J'ignore tout de ce qui se passe. Pourquoi sommes-nous ici ? Qui sont ces hommes ? Comment Matt est-il mort ?

A mots hésitants, succincts, ils lui expliquèrent qui étaient les gangsters et ce qui s'était passé depuis la veille au soir. Rebecca était maintenant au-delà de toute émotion ; elle enregistra les faits, les crut, s'en indigna machinalement dans un recoin de son cerveau, mais ils n'eurent sur elle aucun impact immédiat et ne provoquèrent aucune réaction apparente. Elle attendit que quelqu'un lui dise ce qu'il en était pour Matt mais, comme personne ne s'y décidait, elle répéta sa question :

— Comment Matt est-il mort ?

— Viens t'asseoir, insista Ann.

— Je n'ai pas envie de m'asseoir. Je voudrais qu'on cesse de me demander de m'asseoir et qu'on me dise, s'il vous plaît — s'il vous plaît — ce qui est arrivé à mon mari.

Silence contraint. Rebecca sentit vaguement que leur hésitation n'était pas uniquement due au désir de lui faire grâce des détails de la mort de Matt ; il y avait autre chose qu'ils répugnaient à lui révéler, qu'ils voulaient lui épargner. Quoi donc ? se demanda-t-elle. Soudain, elle devina ce que ça devait être, mais cela non plus ne lui fit guère d'effet. Elle avait de nouveau le cerveau engourdi, comme anesthésié.

— Où a-t-il été tué ? demanda-t-elle d'une voix blanche.

Lentement, d'un ton résigné, Lew Coopersmith répondit :

— Au lac.

— Hier soir ?

— Oui.

— Ils l'ont tué à coups de pistolet, c'est cela ?

— Oui.

— Etait-il seul ?

Nouveau silence contraint.

— Etait-il seul ? répéta Rebecca.

— Personne d'autre n'a été tué.

— Ce n'est pas ce que je vous demande. Matt était-il seul ?

— Becky, Becky... gémit Ann d'un ton implorant.

— Il n'était pas seul, n'est-ce pas ? Il était avec une autre femme, il avait rendez-vous avec une autre. C'est cela ?

Silence.

— Bien sûr, dit-elle. Bien sûr que c'est cela. Avec qui était-il ? Non, peu importe, je ne veux pas le savoir, ça n'a pas d'importance.

Mouvements divers. Des pas autour d'elle, venant vers elle, s'écartant d'elle. Visages détournés, visages incrédules. La pitié environnante lui fit l'effet de mains grasses, molles, repoussantes. Elle éprouva alors le désir de s'asseoir et trouva une place sans l'aide de personne. Tête basse, elle pensa avec lassitude : «Voilà qui simplifie considérablement la situation. Plus besoin de prendre une décision, plus besoin de faire quoi que ce soit.» Matt était mort et la vérité était connue ; ils savaient tous enfin la vérité : Matt Hughes était un coureur de jupons, Matt Hughes couchait avec une fille du coin et faisait ça ici même, à Hidden Valley (Rebecca elle-même ne l'aurait jamais cru capable d'une telle audace, d'une telle inconscience ; elle n'avait jamais réellement su tout ce que dissimulait la façade généreuse, juvénile et pieuse de son mari.) Quelle surprise ç'avait dû être pour eux, et quelle ironie qu'ils aient appris cela justement ici, à l'église ! Et que diraient-ils si elle leur parlait de la longue, longue liste de ses maîtresses, des innombrables fois où il l'avait trompée ?

Oh ! bien sûr, il y avait eu du bon en lui, et il était mort d'une façon violente, prématurée, et elle avait vécu avec lui, dormi avec lui, pendant sept années ; pourtant, elle ne pouvait pas — et ne pourrait jamais — le pleurer.

223

Le puits de ses sentiments pour Matt s'était asséché. Elle lui avait donné tout ce qu'elle était capable de donner, et elle n'avait rien reçu en retour. Comment voulait-on qu'elle pleure un mari infidèle qui avait en plus trouvé le moyen de *mourir* en compagnie d'une autre femme ?

Ann s'assit à côté d'elle et posa une main sur l'une de ses mains gantées, sans mot dire. Rebecca lui en fut reconnaissante ; elle n'avait pas envie de parler. Elle resta assise plusieurs minutes sans bouger, sans penser à rien. Puis, peu à peu, son cerveau se remit à fonctionner et elle prit conscience du ventre arrondi d'Ann, des gens qui l'entouraient ; elle se rappela pourquoi elle était ici, à l'église, avec les autres, elle se rappela ce que les trois hommes avaient déjà fait : pour la première fois, la situation lui apparut dans toute son horreur. De nouveau, une peur dévorante lui noua l'estomac ; ses doigts se refermèrent étroitement sur ceux d'Ann, les étreignirent. Matt était mort, assassiné... Mais Ann et son bébé ? Et les autres habitants de la vallée ? Et Rebecca Hughes ?

Qu'allaient-ils devenir, *eux* ?

8.

Cain était assis à l'autre bout du chœur, le dos appuyé contre l'orgue, les bras croisés sur les genoux. L'église avait beau être bien chauffée, il avait la chair de poule — mais le froid qui le glaçait n'avait rien à voir avec la température.

Pendant le trajet en camionnette entre le chalet et l'église, il s'était préparé à pratiquement n'importe quelle éventualité, en raison de l'évidente folie meurtrière du gangster noiraud ; et pourtant, l'ampleur de ce qui se passait à Hidden Valley — il avait écouté, à l'écart, le récit qu'on en faisait à Rebecca Hughes — l'avait stupéfié et révolté. Le concept était monstrueux ; il fallait un certain temps pour se persuader que c'était vrai. Sur le moment, on se disait que des choses pareilles ne pouvaient pas arriver : du moins, pas à *soi*.

«*Tout* peut arriver», pensait Cain. «La folie n'a rien à voir là-dedans. Un homme peut s'enivrer pour fêter un événement sensationnel et renverser un enfant en rentrant chez lui en voiture. Un homme peut demander à sa femme d'aller lui acheter un paquet de cigarettes, et celle-ci peut être violée et assassinée en allant au tabac du coin de la rue. Oui, et un homme peut faire inconsciemment une erreur en réparant un appareil ménager — une erreur qui coûte la vie à sa femme et à ses enfants...»

Il leva la tête et regarda Rebecca Hughes, assise au fond de l'église. Comme précédemment, la compassion l'envahit. La situation était déjà pénible pour lui et pour les autres, mais cette femme avait à supporter — outre le cauchemar dans lequel ils étaient tous plongés — un double choc infiniment cruel : la mort de son mari et le fait qu'il avait été tué alors qu'il la trompait avec une autre femme. Mais peut-être avait-elle toujours été au courant de son infidélité, et peut-être était-ce cela qui l'avait poussée à avouer sa solitude ; elle avait deviné presque tout de suite ce que les autres lui cachaient.

Cain se mit à observer les autres femmes, les hommes, les enfants. Pour lui, c'étaient des inconnus ; aucun d'eux ne semblait même conscient de sa présence — à part Frank McNeil, qui, adossé au mur, les yeux luisants comme des galets humides, le fixait avec une haine muette. Et pourtant, Cain se sentait proche d'eux tous — même de McNeil, pour lequel il n'arrivait plus à éprouver la moindre animosité — comme si c'étaient des membres de sa famille ou des amis de longue date. Ça ne lui était *pas* égal qu'ils vivent ou qu'ils meurent, de même que ça ne lui était pas égal — il s'en était enfin rendu compte — de vivre ou de mourir, *lui*.

225

A la limite supérieure de son champ de vision apparut l'un des vitraux ; il centra son regard dessus et pensa à Dieu. Cela faisait juste un an qu'il n'était pas entré dans une église : depuis le Noël précédent, où il avait assisté à l'office avec sa famille ; et cela faisait six mois qu'il ne croyait plus à l'existence d'une Divinité bienveillante. Si Dieu existait vraiment, permettrait-il que périssent dans des conditions atroces, sans nécessité, une tendre épouse et deux petits enfants innocents ? Permettrait-il les guerres, la pauvreté, la haine raciale, le terrorisme gratuit qui avait frappé ici même, à Hidden Valley ? Questions purement théoriques. On avait la foi ou on ne l'avait pas : c'était aussi simple que cela. Autrefois, Cain avait eu la foi ; et en cet instant, dans cette église, il n'était plus très sûr d'avoir jamais cessé de l'avoir.

Impulsivement, il se leva et s'approcha de l'autel ; il regarda la Bible ouverte, sur la nappe brodée, regarda les cierges votifs qui fondaient dans leurs chandeliers d'argent. Soudain, il entendit des voix, basses mais distinctes, qui filtraient par la porte entrouverte de la sacristie, à quelques pas de là. Il reconnut les voix de John Tribucci et de Lew Coopersmith ; il se rappela alors avoir vu, quelques instants plus tôt, Tribucci glisser quelques mots à l'oreille de l'ancien shérif, puis les deux hommes monter dans le chœur.

— ... faire quelque chose, Lew, disait Tribucci. Ce psychopathe a promis de ne pas nous faire de mal, mais nous ne *pouvons* pas nous fier à sa parole ; un type assez fou pour exécuter un plan aussi insensé et pour commettre un meurtre de sang-froid est assez fou pour nous exterminer tous. Il pourrait nous tuer dans un accès de rage — quand il s'apercevra que le butin n'est pas à la hauteur de ses espérances — ou pour nous empêcher de l'identifier par la suite, ou tout simplement parce qu'il prend un plaisir pervers à tuer. Et on ne me fera pas croire que ses deux complices seraient capables de l'en empêcher ; pour ce qu'on en sait, il projette peut-être de les exécuter, eux aussi, s'il ne l'a pas déjà fait. (Pause.) Et ce n'est pas la seule menace qui pèse sur nous ; il risque d'emmener des otages avec lui quand il partira, pour s'assurer que nous ne donnerons pas l'alarme tout de suite. Imaginez : des gosses, des femmes — Ellen, ou Judy, ou Rebecca... ou même Ann, bon Dieu ! Et il n'hésitera pas à les tuer quand il n'en aura plus besoin, vous le savez bien.

— Croyez-vous que je n'ai pas pensé à tout cela, moi aussi ? dit Coopersmith. Mais que pouvons-nous *faire*, Johnny, pris au piège comme nous le sommes ?

— Il y a une chose à laquelle il n'a pas pensé. Un moyen de sortir d'ici.

— Quoi ? Quel moyen ?

— En passant par le clocher. On dresse l'échelle et on brise l'une des fenêtres ; ensuite, on coupe la corde de la cloche — j'ai réussi à garder mon canif quand ils nous ont forcé à vider nos poches —, on l'attache à l'une des poutres et on descend le long du mur de derrière.

— Votre idée consiste à aller chercher de l'aide, c'est ça ? A supposer que vous arriviez à sortir de l'église sans être vu, Johnny, comment quitterez-vous la vallée ? En motoneige, comme ils envisagent de le faire ? Quelles sont vos chances d'emprunter une motoneige sans vous faire repérer ? D'atteindre Coldville en pleine tempête, au milieu de la nuit, avec une température de zéro degré ou au-dessous ? Tenez, admettons que vous surmontiez tous ces obstacles : de toute manière, la police du comté ne pourrait pas être ici avant demain matin, à moins de prendre un hélicoptère ; or, si le blizzard continue, un hélico n'arrivera même pas à décoller.

— Lew, écoutez-moi...

— Maintenant, supposons que vous n'arriviez même pas à sortir du village ? Ou que vous y arriviez mais que le dingue s'aperçoive qu'une des motoneige a disparu ? A votre avis, que fera-t-il à ce moment-là ?

Avec un calme trompeur, Tribucci répondit :

— Je n'ai pas l'intention d'aller chercher du renfort, Lew.

Silence.

— Quand j'ai pensé au clocher, reprit Tribucci, j'ai tenu exactement le même raisonnement que vous et j'ai rejeté cette solution pour les raisons que vous venez d'exposer. Par contre, j'ai retenu une autre idée : nous nous échappons d'ici, moi et un ou deux autres, mais nous ne quittons pas la vallée...

Cain, qui écoutait, comprit immédiatement où Tribucci voulait en venir. Il s'aperçut qu'il respirait difficilement, les lèvres entrouvertes.

Coopersmith avait compris, lui aussi.

— Vous voulez vous procurer des armes et les affronter en combat direct, c'est ça ? dit-il.

— C'est ça, Lew.

— Vous vous rendez compte de ce que ça signifie ?

— Tuer ou être tué. Etant donné le nombre de vies en jeu, le point de vue moral n'entre pas en ligne de compte. Je ne suis pas un assassin, pas plus qu'un soldat de dix-huit ans qu'on force à se battre dans une jungle inconnue n'est un assassin ; mais ce que fait ce soldat, je peux le faire pour certaines raisons qui sont les mêmes que les siennes et pour d'autres raisons qui sont bien meilleures.

— Peut-être, dit Coopersmith. Moi aussi, je le peux, puisque j'ai passé ma vie à faire un métier où un homme doit être prêt à tuer d'autres hommes en cas de nécessité ; mais j'ai soixante-six ans, je suis un vieil homme... Il m'a fallu longtemps pour l'admettre mais, maintenant, je le reconnais : je suis un vieil homme aux réflexes émoussés et aux os fragiles, et si j'essayais de descendre du clocher à la corde, je me casserais probablement une jambe — sinon le cou. Qui d'autre pourrait vous accompagner, Johnny ? Vince, peut-être, mais ce n'est pas à vous que j'apprendrai qu'il a une très mauvaise vue. Joe Garvey ? Il est déjà blessé et, bien qu'il ait du courage, il manque de prudence et de patience ; dans les circonstances présentes, ça reviendrait à lâcher un taureau dans un magasin de porcelaine. Martin Donnelly ? Il ne ferait pas de mal à une mouche. Dave Nedlick ? Greg Novak ?

Walt Halliday ? Doc Edwards ? A part vous et moi, il n'y a personne, ce qui revient à dire qu'il n'y a que *vous*.

— Dans ce cas, j'irai seul.

— Seul contre trois gangsters professionnels, contre un déséquilibré ? Vous pensez vraiment que vous auriez des chances ?

— De meilleures chances, en tout cas, qu'en restant sagement ici à attendre qu'on nous massacre. — La voix de Tribucci tremblait de rage contenue. — Il faut que je tente le coup, Lew, vous ne comprenez pas ? Il faut que *quelqu'un* agisse — et ce quelqu'un, ça ne peut être que moi.

— Que faites-vous de tous les autres ? Si on mettait votre proposition aux voix, certains villageois — McNeil, par exemple — seraient partisans de ne rien faire, d'attendre, de croire le dingue sur parole. Avez-vous le droit de décider seul pour soixante-quinze personnes ? Parce que si vous y allez, vous devrez le faire sans en parler à personne ; vous devrez prendre cette décision seul.

— Vous connaissez aussi bien que moi la réponse à ce dilemme, Lew : si, en agissant ainsi, je peux sauver les habitants de la vallée — sauver ma femme et l'enfant qu'elle porte — alors oui, *oui*, j'ai le droit...

Cain en avait entendu suffisamment. Il s'éloigna de l'autel et s'arrêta près de l'orgue. «Tribucci a raison», se dit-il. «N'importe qui, en voyant les yeux du noiraud, tiendrait le même raisonnement. Il faut agir, d'une manière ou d'une autre.» La colère qui couvait en lui commença à s'embraser avec une violence grandissante. Il promena son regard dans l'église enveloppée d'un silence oppressant, localisa Rebecca Hughes, observa son visage exsangue — et elle le fit penser à Angie. Elle ne lui ressemblait en rien, mais elle aurait pu être Angie. Et tous ces enfants, ces garçonnets et ces filles blottis contre leurs mères, auraient pu être Steve ou Lindy. Et que ferait-il, si c'était vraiment *eux* qui étaient assis là ? Que ferait-il s'ils étaient encore vivants et s'ils se trouvaient dans cette situation, dans la même situation que la famille

229

de Tribucci ?

La sueur perla sur son front, dessinant une fine mosaï-
que avant de dégouliner sur ses joues. «Non», se dit-il,
alors. «Non, non...»

Si, dit son autre moitié.

«Non. Je gèlerais sur pied, je paniquerais, je...»

Nous devons faire ce qui doit être fait.

Sans très bien s'en rendre compte, il avait déjà tourné
les talons et faisait deux pas en direction de la porte de
la sacristie. Au moment de faire le troisième pas, il res-
sentit des picotements dans la nuque et des fourmille-
ments dans l'aine. Son esprit s'ouvrit, comme un bour-
geon, et la lumière se fit en lui.

«J'avance», pensa-t-il. «J'avance... Voilà six mois que
je marche à reculons, et je viens juste de faire mes premiers pas en avant.»

Oui ! dit son autre moitié, et les deux moitiés se réu-
nirent enfin spirituellement, formant un tout indissocia-
ble. Sans hésitation, Cain continua d'avancer.

9.

Lorsque Zachary Cain entra dans la sacristie, Tribucci
et Coopersmith, qui conféraient toujours à voix basse,
se turent aussitôt. Il resta immobile devant eux, les bras
pendants : des sentiments difficiles à déchiffrer animaient
son visage barbu et ses yeux gris.

— Pourrais-je vous parler une minute, à tous les
deux ?

Tribucci fronça les sourcils et les veines de son cou sail-
lirent. Il devait à tout prix s'assurer le concours de Coopersmith, pour que celui-ci l'aide à dresser un plan

d'action et prenne les choses en main à l'église après son départ : or, juste au moment où il était à deux doigts de convaincre le vieil homme, voilà que Cain faisait irruption — lui qui, depuis qu'il était dans la vallée, n'avait jamais adressé la parole à personne, sinon aux commerçants quand il faisait ses courses. Son intrusion inopinée n'aurait pas pu tomber plus mal.

Cain s'adressa à lui :

— J'ai entendu ce que vous avez dit il y a deux minutes — à propos du clocher, de votre projet. Rassurez-vous, personne d'autre n'a surpris votre conversation : j'étais seul près de l'autel.

Tribucci lança un rapide coup d'œil à Coopersmith. Enfin, il dit :

— Alors ?

Cain prit une profonde inspiration.

— Je veux vous accompagner.

Ils le regardèrent, interloqués, et une tension perceptible s'instaura entre les trois hommes. Ils restèrent un long moment sans bouger.

— Je parle sérieusement, dit enfin Cain. Je veux aller avec vous.

Contrairement à certains de ses voisins, Tribucci n'avait jamais éprouvé envers Cain ni hostilité ni méfiance ; le barbu était certes un drôle de pistolet par bien des côtés, mais, malgré son comportement excentrique et taciturne, il donnait l'impression d'être fondamentalement un type bien. Pourtant, en cet instant, Tribucci se montra aussitôt soupçonneux. Pourquoi Cain se souciait-il subitement des habitants de Hidden Valley au point de vouloir risquer sa vie pour eux ? S'il proposait ainsi de se joindre à l'expédition, n'était-ce pas uniquement pour pouvoir sortir de l'église et sauver sa peau ? Non... cette explication ne tenait pas. Si telle avait été son intention, il ne serait pas venu les trouver ; puisqu'il connaissait maintenant le moyen de s'enfuir, il lui aurait suffi d'attendre que Tribucci soit parti, puis de grimper discrètement dans le clocher pour s'évader de

231

la même façon...

Coopersmith, qui sondait Cain du regard, demanda :

— Pourquoi ? Pourquoi voulez-vous y aller ?

— Parce que je pense que Tribucci a raison, je pense que ce déséquilibré n'hésitera pas à massacrer tout le monde, je pense que la seule solution est d'aller les affronter, lui et les deux autres. Tribucci est peut-être capable d'y arriver seul, mais il aura deux fois plus de chances de réussir si nous sommes deux.

— Cela n'explique pas vraiment pourquoi vous vous portez volontaire.

— Vous l'avez dit vous-même : il n'y a personne d'autre.

— Ce n'est pas ce que je veux dire. Ecoutez, Cain, nous ignorons tout de vous. Depuis que vous êtes dans la vallée, vous vous êtes donné beaucoup de mal pour fuir les gens. Un homme a le droit de mener sa vie comme il l'entend, et je respecte cette liberté tant qu'il ne fait de tort à personne ; mais dans un moment critique comme celui-ci, où tant de vies sont en jeu, nous devons vous *connaître* avant de pouvoir vous accorder notre confiance.

— Tout à fait d'accord, renchérit Tribucci avec fermeté. Qui êtes-vous, Cain ? Pourquoi êtes-vous prêt à risquer votre peau pour des gens que vous connaissez à peine, des gens que vous avez toujours ignorés ?

Longue hésitation. Enfin, le regard fixé sur le mur qui lui faisait face, Cain murmura d'une voix sourde :

— La raison pour laquelle je suis venu à Hidden Valley, la raison pour laquelle j'ai vécu ici en ermite, c'est que j'ai causé la mort, en juin dernier, de ma femme et de mes deux enfants.

Tribucci tressaillit ; Coopersmith leva une main comme pour ébouriffer ses cheveux grisonnants, mais il la laissa glisser sur le devant de sa chemise et retomber à son côté. Pour le moment, il n'y avait rien à dire.

S'adressant toujours au mur, Cain poursuivit :

— J'ai toujours été de ces bricoleurs qui considèrent

232

que c'est de l'argent gâché de faire appel à des plombiers, à des électriciens ou à des dépanneurs quand on peut faire soi-même, de ses propres mains — et en y prenant du plaisir — les réparations nécessaires. Nous avions une très vieille maison avec, dans la cuisine, une gazinière toute neuve et, un jour, il y a eu une petite fuite de gaz sans gravité. Je l'ai réparée le soir même et, comme ça ne fuyait apparemment plus, j'ai pensé que le problème était réglé. Le samedi suivant, je me suis absenté pour participer à un tournoi de bowling et, quand je suis rentré, il y avait... il y avait...

Sa voix était devenue de plus en plus sourde, étranglée ; il s'interrompit et déglutit avec peine. Quand il put de nouveau parler, il reprit :

— A mon retour, il y avait dans la rue des voitures de pompiers, des voitures de police, une ambulance, une centaine de badauds... La maison... la maison brûlait : il y avait eu une explosion qui avait soufflé l'un des murs. Ma femme, mon fils et ma fille étaient... ils étaient là quand ça s'est passé, et ils n'ont rien pu faire, ils n'ont même pas eu le temps de réaliser ce qui leur arrivait. Je les ai vus... j'ai vu leurs corps...

Un frisson le parcourut. Il secoua la tête — une seule fois — comme pour effacer de son esprit l'image de cette scène.

— Quand j'avais réparé la fuite, dit-il, j'avais dû sans m'en rendre compte tordre ou plier la conduite de gaz fixée à la plinthe, provoquant ainsi une autre fuite, plus sournoise, impossible à déceler à l'odeur car, cette fois, le gaz se propageait à l'intérieur des murs. Telle fut en tout cas la conclusion de l'enquête officielle, et c'est sans doute ce qui s'est effectivement passé. Par ma négligence, j'avais causé la mort des trois êtres que j'aimais le plus au monde. Sur le moment, je n'ai pas eu envie de continuer à vivre. Je... je n'ai pas pu me suicider, mais je n'ai pas pu non plus rester à San Francisco. J'ai donc abandonné mon travail d'architecte, je me suis arrangé pour que ma banque m'envoie une petite pension mensuelle

— nous avions économisé plus de vingt mille dollars en vue d'acheter une nouvelle maison — et je suis venu ici, dans cet endroit que je connaissais pour y avoir chassé et pêché.

«Pendant six mois, je suis resté dans une sorte de coma, à me soûler pour noyer mon chagrin et mon remords — sans aucun résultat. Je n'avais plus de goût à rien, je ne voulais avoir aucun contact avec vous autres, je pensais pouvoir subsister éternellement dans ce coma parce que je croyais que tel était mon désir. Mais aujourd'hui, je me rends compte que je me trompais ; je me sens seul, affreusement seul, et j'ai besoin de recommencer à vivre. Si je sors d'ici pour aller affronter ces gangsters, je risque de mourir ; mais si je reste ici à ne rien faire, je risque de mourir tout aussi bien ; au moins, si je me fais tuer, ce sera pour une cause valable. Les miens, je n'ai rien pu faire pour les sauver ; par contre, je *peux* peut-être vous aider à sauver vos femmes et vos enfants. Voilà pourquoi je veux y aller, voilà pourquoi j'ai besoin d'y aller...

Cain se tut mais continua de fixer le mur sans le voir. Tribucci tourna légèrement la tête vers Coopersmith.

Le croyez-vous ? interrogèrent les yeux de Coopersmith.

Je le crois, répondirent les yeux de Tribucci, et Coopersmith inclina imperceptiblement la tête en signe d'assentiment. Ils venaient de voir un homme mettre son cœur et son âme à nu ; la sincérité de sa confession ne faisait aucun doute dans leur esprit.

Cain se tourna vers eux et les regarda.

— J'ai été dans l'armée, dit-il, je connais donc les principes de la stratégie opérationnelle et je sais me servir d'une arme à feu. Je ne suis pas au mieux de ma forme, mais je pense pouvoir sans problème descendre le long d'une corde. Je ne vous cache pas que j'ai peur, mais je suis sûr — autant qu'on peut l'être tant qu'on ne se trouve pas dans la situation — que, le moment venu, je serai capable de défendre ma position et de tirer sur n'importe

234

lequel de ces trois hommes.

Là encore, Tribucci le crut. Il n'avait plus la moindre réticence ; il sentait d'instinct quel type d'homme était Cain et il s'était toujours fié à son instinct. Au fond, ils avaient tous les deux le même tempérament : émotifs, ils aimaient avec autant de passion qu'ils haïssaient et, en cas de crise, ils ne pouvaient rester passifs ni indécis, leur nature les poussait à agir. C'était en raison même de ces traits de caractère (Tribucci le comprit alors pour la première fois) qu'il s'en était pris aux deux motards, treize ans plus tôt. Si c'était Cain qui avait été sur la plage avec Charlene, ce fameux soir, il aurait sans doute réagi comme lui ; et si Tribucci avait perdu toute sa famille dans les mêmes conditions que Cain, il aurait sans doute eu une réaction très proche de celle de Cain.

— Alors, je vous accompagne ? lui demanda Cain.

Tribucci avait pris sa décision :

— Oui, répondit-il simplement, en pivotant vers Coopersmith.

Le regard vif et pénétrant, les traits durcis, l'ancien shérif ne faisait plus vieux du tout ; à part l'enveloppe de chair et d'os qui emprisonnait l'essence de son être, il était jeune, plein de force et de sagacité. Mais c'était justement cette enveloppe charnelle qui comptait le plus en l'occurrence, cette enveloppe qui l'empêchait de livrer le genre de combat pour lequel il était pourtant entraîné, cette enveloppe qui l'avait contraint, quelques minutes plus tôt, à faire un aveu auquel, par fierté, il s'était toujours refusé jusqu'alors. Mais il n'était pas vieux ; il ne l'avait jamais été et ne le serait jamais.

— Très bien, dit-il (comme Tribucci s'y attendait). De toute façon, je suis dans le coup ; par conséquent, autant m'engager jusqu'au bout. Avec vous deux.

— Quand partons-nous ? demanda Cain.

— Le plus tôt possible. Mais il faut d'abord régler certains points. On ne se lance pas dans une pareille opération sans mettre d'abord au point une stratégie ; il y a suffisamment d'incertitude comme ça. La première chose à voir, c'est comment vous allez sortir du clocher et prendre le large sans vous faire repérer.

— S'il y a un garde, dit Tribucci, il sera sans doute sur la place, au chaud dans l'une des voitures. Avec le blizzard qui fait rage, il ne va certainement pas faire les cent pas dehors. A tous points de vue, la tempête sera notre alliée : non seulement elle couvrira le bruit que nous ferons en brisant la fenêtre du clocher, mais elle effacera nos empreintes dans la neige et réduira considérablement la visibilité.

— Ici, par contre, on risque de vous entendre briser la vitre.

— Et l'orgue ? intervint Cain. Si vous pouviez persuader quelqu'un de jouer quelques cantiques, la musique devrait étouffer le bruit du verre brisé.

— D'accord, bonne idée. J'en parlerai à Maude ; si elle refuse, Ellen prendra sa place. Je tâcherai aussi de faire chanter un maximum de gens ; comme ça, tout le monde restera dans la nef et personne ne viendra rôder par ici au mauvais moment.

— La deuxième chose à voir, ce sont les armes, dit Tribucci. Nous ne pourrons pas prendre le risque d'aller au magasin de sport, mais nous pourrons accéder aux maisons de Shasta Street en contournant le village par le versant ouest, à travers les arbres. Joe Garvey a un automatique Walther qu'il a rapporté d'Europe il y a quelques années et dont il se sert pour tirer le petit gibier. Et Vince a chez lui une paire de revolvers.

— Reste la grande question, dit Cain. Où nous posterons-nous une fois armés ?

— Une seule solution, dit Coopersmith. Revenez ici pour être en position de protéger l'église ; n'essayez pas de les traquer, ça reviendrait à jouer à la roulette russe. S'il y a un garde, réglez-lui son compte en premier, le plus silencieusement possible : avec un couteau, par exemple, si vous arrivez à vous approcher suffisamment. Il scruta les visages impassibles de ses interlocuteurs. — Tirer sur un homme est une chose, le poignarder en est une autre... vous en êtes bien conscients ?

— Oui, dit Tribucci d'une voix ténue.

— Bien. Ensuite, vous vous embusquez et vous attendez le temps qu'il faudra. Mais ne restez pas tous les deux
au même endroit ; je n'ai pas besoin de vous expliquer
pourquoi. Quand vous en serez à ce stade des opérations,
ce sera à vous de déterminer vos positions respectives.

Cain acquiesça.

— D'accord sur tout, dit Tribucci. Autre chose ?

— Un détail pratique, dit Cain. Si nous devons faire
le guet dans cette tempête, nous aurons intérêt, tant que
nous serons chez Garvey, à prendre des bonnets, des
écharpes et le maximum de vêtements chauds.

— Exact. — Avec une grimace soucieuse, Tribucci dit
à Coopersmith : — Lew... Ann et Vince vont très vite
remarquer mon absence, même si personne d'autre ne
s'en aperçoit. Je les préviendrais volontiers, mais je crains
un esclandre...

— Il y aura fatalement un esclandre, tôt ou tard, mais
c'est mon problème ; je les mettrai au courant une fois
que vous serez partis. Laissez-moi m'occuper de ça ; vous
aurez assez de soucis de votre côté.

Tribucci expira profondément par les narines, regarda
sa montre.

— Cinq heures cinq. La nuit est tombée, mais il fera
encore plus sombre dans une demi-heure. Cinq heures
trente-cinq, ça vous va ?

— Cinq heures trente-cinq, dit Cain.

— Je crois que nous avons à peu près tout vu, dit
Coopersmith. En attendant l'heure H, allons rejoindre
les autres, en sortant un par un. Vous deux, vous reviendrez ici — séparément — entre la demie et moins vingt-
cinq. Je m'arrangerai pour que Maude ou Ellen jouent
de l'orgue le plus vite possible après votre départ.

Les trois hommes restèrent là, silencieux, l'espace de
plusieurs battements de cœur. Tribucci aurait voulu dire
quelque chose à Cain, lui dire qu'il était navré de la tragédie qui était arrivée à sa famille, le remercier d'avoir

237

choisi de venir avec lui, mais il ne trouva pas les mots adéquats : ce n'était pas le moment. «Plus tard», pensa-t-il, «quand ce sera terminé. Plus tard...»

Il se dirigea le premier vers la porte fermée de la sacristie.

10.

Le coffre du Drugstore contenait en tout et pour tout trois mille deux cent quarante-sept dollars.

Brodie avait mis trop longtemps à ouvrir le coffre, et Kubion avait fini par s'impatienter : «Arrête de traînasser, sale pédé, arrête de *traînasser* !» Brodie lui avait assuré qu'il faisait de son mieux, mais Kubion l'avait regardé fixement, en redressant le canon de son automatique. Brodie avait alors arraché le bouton de la combinaison à coups de marteau et de burin, et, six minutes plus tard, la porte était grande ouverte. A l'intérieur du coffre, il y avait des liasses de papiers, des livres de comptes et un coffret métallique fermé à clef. Sous le regard attentif de Kubion, Brodie avait fait sauter la serrure et avait vidé le coffret sur le bureau pour compter l'argent qu'il renfermait.

Trois mille deux cent quarante-sept dollars.

Les yeux exorbités, Kubion contempla les minces piles de billets de banque. Trois mille misérables dollars de merde, alors qu'il avait espéré dix mille dollars minimum, voire quinze ou vingt mille. Sacré banquier, le Hughes, sacré fumier de plouc de banquier ! Dommage qu'il soit déjà mort, sinon Kubion l'aurait tué sur-le-champ, tout comme il allait très bientôt liquider toute cette bande de ploucs, oui, très bientôt.

Il centra son regard fixe sur Brodie, debout près du bureau avec, à ses pieds, un fouillis d'outils et de bouts de métal. Brodie arborait une expression impénétrable, mais on lisait dans ses yeux violets comme dans un livre ouvert, on voyait ce qu'il pensait, on entendait trotter dans sa tête le refrain : «On-te-l'avait-bien-dit-non ?», aussi distinctement que s'il l'exprimait à haute voix.

— Ferme-la ! cria Kubion. Ferme ta sale gueule !

— Je n'ai rien dit, Earl.

— Ce n'est que le début, tu entends ? Il y aura davantage dans les autres magasins et dans les maisons, bien davantage !

— Sûrement.

— Bien davantage, répéta Kubion.

La voix pressante recommençait à chuchoter dans sa tête. Le bout de son index caressa de haut en bas la détente incurvée de l'automatique.

— Je vais ramasser les outils avant de partir, dit vivement Brodie. Nous risquons d'en avoir encore besoin.

Le sang battait aux tempes de Kubion. Son doigt continua de caresser la détente, accentuant sa pression.

— Tu m'entends, Earl ?

— Je t'ai entendu.

— Il y a sans doute d'autres coffres dans la vallée : à l'auberge, au magasin de sport, au café, chez Hughes ou chez d'autres villageois. Je ne pourrai pas les ouvrir si je n'ai pas d'outils.

— Il n'y aura pas d'autres coffres.

— Nous ne pouvons pas en être sûrs, pas encore.

— Si jamais il y en a, je m'arrangerai pour extorquer la combinaison ou les clefs à leurs propriétaires. Je n'aurai pas besoin de toi pour ça.

— Suppose que l'un d'eux renâcle et que tu sois obligé de le tuer avant d'avoir obtenu la combinaison ? Suppose qu'il y ait un coffre chez les Hughes et que sa femme n'en connaisse pas la combinaison non plus ? C'est très possible que Hughes ait gardé une partie de son magot chez lui ; ces gars-là n'aiment pas mettre tous leurs œufs

239

dans le même panier, pas vrai ?

L'index de Kubion s'immobilisa. La voix continuait à chuchoter, mais elle disait maintenant : «Ne le tue pas encore... il a raison, tu peux avoir besoin de lui... ne le tue pas tout de suite, attends encore un peu...»

— Remets les outils dans le carton, dit-il. Grouille-toi, magne-toi le cul !

Un soupir inaudible filtra entre les dents de Brodie. A gestes mesurés, il s'agenouilla, enfila son pardessus et ses gants, rassembla les outils épars et les entassa dans le carton. Quand il eut terminé, Kubion lui ordonna de croiser les mains dans le dos ; puis, s'avançant vers le bureau, il ramassa les billets et les fourra dans son pantalon. Il retourna ensuite sur le seuil de la pièce, enjoignit à Brodie de prendre le carton et de sortir. Quelques instants plus tard, tout en suivant Brodie dans l'allée qui courait entre le comptoir et les rayonnages remplis d'alcools et de bouteilles diverses, il sentit la morsure glaciale du vent qui s'engouffrait par la porte sans vitre. La neige tombait serré dans les ténèbres extérieures, pénétrait dans le magasin en virevoltant ; le cri de la tempête évoquait une plainte, un gémissement de souffrance.

Une grimace féroce tordit la bouche de Kubion. La neige, le vent, le froid, un foutu village esquimau avec des igloos en bois, trois mille dollars dans le coffre, le dos de Brodie qui faisait une cible idéale, devant lui, et la voix pressante qui murmurait dans sa tête : «Ne le tue pas, mais casse quelque chose, casse n'importe quoi !» Il s'immobilisa — casse quelque chose, *maintenant* ! — fit passer l'automatique dans sa main gauche et, de sa main droite, balaya l'étagère la plus proche, faisant tomber par terre une bonne douzaine de bouteilles d'alcool. Le verre se brisa en mille morceaux, le liquide sombre se répandit en éclaboussures. Brodie fit volte-face et le regarda, pétrifié, le carton pressé contre sa poitrine.

— Pas un mot, pas un geste ou tu es mort ! hurla Kubion.

Il saisit une bouteille sur l'étagère et la lança au beau

240

milieu du rayon charcuterie, culbutant une pyramide de boîtes de conserves ; les boîtes roulèrent sur le plancher avec fracas, dans un tintamarre métallique qui fit contrepoint au hurlement strident du vent. Il s'empara d'une seconde bouteille qu'il envoya en direction du guichet grillagé du bureau de poste, mais il visa trop bas et il n'y eut pas de casse ; déjà, il avait à la main une troisième bouteille qu'il projeta à l'autre bout du magasin, sur la devanture de gauche. Le lourd projectile atteignit le Père Noël en carton, qui bascula en avant et passa à travers la vitrine dans une explosion d'éclats de verre. L'un des rennes, éventré, resta empalé sur un fragment de verre pointu, oscillant au gré du vent tandis que des rafales de neige s'engouffraient par le trou de la devanture.

La voix se tut peu à peu, momentanément apaisée, et Kubion, pantelant, s'adossa au comptoir. Au bout de quelques secondes, il se redressa, le sourire aux lèvres, et reprit l'automatique dans sa main droite.

— On va s'occuper du magasin de sport, dit-il. Ensuite, on fera l'auberge, le café et les autres boutiques de la rue. Ensuite, la maison de Hughes.

— C'est toi qui décides, dit Brodie d'un ton circonspect.

— Exact, Vic, c'est moi qui décide.

Ils sortirent dans le vent blanc et cinglant.

11.

Avec la tombée de la nuit, l'obscurité avait progressivement envahi l'église. Les cierges, sur l'autel, avaient fondu et la lumière du jour avait décliné derrière les vitraux avant de disparaître tout à fait. Les appliques en cuivre disposées à intervalles réguliers sur les murs latéraux dispensaient une lueur pâle, triste, qui ne parvenait guère à disperser les poches d'ombre grisâtres qui se formaient dans le chœur et le long du mur de devant.

Seule dans l'une de ces poches d'ombre, à proximité des portemanteaux, dans l'angle sud, Rebecca regrettait de ne pas pouvoir pleurer. C'était un soulagement de pleurer, de la même manière que c'était un soulagement de vomir ; en l'occurrence, cela l'aurait purgée de la terreur nauséeuse qui s'obstinait à la tourmenter. Malheureusement, il n'existait pas d'émétique pour les larmes. Il y avait ceux qui pouvaient pleurer et ceux qui ne pouvaient pas ; enfant, déjà, elle pleurait rarement. Elle avait autrefois considéré cela comme une preuve d'équilibre mais, en réalité, ce n'était qu'une simple inaptitude, comme le fait d'être incapable de chanter juste, de faire le poirier ou d'exécuter des sauts périlleux arrière.

Près d'elle, une voix dit avec douceur :

— Madame Hughes ?

Elle n'avait pas entendu approcher ; elle battit des paupières et tourna la tête. Zachary Cain la regardait. Elle scruta son visage barbu et n'y décela aucune pitié ; de la sympathie, oui, mais — Dieu merci ! — aucune pitié. Elle se fit alors la réflexion qu'il semblait *différent*. Elle ne s'en était pas aperçue précédemment, ni au chalet ni pendant le trajet en camionnette, car sa frayeur l'avait alors empêchée de remarquer quoi que ce fût ; mais il se dégageait maintenant de lui une évidente force intérieure qui, auparavant, n'était que sous-jacente ; d'autre part, il n'y avait plus trace de la torturante incertitude qui avait ravagé ses traits la veille au soir. On eût dit qu'il avait subi une métamorphose tangible ; et, apparemment, les sinistres événements de la journée n'avaient en rien affecté ce changement, sinon pour le fortifier.

— Ne me dites pas que vous êtes désolé, dit-elle. Je vous en prie.

— Bien. Je... je sais ce que vous ressentez.

— Vraiment ?

242

— Je crois, oui.

— Personne ne peut savoir ce que j'éprouve en ce moment, monsieur Cain.

— Moi si, parce que je suis passé par là — jusqu'à un certain point.

— Comment cela ?

D'une voix lente, il expliqua :

— J'ai perdu ma femme et mes deux enfants il y a six mois, à San Francisco. Ils sont morts tous les trois par ma faute.

Rebecca le regarda, muette de surprise.

— C'est pour ça que je suis venu à Hidden Valley, reprit Cain.

Il lui expliqua brièvement ce qui s'était passé et ce qu'il avait vécu depuis lors. Les seuls mots qui vinrent à l'esprit de Rebecca, lorsqu'il eut fini de parler, furent ceux-là même qu'elle venait de lui demander de ne pas prononcer : des paroles de condoléances creuses. Elle secoua légèrement la tête, en tripotant avec le pouce et l'index de sa main droite l'un des boutons de sa parka ouverte.

Finalement, elle retrouva sa voix et choisit d'autres mots :

— Pourquoi m'avez-vous raconté tout cela ? Pourquoi maintenant ?

— Je ne sais pas très bien. Peut-être… peut-être parce que vous traversez une épreuve dont il vous faudra du temps pour vous remettre, et que nous avons tous deux été blessés de manière similaire.

— Autrement dit, vous me conseillez de serrer les dents, d'encaisser les coups, de ne pas réagir comme vous l'avez fait… C'est cela ?

— Je ne l'entendais pas exactement dans ce sens-là.

Rebecca détourna les yeux.

— Non, bien sûr.

A voix basse, elle ajouta :

— Mais la situation semble tellement désespérée… A quoi bon penser à l'avenir alors qu'il risque de ne *plus* y avoir de lendemain pour aucun d'entre nous ? Nous

243

allons peut-être tous être tués aujourd'hui, comme mon mari.

— Nous n'allons pas mourir, dit Cain.

— Je voudrais pouvoir y croire.

— Vous le pouvez. Vous le devez.

Il tendit une main, comme pour la toucher et lui communiquer par ce contact un peu de sa propre conviction, mais il laissa retomber son bras sans aller jusqu'au bout de son geste. Il soutint un long moment le regard de Rebecca, et elle sentit de nouveau cette force nouvelle qui l'animait, elle sentit renaître entre eux un peu de l'intimité qu'ils avaient partagée la veille au soir.

Finalement, il dit :

— Vous vous en sortirez indemne, vous verrez. Nous nous en sortirons tous.

Il releva l'un des coins de sa bouche, en une sorte de tic qui pouvait être l'ombre d'un demi-sourire, puis il passa devant elle et s'éloigna le long du mur de devant.

Rebecca le regarda s'arrêter devant les portes d'entrée et rester là, les yeux fixés droit devant lui ; elle le regarda pendant trente secondes pleines. Puis, désireuse de se rasseoir, elle s'installa sur le banc le plus proche. Elle observa ses genoux serrés, ronds et blancs, et les vit à travers un brouillard ; elle s'aperçut alors — elle qui ne pleurait jamais — que ses yeux étaient soudain remplis de larmes.

Appuyé contre les portes fermées, Cain attendit gravement qu'arrive l'heure d'aller dans la sacristie.

Ses nerfs vibraient de temps à autre, comme en réponse à un signal d'alarme silencieux, et une boule d'angoisse l'oppressait, juste sous le sternum. Mais son sang-froid et sa colère sourde prenaient le pas sur tout le reste. Il lui suffisait de faire une plongée à l'intérieur de lui-même pour savoir qu'il irait jusqu'au bout.

Il pensa à la manière dont il s'était épanché avec Tribucci et Coopersmith. Il s'était bien douté qu'il devrait tout leur raconter, et il l'avait fait avec un mélange de réticence et de soulagement. A l'instar des mots qui s'étaient entassés en lui au point de déborder, la veille au soir, lors de sa rencontre avec Rebecca, toute cette tragédie avait atteint le point de saturation — Rebecca avait eu parfaitement raison de souligner que les émotions refoulées devaient également trouver un exutoire, tôt ou tard — et, en prenant conscience de cela, il avait éprouvé le besoin de soulager un peu cette intolérable pression. Raconter son histoire avait été beaucoup plus facile qu'il ne l'aurait cru ; ç'avait été plus facile encore avec Rebecca, quelques minutes plus tard, et cela deviendrait de plus en plus facile à chaque fois — s'il devait y avoir d'autres fois. Le fardeau était tellement plus supportable quand on se confiait à quelqu'un : non pas parce qu'on recherchait de la pitié ou des paroles de réconfort, mais parce que cela revenait un peu à crever un abcès, en laissant la douleur s'écouler avec le pus.

Il était allé trouver Rebecca en sachant déjà plus ou moins ce qu'il allait lui dire, mais il ne savait pas très bien pourquoi il lui avait parlé ainsi. Il y avait des raisons superficielles, bien sûr, mais il y avait aussi une raison plus profonde, imprécise, qui lui échappait. Peut-être cela avait-il un rapport avec Rebecca en tant que telle — et non une femme comme une autre —, peut-être fallait-il mettre cela sur le compte de la sympathie spontanée, de l'entente spirituelle, de cette façon qu'elle avait eue de se blottir contre lui dans la camionnette...

Soudain, il pensa : «Tu réfléchis trop, ce n'est pas le moment. Rappelle-toi ce que les militaires t'ont enseigné sur la survie au combat : se concentrer sur l'essentiel, sur le concret, sur l'immédiat ; se fier à l'instinct, à l'entraînement, considérer la mort comme une abstraction.» Les militaires avaient tort sur une quantité de sujets, mais pas sur ce point précis.

Cain consulta sa montre : cinq heures trente-deux. Il chercha Tribucci du regard, le vit arpenter l'église du côté nord. Coopersmith était assis près de sa femme, mais Cain le vit se lever et descendre l'allée pour s'arrêter près de la femme qui travaillait au Drugstore — l'organiste

245

de l'église.

«C'est l'heure», pensa-t-il. D'un pas négligent, comme s'il errait sans but, il se dirigea vers la nef latérale, passa devant Tribucci et monta dans le chœur.

Coopersmith se pencha, la main gauche posée sur le dossier du banc, et glissa *sotto voce* à l'oreille de Maude Fredericks :

— Maude, je pense que ce serait bien si vous pouviez nous jouer quelques cantiques.

Elle leva vers lui des yeux rougis, gonflés de larmes, éteints. En temps normal, c'était une femme volontaire, mais les événements tragiques de la journée, ajoutés au double choc qu'elle avait eu en apprenant la mort de Matt Hughes et son infidélité — Coopersmith savait qu'elle avait voué à son employeur une adoration maternelle — avaient nettement entamé sa force morale.

— Maintenant ? dit-elle.

— Oui.

— Pourquoi ?

— Cela nous réconforterait un peu, dit-il (et c'était en partie la vérité). Un cantique est une prière, Maude, vous le savez.

— Le Seigneur nous écoute-t-Il seulement ? Si nos prières Lui parviennent, pourquoi nous laisse-t-Il dans la souffrance ?

— Je l'ignore, Maude. Mais je n'ai perdu ni confiance ni espoir, et vous non plus. Du moins, je ne le crois pas.

Les joues livides de la femme se colorèrent légèrement.

— Non, dit-elle. Non, sans doute.

— Alors, acceptez-vous de nous jouer des cantiques ?

Elle acquiesça, se leva et le suivit jusqu'à l'orgue. Elle s'assit sur la banquette et, tendant la main, effleura du bout des doigts le livre de chants ouvert devant elle ; puis, lentement, elle feuilleta les dernières pages du livre.

En entrant dans la sacristie, Tribucci vit Cain debout, telle une sentinelle, au pied de l'échelle donnant accès au clocher. Il le rejoignit, prit son canif dans la poche de son pantalon et l'ouvrit avec le pouce tout en boutonnant son blouson. Ils n'échangèrent pas un mot.

De longues minutes s'écoulèrent paresseusement, dans le silence troublé seulement par le bruit du vent qui se déchaînait à l'extérieur. Tribucci était un homme intelligent mais simple, qui ne raisonnait pas en termes de métaphysique ou de symbolisme biblique ; pourtant, durant cette attente, il fut frappé par une pensée totalement glaçante : cette minuscule vallée isolée par la neige, envahie par des forces impies, était transformée en un champ de bataille dont l'Eglise Œcuménique était le point central, l'ultime refuge sacré — un refuge destiné à être préservé ou à être irrévocablement détruit avec les soixante-quinze personnes qui s'y trouvaient ; le conflit sur le point de s'engager en ce lieu semblait, dans le droit fil de l'Apocalypse, transcender l'élément humain pour devenir une lutte entre des champions — désignés au hasard — du Bien et du Mal.

En ce dimanche de l'avant-veille de Noël, Hidden Valley, Californie, était une sorte d'Armageddon miniature...

Soudain, des éclats de voix se firent entendre dans l'église proprement dite. Tribucci se raidit, l'oreille tendue. Une minute plus tard, l'orgue attaqua «En avant, soldats du Christ» et la musique alla en s'amplifiant ; le révérend Mr Keyes, qui avait repris connaissance depuis un moment, se mit à chanter d'une voix chevrotante, accompagné par Lew Coopersmith et quelques autres. Le frisson glacé qu'éprouvait Tribucci s'intensifia tandis qu'il se tournait vers l'échelle et commençait à grimper, suivi de Cain.

12.

Lorsque Cain émergea dans le clocher derrière Tribucci, il vit qu'il y avait quatre fenêtres en ogive : deux côté est et deux côté ouest. Larges d'environ cinquante centimètres, elles se composaient d'une vitre ordinaire fixée avec du mastic à un châssis en bois. On ne voyait pas la cloche, suspendue plus haut, mais les quatre grosses poutres en séquoia qui lui servaient de supports occupaient presque tout l'espace : elles partaient des murs, sous les fenêtres, pour converger en formant une sorte de pyramide. La corde de la cloche pendait entre les supports.

Cain prit pied sur l'étroite plate-forme et scruta l'une des fenêtres du mur ouest, à travers la vitre couverte de givre. Il n'y avait rien à voir à part l'obscurité piquetée de neige, les vagues contours du presbytère et, à l'arrière-plan, la lisière des pins sur le versant.

Tribucci, de son côté, regardait par l'une des fenêtres donnant à l'est.

— Voyez-vous le devant de l'église ? demanda Cain.

— Non. Le toit bouche la vue. Il y a de la lumière dans une demi-douzaine de boutiques et dans quelques maisons de Sierra Street, mais les maisons sont sans doute restées éclairées depuis la rafle. On peut au moins supposer que le dingue est encore dans Sierra Street.

Cain enfila ses gants.

— Pour le moment, commençons par casser le carreau.

— D'accord.

— Je vais donner un coup de poing au milieu de la vitre, pas trop fort pour que les morceaux de verre tiennent au châssis. Nous n'aurons plus ensuite qu'à les détacher et à les poser ici, sur la plate-forme.

— Bien. —Tribucci l'avait rejoint et enfilait à son tour ses gants. — Il ne faudrait pas atterrir dans de la neige hérissée de débris de verre.

Debout contre la fenêtre, Cain recula son bras pour frapper, mais Tribucci le retint :

— Non, attendez... Le cantique.

Cain s'aperçut que l'orgue en était arrivé au crescendo final de «En avant, soldats du Christ». Il inclina la tête et, d'un revers de main, essuya son front en sueur. «Pas de précipitation», pensa-t-il. «Pas d'erreurs, pas d'erreurs».

Il y eut un silence de quinze secondes, puis l'orgue se mit à jouer «Croix de Jésus» et un chœur de voix s'éleva à nouveau. Cain attendit encore dix secondes, retint son souffle et, d'un geste sec, lança son poing contre la vitre. Ce coup, précisément dosé, s'avéra suffisant ; Cain y avait mis juste ce qu'il fallait de force. Dans l'espace restreint du clocher, le bruit parut anormalement fort — mais, dans l'église, ni la musique ni les chants ne s'interrompirent. Dentelé mais net, le trou étoilait le carreau, dont les morceaux tenaient encore au châssis.

Avec précaution, Cain glissa les doigts dans le trou et secoua l'un des fragments jusqu'à ce que cède le vieux mastic craquelé ; il détacha alors l'éclat de verre et le mit à l'écart. Tribucci s'attaqua à un autre tesson, tant et si bien qu'à eux deux ils parvinrent à dégager l'embrasure en moins de deux minutes. Le dernier bout de verre que Cain arracha était coupant comme une lame de rasoir : dans l'obscurité, il le prit par le mauvais côté et l'arête déchira son gant, entaillant profondément la paume de sa main droite. Il sentit le contact du sang tiède et serra les dents, surpris par la douleur aiguë.

Des flocons de neige chassés par le vent s'engouffrèrent par l'ouverture — glaciales piqûres d'épingle sur leur visage — et tombèrent en voltigeant dans la sacristie, mais on ne pouvait pas l'empêcher. Tribucci se pencha par la fenêtre pour fouiller du regard l'arrière de l'église, des deux côtés ; puis il rentra la tête, fit un signe du menton à Cain et entreprit de remonter la corde de la cloche, en la lovant au fur et à mesure autour de son bras gauche. Cette opération terminée, il la sectionna avec son canif,

249

aussi haut qu'il lui était possible de tendre le bras.

L'orgue, après une nouvelle pause, jouait à présent «Foi de nos Pères».

Tribucci enroula l'extrémité de la corde coupée autour d'une des poutres massives, à l'endroit où celle-ci rencontrait le mur ; il l'attacha solidement et testa la solidité du nœud. Il fit de nouveau un signe du menton, pour signifier à Cain sa conviction que la corde supporterait leur poids, puis il la déroula le long du mur extérieur.

— Elle n'arrive pas jusqu'au sol, dit-il. Il faudra faire un saut d'environ deux mètres, mais la neige amortira le choc.

— Allez-y le premier, dit Cain. Je me suis coupé à la main avec un bout de verre et le sang qui suinte à travers mon gant déchiré va rendre la corde glissante.

— Vous arriverez à descendre ? La coupure est-elle profonde ?

— Je me débrouillerai. Passez devant.

Tribucci grimpa sur le rebord de la fenêtre, face à Cain, donna du mou à la corde et fit une boucle autour de son poignet droit. Puis, se penchant en arrière, il cala ses pieds contre le mur du clocher et descendit avec rapidité et agilité, le corps presque horizontal, ses chaussures glissant sur les planches glacées. Arrivé au bout de la corde, il resta un instant suspendu avant de lâcher prise. Il s'enfonça dans la neige jusqu'aux chevilles, tomba sur un genou mais se remit debout aussitôt. Il leva le pouce de la main droite, se rapprocha du mur et se dirigea vers l'angle nord-ouest de l'édifice.

Cain frotta légèrement sa main droite le long de sa jambe pour essuyer un peu le sang qui maculait son gant. A l'instant où il se hissait dans l'embrasure, la musique s'interrompit ; il attendit, le corps raidi, que l'orgue se remette à jouer «Dieu de miséricorde». Essuyant une seconde fois son gant droit, il saisit la corde et l'enroula autour de son poignet gauche. Puis il suivit le même chemin que Tribucci.

Le frottement de la corde sur sa paume, à l'endroit de

la coupure, lui faisait un mal de chien et ses muscles rouillés le tiraillaient douloureusement aux aisselles et aux épaules. Il n'était même pas encore à mi-descente lorsqu'il sentit qu'il commençait à lâcher prise ; il se cramponna avec l'énergie du désespoir jusqu'à ce qu'il soit arrivé à trois mètres ou trois mètres cinquante du sol. Dès qu'il sentit la corde glisser irrémédiablement entre ses doigts crispés, il détendit son corps et se laissa tomber. Après une chute brève mais vertigineuse, il y eut un choc brutal : la douleur irradia dans ses jambes, jusqu'au bas-ventre et aux hanches. Il trébucha en avant, s'étala de tout son long. Il se remit péniblement à quatre pattes, crachant sans bruit la neige qui lui obstruait les narines et la bouche. La douleur de ses jambes commençait à s'atténuer ; il ne s'était rien cassé.

Tribucci le prit par le bras et l'aida à se relever.

— Ça va ? chuchota-t-il d'une voix inquiète.

— Ça va, dit Cain.

Un petit nuage de vapeur filtra entre les lèvres de Tribucci.

— La voie est libre au nord et au sud, dit-il. Pour l'instant, tout va bien.

— Allez-y, je vous suis.

Tout en longeant derrière Tribucci le mur latéral du presbytère et le garage attenant, Cain fléchit les bras et les épaules pour assouplir sa musculature toute raide ; son gant droit lui semblait imprégné de sang poisseux. Ils s'engagèrent sur le versant et traversèrent au pas de course l'espace découvert qu'ils devaient franchir pour atteindre la lisière des pins, cent mètres plus loin. La tempête les fouetta et de blancs écheveaux dansèrent autour d'eux, les cernèrent, presque aussi impénétrables que le rideau de la nuit. Cain avait le visage engourdi, les pieds froids et humides ; ses oreilles lui faisaient mal, ses yeux le brûlaient.

Lorsqu'ils arrivèrent enfin à l'orée du bois, la densité de la futaie atténua quelque peu le tumulte de la tempête. Derrière eux, rien ne bougeait : du moins ne voyait-on personne à travers les tourbillons de flocons. Tribucci entreprit de longer la lisière des arbres, afin de ne pas perdre de vue l'église et les bâtiments du village, qu'on distinguait vaguement sur leur droite. Quelques minutes plus tard, ils parvinrent à un endroit d'où ils voyaient Shasta Street sur toute sa longueur : la plupart des maisons étaient plongées dans l'obscurité, mais deux étaient éclairées ; ces lumières, tout comme celles de Sierra Street, étaient brouillées par la neige virevoltante. Ils continuèrent vers le nord jusqu'à ce qu'ils arrivent à la hauteur d'une maison complètement obscure ; ils longèrent le mur latéral, traversèrent un jardin dépouillé et s'arrêtèrent devant une tonnelle qui faisait l'angle, sur le devant.

La maison voisine était l'une de celles qui avaient des fenêtres éclairées. Tribucci murmura à l'oreille de Cain :

— C'est la maison de Joe Garvey.

— Apparemment, il n'y a pas de traces de pas sur le devant.

— Les Garvey font partie des villageois qui ont été amenés à l'église dans la camionnette. Théoriquement, il n'y a personne.

— Il faut nous en assurer avant d'entrer.

— Oui. Passons par derrière, ça vaut mieux.

Ils longèrent le côté de la maison obscure et contournèrent l'angle. Une barrière en bois — leur arrivant à peu près à la taille — séparait les deux jardins adjacents ; ils coururent vers elle et la franchirent une jambe après l'autre, le dos voûté. En jetant un coup d'œil par les deux fenêtres éclairées du mur ouest, ils purent voir une cuisine et une chambre désertes ; ils firent une boucle pour éviter le perron de derrière et, longeant le mur est, regardèrent par la seule fenêtre qui fût éclairée de ce côté-là : un salon vide.

Ne voyant aucun signe de vie dans Shasta Street, à l'est, ils contournèrent l'angle avec mille précautions, passèrent devant l'une des fenêtres du salon et arrivèrent devant le perron couvert. La porte d'entrée grande ouverte grinçait au vent et une épaisse couche de neige vierge tapissait le plancher du hall.

— Personne, dit Cain.

— Personne, fit Tribucci en écho.

Ils gravirent rapidement les marches, entrèrent dans le hall, puis dans le salon.

— Garvey range son pistolet dans un placard de la salle de bains, dit Tribucci. Je le sais parce que je suis allé à la pêche avec lui deux ou trois fois ; c'est là qu'il met tout son matériel de chasse et de pêche.

La salle de bains se trouvait au-delà de la cuisine, et le placard — un mètre vingt sur un mètre quatre-vingts, entièrement métallique, non fermé à clef — occupait la moitié du mur du fond. L'automatique Walther, un PPK 380 impeccablement entretenu, était enveloppé dans une peau de chamois sur l'un des rayons. Le chargeur était vide, mais Tribucci trouva sur la même étagère une boîte à cigares contenant deux chargeurs pleins — avec, en outre, de la graisse pour armes et divers accessoires de nettoyage.

— Vous voulez prendre celui-ci ? dit-il.

Cain prit l'arme, introduisit l'un des chargeurs dans la crosse et mit l'autre dans la poche gauche de son anorak. Le pistolet était léger et peu encombrant pour une arme de ce calibre ; ses garnitures en plastique étaient froides et rugueuses au toucher. Il le fourra dans sa poche droite, puis les deux hommes allèrent dans la cuisine éclairée.

Un tiroir à ustensiles, sous l'évier, renfermait une paire de ciseaux à découper dotés d'une lame étroite, longue d'une quinzaine de centimètres. Dans un autre tiroir, Tribucci trouva une pelote de ficelle ; il en coupa trois bouts dont il se servit pour attacher la lame d'un des couteaux à sa cuisse droite, sous sa canadienne, en laissant le manche libre : un étui de fortune. Cain fit de même avec le second couteau.

— Maintenant, il nous faut des vêtements supplémentaires, dit Cain lorsqu'ils furent retournés dans le hall.

253

Il me faut aussi une autre paire de gants ; j'ai la main droite pleine de sang.

— Vous n'aurez pas de problème pour vous servir de l'automatique ?

— Non. La coupure est dans la partie charnue de la paume, et ça ne saigne apparemment plus.

Dans la penderie du hall, ils trouvèrent un vieux pardessus gris avec, dans l'une des poches, une paire de gants en cuir craquelé. Rien d'autre : pas d'écharpes ni de couvre-chefs d'aucune sorte.

— Je vais regarder dans leur chambre, dit Tribucci en tournant les talons.

Le pardessus gris était plus épais et plus long que l'anorak de Cain : il lui arrivait aux genoux. Cain l'enfila et s'aperçut qu'il ne lui allait pas trop mal. Une fois vêtu, il ôta les gants de Coopersmith, essuya sa main droite souillée de traînées sombres — le sang coagulé était aussi gluant que de la colle — et essaya les autres gants : ils étaient trop petits d'une pointure, mais pas au point de le gêner pour remuer les doigts.

Il alla sur le seuil de l'entrée et parcourut du regard Shasta Street. A part les flocons ballottés par le vent, rien ne bougeait. Cain se tourna à l'instant où Tribucci revenait dans le hall, une grosse écharpe autour du cou et une toque de femme en renard enfoncée jusqu'aux oreilles ; la canadienne qu'il portait était assez chaude pour qu'il n'ait pas besoin d'en changer, mais il avait mis un pull en laine par-dessous. Il rapportait avec lui une seconde écharpe, un autre chandail et une toque en laine d'agneau, de style cosaque ; il donna le tout à Cain et le regarda se harnacher.

— Maintenant, dit-il, je pense que la meilleure chose à faire est de nous séparer : vous, pour retourner à l'église ; moi, pour aller chercher d'autres armes chez mon frère. Il faut que l'un de nous se mette en position défensive le plus rapidement possible.

Cain réfléchit quelques instants à cette suggestion. Finalement, il répondit :

254

— D'accord. S'il y a un garde devant l'église, j'essaierai de le localiser. Mais j'attendrai votre retour pour agir — à moins qu'une menace précise ne me laisse pas le choix.

— Je vous rejoins au plus vite. — Il consulta sa montre. — Six heures vingt. A priori, j'en ai pour moins d'une demi-heure. Vous serez du côté sud de l'église ?

— Oui. Mais il vaut mieux convenir d'un signal. Nous ne pourrons pas nous reconnaître de loin, et la situation sera déjà assez incertaine comme ça.

— Je pourrais m'arrêter devant la porte du presbytère et agiter le bras gauche au-dessus de ma tête ?

— Parfait. Je ferai le même geste en retour.

— Séparons-nous dans les bois : je vais passer par là, c'est plus sûr.

Ils sortirent du hall, descendirent les marches du perron, enjambèrent la barrière en bois et reprirent le chemin qu'ils avaient suivi à l'aller. Lorsqu'ils furent sous le couvert des arbres, Tribucci étreignit le bras de Cain et s'éloigna vivement, sans bruit, bientôt englouti par les ombres épaisses des pins. Cain partit dans la direction opposée — et sentit immédiatement le poids de la solitude. Quand deux hommes — ou plus — œuvraient en étroite collaboration dans une situation cruciale, le groupe qu'ils formaient devenait une entité par elle-même, plus forte que les individus pris séparément, car leurs forces s'additionnaient, se fondaient en un tout. On réfléchissait en tant que membre du groupe et, de ce fait, on arrivait à exercer un contrôle rigoureux sur sa propre personnalité. Mais quand le groupe se fractionnait provisoirement et qu'on redevenait un homme seul, on avait du mal à garder ce contrôle ; on essayait de continuer à réprimer ses émotions, on essayait de se concentrer uniquement sur l'objectif à atteindre, mais, inévitablement, quelques sentiments s'insinuaient sournoisement dans votre esprit : la peur, la colère, la haine, le désarroi devant l'énormité de l'enjeu.

Il y avait aussi, pour Cain, la répulsion — et le senti-

255

ment de sécurité — que lui inspirait l'arme qu'il portait dans sa poche droite, ce pistolet qui semblait soudain peser si lourd...

13.

Le corps raidi pour affronter la violente tempête, Brodie sortit du Café de la Vallée, traversa le rectangle de lumière fluorescente qui se déversait par la porte défoncée et s'engagea dans Sierra Street. Derrière lui, Kubion marchait en traînant les pieds, ombre omniprésente et menaçante.

Ils avaient dévalisé le magasin de sport, l'Auberge de la Vallée — et, à l'instant, le Café — pour un bénéfice total d'un peu plus de quatre mille dollars. Kubion se retrouvait donc, en comptant les quinze cents billets qu'il avait récoltés à Mule Deer Lake, avec un peu plus de cinq mille dollars en poche. On pouvait supposer qu'il y aurait au maximum mille dollars dans les portefeuilles et les sacs à main que Loxner avait ramassés à l'église, et guère plus de deux mille dans l'ensemble des maisons du village.

Tout ça — ce coup pourri, à dégueuler — pour un butin de huit mille dollars... *Huit mille dollars* !

Au Café, Kubion avait été pris d'un accès de folie destructrice, comme au Drugstore ; il avait dévasté l'établissement, brisant la verrerie, la vaisselle et deux miroirs muraux. Devant ce spectacle, Brodie avait eu bien du mal à conserver son sang-froid déjà très ébranlé. Kubion avait maintenant largement franchi la frontière de la folie ; il suffisait de le regarder pour voir à quel point il avait envie de commencer à tuer. Brodie avait réussi à gagner un peu de temps, mais il ne voyait plus aucun moyen de prolonger le sursis. Ils n'avaient pas trouvé de coffre-fort au Café, pas plus qu'à l'Auberge de la Vallée ou au magasin de sport ; quand il avait fait observer qu'il restait le chalet des Hughes, la station d'essence et les autres maisons du village, Kubion lui avait dit :

— Il n'y a que le chalet des Hughes et c'est là-bas qu'on va, c'est notre prochaine étape. On y va tout de suite, Vic, et j'espère pour toi qu'il y aura un coffre, Vic, j'espère pour toi qu'il y aura un coffre à ouvrir avec les outils qui sont dans la camionnette... Tu entends, Vic, j'espère pour toi qu'il y aura un coffre !

Qu'il y ait un coffre ou non, ça n'y changerait rien : la maison des Hughes était destinée à être la chambre d'exécution de Brodie.

Mais Kubion ne lui avait pas encore laissé la plus petite opportunité et, depuis deux heures qu'ils pillaient le village, ce stupide pétochard de Loxner n'avait donné aucun signe de vie, ce qui éliminait la dernière lueur d'espoir de recevoir du renfort de ce côté-là. Dans sa tête détraquée, Kubion avait complètement oublié l'existence de Loxner — ils n'avaient pas approché de l'église durant ces deux heures — mais c'était l'unique faute qu'il ait commise. Brodie se répétait que la folie croissante de Kubion jouerait dans les deux sens : elle le rendrait à la fois plus dangereux et moins prudent ; il se répétait que l'occasion finirait par se présenter, qu'il ne devait pas tenter une manœuvre désespérée mais guetter une occasion favorable.

Arrivé du côté est de Sierra Street, il longea les congères qui bordaient le trottoir et se dirigea vers la camionnette garée plus loin. A cet endroit, la neige était verglacée et glissante ; il avança à pas lents, circonspects, risqua un coup d'œil par-dessus son épaule. La mine sombre, Kubion le regardait : il ne souriait plus mais remuait les lèvres en silence, comme s'il parlait tout seul. Brodie se répéta qu'une occasion se présenterait.

Et elle se présenta.

D'un seul coup, avec une foudroyante soudaineté,

Kubion fit l'erreur que Brodie attendait.

L'esprit ailleurs, Kubion ne faisait pas attention où il marchait : il posa le pied droit sur une plaque de verglas, ne trouva aucune prise et dérapa ; sa jambe se souleva, complètement raidie, lui donnant la position d'un footballeur qui accompagne le ballon avant de tirer un but. Déséquilibré, il battit l'air de son bras gauche, tomba à la renverse et atterrit lourdement sur les fesses en poussant un beuglement. Il glissa sur le côté, la jambe gauche légèrement tordue, et heurta le talus de neige compacte, au bord du trottoir.

La réaction de Brodie fut presque instantanée : l'instinct prit le pas sur la surprise et la fatigue. Voyant que Kubion avait réussi à garder le pistolet à la main, il renonça à lui sauter dessus, car il lui aurait fallu faire dix pas sur un terrain glissant. Il fit volte-face et se mit à courir en diagonale dans la direction d'où ils venaient, parce que Kubion était tourné de l'autre côté et parce que Lassen Drive, à l'ouest, était l'issue la plus proche, l'abri le plus proche. Il fonça tête baissée, courbé en deux, zigzaguant au milieu de la rue — là où la neige était moins traîtresse — et arriva à la hauteur de l'auberge, qui faisait l'angle. Un autre hurlement retentit derrière lui, suivi d'une détonation sèche, étouffée par le vent. Il ne sentit rien d'autre que le contact des flocons de neige qui lui obscurcissaient la vue.

La tête rentrée dans les épaules, il sauta par-dessus la congère et s'élança contre la façade du bâtiment en patinant sur le trottoir verglacé. Il attrapa le mur d'angle et, d'une violente traction, le contourna ; à cet instant, il entendit l'écho assourdi d'un second coup de feu et une balle s'enfonça dans le revêtement en bois, à quarante ou cinquante centimètres sur sa gauche. Voulant éviter une plaque de verglas sur le trottoir, il enjamba le tas de neige inégal qui bordait Lassen Drive — mais, cette fois, il perdit l'équilibre et s'étala de tout son long sur la chaussée. Tel un homme allongé sur une invisible luge, il fit une glissade de cinq ou six mètres sur le ventre ; puis il s'immobilisa et put alors se remettre debout.

Il n'y eut pas d'autre détonation, mais il ne se retourna pas pour regarder ; rassemblant les forces qui lui restaient, il s'arc-bouta contre le vent et courut sans s'arrêter.

14.

Coopersmith était debout au pied de l'échelle, la tête levée vers le clocher, quand il entendit quelqu'un entrer dans la sacristie.

Pivotant brusquement, il vit Frank McNeil refermer la porte d'un coup de hanche et s'y adosser. Le cafetier regarda, bouche bée, les flaques d'humidité qui s'élargissaient par terre, juste sous le clocher ; ses petits yeux furtifs, effrayés, s'écarquillèrent à la vue des flocons de neige qui tombaient en poudre sur la tête et les épaules de Coopersmith. Des gouttes de sueur perlaient sur sa lèvre supérieure, formant une fine moustache luisante.

Le visage dépourvu de toute expression, Coopersmith vint vers lui et dit d'une voix égale :

— Que faites-vous ici, Frank ?

— J'en étais sûr ! s'exclama McNeil. J'étais sûr qu'il se tramait quelque chose ! D'abord, vous trois — vous, John Tribucci et ce Cain — qui vous isolez ici, tout à l'heure, avec des mines de conspirateurs ; ensuite, vous qui insistez pour qu'on joue de l'orgue et qu'on chante des cantiques ; et à l'instant, quand je vous ai vu vous faufiler dans la sacristie, j'ai cherché où étaient les deux autres : ils ne sont pas dans l'église, et ils ne sont pas ici non plus. Ils sont partis, hein ? Ils sont passés par l'une des fenêtres du clocher, c'est ça ?

Un tic fit battre la paupière gauche de Coopersmith, donnant l'impression incongrue qu'il clignait de l'œil.

— Parlez moins fort ! glapit-il.

— Pourquoi ont-ils fait ça, bon Dieu ? Pourquoi les avez-vous aidés ? Qu'est-ce qui vous a pris ?

Coopersmith le gifla à toute volée.

— La ferme, McNeil ! La ferme !

McNeil porta une main tremblante à sa joue en feu. Il émit un son étranglé qui était peut-être un sanglot ; puis, se tournant vers la porte, il l'ouvrit en tâtonnant. Coopersmith voulut le retenir par la manche de sa chemise, mais le tissu rêche lui glissa entre les doigts.

McNeil franchit le seuil à reculons, s'éloigna vers le côté gauche du chœur et s'appuya contre le coffre incurvé de l'orgue, toujours en se tenant la joue. Coopersmith sortit à son tour, mâchoires serrées, et ferma la porte de la sacristie. Un silence funèbre régnait dans l'église faiblement éclairée. Après avoir joué huit cantiques, Maude Fredericks avait déclaré qu'elle n'en pouvait plus ; le révérend Mr Keyes s'était alors levé, les jambes flageolantes, et avait récité une longue prière que Coopersmith n'avait écoutée que d'une seule oreille, en se demandant si Cain et Tribucci avaient eu le temps de sortir. Sitôt la prière terminée, il était allé dans la sacristie pour en avoir le cœur net. A présent, il regrettait de n'être pas allé trouver d'abord Ann et Vince ; il regrettait aussi d'avoir simplement giflé McNeil au lieu de lui donner un bon coup de poing qui l'aurait endormi pour le compte. McNeil était à moitié fou de peur : en cet instant, ce n'était plus tout à fait un homme mais un lâche. Il suffisait de voir son regard et sa bouche livide, tremblotante, pour deviner qu'il allait vendre la mèche à tout le monde.

— Frank ! dit Coopersmith d'un ton impérieux, conscient du fait que certains villageois les regardaient et sentaient la tension entre eux.

Il fit trois pas rapides vers le cafetier, en répétant :
— Frank !

Alors, d'une voix forte, en trébuchant sur les mots,

McNeil annonça la nouvelle, en présentant les choses sous l'aspect le plus dramatique possible.

La réaction immédiate fut celle à laquelle Coopersmith s'attendait. Il y eut des cris alarmés, un mouvement de panique : des hommes et des femmes se levèrent, certains se tournant vers leurs voisins, d'autres se bousculant pour monter dans le chœur. Ellen le rejoignit et le prit par le bras, mais Coopersmith regardait Ann Tribucci. Celle-ci était debout entre Vince et Rebecca Hughes, à l'un des bancs du fond ; le visage d'un blanc laiteux, elle remuait les lèvres, répétant : «Johnny... Johnny... Oh, Johnny !» Vince lui entoura les épaules pour la soutenir ; il avait le front soucieux mais ne semblait guère surpris par ce qu'il venait d'apprendre.

Des questions, des remarques fusèrent de tous côtés. Coopersmith leva les bras pour réclamer le silence, en criant :

— Ecoutez-moi, tous, écoutez-moi !

Le tumulte s'apaisa. Il soutint sans ciller le regard de ses amis et de ses voisins, montrant à tous un visage plein d'assurance, d'autorité et de sang-froid. Puis, d'une voix calme, posée, sans tenir compte des interruptions, il leur expliqua la situation : pourquoi la décision avait été prise, pourquoi cela s'était fait dans le secret, quelles étaient les intentions exactes de Tribucci et de Cain, comment ils comptaient s'y prendre.

Regain d'exclamations inquiètes. Ann poussa un petit cri qui transperça Coopersmith comme un coup de poignard et le fit ciller.

McNeil pointa sur Coopersmith un doigt accusateur, agité de tremblements spasmodiques.

— Vous n'aviez pas le droit, vous n'aviez pas le *droit* de prendre une décision qui risque de nous coûter la vie !

Joe Garvey, le nez tuméfié et décoloré par le coup de crosse qu'il avait reçu, dit d'une voix épaisse :

— Lew, je peux comprendre que Johnny risque sa vie pour nous, et je lui fais toute confiance. Mais l'autre, ce Cain ? C'est un étranger, un homme qui nous a clairement fait comprendre dès le départ qu'il ne voulait avoir aucune relation avec nous. Comment pouviez-vous être sûrs, Johnny et vous, de ce qu'il ferait, *lui*, une fois dehors ?

— Il a raison ! cria McNeil. Il a raison, il a raison ! Un mec de son espèce, un sale vandale, vous pouvez être sûr qu'il prendra la tangente à la première occasion pour sauver sa peau. Vous n'êtes qu'un vieux fou, un vieil imbécile !

Le sang afflua aux tempes de Coopersmith.

— De quel droit jugez-vous et condamnez-vous un homme dont vous ne savez rien ? Cain ne se défilera pas, pas plus que Johnny. Et je peux vous certifier que ce n'est pas lui le responsable des effractions au Café de la Vallée ; c'est qui vous voulez, mais pas Zachary Cain.

— Et moi, je vous fiche mon billet que c'est bien lui...

Soudain, une voix s'éleva :

— Ça suffit ! Je ne veux plus qu'on accuse à tort Mr Cain. Celui qui a forcé la porte du Café, c'est *moi*.

La voix était celle de Larry McNeil, le fils du cafetier.

Coopersmith regarda le jeune garçon avec stupéfaction : de tous les habitants de Hidden Valley susceptibles d'avoir commis ces actes de vandalisme, Larry était l'un des derniers qu'il aurait soupçonnés. Sandy McNeil chuchota quelque chose à l'oreille de son fils, mais celui-ci secoua la tête et sortit dans l'allée centrale. Suivi de sa mère qui tendait le bras en un geste implorant, il monta dans le chœur et s'approcha de son père.

McNeil le regardait avec incrédulité.

Pour la première fois, le fin visage de Larry sembla à Coopersmith empreint de maturité, d'une sorte de virile détermination.

— Les deux fois, expliqua-t-il, je me suis faufilé hors de la maison vers trois heures du matin, quand tout le village dormait, et j'ai fracturé la porte avec une vieille barre de fer qui traînait dans le garage. Ensuite, j'ai laissé la porte grande ouverte, en la calant avec les cageots d'oranges, pour que la neige entre dans la réserve et détruise le maximum de stock. Je me serais dénoncé tôt ou tard, de toute façon, puisque tu menaçais de faire arrêter Mr Cain qui n'y était pour rien ; mais maintenant que je sais qu'il est allé affronter les autres pour tenter de nous sauver, je ne peux pas garder ça pour moi plus longtemps.

Pendant un moment, McNeil remua les lèvres sans émettre le moindre son ; puis, d'une voix sourde, il murmura :

— Mon propre fils, grands dieux... Mon propre fils !

— Tu n'arrêtes pas de dénigrer M'man devant tout le monde, d'en dire du mal, de raconter des saletés. Tu nous as toujours traités, elle et moi, comme si on ne comptait pas pour toi, et c'est vrai : tu ne t'intéresses qu'à toi. Voilà pourquoi j'ai fait ça. Je voulais te faire souffrir. Je le regrette, maintenant, je le regrette vraiment — non seulement parce que c'était mal mais parce que, en faisant ça, j'agissais exactement *comme toi* : je pensais et je me comportais de la même façon que toi. Or je ne veux jamais devenir comme toi, p'pa, ça jamais...

Sa voix s'effilocha et le silence qui suivit fut pesant, embarrassé. Sandy McNeil regarda son mari, puis son fils, et elle se rapprocha de Larry et lui prit la main.

McNeil avait les joues creuses, moites, grisâtres. Il regarda sa femme et son fils s'éloigner, scruta les visages des autres sans y trouver aucune sympathie, aucune compassion. Il se dirigea alors vers l'orgue, les bras tendus devant lui comme un aveugle, s'assit sur la banquette et se prit la tête dans les mains.

Les regards de l'assemblée se détournèrent de lui pour se reporter sur Coopersmith. Posément, il leur expliqua qui était Cain, pourquoi il était venu dans la vallée, pourquoi il s'était porté volontaire pour accompagner Tribucci. Lorsqu'il eut terminé, il put constater que la majorité des villageois acceptaient — avec réticence — le fait accompli. La tension et la peur demeuraient palpables, plus aiguës que jamais ; toutefois, il n'y aurait pas de panique, pas de dissensions intestines. Ici, au moins, Coopersmith était maître de la situation...

— *Webb* !

A ce cri, poussé par Vince Tribucci, les têtes pivotèrent brusquement et le Dr Edwards s'élança aussitôt dans l'allée centrale. Penché anxieusement sur sa belle-sœur, Vince l'aidait à s'allonger sur le banc, tandis que Rebecca lui prenait la tête et l'appuyait doucement sur sa cuisse. Le ventre rebondi d'Ann se soulevait spasmodiquement, et la souffrance crispait son visage. Elle mordait de toutes ses forces sa lèvre inférieure, comme pour s'empêcher de hurler.

Ellen étreignit le bras de Coopersmith.

— Elle a ses contractions : le choc a déclenché les contractions. Dieu du ciel, Lew, elle va accoucher...

15.

A peu près à l'endroit où Tribucci et lui étaient entrés dans la forêt balayée par le vent, Cain s'adossa à l'un des pins et scruta les alentours. Les empreintes qu'ils avaient laissées en traversant la pente enneigée étaient déjà partiellement effacées ; à travers les flocons tourbillonnants, il ne distinguait que les sombres silhouettes du presbytère et de l'église, ainsi que la vague lumière qui teintait les vitraux sur le côté.

Il se mit en marche et traversa la zone découverte, en tripotant nerveusement de ses doigts gantés le Walther PPK qui se trouvait dans sa poche. Le vent lui soufflait dans le dos avec violence, l'obligeant à ployer le buste, et les pans de son pardessus fouettaient ses jambes comme les ailes d'un oiseau pris au piège. La neige durcie crissait et craquait sous les semelles de ses bottes. Il avançait la tête levée, le souffle court, sans quitter des yeux le presbytère dont les contours se précisaient devant lui.

De longues minutes plus tard, il atteignit l'arrière du garage attenant ; il sortit alors le pistolet de sa poche et longea la façade du cottage, côté sud. Des stalactites pendaient des avant-toits, tels des crocs de géant ; les volets fermés de l'une des fenêtres de devant cognaient avec fracas, couvrant le rugissement querelleur de la tempête. Cain s'arrêta à l'angle et regarda le clocher ; de l'endroit où il était, il pouvait voir l'embrasure grisâtre de la fenêtre brisée et la corde ouatée de neige qui en pendait ; mais on ne pouvait les distinguer, ni l'une ni l'autre, de quelque distance que ce fût.

Pas à pas, avec mille précautions, il longea le côté de l'église vers l'angle de la façade. Arrivé à mi-parcours, il put voir le tiers de la place. Trois voitures drapées d'un linceul blanc étaient garées de face contre la barrière en rondins qui prolongeait le mur sud de l'église. La neige avait formé de petites saillies sur les bords des pare-brise et des vitres avant, et une couche de givre recouvrait les vitres elles-mêmes, dessinant des zébrures et des éclaboussures.

Cain fit encore douze pas, et deux autres voitures apparurent dans son champ de vision, l'une au milieu de la place et l'autre plus loin, près de Sierra Street : elles étaient toutes deux garées de telle sorte que leur pare-chocs avant empiétait de quelques centimètres sur l'allée menant à l'église. Leurs fenêtres, elles aussi, ressemblaient à des yeux aveugles. A trente centimètres de l'angle, Cain s'accroupit, l'épaule gauche appuyée contre la paroi gelée, et tendit le cou avec circonspection pour voir ce qu'il y avait juste devant l'église. Une dernière voiture, aussi gelée et abandonnée que les cinq autres.

Cain se redressa, car le froid lui donnait des crampes dans la jambe gauche. Logiquement, s'il y avait eu un homme en faction dans l'une de ces voitures, il aurait au moins essuyé l'une des vitres donnant sur l'église afin de pouvoir surveiller les portes d'entrée ; d'autre part, il aurait laissé tourner le moteur pour mettre le chauffage et le dégivrage, quitte à ouvrir un déflecteur ou à baisser une vitre pour ne pas être intoxiqué par les vapeurs de gaz carbonique. Or il n'y avait pas de fumées d'échappement, pas de ronflement de moteur, pas de vitres ouvertes ni essuyées. Pas d'autre endroit abrité dans les parages. Pas d'empreintes dans la neige.

Pas de sentinelle.

«Parfait», se dit Cain. «Parfait.»

Il tendit le cou une nouvelle fois pour embrasser du regard la place, Sierra Street et les congères qui déformaient la prairie, à l'arrière-plan. On ne voyait que les lumières qui luisaient plus loin, dans le village : les flocons de neige continuaient à brouiller la visibilité. Cain rentra la tête, enfonça sa toque de fourrure plus profondément sur ses oreilles, et frotta son visage engourdi par le froid. Les poils de sa barbe semblaient cassants comme de fragiles fils de glace, et il se prit à imaginer que, en se passant la main sur la figure, à l'instant, il avait épilé une partie de sa barbe en broussaille. Il ravala un petit rire nerveux, se secoua mentalement pour ne pas laisser dériver ses pensées.

«Où nous posterons-nous, quand Tribucci sera là ?» se demanda-t-il. «L'un de nous ici et l'autre là-bas, près de la voiture la plus proche de l'entrée ?» Ça paraissait la meilleure solution. Ils seraient séparés, mais pas suffisamment pour les empêcher de se protéger mutuellement ni pour les priver de l'avantage potentiel d'un tir croisé. Et ils seraient à proximité des portes, ce qui leur permettrait de surveiller efficacement l'entrée. Par contre, il leur faudrait trouver un moyen d'effacer leurs traces entre ici et la voiture ; ils ne pourraient pas se permettre d'attendre que la tempête s'en charge. Peut-être dénicheraient-ils au presbytère un ustensile qui pourrait leur servir : un balai, un déplantoir, n'importe quoi...

Le vent se mit à souffler en rafales, sifflant lugubrement, soulevant des nappes de neige au ras du sol. De sa main gauche, Cain resserra le col de son pardessus autour de sa gorge ; de sa main droite, il rempocha son

266

arme. Les minutes passèrent. De nouveau, il scruta le devant de l'église ; il ne vit toujours rien. Il avait tellement froid aux pieds qu'il ne sentait presque plus ses orteils : il leva les jambes l'une après l'autre pour activer la circulation du sang, comme un homme faisant de la gymnastique au ralenti. Le temps semblait se traîner, comme s'il était engourdi lui aussi, comme si le froid mordant de la nuit avait réussi à l'envelopper dans une gangue de glace...

«Le temps...» pensa Cain.

Soudain, il releva la manche gauche de son pardessus, en plissant les yeux pour lire les chiffres lumineux de sa montre. Sept heures cinq. Tribucci avait dit qu'il lui faudrait moins d'une demi-heure pour aller chercher les armes chez son frère et revenir, or cela faisait presque quarante-cinq minutes qu'ils s'étaient séparés dans les bois. Normalement, il aurait déjà dû être là. *Normalement*...

Cain sentit grossir la boule d'anxiété qui l'oppressait, sous le sternum. Après avoir exploré du regard Sierra Street une dernière fois — en vain — il regagna à la hâte le presbytère, longea de nouveau la façade et se retrouva à l'angle du garage. Il resta là, immobile, à scruter la lisière des arbres, au-delà du champ enneigé : partout, un désert en noir et blanc.

Où pouvait-il bien être ?

Où était Tribucci ?

16.

Dans l'obscurité familière de la maison de son frère, John Tribucci se fraya un chemin entre la porte de derrière et le cabinet de travail qui se trouvait au rez-de-chaussée. Arrivé devant le buffet ancien qui occupait l'un des murs, il ouvrit les portes et fourragea à l'intérieur jusqu'à ce que ses doigts rencontrent l'écrin en vachette que Vince, il le savait, rangeait à cet endroit. Il sortit la boîte, la posa sur le meuble et fit jouer les fermoirs pour soulever le couvercle.

L'écrin contenait une paire de revolvers Harrington & Richardson à neufs coups, calibre vingt-deux — un cadeau que Vince avait reçu de son beau-père trois ans auparavant. L'un des passe-temps favoris de Vince était le tir à la cible, et il préférait les armes style western comme celles-ci aux pistolets automatiques comme le Colt Woodsman. Tribucci s'était plusieurs fois exercé au tir avec son frère, en utilisant ces revolvers, de sorte qu'il en connaissait le maniement. Les deux étaient chargés, cran de sûreté mis ; il en fourra un dans sa poche gauche, empoigna l'autre d'une main ferme, sortit de la pièce et traversa la maison dans l'autre sens.

En entrant dans la cuisine, il prit conscience pour la première fois des subtiles odeurs qui flottaient dans les ténèbres douillettes : le parfum Lanvin de sa femme, l'odeur du cigare que fumait toujours Vince après le petit déjeuner, le fumet des gâteaux de Noël — des *pfeffernüsse* — que Judy avait faire cuire juste avant qu'ils ne partent tous les quatre pour l'église. Une vivante image d'Ann s'imposa alors à son esprit et une vague d'émotion le submergea, lui nouant la gorge et l'estomac, lui donnant presque le vertige. Il s'appuya quelques instants contre le réfrigérateur, se cramponna à cette image, essayant d'imaginer Ann heureuse et gaie et non telle qu'il l'avait laissée à l'église, telle qu'elle devait être en cet instant, maintenant que Coopersmith avait dû lui annoncer où ils étaient, lui et Cain. Il se contraignit à faire le vide dans son esprit pour ne plus penser qu'à son objectif immédiat, puis il sortit sur la large véranda de derrière.

Il poussa la porte (elle n'était jamais fermée à clef ; il était entré par là), fit vivement le tour jusqu'au porche de devant et s'arrêta sous l'un des sapins jumeaux qui bordaient l'allée, au cœur des ombres denses. La maison était située dans Eldorado Street, à un peu plus d'un demi-bloc de Sierra Street ; il risqua un coup d'œil du côté est, puis sur toute la longueur de Shasta Street. L'obscurité et la neige virevoltante — immense voile de dentelle agité par le vent — se combinaient pour rendre invisible tout ce qui se trouvait à plus de cinquante mètres. Un halo lumineux émanant des maisons de Sierra Street teintait le ciel dans cette direction.

Tribucci sortit de l'ombre du sapin, traversa Eldorado en courant à longues enjambées et fut stoppé dans son élan par les larges portes d'entrée du hangar qui faisait face à Placer Street, à l'est. Ce bâtiment, qui appartenait à Joe Garvey, servait de garage pour les grosses voitures et les dépanneuses, ainsi que pour le chasse-neige du village. De l'autre côté de la rue, il y avait une large butte qui s'étendait au sud jusqu'à Lassen Drive et, au nord, jusqu'aux contreforts des falaises qui bordaient le défilé : c'était un raccourci pour atteindre le bois, plus haut, mais la profondeur de la neige rendait le chemin difficile et précaire. Il décida de reprendre l'itinéraire — plus long mais plus rapide — qu'il avait pris pour venir : d'abord, aller jusqu'au coin de la rue pour s'assurer que la voie était libre, puis traverser Placer Street, traverser Lassen Drive et gravir la pente en diagonale jusqu'à la lisière des arbres.

Il était à trois pas de l'angle de la rue quand une silhouette noire surgit de Lassen Drive en courant à fond de train.

Pris de court, Tribucci resta un instant cloué sur place ; puis, instinctivement, il s'aplatit contre le mur, se fondit dans l'obscurité particulièrement dense à cet endroit. Le fuyard traversa Placer Street sans se retourner, le regard fixé droit devant lui. Arrivé devant la basse clôture qui entourait la maison de Webb Edwards, il sauta par-dessus sans ralentir l'allure et disparut au coin de la véranda grillagée.

269

Cela s'était passé si rapidement que Tribucci n'avait rien pu distinguer de l'homme en fuite, sinon qu'il était tête nue : ce n'était donc pas Cain. Alors, qui ? L'un des pillards, poursuivi par le psychopathe ? Pour courir de cette façon, il fallait être pourchassé ; le dingue avait peut-être essayé de le tuer — peut-être avait-il déjà tué le troisième larron ? — mais, d'une façon ou d'une autre, le type avait réussi à s'en tirer. Le psychopathe était-il donc juste derrière ? Etait-il juste à l'angle de Lassen Drive ? Momentanément indécis, Tribucci saliva pour humecter sa bouche sèche. Que faire ? Battre en retraite ou rester où il était ? Dans l'un ou l'autre cas, il risquait de se faire repérer, or ce n'était pas le moment de livrer combat ; il devait rejoindre Cain à l'église...

Mais il resta plaqué contre le mur du garage car, de nouveau, quelque chose bougeait dans la tempête : il vit la silhouette indistincte du fugitif traverser en courant le jardin de la maison des Beckman, voisine de celle d'Edwards, et couper à travers Placer Street. L'homme avait le visage tourné vers le nord mais, avec l'écran de neige et les ombres d'ébène, il ne pouvait voir Tribucci à cette distance ; il disparut à l'angle de Modoc Street, dans le jardin des Chilton.

Un impérieux sentiment d'urgence s'empara de Tribucci, surmontant l'indécision. «Va-t'en», se dit-il. «Va-t'en tout de suite !»

La seconde silhouette apparut alors au milieu de Lassen Drive, à quatre ou cinq mètres de lui, un automatique à la main : elle suivait — en boitant — la piste du fuyard.

De nouveau, Tribucci se raidit ; le martèlement de son pouls lui remplit soudain les oreilles. L'autre s'arrêta, regarda en direction de la maison d'Edwards — et, comme guidé par un sixième sens, tourna la tête vers le nord, vers Placer Street, et le regarda droit dans les yeux : il ne pouvait manquer de le voir à une si courte distance. Tribucci reconnut aussitôt ce visage charbonneux, sauvage, et ce fut la confirmation de ce qu'il savait déjà. Un mélange de haine, de peur et de fureur lui contracta l'anus, et sa bouche se tordit en un rictus de loup. Il avait trop attendu, il était trop tard pour fuir ; d'ailleurs, il n'avait aucun endroit où se réfugier ; il devait se battre *maintenant*.

Kubion fit deux pas vers lui, le bras tendu pour viser. Tribucci tira, la main contre sa poitrine, mais, dans sa hâte, il manqua son coup ; il vit l'homme s'arrêter net, surpris, et plonger de côté, sur son genou droit, sa jambe gauche traînant derrière lui. Tribucci se déplaça en biais, tendit vivement le bras, bloqua son coude et banda ses muscles ; il tira une deuxième fois — et rata de nouveau sa cible : la balle souleva un nuage de poussière blanche à quelques centimètres de la jambe estropiée. «Connard, foutu connard». Il voulut presser la détente une troisième fois mais, à cet instant, l'automatique de Kubion cracha un éclair et

pan ! en pleine poitrine,
deuxième éclair et
pan ! en pleine poitrine,

l'impact des balles lui coupa la respiration — «Oh ! non, j'ai tout bousillé !» — ses jambes ployèrent, les nerfs de sa main droite gantée se muèrent en filaments de glace. Il lâcha le revolver, sentit son corps s'affaisser, entendit le hurlement du vent et les vagues échos de la détonation tandis qu'il culbutait dans la neige à moitié gelée. «J'ai bien loupé mon coup, mais mon Dieu, je vous en *conjure*, faites que je n'aie pas tout gâché !» Un brouillard rouge et noir envahit son cerveau, s'épaissit, l'entraîna en tournoyant dans un puits sans fond, sans fond, oblitérant tout bruit, toute sensation, ainsi que la vivante image d'Ann accrochée à son dernier lambeau de conscience...

17.

Kubion examina l'homme qu'il venait d'abattre et reconnut dans cette forme éclaboussée de neige l'un des deux frères qui tenaient le magasin de sports.

— Sale fils de pute, couillon d'Esquimau ! dit-il avec sauvagerie.

Il donna un violent coup de pied dans le corps inerte, juste sous les côtes. Recommença. Puis, se reculant contre le mur du garage, il fouilla la nuit environnante, les yeux fendus, en alerte.

Malgré la direction des empreintes dans la neige, il avait cru sur le sommet que c'était Brodie qui était là, dans les ombres du hangar, mais quand ce salopard de plouc l'avait canardé avec sa pétoire, il avait compris que ça ne pouvait pas être Brodie car celui-ci n'avait pas eu le temps de se procurer une arme, mais bon Dieu de bon Dieu ça n'était pas passé loin : la première balle l'avait raté de trente centimètres mais la seconde avait bien failli l'avoir, mais il mesurait trois mètres de haut et personne ne pouvait le tuer, surtout pas un plouc minable, mais n'empêche qu'il s'en était fallu de peu. *Crénom*, il aurait pourtant juré qu'ils ne pourraient pas sortir de l'église, mais un de ces stupides péquenots s'était enfui, pas par les portes verrouillées — pas stupide à ce point-là — mais par une autre issue qui avait dû lui échapper quand il avait visité les lieux, le jeudi, ou en brisant l'un des vitraux, et combien d'autres y en avait-il dehors ? Oh ! au moins un, ça, c'était sûr, parce que c'était un coup trop risqué tout seul, même des stupides Esquimaux pouvaient comprendre ça, mais Tribucci était maintenant un héros mort et il allait encore y en avoir un ou deux. Brodie, lui, il le tuerait à petit feu, douloureusement, ce petit merdeux de pédé avec toutes ses salades sur les coffres-forts mais la voix lui avait dit «non» et il s'était dit qu'il était maître de la situation mais il y avait eu cette satanée plaque de verglas, et comme il ne regardait pas où il marchait, voilà qu'il s'était foulé la cheville, ça enflait, ça lui faisait mal, ça le faisait boiter, et Brodie détalait et tout d'un coup ça se remettait à foirer, comme à Greenfront, sans qu'on puisse prévoir. Mais pas question que ça foire, ce coup-là, pas question parce qu'il y aurait quelque part un compotier bourré de fric, il en était *sûr*, et il allait bientôt reprendre le contrôle des opérations et, à ce moment-là, il tuerait Brodie, il les tuerait tous...

Dans sa tête, la voix tremblotait et gémissait tout bas, tout bas. Il ouvrit la bouche et aspira à pleins poumons l'air glacial et les flocons de neige. Ça foirait, d'accord, mais Tribucci était mort et c'était finalement une bonne chose qu'il y ait eu cette fusillade parce que maintenant il savait qu'il y avait des ploucs en liberté ; au départ, ç'avait été une bonne idée de traquer Brodie en espérant le repérer à la longue, mais plus maintenant : pas la peine de le suivre à la trace comme un putain d'Indien, au risque de se jeter dans une embuscade. Brodie allait peut-être essayer d'aller au magasin de sport, parce que son premier réflexe serait de dégotter une arme, pardi, mais le magasin de sport était une idée trop évidente et il irait sans doute ailleurs ; mieux valait vérifier quand même, vite fait bien fait, et même s'il n'arrivait pas à le coincer là-bas, il savait ce que ferait Brodie une fois armé, ça ne faisait pas un pli. Et il savait aussi ce que feraient les autres ploucs héroïques : ils chercheraient à protéger ceux qui étaient à l'intérieur de l'église, et même eux étaient assez malins pour comprendre que s'ils étaient trop nombreux à se balader dans le village, ils se feraient facilement repérer : ils attendraient donc à proximité de l'église que Tribucci revienne avec les revolvers, mais il ne les apporterait jamais. Oui, c'était à l'église que tout allait se jouer, sûr de sûr.

Sans accorder un regard à la forme immobile allongée dans la neige, Kubion tourna au coin de la rue et, toujours en boitant, remonta Lassen Drive au pas de course pour rejoindre Sierra Street.

18.

Après s'être assuré que la voie était libre, Brodie franchit une clôture d'un mètre cinquante de haut et se retrouva dans la ruelle qui traversait dans le sens nord-sud le pâté de maisons compris entre Modoc Street et Lassen Drive. D'un coup de pied, il enfonça la porte de derrière de l'Auberge de la Vallée ; le vent étouffa les craquements du bois et du métal, projetant des tourbillons de neige dans l'arrière-boutique envahie d'ombres épaisses. Devant lui, sur le côté, il distingua un étroit corridor ; il l'enfila en courant, aboutit dans les cuisines, qu'il traversa en direction de la porte battante qui s'ouvrait dans le mur du fond. Il la poussa et se retrouva dans la salle de restaurant plongée dans l'obscurité.

Des lumières orangées dispensaient une pâle lueur dans la partie réservée au bar, au-delà des cloisons centrales. Derrière le bar, sur le mur, il y avait la vitrine que Brodie avait déjà repérée — avec, à l'intérieur, les deux fusils à la crosse ouvragée qui luisaient faiblement. Et, comme dans son souvenir, des boîtes de cartouches étaient disposées sur l'étagère du bas.

Il s'élança dans l'autre salle, se hissa prestement sur le bar, sauta de l'autre côté. A l'aide d'un lourd carafon, il brisa la porte de la vitrine, puis arracha les bouts de verre qui restaient accrochés au cadre. Les fusils étaient des calibres 12 avec des canons de vingt-six pouces, des Savage semi-automatiques à trois coups. Brodie en dégagea un de ses attaches, ouvrit une boîte de cartouches, en mit trois dans le magasin et fit jouer le levier de chargement afin d'armer le fusil.

C'était une arme redoutable mais d'un maniement peu pratique — et, avec le blizzard, il serait difficile de viser avec précision à plus de vingt mètres. Il y avait plein de revolvers au magasin de sports, mais Brodie — quand il avait pu de nouveau réfléchir lucidement, après avoir semé Kubion — avait renoncé à risquer le coup. Kubion se doutait bien qu'il chercherait en priorité à se procurer une arme, or le magasin de sport était le seul endroit où il était sûr de trouver des pistolets et des munitions. Peut-être Kubion allait-il suivre sa piste, comme on pouvait s'y attendre ; mais dans la mesure où Brodie n'avait pas vu ses empreintes quand il avait fait une boucle pour retraverser Placer Street, ça indiquait peut-être que Kubion était allé au magasin de sport. Il pouvait être n'importe où, Bon Dieu, à faire n'importe quoi.

Brodie empocha une poignée de cartouches, sauta par-dessus le bar, traversa comme une flèche la salle de restaurant et les cuisines. Là, il ralentit et s'engagea avec précaution dans le corridor enténébré, le fusil pointé, la crosse bien calée contre son épaule. Il s'avança jusqu'à l'endroit d'où il pouvait voir la porte de derrière ouverte. La neige continuait à pénétrer dans l'arrière-boutique, formant sur une partie du sol un tapis blanc immaculé. Pas à pas, il entra dans la pièce, en fit le tour silencieusement pour se poster contre le chambranle de la porte. Puis, d'un mouvement rapide, il se mit face à l'embrasure, en restant à trois pas du seuil, et braqua son fusil. Rien ne se produisit, rien ne bougea. Les seules empreintes dans la neige étaient les siennes ; après quelques instants d'hésitation, il franchit le seuil en courant, prit à gauche et se plaqua contre le mur de l'auberge, en balayant de son fusil toute la ruelle du nord au sud. L'étroit passage était désert des deux côtés.

Son arme de nouveau braquée sur la clôture, Brodie se mit en marche vers le sud, pataugeant en biais dans la neige. Juste avant Modoc Street, la clôture cédait la place à une petite haie de buissons par-dessus laquelle il vit une portion du jardin de la maison voisine : une éten-due blanche et lisse. Il s'en approcha, tout en surveillant l'autre côté de la clôture, puis il fit pivoter son fusil pour le pointer sur Modoc. Personne. Avec précaution, il entra à reculons dans le jardin, en s'arrangeant pour voir, d'un côté, la section de Modoc Street qui allait jusqu'à Sierra

Street et, de l'autre, la perspective de la clôture. Il était complètement seul.

Jusqu'à maintenant, il avait bien manœuvré ; il avait atteint l'auberge en moins de cinq minutes : pas assez longtemps pour se faire coincer si Kubion suivait sa piste, juste assez longtemps pour lui permettre de rééquilibrer un peu les chances. A présent, l'étape suivante s'imposait : l'église. Loxner était sans doute parti depuis longtemps se planquer quelque part, mais il y avait encore un tout petit espoir qu'il soit resté dans la voiture, et mieux valait l'aide d'un ventre mou que pas d'aide du tout. La dernière bêtise à faire serait de jouer au chat et à la souris dans tout le village ; on ne plaisantait pas avec un maniaque. S'il pouvait arriver à l'église avant Kubion — et s'il s'avérait que Loxner était parti — il n'aurait qu'à s'embusquer quelque part et tenter d'abattre Kubion quand celui-ci se pointerait. Car il se pointerait sûrement ; si ça se trouvait, il était déjà en route pour s'occuper de Loxner. Mais ça ne changerait rien au problème. Aucun doute là-dessus : il devait rejoindre l'église le plus vite possible.

Il traversa au pas de course deux jardins qui se faisaient face, en surveillant ses flancs aussi bien que ce qui se passait devant. Puis il coupa par Modoc Street, entra dans un autre jardin et rasa le mur latéral d'une maison en bois plongée dans l'obscurité. Il n'y avait pas de barrière pour séparer cette maison de celle qui donnait sur Shasta Street : il passa sous une rangée d'arbres fruitiers aux branches dépouillées, longea une seconde bicoque obscure et s'arrêta près d'une charrette en bois que les propriétaires avaient mise là pour meubler le paysage.

Il s'accroupit un moment pour reprendre son souffle, pour atténuer provisoirement la douleur cuisante de ses muscles fatigués. Le fusil lui semblait maintenant encore plus lourd, encore plus encombrant. Il ouvrit les deux derniers boutons de son pardessus et se servit de la doublure de l'un des pans pour essuyer ses yeux irrités par le vent et la neige.

Il scruta alors Shasta Street et, pour autant qu'il puisse voir, la rue était déserte — à l'est comme à l'ouest. Se redressant, il traversa la chaussée en courant en diagonale, franchit péniblement les hautes congères et s'arrêta sous un sapin qui se dressait à proximité de l'église. De là, on distinguait la voiture de Kubion ; comme toutes celles qui étaient garées sur la place, elle était drapée de blanc, le pare-brise et les vitres voilés de givre. Apparemment, Loxner était bel et bien parti, mais Brodie préférait en avoir le cœur net.

Il s'avança d'un pas lourd, le dos voûté, le fusil épaulé, surveillant à la fois les angles avant et arrière de l'édifice. Lorsqu'il eut atteint le mur le plus proche, il alla jusqu'au coin pour observer la place. Partout, la neige était vierge. Si Kubion était arrivé avant lui, il n'avait pas traversé la place et ne s'y trouvait pas.

Sortant de son abri, Brodie s'approcha du perron et s'accroupit près des marches, en pointant alternativement son fusil vers le sud, vers l'est et vers le nord. Puis il se releva et, tel un crabe, traversa l'allée en direction de la voiture la plus proche ; il la contourna, à demi-tourné vers l'église. Une fois arrivé à la voiture de Kubion, il leva la main gauche et frappa énergiquement à la portière. Pas de réponse. Sachant que l'ampoule du plafonnier ne marchait pas, il saisit la poignée et tira un coup sec. Les sceaux de glace se brisèrent, se détachèrent du métal ; la portière s'ouvrit tout grand.

— Nom de Dieu ! s'exclama Brodie, les dents soudain serrées.

Parce que Loxner ne s'était pas enfui. Loxner était toujours assis derrière le volant, mais il avait la bouche grande ouverte et les mains crispées autour du manche ensanglanté du canif de Kubion qui était enfoncé dans sa poitrine, juste sous le sternum.

19.

Cain ne fut pas surpris, quand il risqua un coup d'œil par l'angle sud de l'église pour regarder la place, de voir le pillard traverser l'allée à moins de vingt mètres de lui, un fusil à la main, et s'engager sur le parking.

Cela faisait déjà plusieurs minutes qu'il s'attendait à en voir arriver un ou plusieurs : très exactement depuis le moment où il était allé derrière le presbytère pour guetter l'apparition de Tribucci à la lisière des arbres. L'absence prolongée de Tribucci ne pouvait avoir qu'une seule explication : quelque chose avait mal tourné, il avait été tué ou grièvement blessé et se trouvait hors de combat. Autrement dit, le psychopathe savait maintenant que l'un des captifs était sorti de l'église, et il allait essayer de savoir le plus vite possible s'il y en avait d'autres. Non seulement ils avaient perdu le bénéfice de l'effet de surprise, mais celui-ci jouait désormais — en partie, du moins — en faveur du camp adverse.

Cain avait réprimé les violentes émotions qui bouillonnaient en lui et s'était forcé à rester calme, à réfléchir. Quelle stratégie adopter ? Il n'avait pas hésité longtemps. La seule chose à faire était de se poster du côté sud de l'église, en surveillant alternativement l'avant et l'arrière ; de cette manière, il pourrait couvrir les environs immédiats sans laisser d'autres empreintes que celles qu'il avait déjà faites. Il avait donc passé les dix minutes suivantes à aller et venir le long du mur, à observer, à attendre que quelque chose se produise. Et maintenant, l'attente était terminée — complètement ou en partie.

L'homme qui était sur le parking n'était pas le dingue ; Cain put s'en rendre compte à la taille, à la couleur de cheveux et aux vêtements du pillard. Il rentra aussitôt la tête et s'aplatit contre le mur, immobile comme une statue. Ses doigts étreignirent convulsivement la crosse du Walther, et il amena l'arme contre sa poitrine, en pen-

278

sant : «Que fait-il sur le parking ? Pourquoi ne vient-il pas de ce côté ? Il ne peut pas se douter que je suis là, il n'y a pas d'empreintes… Bon, peu importe ; l'important, c'est ce qu'il fait et où il va — et ce que je fais, moi, et où je vais. Une seule erreur, et c'est terminé : rappelle-toi bien ça, ne l'oublie pas une seconde.»

Avec précaution, il risqua de nouveau un coup d'œil. Le pillard était arrivé près de la voiture garée à l'écart des autres, au bout de la place, et ouvrait la portière du conducteur. Il regarda à l'intérieur et tressaillit perceptiblement, mais comme la lumière du plafonnier ne s'alluma pas, Cain n'aurait su dire à quoi était due cette réaction, d'autant que la distance et la tempête de neige réduisaient la visibilité. L'homme se redressa nerveusement et recula de deux pas : il tourna son fusil vers la façade, du sud au nord, sans voir Cain — pas encore.

«Mais il va maintenant sortir du parking», pensa Cain, «et il va sûrement venir par ici. Il est arrivé par le nord, et il ne peut pas savoir ce qui l'attend de ce côté. Que faire ? Reculer jusqu'au mur de derrière ? Non… ça ne servira à rien de reculer, ce n'est plus le moment de reculer. Trop tard pour se lancer à sa poursuite ; de toute façon, ce serait de la folie, vu qu'il a un fusil et que tu serais en terrain découvert. Donc, tu restes ici, à cet endroit même. Ne le quitte pas des yeux, ne bouge pas sans nécessité, parce que le moindre mouvement risque de trahir ta présence ; il faudra fatalement qu'il s'approche s'il veut se cacher dans les ombres du mur. Attends… attends jusqu'à la toute dernière seconde, mise sur un seul coup — fatal — et ne t'avise surtout pas de rater ta cible…»

Le pillard revenait vers l'église à pas prudents, en diagonale. Il tenait son fusil à la hanche, prêt à le braquer dans un sens ou dans l'autre ; il tourna la tête avec lenteur, l'air concentré, et Cain ne le vit plus de profil. Le pillard sembla alors le regarder bien en face, hésiter…

«Ne bouge pas, ne respire pas»

… puis, lentement, il reporta son regard vers le nord.

La sueur dégoulinait sous les bras de Cain, gelait sur ses flancs ; il avait de nouveau ce goût métallique dans la bouche, aigre et fort. Quand l'attention du pillard fut totalement concentrée ailleurs, Cain leva prudemment son bras gauche au niveau de ses yeux et le cala contre l'arête du mur ; il amena ensuite le Walther dans la même position et fit reposer le canon sur son avant-bras. Il exhala dans la manche gauche de son pardessus l'air emmagasiné dans ses poumons, prit une nouvelle inspiration. Les yeux plissés, il visa.

Le pillard fit encore un pas. Un autre.

Viser la tête ou le corps ? Que vous enseignait l'Armée sur ce point ? «Impossible de m'en souvenir, impossible de réfléchir... décide-toi ! Va pour le corps, la cible est plus large ; tire dans la poitrine, en plein cœur.»

Un autre pas.

«Bon, du calme, du calme. Presse la détente lentement. Appuie sans forcer».

Le pillard s'immobilisa.

«Pas encore ! Il ne me voit pas, il ne regarde pas par ici. Attends. L'ultime seconde, un seul coup... Allez, toi, avance, avance !

«Il repart... Un pas, deux.

«Du calme.

«Vingt mètres. D'une seconde à l'autre.

«Du calme, du calme, du calme.»

Le pillard s'arrêta de nouveau, en sursautant cette fois. Il ploya les jambes pour s'accroupir, fit brusquement pivoter son fusil devant lui.

«Il m'a vu», pensa Cain — et son index pressa la détente.

Le recul souleva le canon de l'arme, le délogeant de son bras, et le rugissement de la détonation retentit à ses oreilles avec une violence assourdissante. D'un geste brusque, il remit le canon en position, raffermit sa prise sur la crosse de l'automatique — mais il s'aperçut alors, avec une sorte de fascination, que l'homme tombait. Comme dans une séquence filmée au ralenti, Cain vit l'un des pieds se soulever, l'une des jambes se plier, le pillard tourner sur lui-même, le dos arqué, le fusil toujours crispé dans les mains, il le vit s'effondrer sur le dos dans le matelas de neige, lâchant enfin le fusil qui roula par-dessus sa tête ; il vit le corps s'immobiliser et rester étendu là, inerte.

Cain s'affala lourdement contre le mur ; il avait les jambes en coton, l'estomac contracté. L'illusion de mouvement au ralenti se dissipa, et il pensa avec accablement : *Qu'ai-je fait, Seigneur* ? Sans bouger de sa position, il regarda fixement la silhouette vautrée dans la neige. Il avait la respiration tremblotante, stridulante. Le contact glacé du vent sur son visage aiguisa de nouveau ses pensées : «Tu l'as fait, bon, c'est comme ça, et il va falloir que tu recommences». Il fouilla du regard le parking, la place de l'église, la zone qui s'étendait derrière lui, à l'ouest. Rien que l'obscurité.

Il se frotta énergiquement la figure, sortit de son abri, courbé en deux, l'automatique pointé, et s'approcha vivement du corps immobile. Le pillard gisait sur le dos, de sorte que Cain put voir ses yeux vitreux, ses lèvres grimaçantes, sa bouche souillée de sang, le devant de son pardessus taché de sang. Bel et bien mort. Touché en plein cœur. Il contourna le corps, en déglutissant pour refouler un début de nausée, et s'approcha de la voiture qui avait attiré l'attention du gangster.

La portière était encore entrouverte. Cain fut pris d'une nouvelle nausée quand, regardant à l'intérieur, il vit ce qui avait fait tressaillir le pillard : le cadavre du troisième homme derrière le volant, le sang, le manche du canif... L'homme était là depuis le début, mort. C'était un coup du dément, sans l'ombre d'un doute, et c'était tout ce que Cain avait besoin de savoir ; les détails étaient superflus. L'important, c'était que *deux* des gangsters étaient morts — et, selon toute vraisemblance, Tribucci également — et qu'il ne restait donc plus que le dingue et lui. Juste eux deux, un contre un.

Oui... un contre un.

Et s'il allait chercher du renfort ? Si, compte tenu de la tournure prise par les événements, il essayait d'enfoncer les portes de l'église, ou s'il demandait de l'extérieur aux prisonniers — en leur expliquant la situation — de fracturer eux-mêmes les portes… ? Non, c'était une idée absurde. Primo, il ignorait où était le dingue, et il ferait une cible idéale en haut du perron. Secundo, on ne pouvait pas prévoir les réactions de chacun des soixante-quinze captifs une fois que les portes de la liberté s'ouvriraient devant eux : ça risquait d'être le sauve-qui-peut.

Il lui fallait donc agir seul ; rien n'avait changé, rien ne pouvait changer. Rester ici, à l'église, garder l'entrée et recommencer à attendre. Où se poster ? A l'angle sud-est, de nouveau ? Ou ici même, sur la place ? Sur la place : derrière la voiture la plus proche des portes. La neige était maintenant sillonnée d'empreintes ; puisqu'il n'avait plus à se soucier de ce problème, le parking était le meilleur poste d'observation sur le plan tactique. D'ici, il avait une vue quasiment imprenable : les deux angles frontaux de l'église, Sierra Street, la plus grande partie du village, au nord, la totalité de la place et le terrain découvert qui grimpait dans les arbres, au-delà de l'embranchement des routes du lac.

Le dos voûté, les jambes raides, Cain s'élança vers la voiture qui était garée le plus près du perron : une vieille Mercury aux ailes saillantes. La neige tombait moins dru, à présent, et le vent semblait s'être un peu calmé ; pour autant qu'il puisse voir, la nuit ne recelait aucune menace. Il s'agenouilla dans la neige, derrière l'aile avant droite de la Mercury, et sentit presque aussitôt l'humidité glacée transpercer son pantalon et les basques de son pardessus épais. Il sentit, aussi, la douloureuse contraction de ses muscles sous l'effet du froid et l'engourdissement qui commençait à gagner ses membres. C'était comme si la nuit glaciale lui aspirait ses forces par les pores de la peau.

«Dépêche-toi, ordure», pensa-t-il. «*Dépêche-toi.*»

20.

Tapi derrière l'un des arbres de Shasta Street, à un demi-bloc de Sierra, Kubion, un rictus sinistre sur les lèvres, regarda Brodie mourir sur le parking de l'église.

Il était allé à Sierra Street pour procéder à une exploration rapide — et prudente — du magasin de sport, puis il avait traversé la rue à Modoc pour gagner Shasta Street, dans laquelle il s'était engagé à la faveur des épaisses ténèbres. Arrivé à hauteur de l'arbre, il s'était arrêté pour scruter les environs de l'église et la courte section de Shasta Street visible à l'ouest. C'était à ce moment-là que Brodie, débouchant de l'un des jardins du pâté de maisons voisin, avait couru se cacher derrière le sapin qui se trouvait à proximité de l'église.

«C'est donc bien là qu'il va», avait pensé Kubion. «Il a dégotté un fusil ou une carabine — idéal par une tempête de neige ! — mais il court comme un lapin affolé et la première chose qu'il va faire, une fois sur la place, c'est d'aller chercher Loxner dans la voiture. Si tu étais cinquante mètres plus près, salopard de pédé, ce serait le terminus pour toi.» Mais après tout, c'était peut-être mieux ainsi, ça permettrait peut-être à Kubion de flinguer d'autres stupides ploucs héroïques s'il y en avait qui étaient planqués dans les parages. Une grosse mouche à viande noire, voilà à quoi ressemblait Brodie : une grosse mouche à viande noire qui tournait en rond ; et quand la mouche se poserait, Kubion l'aplatirait d'une bonne claque, il répandrait ses boyaux dans cette foutue neige.

Brodie avait quitté l'abri de l'arbre et, à travers les rafales de neige, Kubion, les yeux plissés, avait suivi sa progression vers l'église et jusqu'à la voiture. «Surprise, surprise, Vic !» avait-il alors pensé. «Nom d'un chien, je voudrais bien voir ta tête en ce moment ! Tu te demandes quand et comment c'est arrivé, hein ! Eh bien ! je lui ai planté le couteau dans le bide quand tu avais le dos tourné, pendant que tu regagnais la camionnette : la voix m'a chuchoté que le moment était venu. Un seul coup, sans bavure, en profitant de ce que Duff était penché par-dessus le siège pour prendre le sac ; il n'a pas pipé, et toi tu as cru tout ce temps-là qu'il était vivant, tu le voyais assis derrière le volant et tu croyais qu'il était vivant alors que ce n'était plus qu'une grosse merde refroidie...»

Un sourire avait étiré les lèvres gercées de Kubion tandis que Brodie faisait demi-tour et se dirigeait vers l'église. Et maintenant, hein, grosse mouche à viande ? Et maintenant ? A cet instant, il avait vu un bref éclair jaillir de l'angle de l'église ; il avait vu Brodie tomber, rester étendu sans bouger. Kubion s'était redressé, le cou tendu pour mieux voir ; l'expression de son visage ne s'était pas modifiée, le rictus de tête de mort était demeuré figé. Quelques secondes plus tard, il avait vu la silhouette du tireur se matérialiser, sortir des ombres de la façade.

Charogne ! L'un des ploucs avait eu Brodie, il l'avait tué ; où avait-il dégotté ce pistolet ? Rien à foutre, l'important c'était qu'il en avait un et qu'il avait descendu Brodie du premier coup — un coup de pot — et Brodie était mort. Kubion aurait bien voulu s'occuper lui-même de Brodie, mais c'était tout aussi bien ainsi — ouais, tout aussi bien. Il garda les yeux rivés sur la place, vit le plouc regarder dans la voiture, puis aller se planquer derrière une autre bagnole : donc, cette fois, le plouc comptait se poster à cet endroit, d'où il pouvait surveiller les environs et les portes de l'église. Pas moyen de lui tomber dessus à l'improviste, mais ça ne faisait rien, là non plus, parce que Kubion savait exactement où était le plouc, il savait que celui-ci était armé et qu'il était sans doute seul, sinon les autres l'auraient déjà rejoint sur la place, ou alors il serait allé lui-même les mettre au courant du carton qu'il avait fait sur Brodie. En route ! Il avait repris le dessus, il était invincible ; à partir de maintenant, fini les dérapages, plus de dérapages.

La voix lui parlait de nouveau, lui disait exactement ce qu'il devait faire : il était temps d'en finir une fois pour toutes.

«Mets le feu à l'église !» murmurait la voix. «Mets le feu à l'église avec des grenades incendiaires !»

Aller chercher dans l'une des maisons de quoi préparer des cocktails Molotov ; s'approcher de l'église en l'abordant par un côté d'où le plouc tireur d'élite ne pourrait pas le voir ; jeter deux cocktails par l'un des vitraux de derrière, et peut-être un autre pour bloquer l'issue par laquelle les deux héros étaient sortis, si ce n'était pas une fenêtre ; se rabattre sur le devant de l'édifice. Quand le plouc entendrait et verrait ce qui se passait, sa réaction immédiate serait de porter secours aux prisonniers, quitte à oublier tout le reste, parce que ces imbéciles d'Esquimaux réagissaient — et réagiraient — toujours comme ça : il se précipiterait vers les portes et, à ce moment-là, Kubion le descendrait et balancerait une autre grenade sur l'entrée pour être bien sûr que personne n'enfonce les portes et que personne n'en sorte vivant.

Il imaginait le spectacle comme s'il y était ; il voyait déjà les hautes flammes scintillantes, il entendait déjà les cris. Et, tandis qu'il reculait dans les ombres pour regagner Sierra Street, il sentit des élancements dans son bas-ventre et s'aperçut que l'excitation lui avait donné une érection dure comme la pierre.

21.

A l'intérieur de l'église, les habitants de Hidden Valley, en équilibre instable au bord de la panique, attendaient un signe quelconque leur permettant de savoir ce qui se passait à l'extérieur, dans la tempête et les ténèbres. Ils attendaient aussi l'événement pénible que cons-

285

tituait la naissance d'un bébé en de telles circonstances.

Après s'être assuré qu'Ann Tribucci était réellement sur le point d'accoucher, Webb Edwards avait fait évacuer les bancs situés devant et derrière celui sur lequel la jeune femme était allongée. A part Lew Coopersmith, qui était aux écoutes près des portes d'entrée, tous les hommes et tous les enfants étaient rassemblés dans le chœur ou à proximité ; la plupart des femmes étaient disséminées sur les bancs disponibles ou le long des murs. Edwards avait tendu la nappe d'autel au-dessus d'Ann, formant une sorte d'auvent qui procurait un semblant d'intimité ; le linge était maintenu en place sur les dossiers des bancs par quelques lourdes pelisses. Sally Chilton, qui avait pris la place de Rebecca, tenait la tête d'Ann sur ses genoux et lui parlait d'une voix douce, apaisante, en tamponnant la transpiration qui perlait sur les joues livides de la jeune femme. Edwards avait ôté à Ann certains de ses vêtements et lui avait mis sous les hanches son propre pardessus doublé de fourrure ; puis il s'était procuré deux châles épais — ceux de Judy Tribucci et d'Ellen Coopersmith — et avait dénoué sa cravate-cordelière, dont il avait ôté le mince curseur métallique en forme de caducée : ces divers accessoires feraient office de langes, de ligature pour le cordon ombilical et de bistouri ; c'étaient là de piètres substituts, non stérilisés, mais il faudrait bien s'en contenter car il n'y avait rien d'autre, il n'y avait même pas d'eau. Agenouillé devant la tente formée par la nappe d'autel, il massa doucement le ventre haletant d'Ann, en surveillant la fréquence des contractions.

Adossée au mur sud, les bras serrés autour d'elle, Rebecca n'avait pas envie de regarder le triste spectacle de cette naissance qui, en temps ordinaire, aurait dû être émouvant ; pourtant, elle le regardait quand même, parce que Ann était son amie et parce qu'on ne pouvait pas faire abstraction de cet événement — pas plus que de leur prison. Y aurait-il des complications ? C'était malheureusement une possibilité. Si jamais il y en avait, les simples connaissances médicales de Webb Edwards suffiraient-elles à y faire face ?

Et s'il n'y avait aucune complication, cela ferait-il une différence pour Ann et son bébé ?

Les minutes s'écoulèrent — vides, arides. Rebecca écouta les prières que le révérend Mr Keyes récitait à voix basse, elle écouta les cris étouffés d'Ann, la voix monotone de Sally Chilton et celle d'Agnes Tyler qui cajolait sa fille sans obtenir la moindre réaction. Et ses nerfs devinrent de plus en plus tendus, jusqu'au moment où ils menacèrent de céder, comme des élastiques qu'on étire à la limite de leur résistance. Elle eut envie de hurler, de se jeter sur quelqu'un, de courir en rond jusqu'à l'épuisement : il fallait qu'elle fasse quelque chose, n'importe quoi, pour soulager cette tension qui montait inexorablement. Elle ne pourrait plus supporter bien longtemps cette attente ; aucun d'eux ne le pourrait. Quand elle regarda les autres, elle put se rendre compte qu'ils éprouvaient un peu la même chose qu'elle : cela se voyait à leurs gestes d'automate, à leurs visages hébétés, à leurs regards qui allaient de l'un à l'autre, se posant alternativement sur Ann et sur les portes de l'église. Elle avait l'impression d'assister à un début de dépression nerveuse collective.

Elle déglutit avec peine, en pensant : «Il faut que je garde mon sang-froid, je ne dois pas me laisser aller, il y a encore de l'espoir... il y a encore de l'espoir. Cramponne-toi à cette idée, aie confiance en Johnny et en Zachary Cain, aie *confiance*. Nous n'allons pas mourir. Nous n'allons pas mourir...»

Elle se souvint alors que Cain lui avait dit ces mêmes paroles un peu plus tôt ; elle se rappela sa voix pleine de conviction, sa force intérieure toute nouvelle. Curieusement, elle n'avait pas été surprise d'apprendre qu'il était parti avec Johnny pour affronter les trois hommes ; la seule chose qui l'avait surprise, c'était qu'ils aient pu trouver un moyen de s'échapper. Cain était, tout comme Johnny — elle avait senti cela chez lui dès le début, à l'état latent — un homme fondamentalement énergique, altruiste et désintéressé : l'action qu'il menait en ce moment même pour les sauver tous en était une preuve. D'autre part, c'était un homme qui, dans une situation donnée, réagissait d'une façon intense : les tortures morales qu'il s'était infligées à la suite de la perte de sa famille en étaient, là encore, une preuve.

«Je me demande ce que Matt aurait fait s'il avait été épargné», pensa-t-elle. «Avec sa bienveillance et l'amour qu'il professait à l'égard des habitants de la vallée, se serait-il porté volontaire pour aller essayer de tuer trois hommes afin de nous sauver tous ? Je ne le pense pas. Non, je ne le pense pas.»

La nature de ses relations avec Matt était maintenant parfaitement claire dans son esprit. Cela faisait des années qu'il ne restait plus rien de leur couple ni de l'amour qu'elle avait éprouvé pour lui ; les derniers liens qui l'attachaient encore à lui s'étaient effilochés depuis longtemps, et elle avait stupidement vécu dans le mensonge, dissimulant la débilitante laideur de ce mensonge derrière une façade de faiblesse et d'apitoiement sur soi — sans se rendre pleinement compte du mal que cela lui faisait en tant que femme, en tant qu'être humain. Et pourtant, lentement, elle *avait* avancé vers la prise de conscience, et elle y aurait abouti tôt ou tard. A ce moment-là, la force intérieure qu'elle réprimait depuis si longtemps aurait refait surface et elle aurait quitté Matt, demandé le divorce. Par pur instinct de conservation : en effet, si elle était restée avec Matt, elle aurait fini par mourir sur le plan spirituel, par mourir intérieurement ; or, malgré sa faiblesse, sa timidité et son indécision, elle n'aurait jamais permis une telle chose. Maintenant qu'elle savait à quoi s'en tenir, elle se connaissait elle-même : elle avait enfin retrouvé son identité.

Seulement voilà : peut-être cette prise de conscience venait-elle trop tard.

«Voilà que tu recommences», se morigéna-t-elle. «Arrête donc, je t'en prie. Il n'est pas trop tard, pense à autre chose, pense à autre chose. A Zachary Cain, par exemple ; oui, pense à lui, à ce qu'il t'a dit, à la façon dont il te l'a dit, rappelle-le toi tel qu'il était, tel qu'il est et tel qu'il sera quand tu le reverras...»

Cinquante minutes après ses premières contractions — et, grâce à Dieu, sans complications — Ann Tribucci mit au monde son bébé.

De son poste d'écoute près des portes, Coopermisth vit Edwards lever le nouveau-né en le tenant par les chevilles — le long cordon ombilical, gros comme un doigt, émergeant de sous la nappe d'autel, semblable à une corde blanche et humide — et essuyer avec un mouchoir propre le sang et les mucosités qui lui encombraient le nez et la bouche ; puis le médecin donna vivement des petites claques sur les fesses minuscules pour mettre en route la respiration normale. Les vagissements perçants du bébé se répercutèrent dans le silence lugubre.

— Webb... oh, Webb... bredouilla Ann d'une voix faible, brouillée par les larmes.

— C'est une fille, mon petit, dit Edwards. Normale à tous égards, et vous pouvez constater qu'elle a d'excellents poumons.

Il posa le bébé sur l'un des châles, ligatura avec sa cordelière le cordon ombilical, qu'il coupa à l'aide du curseur métallique. Il essuya ensuite le bébé, l'enveloppa dans l'autre châle et le tendit à Sally, les mains et les vêtements couverts d'un liquide rougeâtre. Puis il s'agenouilla de nouveau pour s'occuper d'Ann.

Coopersmith, comme certains autres l'avaient déjà fait, détourna les yeux ; il avait engendré deux fils mais n'avait pas assisté à leur naissance, et il n'aurait jamais imaginé qu'une naissance pût être aussi pénible à observer : ce spectacle ne faisait que renforcer la terreur nauséeuse qui régnait dans l'église. Il se tourna face au mur et entendit Ann implorer :

— S'il vous plaît, donnez-la moi, je veux la tenir contre moi.

«La vie et la mort ne vont décidément pas l'un sans l'autre», pensa-t-il. «On ne peut les séparer. Une Tribucci naît, un Tribucci est prêt à mourir : le Seigneur accorde la vie et le Seigneur la reprend...»

Il avait de nouveau la poitrine oppressée, des aigreurs d'estomac. Il se passa une main sur le visage et, soudain, alors qu'il était là, devant les portes, l'oreille collée contre la fente entre les deux panneaux, il entendit à l'extérieur un bruit particulier — un léger claquement étouffé par la tempête. Comprenant aussitôt qu'il s'agissait d'une détonation, il guetta d'autres sons, mais rien ne vint. Il tourna la tête pour voir si quelqu'un d'autre avait entendu le coup de feu. L'attention générale était centrée sur Ann, Edwards et le bébé vagissant.

«Faites que ce soit Cain ou Johnny qui ait tiré ce coup de feu», pria-t-il avec ferveur. «Protégez-les et faites qu'ils réussissent, pour que tous ces gens puissent vivre, pour que le bébé de Johnny puisse vivre. Ce que vous avez donné, ne le reprenez pas ; faites que Cain et Johnny soient vivants...»

22.

John Tribucci était vivant.

Il était vivant parce que les deux balles qui l'avaient atteint à la poitrine n'avaient pas touché d'organes vitaux — l'une avait éraflé la clavicule gauche, l'autre s'était logée contre une côte, du côté droit — et, aussi, parce que Kubion lui avait décoché deux féroces coups de pied dans le flanc, juste après la fusillade. L'impact des balles avait provoqué le brouillard noir et rouge, puis la perte de conscience ; et, sans les coups de pied, Tribucci ne serait pas revenu à lui : la neige et le vent glacial l'en auraient empêché et auraient fini par réussir là où les balles avaient échoué.

La douleur aiguë dans son flanc le ramena peu à peu à la conscience ; il se rappela vaguement où il était et ce qui s'était passé. Il ne fit pas un mouvement, n'émit pas un son. Il resta étendu, immobile : sur le moment, il ne sentit que le froid et ces élancements dans le côté, auxquels s'ajoutait un frustrant sentiment d'impuissance ; il s'attendait plus ou moins à recevoir une dernière balle, le coup de grâce, mais il ne sentit rien, n'entendit rien. Ou plutôt, il entendit des pas s'éloigner en crissant dans la neige — pas très loin, simplement jusqu'au mur du garage, à quelques mètres, mais suffisamment loin pour lui redonner un faible espoir. Ses pensées s'éclaircirent alors un peu et il se cramponna avec l'énergie du désespoir à ses lambeaux de conscience, en remerciant le ciel d'être tombé sur le ventre, un bras replié sous le visage : ainsi, chaque fois qu'il expulsait de l'air, son souffle se perdait dans la neige au lieu de former un nuage de vapeur blanche qui l'aurait trahi.

Blessé et frigorifié comme il l'était, il comprit que ce serait suicidaire d'essayer de prendre le second revolver 22 dans sa poche gauche, de dégainer le couteau attaché à sa cuisse, ou de faire le moindre mouvement tant que le psychopathe était dans les parages. Il fit donc le mort et attendit. L'attente se prolongea et la douleur, d'abord lancinante puis de plus en plus intense, commença à s'insinuer dans sa poitrine engourdie. Il sentait sur la partie supérieure de son torse le contact froid et poisseux du sang.

A un moment donné, il lui sembla entendre, par-dessus la plainte du vent, des pas traînants qui s'éloignaient vers le sud. Il resta néanmoins immobile, car il n'en était pas absolument sûr. Les minutes — deux ? cinq ? dix ? — s'écoulèrent avec lenteur. A force de rester ainsi allongé dans la neige, une sorte de chaleur torpide commença à l'envahir, ce qui signifiait qu'il était en bonne voie de mourir gelé. Il ne pouvait plus attendre ; s'il ne bougeait pas maintenant, il ne bougerait plus jamais.

Tribucci entrouvrit avec peine ses paupières soudées, battit des cils pour faire tomber les particules de glace qui y adhéraient. Puis, levant lentement la tête, il regarda autour de lui. Il y voyait normalement ; le brouillard rouge et noir s'était dissipé. La neige tombait moins dru, si bien que la visibilité était meilleure que tout à l'heure : il n'y avait personne près du mur du garage, personne non plus au sud, dans Placer Street. Au prix d'un effort, il tourna la tête vers le nord, et il ne vit rien non plus dans cette direction.

Prenant appui sur ses mains, il se mit péniblement à genoux, les dents serrées à cause de la douleur qui lui vrillait la poitrine. L'empreinte de son corps dans la neige était parsemée de taches sombres, mais ses vêtements avaient absorbé la plus grande partie du sang, au point que son maillot de corps lui collait à la peau. Tremblant de froid et de faiblesse, il leva une jambe, campa fermement son pied par terre et parvint à se mettre debout ; il tituba, retomba sur un genou ; se releva et se dirigea à tâtons vers le mur du garage contre lequel il s'appuya, épuisé, haletant.

Combien de temps s'était-il écoulé ? Tribucci leva laborieusement son bras gauche pour consulter sa montre : sept heures trente-sept. Ça faisait plus d'une heure qu'il avait quitté Cain, trois quarts d'heure qu'il était parti de chez Vince. La gorge nouée, il déglutit avec difficulté et essaya de mettre de l'ordre dans ses pensées.

Le dingue savait à présent qu'au moins un des prisonniers s'était échappé, et il devait se demander s'il y en avait d'autres. Il allait donc se rendre directement à l'église et renoncer à poursuivre son complice — lequel, lui aussi, irait peut-être à l'église. A l'heure qu'il était, Cain avait certainement compris qu'il y avait eu du vilain ; il redoublerait donc de prudence. Mais le fuyard aussi, et le dément aussi — surtout le dément.

Du revers de sa manche, Tribucci essuya son visage

couvert de neige et de sueur ; le seul fait de respirer lui faisait atrocement mal. «Il faut que j'aille à l'église», se dit-il, «et il faut que j'y arrive vite, pour prévenir Cain et lui prêter main-forte.» Peut-être avait-il encore un peu de temps devant lui, mais pas suffisamment pour faire le trajet à pied ; trop dangereux dans la mesure où il ignorait où se trouvaient le dingue et le fuyard. En outre, le vent cinglant et la neige glacée saperaient le peu de forces qui lui restaient. Il devait donc agir à découvert ; il n'y avait pas d'autre solution.

Prendre une voiture ? C'était un moyen rapide, direct ; en plus, dans une voiture, il serait relativement à l'abri. La Buick de Vince ? Elle était au garage, à Eldorado Street — mais bon sang, il n'avait pas les clefs et ne s'y connaissait pas assez en mécanique pour trafiquer le contact. Sa voiture à lui était à l'église : Ann, Vince, Judy et lui l'avaient prise le matin pour aller à l'office. Y avait-il dans le village un autre véhicule dont il avait des chances de trouver les clefs sur le tableau de bord ? Il n'en voyait a priori aucun, et peut-être n'y en avait-il pas. Il perdrait un temps précieux, trop de temps, si jamais il…

La motoneige !

La motoneige de Vince.

Elle était dans le garage avec la Buick, et la clef de contact se trouvait dans le compartiment à gants : Vince jugeait plus simple de la mettre à cet endroit plutôt que de la garder sur lui, car ses amis avaient carte blanche pour lui emprunter la machine et ne se privaient pas d'en profiter. C'était un engin aussi rapide qu'une voiture et qui avait sur celle-ci l'avantage d'être plus petit, donc plus maniable et moins facile à repérer de loin. Bien sûr, en tant que conducteur, Tribucci serait totalement vulnérable — une véritable cible mobile — mais il n'y avait pas moyen de faire autrement : il devait aller à l'église, il devait rejoindre Cain.

D'une poussée, il s'écarta du mur. Il chercha des yeux le pistolet tombé par terre, se pencha pour le ramasser. Ce simple mouvement lui donna le vertige et fit monter de la bile dans sa gorge mais, quand il se redressa, la nausée s'atténua. Il fourra l'arme dans sa poche libre et se dirigea vers Eldorado Street, le bras gauche pressé contre sa poitrine, en courant à la manière d'un ivrogne, comme si ses jambes s'étaient transformées en caoutchouc. Il tomba une première fois, se releva avec difficulté. L'air était froid, mordant, mais il n'arrivait pas à en aspirer une quantité suffisante dans ses poumons. La douleur qui lui embrasait la poitrine palpitait au rythme des martèlements de son cœur.

Il tomba encore à deux reprises en traversant le jardin de Vince ; grâce à un prodigieux effort de volonté, il se remit debout les deux fois. Ses blessures continuaient à saigner, et il avait l'impression d'avoir la peau enduite d'une couche d'huile visqueuse. Il se demanda vaguement s'il allait mourir d'hémorragie. Non, il ne mourrait ni d'hémorragie ni de froid : il devait penser à Ann, penser au bébé, penser à Vince, à Judy et aux soixante-dix personnes — amis et voisins — enfermés dans l'église ; et Cain, il devait penser aussi à Cain.

Arrivé à quelques pas du garage, il se jeta contre les portes, les heurta violemment avec l'épaule. Hoquetant, les doigts tremblants, il ouvrit les battants et les poussa au maximum contre la neige poudreuse. Il entra en zigzaguant. Des odeurs d'essence et d'humidité imprégnaient l'intérieur et la vieille Roadmaster de Vince luisait faiblement dans l'obscurité, devant lui. Il distingua, au fond, les contours familiers de l'établi jonché d'outils — scie électrique, perceuse... — et la large étagère de rangement en bois, suspendue par des chaînes, qui saillait de la partie supérieure du mur. Prenant appui sur la voiture, il la contourna en traînant les pieds et s'arrêta sous l'étagère.

La motoneige, garée parallèlement au mur, était recouverte d'une bâche grisâtre. De ses doigts gourds, Tribucci ôta la toile, en pensant : «Pourvu qu'il y ait de l'essence dans le réservoir». Il prit à deux mains le pare-brise en plexiglas, se tourna et traîna la machine pour la sortir de sous l'étagère suspendue. Grâce à ses skis fartés et à ses lourdes chenilles, elle glissa facilement sur le sol en béton lisse. Une épaule appuyée contre le pare-brise, une hanche calée contre le tableau de bord, Tribucci poussa la motoneige le long de la Buick et la sortit du garage.

Sa vision était maintenant obscurcie par la sueur et par des ondes de douleur, des ombres noires. Il se frotta énergiquement les yeux. Quand il put de nouveau y voir, il passa une jambe par-dessus la selle en mousse, s'assit et cala ses pieds, genoux levés, sur les étroits marchepieds métalliques. Puis, le front collé contre le pare-brise, il tâtonna sous le tableau de bord, localisa le compartiment à gants, trouva la clef dans son étui aimanté.

Il mit plusieurs minutes — lui sembla-t-il — à introduire la clef de contact. Il y parvint enfin, la tourna, appuya sur le démarreur électrique ; le moteur toussa mais cala. «Mon Dieu, je vous en supplie !»... Il pressa de nouveau le bouton et, cette fois, le moteur démarra, faisant entendre une plainte grave et vibrante.

Un sifflement s'échappa de ses narines. Il prit dans sa canadienne l'un des Harrington & Richardson 22, celui dont il ne s'était pas encore servi, et le coinça entre ses cuisses, la crosse à l'extérieur, de façon à pouvoir s'en emparer instantanément : il laissa néanmoins le cran de sûreté, pour éviter que l'arme ne parte par accident. Après quoi, il saisit les poignées du guidon, mit la marche avant, actionna la poignée d'accélérateur et propulsa la motoneige dans le jardin, qu'il traversa en biais avant de s'engager dans Eldorado Street.

Les cahots et la vitesse lui transperçaient la poitrine d'élancements semblables à des coups de rasoir ; ses pensées étaient engourdies, ses réflexes étaient engourdis. Le vent lui projetait de la neige en plein visage, lui brouillant la vue. Il lutta désespérément pour garder le contrôle du scooter, pour résister au paralysant brouillard rouge et noir qui recommençait à se former dans sa tête.

«Accroche-toi, donnez-moi la force de tenir...»

Tribucci tourne dans Sierra Street, en zigzaguant dangereusement, mais il parvient à redresser. Ses bras sont lourds comme des blocs de pierre. Il avance en glissant au milieu de la rue, sous les lampions éteints — décorations de Noël bafouées par l'effroyable sauvagerie d'un cauchemar — passe entre les pâles rectangles de lumière que découpent sur les trottoirs les portes enfoncées et les fenêtres brisées. Chaleur noire et rougeâtre à l'intérieur, froid noir et blanchâtre à l'extérieur : ombres menaçantes, la vallée des ombres, «*Oui, bien que je traverse la vallée des ombres de la mort, je ne craindrai pas le mal...*»

Il passe devant la boutique de sport, et l'église se profile devant lui à travers le fin rideau de flocons. Il appuie sa tête contre son bras gauche, pour s'essuyer de nouveau les yeux, tandis que la motoneige traverse Shasta Street à vive allure. Des voitures sur le parking, toutes obscures et enrobées de glace. «Rien ne bouge, cours le risque». Il grimpe sur le trottoir — rude secousse, douleur aiguë, mais il doit trouver Cain, rejoindre Cain — et oblique vers l'angle sud de la façade.

Il voit quelque chose de sombre, une ombre qui se détache sur la neige, près du mur nord : une silhouette d'homme, figée, en arrêt. Ce n'est pas Cain et il porte une espèce de sac.

Le dément ! Tribucci comprend immédiatement que c'est le dément.

Sans en avoir conscience, il pousse un cri qui ressemble à un sanglot et, d'un violent coup de guidon, lance la motoneige vers la droite. Le dingue s'enfuit en boîtant vers l'arrière de l'église, et le sac qui rebondit contre l'une de ses jambes évoque de façon obscène la hotte de jouets du Père Noël. Il lève le bras droit et son pistolet crache un éclair : raté, la balle manque à la fois Tribucci et la motoneige.

De ses doigts de plomb, Tribucci tâte le tableau de bord, trouve le bouton du phare, le tire et le règle à la puissance maximum. Des cônes jaune vif transpercent les ténèbres neigeuses. Tribucci braque à gauche, trop brusquement : il veut rectifier la manœuvre, mais part trop à droite : le scooter se met à tanguer, à dévier. «Rattrape-le, rattrape-le, écrase-le !» Il essaie de centrer le faisceau des phares sur le psychopathe, mais il n'arrive plus à contrôler la machine, n'arrive plus à contrôler ses propres mouvements. Il respire par saccades, la bouche ouverte, la douleur lui brûle la poitrine, l'engourdissement se propage dans tout son corps, le brouillard rouge et noir s'épaissit et s'entortille dans son cerveau comme un tourbillon — «Non, tiens bon !» — et sa main gauche laisse échapper la poignée d'accélération tandis que sa main droite, comme tétanisée, fait un brusque mouvement qui propulse la motoneige vers l'église, en biais ; le tourbillon se transforme en gouffre noir et Tribucci ne peut pas tenir plus longtemps, il ne peut pas tenir plus long…

23.

Lorsqu'il vit la forme sombre qui avançait en zigzag le long de Sierra Street, au milieu de la chaussée, Cain ne sut que penser sur le moment. Il la suivit des yeux à travers les flocons moins drus : on ne la distinguait pas très bien, car les lumières floues qui émanaient des maisons et des boutiques, de chaque côté de la rue, ne parvenaient pas jusqu'à elle. Ses articulations ankylosées protestèrent douloureusement quand il ramena ses pieds sous lui et aplatit son torse sur la couche de neige glacée qui recouvrait le capot de la Mercury.

La silhouette mouvante s'approchait, prenant progressivement forme et consistance ; quand elle passa devant le magasin de sport, Cain vit qu'il s'agissait d'une motoneige. Mais le pilote, tapi derrière le pare-brise éclaboussé de neige, n'était qu'une ombre impossible à identifier.

Le dingue ? Non, il n'avait aucune raison d'arriver ainsi, à découvert, sur une *motoneige*... La machine obliqua vers le parking, suivant une trajectoire sinueuse, puis se dirigea tout droit vers l'endroit où Cain était caché. Le son plaintif du moteur lui parvint aux oreilles, mais il ne put toujours pas distinguer celui qui conduisait. «Tribucci ?» se demanda-t-il. De deux choses l'une : soit le pilote ne connaissait absolument rien au maniement d'une motoneige, soit il était blessé — gravement blessé... Tribucci ?

Cain vit la machine faire une nouvelle embardée, dévier vers l'ouest ; au lieu d'entrer sur le parking, elle suivait une ligne parallèle au mur nord. Quand elle fut à cinquante mètres de lui, à hauteur de la Mercury, il put enfin identifier le conducteur, qui se profilait en ombre chinoise : celui-ci portait une toque — une toque de femme — et une canadienne de couleur claire. Tribucci ! Le soulagement et un sentiment d'urgence envahirent Cain : il sortit de derrière la voiture et s'élança, agitant la main gauche en un signal frénétique.

Les phares de la motoneige s'allumèrent.

«Qu'est-ce qu'il fait, qu'est-ce qu'il fabrique ?» se demanda Cain. Il fit encore cinq pas en courant, mais Tribucci ne le vit pas. Le scooter oscilla de gauche et de droite, fit une brusque embardée à angle droit vers l'église, décrivant un lumineux arc de cercle, et bascula sur le côté. Tribucci fut éjecté du siège, le ronflement du moteur s'interrompit, comme s'il avait calé. La motoneige renversée s'immobilisa en frissonnant au creux d'un petit amoncellement de neige.

Cain, lui, continuait à courir vers l'angle nord-est, qu'il contourna — et, à cet instant, il vit la silhouette noire, à quarante mètres de là, à vingt mètres de l'angle arrière. Il comprit alors pourquoi Tribucci avait allumé les phares, et il se rendit compte — avec un goût de cendres dans la bouche — qu'il avait lui-même agi comme un idiot. Mais il était trop tard pour faire demi-tour, le dément le voyait aussi distinctement qu'il le voyait ; sans hésitation, il plongea en avant. Il atterrit sur le ventre et sur le bras gauche, tenant le Walther en l'air, et il entendit un petit sifflement dans la neige, tout près de lui, accompagné du bruit étouffé d'une détonation. Avec l'énergie du désespoir, il se propulsa vers la motoneige en s'aidant des coudes et des genoux, se mit à l'abri derrière la machine. Un trou apparut dans le pare-brise en plexiglas, projetant de tous côtés des petits cristaux de glace ; une troisième balle se perdit quelque part dans la carrosserie. Cain se plaqua contre le tableau de bord, en courbant le dos afin d'épouser la forme incurvée du pare-brise, et cala son avant-bras droit dans la paume de sa main gauche.

Kubion courait de nouveau — en clopinant — vers l'arrière de l'église.

Cain tira sur lui à deux reprises, le rata les deux fois et le vit disparaître dans les ombres du mur ouest. Il rentra la tête, légèrement tremblant, se passa le bras gauche devant les yeux et rampa vers Tribucci qui gisait à un mètre cinquante de là, immobile, face contre terre. Il s'agenouilla près de lui et le retourna sur le dos avec précaution. Du sang gelé et deux trous roussis sur le devant de sa canadienne, dans la partie supérieure : blessé deux fois, évanoui mais encore cramponné à la vie : la bouche ouverte, il respirait en gargouillant. Du sang lui obstruait la gorge. Cain lui tourna la tête sur le côté, de façon à ce qu'il ne s'étouffe pas. Il ne pouvait rien faire de plus pour lui — du moins, pas pour l'instant. Il devait s'occuper du dément — mais il ne pouvait pas rester où il était, il ne pouvait pas attendre, il devait passer à l'offensive...

Il sut alors très précisément ce qu'il avait à faire.

Traînant sa jambe gauche, Kubion longea en courant le mur de derrière de l'église jusqu'à l'angle sud-ouest. Là, il se plaqua contre la paroi et, tout en surveillant le côté nord, posa vivement par terre son sac de jute, qui contenait quatre bocaux en verre — remplis d'essence qu'il avait pompée dans le réservoir d'une voiture, dans l'un des garages privés de Shasta Street — et d'une demi-douzaine de chiffons graisseux trouvés dans ce même garage. Il ôta le chargeur vide de l'automatique, le jeta d'un geste rageur, prit le chargeur de rechange qui était enfoui au fond de sa poche, sous une liasse de billets de banque (dont certains s'éparpillèrent sans qu'il s'en rende compte) et l'introduisit dans la crosse.

La voix, dans sa tête, avait atteint les sommets de l'hystérie ; elle lui battait aux tempes comme des coups de tonnerre, embrouillant et court-circuitant ses pensées : «Personne derrière mais qu'il y vienne, qu'il essaie de jouer au chat et à la souris et je lui fais sauter le caisson, merde ! ça foire tout foire ça n'arrête pas de foirer et cette motoneige qui se pointe quand je suis à découvert à deux minutes près *saloperie* de motoneige et moi qui croyais qu'il y avait seulement deux ploucs dehors j'ai tué Tribucci alors qui pilotait l'engin forcément Tribucci je l'ai tué mais il n'était pas mort et il est allé chercher la motoneige ah ! salopards d'Esquimaux et celui qui a accouru sur le parking une bonne grosse cible mais cette saleté de neige froid obscurité pas moyen de viser et le chargeur vide j'ai dû fuir parce que lui il avait l'automatique qui a tué Brodie mais enfin rien n'a vraiment changé et *plus* rien ne va foirer trois mètres de haut on ne pourra pas m'arrêter *pas* m'arrêter viens-y donc espèce de plouc que je te règle ton compte je vous ferai tous brûler et vous regarderai brûler...»

Kubion reprit son sac, se tourna de façon à faire porter son poids sur sa jambe droite valide et s'écarta de l'édifice à reculons. Quand il put voir toute la largeur du mur sud, il constata que la voie était libre : il longea alors le mur en courant et s'arrêta sous le vitrail le plus proche. Il posa de nouveau son sac, leva les yeux vers la pâle lueur qui filtrait à travers le vitrail — puis, plongeant sa main dans le sac, il en sortit l'un des bocaux et un chiffon graisseux.

Calant le bocal entre son bras droit et sa poitrine pour ne pas être obligé de lâcher son arme, il dévissa le couvercle et introduisit une extrémité du chiffon dans l'ouverture. Ceci fait, il remit le couvercle afin de maintenir en place le bout de tissu, en le serrant contre lui pour le protéger de la neige et le garder au sec. Il jeta un coup d'œil de chaque côté du mur — «Rien le stupide plouc n'arrive pas mais il rappliquera vite fait je t'en fous mon billet quand il les entendra hurler là-dedans quand la grenade incendiaire explosera dans l'église quand ils commenceront à griller dans leur trou» — et il leva de nouveau la tête vers le vitrail. La voix criait, criait, et sa respiration se fit haletante ; un rictus de tête de mort déforma sa bouche.

«Très bien *très* bien !»

Kubion leva la main gauche et chercha des allumettes dans la poche de sa chemise.

Laissant Tribucci, Cain rampa vers la motoneige renversée. Il examina attentivement le tableau de bord, fit courir ses doigts gantés sur les poignées et repéra le levier d'embrayage, le papillon des gaz, le sélecteur de vitesse, le frein. Il n'avait fait de la motoneige qu'une seule fois dans sa vie, deux ans plus tôt, quand Angie et lui avaient passé un week-end à Mammoth Mountain avec les Collins, mais c'était beaucoup plus facile à conduire qu'une voiture et, à l'époque, il ne lui avait pas fallu plus d'une minute pour attraper le coup de main.

Il appuya une épaule contre la selle, agrippa le pare-brise de la main gauche et poussa vers le haut. La machine décolla du sol, se redressa, retomba d'aplomb sur ses chenilles et sur ses skis, dans un bruit de ferraille. L'espace d'une demi-douzaine de battements de cœur, Cain attendit, immobile, mais les ombres, à l'angle nord-ouest de l'église, restèrent aussi compactes qu'avant. Il défit les trois premiers boutons de son pardessus, glissa le Walther dans sa ceinture, saisit la poignée de gauche et enclencha le levier d'embrayage ; de la main droite, il tâtonna le long du tableau de bord, localisa le démarreur, appuya dessus. La lueur des phares faiblit légèrement lorsque le moteur se mit à toussoter, mais elle reprit toute sa vigueur quand les crachotements se transformèrent en un bourdonnement régulier.

Toujours rien à l'angle de l'église.

Sans lâcher le levier d'embrayage, Cain passa une jambe par-dessus la selle et se mit en position à moitié couchée. Il saisit la poignée de droite, mit en marche avant, ouvrit les gaz — pas trop — et relâcha lentement l'embrayage. La motoneige se mit à avancer en glissant. Il exécuta un virage serré vers le nord-ouest, projetant de la neige de chaque côté, et attendit de bien contrôler la machine avant d'accélérer un peu plus. Lorsqu'il fut presque arrivé à la hauteur de l'angle arrière, il tourna à gauche, redressa aussitôt. Les phares, tels de fureteuses lames jaunes, tailladaient le tissu noir de la nuit, éclairant toute la zone comprise entre l'église et le presbytère. Pas trace du dément. Il devait donc être du côté sud, à moins qu'il n'ait fait tout le tour jusqu'à la façade ; Dieu seul savait ce qu'il portait dans son sac, mais c'était certainement dangereux, et si jamais il avait le temps d'ouvrir les portes verrouillées...

Mâchoires serrées, Cain mit les gaz à plein et fonça droit vers le sud, en restant à égale distance des deux édifices ; il pilotait en penchant la tête sur la gauche, car il ne voyait rien à travers le pare-brise étoilé par l'impact de la balle. Arrivé à l'angle sud-ouest, il effectua un autre virage à gauche en dérapage contrôlé.

Kubion apparut alors dans le faisceau des phares, aplati contre le mur, sous le vitrail du milieu.

Ayant entendu le bruit du moteur, ayant vu la lueur des phares avant que les cônes lumineux ne le débusquent, il reculait rapidement, le visage hideux, le bras droit replié, le pistolet braqué, le bras gauche enserrant un bocal d'où émergeait un vieux chiffon ressemblant à une langue mouchetée de taches brunâtres. «Bon Dieu,» pensa Cain, «une grenade incendiaire !» Kubion mit son bras droit devant ses yeux pour les protéger de la lumière aveuglante et tira un coup de feu qui se perdit dans la nature. Cain rentra vivement la tête, se coucha encore plus sur la selle, étreignant le guidon avec une telle force qu'il en avait mal aux poignets et qu'il sentait vaguement se réveiller la douleur de sa coupure à la main droite.

Kubion tira de nouveau, et il y eut un bruit semblable au crissement d'un ongle sur une vitre lorsque la balle érafla le côté droit du tableau de bord. Jetant un coup d'œil éperdu par-dessus son épaule, Kubion comprit que la machine lancée à toute allure le rattraperait avant qu'il ait eu le temps d'atteindre l'angle de devant. Il s'arrêta net, se tapit contre le mur comme un cerf aux abois et pressa la détente une troisième fois. La balle siffla bien au-dessus de la tête de Cain. A présent, la motoneige était presque sur Kubion.

Il lâcha le bocal et, d'un bond, s'écarta de la trajectoire du bolide.

Cain essaya de lui rentrer dedans mais le manqua d'une trentaine de centimètres. Il freina aussitôt, frénétiquement, effectua un demi-tour serré, vit que Kubion avait atterri sur les genoux et se remettait péniblement debout. Dès que les phares furent de nouveau braqués sur le dément, Cain remit les gaz à plein. Kubion recula en titubant dans la neige profonde, leva l'automatique et tira une quatrième fois ; il y eut un bruit de verre brisé et le phare gauche s'éteignit. Cain garda néanmoins le contrôle de la motoneige, qui continua implacablement sa course.

Kubion ralentit, prit son élan pour bondir de côté.

Cette fois, Cain était prêt.

Manquant chavirer, il obliqua dans la même direction que Kubion à l'instant précis où celui-ci atterrissait sur le pied droit, sa jambe gauche traînant derrière lui. L'extrémité relevée et arrondie du ski droit heurta la jambe blessée, brisant net l'os juste au-dessous du genou, projetant Kubion en l'air avec violence et l'envoyant rouler dans la neige.

La douleur, telle une lance chauffée à blanc, transperça

303

la jambe et le bas-ventre de Kubion ; il avait la bouche remplie de particules de glace qui lui piquaient les poumons comme des éclats de verre. Il finit par retomber sur les fesses, toussant, crachant, se frottant rageusement les yeux. La motoneige, à dix mètres de là, faisait de nouveau demi-tour et il entendit le mugissement strident du moteur tandis que le faisceau du phare intact le frappait en plein visage, l'aveuglant à moitié.

Dans sa tête, la voix hurlait, hurlait, hurlait : «Motoneige ce fils de pute a une motoneige bordel de merde pourquoi ça n'arrête pas de foirer trois mètres de haut tu ne *peux* pas me faire ça à moi je vais te tuer sale plouc tuer ta motoneige vous tuer tous oui tuer...» En se contorsionnant, il se dressa sur son genou droit, la jambe gauche inerte, les os brisés, et la douleur intolérable lui vrillait les nerfs, et il leva son bras droit...

et il n'avait plus l'automatique,

il avait perdu ce *foutu* flingue,

et la voix hurlante faisait un bruit de tonnerre, le moteur de la motoneige faisait un bruit de tonnerre, l'œil jaune fixé sur lui l'éblouissait ; il se mit à plat ventre et roula sur lui-même, encore et encore, mais soudain les hurlements de la voix et le hurlement de la machine se fondirent, ne firent qu'un, et une nouvelle douleur, atroce, explosa au bas de son dos, le ski métallique le propulsa vers le mur de l'église, telle une poupée brisée. Sa tête heurta violemment le bois glacé, et ce fut comme si un shrapnel éclatait dans son cerveau. Il se hissa sur sa main droite, essaya de se mettre debout, voire simplement à genoux, mais son corps était paralysé par la douleur, n'était que souffrance déchirante.

La motoneige s'était arrêtée à deux mètres de lui, la lueur de son unique phare luisant au-dessus de sa tête ; à travers un brouillard, il vit Cain descendre de la machine, il le vit s'avancer lentement, le pistolet à la main. De la bave dégoulina des coins de la bouche de Kubion, et il pensa : «Tu n'oseras pas tirer esquimau motoneige de merde pas face à face» ; puis il se mit à

304

crier tout haut, à hurler :

— Tu ne tireras pas, salopard de plouc, tu n'oseras pas, foutu…

Cain lui tira trois balles dans la tête à bout portant.

24.

A l'intérieur de l'église, les villageois entendirent le premier échange de coups de feu, ils entendirent le vrombissement de la motoneige qui accélérait et ils entendirent, de l'autre côté du mur sud, les trois dernières détonations — très rapprochées. La première détonation suscita une sorte de paralysie angoissée, attentive ; la seconde ne modifia pas cet état de choses ; mais quand la dernière retentit, suivie d'un silence à l'extérieur, la fragile barrière qui endiguait la panique s'effondra enfin.

Une masse humaine déferla vers l'entrée dans la confusion la plus totale ; un torrent de cris et de piétinements s'éleva, de plus en plus tumultueux. Le bébé d'Ann se mit à vagir. Frank McNeil monta en titubant dans le chœur et voulut entrer de force dans la sacristie, malgré Joe Garvey qui en gardait l'entrée ; Garvey, exaspéré par une tension trop longtemps contenue, le repoussa violemment contre le mur et le frappa au creux de l'estomac. Hoquetant, gémissant, McNeil s'effondra et resta allongé par terre, les mains sur la tête. Coopersmith, le dos plaqué contre les portes d'entrée, les bras écartés, cria :

— Restez calmes, pour l'amour de Dieu, restez calmes ! Nous ignorons ce qui se passe, nous avons déjà suffisamment de blessés comme ça !

Ils ne l'écoutèrent pas ; ils ne l'entendirent même pas.

Ils vivaient dans la crainte du pire depuis de longues, longues heures, et maintenant ils prévoyaient le pire. Il faut sortir ! disaient leurs visages. On va se faire tuer de toute façon, alors autant *sortir…*

Des pas lourds, dehors, sur le perron ; puis une voix, une voix lasse, à peine plus forte que la normale mais quand même assez puissante pour que presque tous puissent l'entendre et la reconnaître. Cette voix réussit un tour de force qu'aucune autre voix — sauf une — aurait pu réussir : elle cloua sur place tous les villageois, les réduisit au silence, transforma leur terreur en un indicible soulagement.

— Ici Cain, dit la voix. Ici Cain. J'ai la clef et je vais ouvrir les portes. Faites-moi de la place.

Il y eut un grattement dans la serrure tandis que Coopersmith refoulait tout le monde vers le chœur pour dégager l'allée. Enfin, les portes s'ouvrirent.

Cain apparut sur le seuil, les jambes écartées, portant dans ses bras le corps inerte de John Tribucci.

— Ils sont morts tous les trois, dit-il. Vous êtes libres, ils sont morts.

Alors les habitants de Hidden Valley se pressèrent autour de lui, comme des vagues montant à l'assaut d'un roc.

25.

Lorsqu'il reprit connaissance, dans un brouillard morcelé, Tribucci se demanda pendant quelques secondes où il était. Quelqu'un lui frictionnait énergiquement la main, il entendait un léger murmure de voix, il était allongé bien au chaud sur quelque chose de moelleux. Il ne ressentait aucune douleur, seulement des picotements dans ses membres engourdis. «Cain !» pensa-t-il aussitôt. Il émit un gargouillis et essaya de s'asseoir, mais des mains l'obligèrent avec douceur à rester allongé.

Il battit des paupières et ouvrit les yeux. Il ne vit tout d'abord qu'une brume grisâtre, aveuglante et ondoyante, mais celle-ci se dissipa et des images commencèrent à prendre forme : des murs bleu pâle, des néons au plafond, un visage penché sur lui, comme désincarné, et prononçant des mots qu'il pouvait maintenant saisir :

— Tout va bien, Johnny. Vous êtes dans ma salle d'opération, fiston, tout va bien.

Il ferma étroitement les paupières, les rouvrit ; cette fois, il y voyait plus distinctement. Il articula :

— Webb ?

— Oui, c'est Webb.

— Vous... vous êtes sorti de l'église...

— Nous sommes tous sains et saufs, Johnny. Cain aussi.

— Mon Dieu, merci. Mais comment ? Comment Cain... ?

— Nous vous raconterons ça plus tard. Dans l'immédiat, Sally va vous faire une anesthésie ; vous avez deux balles dans le corps et il faut les extraire. Mais nous voulions attendre que vous soyez réveillé, car nous avons une nouvelle à vous annoncer.

Ann ! pensa-t-il brusquement.

— Seigneur, et Ann ? Comment va Ann, elle...

— Elle va très bien. Elle est en haut, dans ma chambre ; je lui ai donné un somnifère. Ecoutez-moi bien, Johnny : Ann est en parfaite santé. Quand elle a appris, à l'église, que vous étiez parti avec Cain, elle a eu ses contractions. Et elle a accouché ; elle a mis au monde, làbas, à l'église, une petite fille en excellente santé. Vous m'entendez, Johnny ? Ann va bien et le bébé aussi. Vous avez une fille.

Tribucci avait toujours l'esprit aussi confus, mais il comprit, oui, et ses lèvres craquelées esquissèrent un fai-

307

ble sourire.

— Une fille, répéta-t-il. Ann va bien et nous avons une fille.

— Voilà, c'est ça. Comme vous le voyez, vous avez toutes les raisons de vous cramponner à la vie. Vous êtes sérieusement blessé, mais vous allez vous en sortir, vous allez continuer à vous battre. Vous n'allez pas cesser de vous battre — pas une seule seconde, vous m'entendez, Johnny ?

— Pas une seule seconde, dit-il.

Edwards laissa échapper un petit soupir. Son visage disparut et celui de Sally Chilton, passablement flou, apparut dans le champ de vision de Tribucci. Il sentit la piqûre d'une aiguille dans le creux de son bras gauche.

— Elle ressemble à Ann, dites-moi ? demanda-t-il.

— C'est son portrait, dit Sally. Attendez de l'avoir vue !

Tribucci sentit une douce torpeur l'envahir.

— Marika, murmura-t-il. Nous allons l'appeler Marika.

Torpeur de plus en plus grande… Sa dernière pensée, avant que l'anesthésie ne fasse son effet, fut que, si ç'avait été un garçon, ils l'auraient certainement baptisé Zachary…

Le révérend Peter Keyes attendait dans la pièce voisine ; sa main droite — pansée à la hâte mais dans les règles de l'art — était posée sur ses genoux, et il tenait sa Bible dans la main gauche. L'injection de morphine que lui avait faite Sally quelques minutes plus tôt, pour soulager la douleur, lui donnait envie de dormir, mais il ne voulait pas céder au sommeil — pas encore.

Au bout d'un moment, les yeux clos, il serra la Bible contre sa poitrine et murmura à voix haute :

— O Seigneur, mon rocher, merci de ne pas nous avoir abandonnés…

Dans la salle d'attente, sur le devant de la maison, Coopersmith veillait en silence avec Ellen, Vince et Judy.

Sitôt qu'Edwards leur aurait annoncé que Johnny était sauvé — car cela ne faisait aucun doute : un homme qui avait survécu aux épreuves que Tribucci avait traversées n'avait pas le droit de mourir maintenant — Coopersmith irait trouver Cain pour essayer de lui exprimer ce qu'il ressentait au fond de son cœur. Il n'avait jamais éprouvé d'amour pour un homme, sauf pour ses deux fils ; mais ce soir, il aimait à la fois Cain et John Tribucci. La haine, la tension et la terreur s'étaient dissipées : demain matin, à son réveil, il éprouverait sans doute de la douleur et du chagrin à la vue du visage ravagé de Hidden Valley, cette vallée qui ne serait jamais plus tout à fait la même ; mais pour l'instant, il n'avait que de l'amour en lui.

Il était assis sur une chaise, la tête d'Ellen contre son épaule, et il se sentait très las — mais c'était une simple fatigue physique, rien de plus. Quand la haine et la terreur avaient reflué en lui, elles avaient emporté avec elles les derniers vestiges de sa lassitude morale ; il ne se sentait plus inutile, frustré, incompétent. Tout ça, c'était fini pour de bon. Il avait soixante-six ans, c'était un fait, mais il avait eu une longue vie, riche et bien remplie, et il était *encore* vivant, il avait une bonne santé et toutes ses facultés : il aimait — d'un amour réciproque — une femme dépourvue d'égoïsme, qui partageait son lit, ses rêves et ses joies depuis plus de quarante ans. Il ne s'en était pas rendu compte jusqu'à présent, mais c'était là beaucoup plus que n'en avaient certains hommes. Infiniment plus.

Il sourit à Vince et à Judy, leur adressa un signe de tête d'encouragement qu'ils lui rendirent à l'unisson. Comme lui, ils semblaient convaincus que la mort et la tragédie ne frapperaient plus aucun d'entre eux avant longtemps.

Prostré sur un banc, dans l'église plongée dans une semi-obscurité, Cain pensait à beaucoup de choses et à rien de particulier. Il n'entendit pas les portes s'ouvrir ni les pas remonter discrètement l'allée centrale. Mais au bout d'un moment, sentant qu'il n'était pas seul, il tourna la tête. Debout près du banc, Rebecca le regardait.

— Bonsoir, Zachary, dit-elle.

Elle avait le visage grave, les traits tirés, mais il y avait dans ses yeux et dans son maintien une sorte de confiance en soi, une sorte de fierté.

— Je pensais bien que vous seriez encore là.

— Je m'apprêtais à partir, dit-il. Je voudrais aller prendre des nouvelles de Tribucci.

— J'arrive de chez le Dr. Edwards. Il est en train d'extraire les balles. Il veut envoyer Johnny à l'hôpital le plus rapidement possible, à cause des risques de pneumonie ; Greg Novak partira pour Coldville à l'aube, en motoneige, pour qu'un hélicoptère vienne le chercher dès demain.

— Il s'en sortira, dit Cain avec conviction. Il s'en sortira.

— J'en suis sûre. Nous en sommes tous sûrs.

— C'est un type bien. On n'en fait pas de mieux.

Rebecca s'assit à côté de lui, le corps à demi tourné afin de lui faire face.

— Vous avez l'air épuisé, Zachary.

— J'ai tué deux hommes, ce soir.

Il prononça ces mots d'une voix dénuée de toute expression.

— Et vous avez sauvé soixante-quinze personnes, dit-elle. C'est la seule chose qui compte vraiment, n'est-ce pas ?

— Oui... C'est ce qu'il faut se dire.

— Je ne pense pas qu'aucun de nous pourra jamais oublier ce qui s'est passé aujourd'hui. Mais j'ai besoin de croire que les blessures se cicatrisent avec le temps.

— Elles guérissent, dit Cain. Avec le temps.

— Allez-vous... rester ici, dans la vallée ?

— Non, dit-il. Non.

— Où irez-vous ?

— Je vais retourner à San Francisco.

— Et après ?

— J'essaierai de reprendre mon ancien travail, ou d'en trouver un autre du même genre. Je m'emploierai à reconstruire ma vie.

— Je ne suis pas sûre de pouvoir continuer à vivre ici, moi non plus. Trop de choses se sont passées, trop de choses ont changé.

Un silence, puis :

— Comment est-ce, San Francisco ?

— Ça peut être une ville magnifique — la plus belle ville du monde.

— Pensez-vous que je m'y plairais ?

Il la regarda un long moment.

— Je le crois, oui, dit-il enfin. Je crois que vous pourriez vous y plaire.

— Je vais m'installer chez les Tribucci pendant quelques jours, dit-elle, avec Judy, Ann et le bébé. Vince accompagnera Johnny à l'hôpital. Aucun d'entre nous ne devrait rester seul, surtout maintenant.

Il attendit sans mot dire.

— Voulez-vous venir dîner demain ? reprit-elle.

— Oui, dit-il. Ça me fera plaisir.

— Puis-je vous demander de me raccompagner ?

Cain acquiesça. Ensemble, ils se levèrent et sortirent de l'église à pas lents. Il neigeait encore un peu, mais il y avait très peu de vent ; les nuages avaient commencé à se fragmenter et on apercevait dans les fissures, des pans de ciel velouté. La tempête était presque terminée.

Dans quelques petites heures, ce serait la veille de Noël.

RIVAGES/MYSTERE

RIVAGES/NOIR

HORS COLLECTION :

Achevé d'imprimer le 5 mai 1988
sur les presses de l'Imprimerie «La Source d'Or»
63200 Marsat
Dépôt légal Mai 1988
Imprimeur N° 3071